Jenny Eclair · Schöne Ferien

JENNY ECLAIR

Schöne Ferien

ROMAN

AUS DEM ENGLISCHEN
VON
JULIANE ZAUBITZER

HAFFMANS VERLAG
BEI ZWEITAUSENDEINS

Die Originalausgabe
"Having a Lovely Time" erschien 2004 bei
Time Warner Books in London.

Deutsche Erstausgabe.

Für Geof und Phoebe
und "The House on the Hill".
Und für Antonia Hodgson, die immer für mich da ist,
und die Thompsons für echt schöne Ferien!

1. Auflage, Sommer 2007

Umschlagbild von Andy Wildi
© Edition Tiramisù, CH-6986 Novaggio.
www.casatiramisu.ch
Umschlag, Produktion und Gestaltung von Urs Jakob,
Werkstatt im Grünen Winkel, CH-8400 Winterthur.
Satz: Fotosatz Reinhard Amann, Aichstetten.
Herstellung: Ebner & Spiegel, Ulm.
Printed in Germany.

Dieses Buch gibt es nur bei Zweitausendeins im Versand,
Postfach, D-60381 Frankfurt am Main, Telefon 069-420 8000, Fax 069-415 003.
Internet www.Zweitausendeins.de, E-Mail info@Zweitausendeins.de.
Oder in den Zweitausendeins-Läden in Berlin, Darmstadt, Düsseldorf, Essen, Frankfurt am Main, Freiburg, 2 x in Hamburg, in Hannover, Köln, Leipzig, Mannheim, München, Nürnberg und Stuttgart.

In der Schweiz über buch 2000, Postfach 89, CH-8910 Affoltern a. A.

ISBN 978-3-86150-596-9

Inhalt

1

Der Anfang vom Ende des Tages

Guy Jamieson kommt von der Arbeit nach Hause. Seine Frau Alice denkt, er benutzt den öffentlichen Nahverkehr bis zur Bushaltestelle um die Ecke. Das tut er nicht. Guy erträgt Feierabendverkehrsbusse nicht, sie riechen nach armen Leuten, dem Schweiß der Verzweiflung.

Vor fünf Minuten hat er sich von einem schwarzen Taxi vor dem Spirituosenladen absetzen lassen und von einem Mann hinter einem Metallgitter eine Flasche blutroten Shiraz gekauft. In der Ecke lauert ein Schäferhund mit grauem Fell und einem milchigen Auge.

Ich wohne auf einer Müllkippe, denkt Guy. Auf meiner Straße liegen Knochen. Möglicherweise die Überbleibsel eines Grillhähnchens, aber sie sehen aus wie Kinderknie, knorpelig und sehnig. Ich bin neununddreißig, ich bin ein verheirateter Mann, ich bin Vater.

Die blaue Plastiktüte schnürt in sein Handgelenk. Er hat gleich eine Literflasche gekauft, in den anderen ist immer zu wenig drin. An der Ecke steht ein etwa fünfzehnjähriges Mädchen, in der einen Hand einen Inhalator, in der anderen eine Zigarette. Sie ist schwanger – dünne Ärmchen, dünne Beinchen und Humpty-Dumpty-Bauch. Sie steht vor einem offenen Fenster: »Komm da raus, Bernice, du Schlampe.«

»Verpiß dich«, kommt zurück.

Ach ja, die Wonnen Südlondons, denkt Guy, während er einem frisch glänzenden Schleimfladen ausweicht. Rotze, Hundekacke und schwangere Schulmädchen.

Als er die Straße überquert, knirschen seine heißgeliebten Timothy-Little-Schnürschuhe (£130 pro Schuh) auf den rubinroten Scherben eines zerbrochenen Rücklichts. Fast zu Hause.

Guy wirft einen kritischen Blick auf die Derrington Road Nummer 3, wie ein potentieller Käufer, der das Haus zum ersten Mal sieht. Ein viktorianisches Reihenendhaus, drei Schlafzimmer – vier, wenn man den Dachboden mitrechnet. Nichts Besonderes – die gibt's wie Sand am Meer. Nur hat dies eine marineblaue Haustür.

Die Fassade bröckelt, die Klematis ist eingegangen. Langeweile strömt durch seine Adern, und sein Kopf ist schwer wie Granit. »Was kümmert's mich? Ich will hier nicht mehr wohnen.«

Das Tor ist verrostet, und um es zu öffnen, muß er es fast aus den Angeln heben. Vor zehn Jahren sind er und Alice den Pfad zum ersten Mal entlanggegangen – Max im Buggy, Alice aufgelöst, weil sie zu spät kamen, und ein verräterischer nervöser roter Ausschlag kroch wie giftiger Efeu über ihren Ausschnitt. »Der Makler sagte elf. Es ist zehn nach, Guy.«

Sie hätte sich nicht so aufzuregen brauchen. Der Makler war nicht da. Schließlich war es ein Samstagmorgen im Jahre 1994, und er lag noch im Bett und sorgte sich um möglicherweise durch Ecstasy verursachte Hirnschäden.

Wir waren so jung, grübelt Guy. Ich hatte noch Optimismus und Alices flauschige goldene Locken und straffe, sommersprossige Wangen. Inzwischen sind die Haare angegraut und die Backen schlaff. Eine Filmrolle alter Erinnerungen läuft in seinem Kopf ab: er und Alice an der Schwelle ihrer Zukunft. »Nun mach schon«, hatte Alice gedrängelt: »Klingel!«

Eine Frau im Frotteebademantel hatte ihnen geöffnet. »Oh«, murmelte sie, »ich schätze, ihr wollt das Haus beschnuppern? Kommt rein, aber ich werd mich nicht für die Unordnung entschuldigen, denn ehrlich gesagt, kümmert es mich einen Scheißdreck.«

Alice hüstelte, kratzte sich am Hals und deutete mit dem Kopf auf Max, als wollte sie sagen: Eigentlich benutzen wir solche Worte vor unserem Kind nicht.

Die Frau musterte Max flüchtig. »Ein Junge? Du arme Wurst. Ich hab zwei und ein Mädchen, selbst schuld.«

Der Flur stand voller Umzugskartons. Aus einem ragte eine Gitarre mit kaputten Saiten. Die drei stiegen ungeschickt über die Kisten hinweg.

»Ich bin Alice«, kicherte Alice, als sei ihr Name eine gute Pointe. »Das ist mein Mann Guy«, fügte sie hinzu, der Ehering noch glänzend und neu, »und der kleine Racker heißt Max.«

»Ich bin Sonia«, warf die Frau über die Schulter. »Kaffee?«

»Das wäre reizend, danke«, erwiderte Alice, und sie folgten der Frau durch einen schmalen Flur.

Die ganze Küche war wie aus den Angeln gehoben. Sämtliche Schranktüren standen offen, und ein Paket Reis war auf dem Boden explodiert. Unter Knirschen traten sie ein. »Küche, wie man sieht«, spöttelte Sonia. »Flügeltür.«

In der linken Fensterscheibe war ein Sprung. Hinter den schmutzigen Fenstern welkte lustlos der Garten.

Ein Baby mit übel zugerichtetem Gesicht saß in einem Hochstuhl. »Verdammt, Hugo«, blaffte die Frau, nahm einen versifften Lappen aus dem Waschbecken und wischte dem Kind die Marmelade aus dem Gesicht. Sie schleuderte den Lappen zurück ins Waschbecken, öffnete den Kühlschrank und roch an einem Liter Milch. »Gibt leider nur schwarzen Kaffee, es sei denn, ich kann euch zu was Stärkerem überreden.« Sie lachte, doch ihre Augen füllten sich mit Tränen. »Tut mir leid.«

Ein Mädchen mit verfilztem Haar schlüpfte herein. Alice schätzte sie auf acht. Sie war noch im Nachthemd. Sie kippte Getreideflocken in eine Schale, nahm einen Löffel und verschwand wieder.

»Verity ist acht«, erklärte Sonia. »Ich hab noch einen Dreizehnjährigen namens Harry, und das hier ist Hugo, der Unfall.«

»Hallo«, sagte Alice, die stolz auf ihren Draht zu Kindern war, jetzt, wo sie selbst eins hatte. Hugo wand sich in seinem Stuhl. »Ich glaub, da ist noch ein bißchen Marmelade auf seiner Wange«, sagte Alice zaghaft. Die eine Seite des Gesichts war dunkelrot.

»Das ist ein Muttermal«, blaffte Sonia und setzte sich. Guy wurde plötzlich bewußt, daß sie unter dem Bademantel nackt war. Wenn sie sich ein wenig weiter nach links neigte, konnte er vielleicht einen Blick auf ihre Nippel erhaschen. Plötzlich raffte die Frau sich auf. »Ach, seht euch einfach um. Ich hab irre Kopfschmerzen, ich leg mich wieder hin.« Und damit verschwand sie und ließ das Baby mit offenem Mund und einer Batterie in der Hand allein. Blitzschnell entwand Alice die Duracell AAA Hugos triefender Faust.

»Die hätte er verschlucken können«, keuchte sie.

Als Alice in der obersten Grundschulklasse war, hatten alle Kinder fotokopierte Schwarzweißfotos von einer Küche zum Ausmalen bekommen. Nachdem sie damit fertig waren (ohne über die Ränder zu malen), sollten sie die Gesundheits- und Sicherheitsrisiken einkreisen. Eine Pfanne (deren Griff überstand), ein scharfes Messer (das nicht sicher in der Schublade verwahrt wurde), eine Flasche Bleichmittel (ohne Deckel), ein Toaster (mit abgenutztem Kabel), eine Streichholzschachtel, die »außer Reichweite von Kindern« gehörte. Die elfjährige Alice hatte pflichtbewußt große rote Ringe um alle Gefahrenzonen gemalt. Sie war schon immer ein vernünftiges Mädchen.

Es war einmal, da hatte Guy das gebraucht. Alice war sein Fels in der Brandung, eine metaphorische Rennie von einer Frau, die seinen empfindlichen Magen beruhigt hatte. Sie konnte Autofahren, ein Ikearegal aufbauen, Rechnungen bezahlen, Wunden verbinden, einen Kompaß lesen. Alice konnte alles, außer Blätterteig.

Statt Max in dieser »Todesfalle von einer Küche« zurückzulassen, hob Alice ihn aus dem Buggy, und nachdem sie sichergestellt hatte, daß Sonias Zigaretten und Feuerzeug außer Reichweite des »armen kleinen Hugo« lagen, schlichen die drei auf Zehenspitzen durchs Haus.

»Wir könnten es uns leisten«, murmelte Guy. Auf dem Wohnzimmerboden lagen Essensreste vom Chinesen neben einer Flasche Wein und einem vollen Aschenbecher. »Ich tippe auf Scheidung«, fügte er hinzu.

Alice pflichtete ihm bei. »Sehr traurig«, sagte sie mißbilligend und drückte Max noch etwas fester an sich.

Immerhin, die Zimmer waren groß und die ursprünglichen Kamine noch funktionstüchtig. Sie stiegen die Treppe hoch. Ein paar Geländersprossen waren lose und die Wände vollgekritzelt.

Im hinteren Schlafzimmer spielte Verity mit einem Haufen Barbies. Sie sahen aus wie nach einem Auffahrunfall auf der Autobahn, nackt und ohne Gliedmaßen. »Hallo Süße«, sagte Alice fröhlich. Das Mädchen ignorierte sie. »Gestört«, flüsterte Alice. »Schönes, helles Zimmer«, fügte sie etwas lauter hinzu.

Als nächstes spähten sie ins Bad. »Das Linoleum muß erneuert werden«, sagte Guy, und Alice nickte: »Das Klopapier auch.«

Ein Viertelpodest führte zu einem weiteren Schlafzimmer. »Riecht nach Teenager«, meinte Guy. Die Vorhänge waren zugezogen und die Wände bis zur Decke kreuz und quer mit Heavy-Metal-Postern beklebt.

»Könnte einen Hauch Farbe vertragen, ein freundliches Gelb vielleicht«, flüsterte Alice, der dieses vollgekritzelte, muffige Haus aufrichtig leid tat.

Das Elternschlafzimmer lag nach vorn. Sonia ruhte unter erschlafften Decken. Auf dem Tisch neben ihr stand ein weiterer überquellender Aschenbecher, noch eine Schachtel Zigaretten, eine Packung Paracetamol und eine Flasche Cola light. Sie stützte sich auf den Ellbogen. Die Kissen hinter ihr waren mit Schminke beschmiert, oranges Makeup, schwarze Wimperntusche. »Wie gefällt es euch?«

»Es ist wirklich schön«, erwiderte Alice etwas lahm.

»Tja, jetzt wo der Scheißkerl die Fliege gemacht hat, muß ich es verkaufen.« Sonia zündete sich eine Zigarette an. »Wir wollten anbauen, doch seine Arschlochheit hat beschlossen, daß er lieber bei einer siebenundzwanzigjährigen portugiesischen Stripperin wohnt! Siebzehn Ehejahre für'n Arsch. Man kann sich immer nicht vorstellen, daß einem selbst so was passiert« – Alice reichte ihr den Aschenbecher – »aber so sieht's aus, ich bin vierzig, hab drei Kinder und zieh wieder zu Muttern. Ist doch ein Witz.«

Niemand lachte. Alice bemerkte eine Delle in der Wand. Sonias Blick folgte ihrem: »Schreibmaschine«, hustete sie. »Hab ich ihm an den verdammten Kopf geschleudert.«

Also wirklich, dachte Alice, das ist doch kein Grund zu fluchen. Instinktiv hielt sie Max die Ohren zu. In dreißig Minuten hatte er mehr Schimpfwörter gehört als in seinem ganzen Leben. Sie wich zur Tür zurück, Guy folgte ihr. Ein roter Spitzen-BH verhedderte sich an seinem Schuh. »Wir melden uns«, sagte er. Und das taten sie.

Am Tag, als der Makler ihnen sagte, daß sie den Zuschlag bekommen hatten, war Alice so aufgeregt, daß sie eine Flasche Sekt kaufte und Guy erlaubte, sie während *Have I Got News for You* auf dem Sofa zu vögeln. An diesem Abend wurde Alice wieder schwanger.

Hurra, ein neues Haus und ein neues Baby unterwegs! Und als sei das nicht genug, fand der Gutachter auch noch eine feuchte Stelle und drückte den ursprünglichen Preis um £ 65 000! »Was haben wir doch für ein Glück«, sagte Alice triumphierend und streichelte selig ihren Bauch. Arme alte Sonia. Alice hatte Mitleid mit ihr. Doch bestimmt war sie auch nicht ganz unschuldig an der Sache.

Vor zehn Jahren – ein anderes Jahrzehnt, ein anderes Jahrtausend, als Alice noch nicht die Grenze zum Fettsein überschritten hatte und sich noch die Mühe machte, ihre Kontaktlinsen zu tragen. Sie läßt sich gehen, denkt Guy säuerlich, und ich nicht. Ich bin topfit und geschmackvoll gekleidet. An guten Tagen seh ich aus wie Clark Kent. Ich hab volles kastanienbraunes Haar und gesunde Zähne.

Guy fühlt sich eigenartig distanziert. Er spürt die Schlüssel an dem klobigen Silberring (Conran) in seiner Tasche. Doch statt aufzuschließen, klingelt er. Sein Text (»Hallo Liebling, ich bin zu Hause«) tanzt in seinem Hinterkopf. Er fürchtet, wie Jack Nicholson in *The Shining* zu klingen, wenn er die Worte ausspricht.

Alice öffnet die Tür. Sie trägt einen Wäschesack. »Ach du bist es. Ich dachte, es ist die Krebsstiftung. Hast du deinen Schlüssel verloren?«

»Nein.«

Guy folgt seiner Frau ins Haus. Sie stellt den Wäschesack am Fuße des Treppenpfostens ab. Der Jute-Treppenläufer ist an den Ecken ausgefranst. *Alles* ist abgenutzt, denkt Guy, alles ist hinüber. Er streift im Vorbeigehen diverse Anoraks und Schuluniformen, steigt über einen Rollerblade.

»Tee?« schnauft Alice. »Di und ich trinken Zitrone-Ingwer.«

Guy verspürt einen fast übermächtigen Drang, sich im Schrank unter der Treppe zu verstecken. Er unterdrückt ein Stöhnen. Di Clements – die Oberhexe mit ihren hyperaktiven Schilddrüsen-Glubschaugen und haferschleimfarbenen Kleidern. Er entdeckt sie hinter Alices Milchmädchen-fetter Schulter, dünn wie ein Bindfaden. Während Alice sich in einem Sessel parkt, fällt Guy auf, daß seine Frau und ihre Freundin aussehen wie Laurel und Hardy im Fummel.

»Hallo Guy.«

Di Clements ist Waliserin. Catherine Zeta Jones auch – aber das ist auch schon alles, was die beiden gemeinsam haben. Catherine Zeta Jones' Brüste wogen in roten Satinroben. Di Clements' Titten hängen schlaff auf ihrem Hühnerknochen-Brustkorb. Guy weiß Bescheid: Er hat sie gesehen. Sie packt sie bei jeder Gelegenheit aus. Di Clements stillt ihren Dreijährigen immer noch.

Guy inspiziert die Küche. Unbewußt hält er Ausschau nach dem Flaschenöffner. Er könnte überall sein – unter dem *Guardian* von heute, hinter dem Brotbackautomat. »Herrgott Alice, hier sieht's aus wie im Schweinestall.«

Di nimmt eine drohende Haltung an. Sie gehört zur alten Garde des Feminismus. Ihr Mann Michael unterstützt sie. Er unterrichtet lernbehinderte Kinder, spielt Gitarre und übt im Park Tai Chi. Natürlich hat er einen dicken Bart, und Guy kann ihn nicht ausstehen. »Wie geht's Michael?«

Alice sieht ihn scharf an. Hat er tatsächlich »Michael« gesagt, und nicht »dieses blöde Arschloch«?

»Seine Nebenhöhlen machen ihm zu schaffen, aber sonst geht's ihm gut«, trällert Di. »Ich muß los, Alice. Silas' Cranial-Massage ist im Morgengrauen, und ich muß ihm noch die Haare waschen.« Silas Clements ist verhaltensgestört. Di meint, das liegt an der unsanften Geburt. Guy meint, das liegt an den Eltern des armen Wurms.

Di verabschiedet sich. Sie sieht aus, als sei sie auf dem Weg zu einem Verkleidet-euch-als-Frühstücksflocken-Fasching. Sie ist halb Frau, halb Weetabix. Alice bringt sie zur Tür.

Guy findet den Flaschenöffner – er liegt in der Schublade mit den Speisekarten vom Pizzaservice. Alles liegt am falschen Platz, alles quillt über. Die Waschmaschine steht sperrangelweit offen, verdrehte Wäsche hängt heraus, einer von Alices riesigen Schlüpfern klebt an Guys Schlafanzugbein, die T-Shirts der Jungs ein strangulierter blau-grüner Haufen. Was für ein Chaos, denkt Guy, was für ein verdammtes Chaos. Es war nicht immer so schlimm.

Es war einmal, da war er stolz auf dieses Haus, entschlossen, etwas daraus zu machen – ein Haus, keine Wohnung, Garten und Treppe, Ziegelsteine und Mörtel, Blut und Schweiß. Ein Ort zum Wurzeln schlagen, Bäume pflanzen, Teich ausgraben, Unkraut verbrennen. Manchmal kommt es Guy so vor, als hätte sich das Haus gegen sie verschworen: Die hellgelbe Farbe vergilbt zu einem schmuddeligen Ocker, das Wasser weigert sich abzulaufen, auf dem Treppenabsatz riecht es immer so komisch und zu allem Überfluß scheint es auch noch zu schrumpfen.

Wann ist es so klein geworden? Alice ist schuld: Sie kann nichts wegschmeißen. Auf jeder freien Fläche ringt irgendein Müll um Platz, der Kühlschrank ist mit Magneten übersät, die Pinnwand gepflastert mit vergilbten Einladungen von Leuten, zu denen sie längst keinen Kontakt mehr haben. Alice markiert ihr Revier mit Avocadokernen, die sie in Margarinebecher pflanzt, scheußlichen, von Kindergartenfingern getöpferten Gefäßen, selbst gemachtem Chutney mit grauer Schimmelschicht.

Was macht sie eigentlich den ganzen Tag? Sie geht weder zum Sport noch Klamotten kaufen – Alice ist ein glückliches Heimchen, das nach Keksen duftet, fett und zufrieden wie ein Buddha.

Das Weinglas ist nicht sauber. Guy füllt es bis zum Rand mit roter Flüssigkeit. Es war einmal, da genoß er die Gegenwart seiner Frau. Eine eigene Frau war wie ein besonders treuer Hund. Doch die Dinge haben sich geändert. Alice ist noch immer treu, sie dreht sich nur nicht mehr so willig auf den Rücken und wedelt mit dem Schwanz.

Alice kommt zurück. Sie sieht aus wie eine Mutter, denkt Guy. Sie sieht aus wie eine Vollzeitmutter.

Die Beweise sprechen für sich. Alices Beine sind nicht rasiert, ihr Rock ist nicht mehr als ein Stück Stoff um die Hüften, ihre Schuhe sind braun, und sie trägt eines seiner alten Aertex-Hemden – ursprünglich war es weiß, aber dann ist es in die Buntwäsche geraten.

Hallo fettes Weib, ich will nicht mehr vögeln, sagt die Stimme in Guys Kopf.

»Du trinkst schon?« sagt Alice mißbilligend und klingt mehr als beabsichtigt nach Sonntagsschullehrerin. Während sie den Tisch abräumt, greift sie geistesabwesend nach einem übrig geblieben Frühstückstoast, rot glasiert mit Marmelade, und verschlingt ihn. »Verdammt.« Eigentlich darf sie zwischen den Mahlzeiten nur Obst essen. Eine braun gefleckte Banane liegt verloren neben einer schimmeligen Pflaume in der Korbschale auf dem Tisch,

»Wo sind die Jungs?« Guys Gedanken schweifen ab. Alice sagt etwas, aber er hört nicht zu, er blickt in den Garten, auf die Pflanzen, die er nicht gekauft, und den Teich, den er nie gegraben hat. »Nachher ertrinkt noch jemand«, hatte Alice gesagt, und die Jahre verstrichen.

Alles bricht über mir zusammen – es muß im Leben doch mehr geben als das hier. Und Guy denkt zum sechsundsiebzigsten Mal an das Mädchen. Das Mädchen namens Peanut. Blöder Name für ein Mädchen, das weder geröstet noch salzig aussieht. Peony, ja, Petunia, hmmm, Persephone? »Nennen Sie mich einfach Peanut«, hatte sie gesagt. Wie alt? Fünfundzwanzig, vielleicht jünger. Guy muß schlucken. Ist es möglich, daß der Altersunterschied zu Peanut größer ist als der zwischen Peanut und seinem ältesten Sohn?

Sein Glas ist leer. Er dreht sich um. Alice hat die Flasche wieder fest zugekorkt, wahrscheinlich das einzige, was sie heute aufgeräumt hat. Während Guy den Korken wieder aus dem dünnen, grünen Flaschenhals zieht, fällt ihm ein Witz ein – wie geht der noch? Irgendwas mit einem Ehepaar, das am Frühstückstisch sitzt. Der Mann sagt zu seiner Frau: »Ich hasse dich, du hast mein Leben ruiniert.«

»Wie bitte?« sagt die Frau.

»Schon gut«, sagt der Ehemann. »Reich mir mal den Zucker.«

Guy rülpst. Alice sieht enttäuscht aus.

Wir sind in einem Theaterstück, denkt Guy, einem gottserbärmlichen Theaterstück. Jeden Moment wird das Telefon klingeln.

Das Telefon klingelt.

Alice geht ran. »Für di-hich.« (Das macht sie immer.)

Der Hörer ist fettig. »Hallo Guy, hier ist Peanut, erinnern Sie sich an mich?«

Sich an sie erinnern! Ihretwegen hat er sich schon einen runtergeholt!

»Äh ja, äh, heute nachmittag – wenn ich mich nicht an Sie erinnern würde, hätte ich Alzheimer«, witzelt Guy. Ogott, vielleicht hätte er das nicht sagen sollen, vielleicht leidet ihre Mutter an Demenz … Nein, natürlich nicht. Ihre Mutter ist wahrscheinlich Mitte vierzig und mit ziemlicher Sicherheit eine sehr attraktive Frau. »Wie kann ich Ihnen helfen?«

»Ich hab Ihren Kalender – er sieht genauso aus wie meiner. Ich muß ihn versehentlich eingesteckt haben.«

Jemand hat mal gesagt: Es gibt keine Zufälle. War das dieser Nietzsche? Während Guy noch über die Quelle des Zitats nachdenkt, sagt Peanut in die Stille: »Tut mir leid«.

»Keine Sorge, ich komm morgen vorbei und hol ihn ab. Sie sind doch bei der Arbeit?«

»Klar, bis dann.«

»Ach, warten Sie, vielleicht sollte ich mir noch Ihre Handynummer aufschreiben, nur für den Fall.«

Gut gemacht, Batman! Guy gratuliert sich zu seiner Geistesgegenwart.

Das Mädchen spult eine Zahlenreihe ab und Guy ruft »Stift, Stift« in Richtung Alice, die gerade die Wäsche vom Boden aufhebt. Plötzlich fällt Guy ein, daß er genau für solche Zwecke einen Mont-Blanc in der Tasche hat. Er lüpft die Kappe mit den Zähnen und kritzelt die Nummer auf die Rückseite der Gasrechnung, wobei er der Versuchung widersteht, ein Herz um die Zahlen zu malen. Ich bin neununddreißig, ich bin ein verheirateter, zweifacher Vater, ermahnt er sich.

»Bis dann.«

»Danke, tschüß.«

Alice hält die Wäsche im Arm. Eine von Sams Harry-Potter-Unterhosen entfleucht ihrem Griff.

»Wer war das?«

»Ein Mädchen namens Peanut«, erwidert Guy und errötet zum ersten Mal seit Jahren.

»Was für'n alberner Name.«

»Ich geh duschen«, nuschelt Guy und wünscht sich nicht zum ersten Mal, daß Alice sich endlich damit einverstanden erklären würde, ein Schloß an der Badezimmertür anzubringen.

Alice hebt den Schlüpfer ihres Jüngsten vom schmuddeligen Linoleum auf.

Genau genommen ist es längst zu spät, die Uhr zurückzudrehen. Aber ist es das nicht immer?

2

Wann ist ein Zuhause kein Zuhause mehr? Wenn es deiner Ex-Frau gehört

Joe Dobson besitzt keinen Schlüssel mehr zu seinem Haus. Streng genommen gehört ihm sein Haus nicht mehr – wenn der Papierkram erledigt ist, gehört es Hils. Er wohnt jetzt woanders. Das Leben geht weiter, die Dinge ändern sich, seine alte Haustür ist neuerdings lila, doch die Buntglasfenster sind geblieben: in Blei gefaßte grüne und violette Karos. Es fühlt sich alles so vertraut an, wie Nachhausekommen, aber das ist es nicht.

Joe klingelt und wappnet sich. Er weiß nie, wie er seine Ex-Frau begrüßen soll. »Schatz« ist übertrieben, und nur Bankdirektoren geben sich die Hand. Leider drückt einem niemand bei der Scheidung eine Gebrauchsanweisung in die Hand. Sollte aber, dann wüßte Joe, ob es eine angemessene Begrüßung wäre, an Hils' BH-Trägern zu zupfen (nicht, daß sie je einen trüge).

Manchmal küssen sie sich aus Versehen unbeholfen auf die Wange wie kurzsichtige alte Jungfern. Doch es ist ihnen beiden unangenehm, besonders, wenn die Kinder dabei sind, die sich sofort verstohlene Blicke zuwerfen. Offenbar träumen alle Kinder davon, daß ihre entfremdeten Eltern sich wieder versöhnen. Träumen ist eine Sache, denkt Joe, es so unverblümt zu tun, ist peinlich.

Ein Schatten taucht auf – gut, es ist seine Tochter. Die

Tür öffnet sich, und Joe breitet die Arme aus. »Hallo, mein Engel!« brüllt er mit alberner Ed-Grundy-Stimme. Doch es ist nicht Tabitha, es ist seine Frau – korrigiere, Ex-Frau.

»Selber Hallo«, kichert Hils und zieht eine Augenbraue in Richtung des gebleichten Haaransatzes. »Sei blond, bevor du grau wirst«, lautet ihre Devise, doch Joe weiß, daß ihre Schamhaare hamsterbraun sind.

Sie dreht sich um und ruft »Kinder!« die Treppe hoch. Joe läßt die Arme sinken. Sie hat sich gut gehalten. Mit einundvierzig hat Hils in ihren typischen weiten Levi's immer noch einen knackigen Arsch. Sie läuft barfuß, wie immer. »Meine Füße haben Platzangst«, pflegte sie zu sagen. Hils hat unglaublich geschickte Zehen. Als Partygag fischt sie damit Zigaretten aus der Schachtel, steckt sie sich in den Mund und zündet sie an – die Hände auf dem Rücken verschränkt.

Gewisse Dinge über seine Ex-Frau kann Joe nicht vergessen. Sie sind in sein Gedächtnis eingebrannt und schwerer loszuwerden als der galoppierende Schimmel im Badezimmer über ihren Köpfen. Ein paar »Fakten über Hils« fallen ihm ein: ihr Geburtstag, 16. März. Hils ist Fisch, er ist Skorpion. Ihre Unfähigkeit, links und rechts zu unterscheiden, immer ein wunder Punkt auf langen Autofahrten: »Links, Joe, links, ach du Idiot, du weißt doch, daß ich rechts meine.« Ihre Kurzsichtigkeit: »Joe, weißt du, wo meine Brille ist?« und seine Standardantwort: »Auf dem Kaminsims, Helen Keller.«

Besondere Kennzeichen? Hils hat einen Leberfleck unter einer Brust. Joe hat ihn seit ein paar Jahren nicht mehr gesehen, aber wenn es auf einer Party je das Spiel namens »Finde den Leberfleck deiner Ex-Frau« gäbe, hätte er gute Gewinnchancen. Leberfleck unter linker Brust, Größe 75 A (die Brust, nicht der Leberfleck).

Andererseits kann er sich gewisse Dinge über seine Freundin Nina nie merken. Ist sie vierundzwanzig oder fünfundzwanzig? Einer ihrer kleinen Finger ist krumm: der linke oder der rechte? Ihre Freundin, die mit den rosa Haaren, wie heißt die doch gleich?

Saul kommt die Stufen runtergepest. Auf halbem Wege springt er überfallkommandoartig über das Treppengeländer. Er landet schwer. Für seine zehn Jahre ist Saul ziemlich plump. »Ich hab mir das Bein gebrochen«, zetert er, während er darauf auf und ab hüpft. Seine Wangen sind ballonrot, und er ist noch immer skandinavisch blond.

Tabitha kommt in neuen Wildlederstiefeln herunter, die ihre dürren Beinchen nicht annähernd ausfüllen. Als sie ihren Vater umarmt, duftet sie nach Teenager, nach Shampoo, Deo und Erdbeer-Lipgloss. Bambusdünn und erst dreizehn, lächelt sie mit einem Mund voller Metall.

Tja, das hab ich echt vermasselt, denkt Joe jedes Mal, wenn er seine Kinder sieht, doch das gibt sich. Muß es, sonst wäre er vor Schuldgefühlen längst durchgedreht.

Hils sieht ihnen nach und beglückwünscht sich dazu, wieviel leichter ihr das inzwischen fällt. Es gab eine Zeit, wo allein der Anblick seiner Jeremy-Clarkson-Beine und seines zerfurchten Cowboy-Gesichts sich anfühlte, als hätte sie Rasierklingen im Mund. Ich kann tun, wozu ich Lust habe, erinnert sie sich. Ich muß nicht kochen – ich kann mir ein Sandwich machen und eine Freundin anrufen. Ich könnte ausgehen, ich könnte schwimmen gehen. Aber erst mal macht sie sich einen steifen Gin und raucht auf der Hintertreppe eine Zigarette.

Wie ist das passiert? Warum ist er nach fünfzehn Jahren, drei Hamstern, unzähligen Goldfischen, zwei Saabs, einem

Golf, zwei Kindern, all den Geburtstagen und Grillabenden, Wackelpudding und Kuchen, Urlaub und Weihnachten, warum ist er gegangen? Weil sie ihn rausgeworfen hat wahrscheinlich, denkt sie und steckt sich noch eine Silk Cut an.

Es war einmal, da gab es in diesem Garten ein Planschbecken, und Joe spritzte die Kinder mit dem Gartenschlauch naß, und ein sonderbarer Clown kam zu Tabithas viertem Geburtstag, und die Kinder hatten solche Angst, daß sie sich hinter dem Schuppen versteckten. Mr. Winky, so hieß er, wahrscheinlich weil er nervöse Zuckungen hatte. Hils erinnert sich, wie sie die Kinder mit Smarties hinter dem Schuppen hervorlocken mußte, Tabitha in einem weißen Kleid mit großem Johannisbeerbrause-Fleck, und wie Mr. Winky loslegte. »Stockbesoffen«, hatte Joe gemurmelt, eine Prophezeiung, die sich bewahrheitete, als der Zauberer sich selbst als »Mr. Wichsie« titulierte und alle Erwachsenen lachten.

Saul war damals noch ein Krabbelkind und steckte sich ständig Sachen in die Nase. »Pusten, Saul, pusten.« Und Saul zog die Nase nur noch mehr hoch, und die Beere setzte sich immer tiefer in der Nase fest, und sie mußten wieder in die Notaufnahme. »Hallo Saul«, sagten die Krankenschwestern, »wir haben dich schon vermißt.«

Hils geht zurück in die Küche. Es war keine ausschließlich schlechte Ehe gewesen – manche Hochzeitsgeschenke funktionieren noch, und sie steckt zwei Scheiben Brot in einen uralten Morphy Richards, ein Geschenk von Joes Cousine Stella. Jetzt essen sie Pizza, denkt Hils, und schmiert sich dick Marmite auf ihren Toast. Das machen sie jeden zweiten Mittwoch. Das essen alle Kinder geschiedener Eltern, so steht's auf dem Speiseplan – Eltern getrennt,

Pizza oder Burger. Während *sie* versucht, Saul Broccoli reinzuzwingen.

Sie gehen zu Pizza Express an der Hauptstraße. Joe wird ein Peroni trinken, und es wird ihn in den Fingern nach einer Zigarette jucken. Sie stellt sich vor, wie er seine Jackentaschen abklopft, bevor ihm einfällt, daß er seinen Tabak immer in die hintere Jeanstasche steckt, während Tabitha und Saul beiläufig Pizzabrot und Pizza Margarita bestellen.

Als ich in ihrem Alter war, sinniert sie, war Essen gehen was Besonderes. Manchmal lud ihr Großvater die ganze Familie – Cousinen, Tanten und Onkel – in ein Hotel ein, wo es Schinken und Ananas gab und die Grapefruit vorweg mit einer Cocktailkirsche als Clownsnase dekoriert war. Alle machten sich fein, Oma mit Hut und der Emaille-Brosche am Revers, einem Hahn mit echtem Rubinauge, ihre Mutter und die Tanten in Paisley-Blusen, Onkel Ray mit Krawatte, und danach rauchten die Herren Zigarre und die Damen gingen sich tatsächlich die Nase pudern. Ich darf keinen Gin mehr trinken, denkt sie. Ich werd rührselig.

Sie nimmt den Kaffee mit nach oben und stellt den Fernseher an. Es läuft Werbung für ein Produkt, das überall im Haus Löcher füllt, eine schaumige Substanz, die man mit einer Düse in jedes Loch spritzt, das gestopft werden muß. Dieses Haus ist voller Löcher, denkt Hils, die, ehrlich gesagt, einen sitzen hat – Löcher, wo früher Joes Sachen waren, seine Anlage und sein Apple Mac. Es gab eine Zeit, wo der Schock über sein Weggehen ihr Herz durch den Fleischwolf gedreht hatte, wo sie jedesmal, wenn sie das Haus betrat, zuerst dachte, es sei eingebrochen worden. So viel war verschwunden – seine Mäntel und Schuhe in Größe sechsundvierzig, seine Kunstband-Sammlung, seine Espresso-Maschine.

Nicht nur die großen Dinge fielen ihr auf, auch die kleinen Dinge. Die Kleingeldhaufen, die Rizla-Blättchen, die aktuelle *Exchange and Mart* mit den Kugelschreibersternchen neben den Jaguar-E-Typen, die er sich nicht leisten konnte.

Manches nahm er mit, manches warf sie weg. Manches warf sie weg, überlegte es sich dann aber anders und wühlte um Mitternacht in undichten Müllsäcken bis zu den Ellbogen in Essensresten und Teebeuteln. »Komm zurück, bitte komm zurück.«

Nach und nach haben ihre Sachen und die der Kinder diese fehlenden Gegenstände ersetzt – eine Vase hier, ein Stapel Hausaufgaben da – und plötzlich geht Hils auf, daß nicht die Dinge sie stören, die er mitgenommen, sondern die Dinge, die er absichtlich da gelassen hat. Als sei sie die Hüterin der angesammelten Erinnerungsstücke ihrer Ehe: am Strand gesammelte Steine, das silberne Kästchen mit Nabelstümpfen und Milchzähnen, der Schafsschädel, den sie bei einem Spaziergang im Lake District gefunden haben, Kartons über Kartons mit Fotos.

Das ist das Problem, wenn man mit einem Fotografen verheiratet ist – korrigiere – verheiratet war, es gibt so verdammt viele Beweise. Instinktiv sieht Hils zum Kaminsims, wo vor langer langer Zeit einmal ein großes, silber gerahmtes Foto von ihr und Joe an ihrem Hochzeitstag gestanden hat. Nicht, daß Joe es gemacht hatte – nicht mal Joe konnte auf seiner eigenen Hochzeit Bräutigam und Fotograf zugleich sein, was ein Jammer war – sonst wären sie viel besser geworden.

Das Foto liegt jetzt in ihrem Nachtschrank neben dem vergilbten, mit Muschelschalen beklebten Karton. In dem Karton liegt eine verwelkte Rose aus einem fünfzehn Jahre alten Brautbouquet, ein Schokoladenschwein, ein dünner Goldring, den zu tragen es keinen Grund mehr gibt, und eine Rechnung aus einem Restaurant, das es nicht mehr gibt: Bewleys Wine Bar. Sie beläuft sich auf £ 4,50. Das Datum auf der Rechnung ist der 2. September 1985, der Tag, an dem sie Joe zum ersten Mal sah.

> *Vor langer langer Zeit, als wir jung waren und uns mit Schneebällen bewarfen, stürzte mein Mann und schnitt sich das linke Knie an einer zerbrochenen Flasche. Die Narbe ist wulstig und bläulich, und genau so fühlte sich mein Herz an, noch lange nachdem er fort war.*
>
> Tagebuch einer Geschiedenen

3

Zwischen zwei Leben

Joe klopft seine Jackentaschen ab. Tabitha stöhnt und verdreht ihre murmelgrünen Augen. »In deiner Jeans.« Manchmal ist sie ihrer Mutter sehr ähnlich. »Aber du darfst hier sowieso nicht rauchen«, fügt sie altklug hinzu. »Ich wünschte, ihr würdet beide aufhören. Reicht es nicht, daß wir Opfer einer zerrütteten Ehe sind? Müßt ihr uns auch noch zu Waisen machen? Na, vielen Dank auch.«

»Ja, vielen Dank auch«, wiederholt Saul. Das macht er immer, wenn Tabitha etwas sagt, worauf er gern selbst gekommen wäre. Saul blubbert Luftblasen in seine Cola.

»Willst du noch eine?«

»Eigentlich muß ich los, Papa.« Tabitha sieht auf die Uhr, die Joes Eltern ihr geschenkt haben, als sie aufs Gymnasium gekommen ist. »Ich muß noch Hausaufgaben machen. Erdkunde«, sagt sie streng. »Blitzende Vulkane.«

»Eigentlich«, kichert Saul, »blitzen Vulkane nicht, sie brechen aus!« Er schüttelt sich vor Lachen. Das ist seine spontane Reaktion auf fast alles.

Saul ist fröhlich, man kann es nicht anders sagen. Alles von Fluchen bis Fäkalien verwandelt ihn in ein Ein-Mann-Sitcom-Publikum. Er lebt sein Leben mit Gusto – er mag dumme Streiche, unechte Fliegen in Plastikeiswürfeln, Furzkissen und Leute, die ins Wasser fallen. Begeisterungsfähig und gierig wie er ist, schlägt er sich immer noch den Bauch so voll, daß er Bauchweh kriegt. Saul ist pummelig und blond und charmant – genau wie Joe in seinem Alter.

Manchmal sieht Joe ihn an und erinnert sich, wie es war, bevor er wußte, was Zynismus ist. Als freihändig Fahrrad fahren spannend genug war und es kein Problem auf der Welt gab, das nicht mit einem großen Eis gelöst werden konnte.

»Weißt du noch das Reetdachhaus, Papa?« Tabitha inspiziert ihre Zahnspange in der Rückseite des Löffels und leckt die Schienen mit der Zunge ab.

Joe nickt. Vor Jahren, als Tabitha noch in die Grundschule ging, half Hils ihr, ein Reetdachhaus für den Geschichtsunterricht zu bauen. Sie brauchten die ganze Nacht und kriegten trotzdem nur sieben von zehn Punkten. Hils tobte. »Jemand sollte dieser Mrs. Benson mal verklickern, daß ich gelernte Bühnenbildnerin bin.« Tabitha kommt gern auf die »guten alten Zeiten« zu sprechen.

»Und dieser Vulkan«, erkundigt er sich, um sie sanft von der Vergangenheit abzulenken, »wie kommst du damit voran?«

»Prima«, antwortet sie. »Ich mach alles am Computer.«

»Soll ich mitkommen und dir helfen?« Joe ist das, was man in der Branche einen Mac Monkey nennt: Er kann scannen, Fotoshop und all so was.

»Eigentlich, Papa, kennt Mama sich mit Computern inzwischen sehr gut aus. Seit sie das Buch geschrieben hat.«

Ooh, das tut weh, denkt Joe. Hils hatte ihm alles über »das Buch« erzählt. Es machte ihm nichts aus – er hielt es für eine gute Idee, als Therapie sozusagen – er hatte nur nicht damit gerechnet, daß irgendein Verlag es veröffentlichen würde.

»Ja«, echot Saul, »mit Computern kennt Mama sich inzwischen gut aus. Aber an der PlayStation ist sie immer noch eine Null.« Saul grölt über seinen eigenen Witz.

Joe lacht und gibt der Bedienung ein Zeichen. »Hallo, ich bin Wendy« kommt angetrottet. Obwohl sie sich alle zwei Wochen sehen, stellt sie sich immer noch vor. Sie ist ungefähr neunzehn und läuft jedesmal rot an, wenn Joe etwas sagt, selbst wenn es nur: »Die Rechnung bitte, Wendy« ist. Wendy wird sofort rot wie eine Tomate.

»Was hat die bloß?« seufzt Saul.

»Sie steht auf Papa«, erwidert Tabitha.

Das stimmt wahrscheinlich, denkt Joe heimlich. Er ist nicht arrogant, aber er hat eben einen Schlag bei Frauen, wie seine Mutter es formulieren würde. Er hinterläßt Wendy ein fettes Trinkgeld und alle drei, Saul wie immer mit Eiscremeschnurrbart, verlassen das Restaurant.

Ich könnte mich umdrehen, denkt Joe, und Wendy zuzwinkern. Ich könnte später noch mal wiederkommen. Ich könnte, aber ich tu's nicht. Ich hab meine Lektion gelernt.

Sie gehen zurück zum Haus in der Engleston Avenue, wo Joe das Auto geparkt hat. Auf dem Rücksitz ist Freyas Kindersitz samt Beanie-Baby-Eichhörnchen und einem angeknabberten Keks.

»Tschüß Papa, bis nächste Woche.«

Joe verlangt ja keine Tränen, aber irgendwie ist Tabithas und Sauls Abgang durch die lila Tür zurück zu ihrer Mutter, ›die sich jetzt echt gut mit Computern auskennt‹, zu unverbindlich.

»Vielleicht kann sie inzwischen sogar Glühbirnen auswechseln«, muffelt Joe, gräbt in seiner Jeans nach dem Tabak und schließt den Saab auf. Zurück in mein anderes

Leben, denkt er, aber vorher ist noch Zeit für ein schnelles Bier – nur eins allerdings, Nina wartet.

Und ob Nina wartet. Sie wartet, daß sie ins Bett gehen kann – es ist erst halb neun, aber sie will nur noch schlafen. Shelley und Carmen sind da. Sie sind immer noch ihre besten Freundinnen, aber sie haben ja keinen Dunst. Sie sind vorhin mit dem Taxi gekommen, Wodkaflaschen und Marlboro-Schachteln schwingend, und haben den Inhalt ihres Kühlschranks bestaunt. »Nina, da ist ja sogar was zu essen drin. In meinem steht höchstens Amylnitrat!« Shelley und Carmen machten sich über den Humus und Baby Freyas Avocadomus her, verschütteten Orangensaft und klopften Asche ab, wo immer sie gerade standen, während Nina hundertmal ein Gähnen unterdrückte und versuchte, sich nicht ausgeschlossen zu fühlen.

Shelley ist Visagistin, sie arbeitet viel für Pop-Videos. Carmen stöbert Originalstoffe aus den Siebzigern auf, macht daraus Kissen und verkauft sie auf dem Camden Lock. Kord mit Blümchenmuster ist diese Saison offenbar in. Nina würde ja eines kaufen, aber Joe will nichts in der Wohnung, das nicht schwarz, weiß, grau oder beige ist. Er sagt, er habe in seinem Leben genug Farbe gehabt. Aber nicht mit mir, denkt Nina, und manchmal hat sie Lust, einen großen Eimer lila Farbe zu kaufen und in der ganzen Wohnung zu verteilen.

Ninas Freundinnen sind Hoxton-hip. Ihre Maharishi-Hosen sitzen tief auf der Hüfte, damit man die Tattoos (hauptsächlich Maori) besser sieht. An Augenbrauen, Nase und Bauchnabel prangen Ringe. Shelley trägt rosa Dreadlocks, und Carmen hat sich für den Sommer eine Glatze rasiert.

Nina kommt sich daneben so trist vor wie ein Schwarz-weiß-Fernseher. Seit ihrer Schwangerschaft färbt sie sich nicht mehr die Haare, weil es angeblich schädlich ist, und ihre einst platinblonden Locken sind jetzt siebenschläferbraun. Sie kommt sich vor wie Marilyn Monroe im Rückwärtsgang: Sie sieht aus wie Norma Jean!

Ich bin Mutter, denkt Nina. Ich bin Hausfrau-und-Mutter. Früher hatte ich einen Job, ich war Food-Stylistin, ich hab Vaseline und braunen Lidschatten auf Schweinekoteletts geschmiert, damit sie appetitlich aussehen, ich hab Rasierschaum auf Apfelkuchen gesprüht. Und dann hab ich Joe kennengelernt, bin schwanger geworden, hab aufgehört zu arbeiten, hab ein Kind gekriegt, und jetzt, zwei Jahre später, hab ich Hängetitten und bin fix und fertig.

Shelley und Carmen wollen auf das Glastonbury-Festival gehen. »Warum kommst du nicht mit, Nina, das ist echt cool.«

»Äh, weil ich ein Baby hab«, antwortet Nina.

»Na und«, sagt Shelley gebieterisch, »viele bringen ihre Kinder mit, tut denen nur gut.«

»Ich denk drüber nach«, sagt Nina, obwohl sie sich nichts Schlimmeres vorstellen kann. Ist schon schwer genug, in einer durchgestylten ehemaligen Fabriketage mit einem Kleinkind fertig zu werden, geschweige denn in einem stickigen Zelt.

Sie wünschte, sie wäre entspannter, sie wünschte, es würde ihr nichts ausmachen, daß ihre Freundinnen den Rest Pitabrot aufgegessen und The Vines voll aufgedreht haben. Nina wird rot, als ihr einfällt, wie sie über Joes CD-Sammlung gelacht haben. »Nina, Mädchen, du mußt diesen Mann erziehen, Mann, Johnny Cash!«

»Der ist gar nicht so schlecht, ihr solltet mal *Live at Folsom Prison* hören, das ist fantastisch«, hatte Nina widersprochen, doch Shelley und Carmen waren zu sehr damit beschäftigt, sich über Joes Fleetwood-Mac-Alben zu mokieren, um sie zu hören.

Inzwischen sitzt Joe in seiner Stammkneipe, wie er gern sagt (ironisch, natürlich). Es gibt nicht mehr viele echte Pubs, sinniert er, obwohl er ganz genau weiß, daß Leute wie er deren Ende eingeläutet haben. Im Lord Alfred gibt es noch eine Juke Box, einen Pooltisch und kleine Tütchen mit Schweineschwartenchips. Auf dem Tresen steht ein Glas mit Soleiern, und auf der Toilette hat jemand an die Wand geschmiert: »Und wenn du noch so scharf auf sie bist, irgendwo da draußen ist jemand, der sie satt hat.«

Plötzlich ist er müde und deprimiert. Er will keiner von diesen Männern sein, die lieber noch ein Bier trinken, als nach Hause zu gehen. Keiner von diesen Kerlen mit Granitgesichtern und Nikotinfingern, die über »Schlampen« reden, die sie ausnehmen wie eine Weihnachtsgans, und Kinder, zu denen sie keinen Draht mehr haben – »Besuchsrecht jeden zweiten Sonntag, verflucht noch mal« –, die die von Rauch und Bitterkeit dicke Luft mit ihrem Gerede verpesten. Ich bin nicht so wie die, beschließt Joe, und läßt das halbe Bier stehen.

Zehn Minuten später ist er zu Hause. »Hallo, meine Süßen«, ruft er, und dann leise: »Heilige Scheiße.« Carmen und Wie-heißt-sie-doch-gleich sind da, er kann sie riechen. Nicht, daß er was gegen sie hätte, aber wenn sie da sind, fühlt er sich in seiner eigenen Wohnung wie ein Erdkundelehrer. Er spürt förmlich die ledernen Ellbogenschoner sprießen.

»Ich dreh das mal leiser«, hört er sich sagen, während er zum CD-Spieler geht. Verflucht, Joe, gleich sagst du noch: »Atlanten raus!«

Nina sitzt auf einem der Sofas. Joe ist sehr stolz auf seine Sofas. Zwei identische Dreisitzer aus schwarzem Leder, die einander auf beiden Seiten eines niedrigen Treibholztisches mit Glasplatte spiegeln. Er küßt seine Freundin auf den Kopf, froh, daß sie Carmen nicht nachgeeifert und sich den Kopf rasiert hat. Muß komisch sein, mit einem Kahlkopf ins Bett zu gehen – wie Sex mit einem Opa.

Wenn er mit Nina allein ist, vergißt er, wie jung sie ist, doch ihre Freundinnen sind seine Gedächtnisstütze. Sie sind ein bißchen – wie soll er sagen – ein bißchen blöd, im Grunde.

»Ladys«, tönt er, »schön euch zu sehen.« Er versucht, freundlich zu sein, doch er klingt wie ein schmieriger Onkel.

»Hi Joe«, antworten sie im Chor, als frage er die Anwesenheitsliste ab.

Plötzlich sortieren sie ihre Gliedmaßen zu aufrechten Positionen, Wie-heißt-sie-doch-gleich wirft ihre Dreadlocks zurück. »Äh, es wird Zeit für uns«, sagt sie und zieht ihre limonengrünen Turnschuhe an.

»Ja, tut uns leid, Leute«, sagt Carmen entschuldigend, »die Wodka Bar in Clerkenwell ruft.«

»Ach, du meinst Olav's«, sagt Joe kühn, den Finger fest am Puls der Zeit.

»Nein, Olav's hat letztes Jahr dicht gemacht«, erwidert der rosa Schopf.

Sie sieht aus wie Looby Loo, fällt Joe ein, aber er hält lieber den Mund. Bestimmt haben sie noch nie von Andy Pandy und seinen Freunden gehört.

»Wir gehen ins Drei Schwestern und ein Samovar«, sagt Carmen und kratzt sich genüßlich die Birne.

»Sehr Tschechow-mäßig«, und Joe tut etwas, das er in seinem ganzen Leben noch nicht getan hat – er gluckst.

Nina, Carmen und Wie-heißt-sie-noch-gleich können ihr Entsetzen kaum verbergen. Glucksen! Bald wachsen ihm noch Haare aus den Ohren und er lutscht Werthers Echte.

Joe läßt sich auf sein Sofa sinken. Sie müssen sich noch etwas einsitzen, gesteht er sich heimlich ein. In ein paar Jahren sind sie bestimmt genauso bequem wie das in seinem alten Haus.

4

Hackfleisch und Tischmanieren

Alice hat Shepherd's Pie gemacht. Sie ist Hackfleischfan, es ist so vielseitig. Obwohl Alices Hackfleischgerichte irgendwie alle gleich schmecken – nämlich nach Kantine.

Shepherd's Pie ist das letzte, was Guy will. Er hat im Sheekeys Fischküchlein an Sauerampfersauce zu Mittag gegessen.

»Schön für dich, hier gab's Knäckebrot mit Käse«, blaffte Alice, so daß er schuldbewußt den Tisch deckte.

Alice legt Wert darauf, »daß sich die ganze Familie am Ende des Tages zu einer gemeinsamen Mahlzeit hinsetzt«. Wie es sich »für wohlerzogene Menschen gehört. Wir sind schließlich keine Wilden.«

Ich war heute ein sehr wohlerzogener Junge, denkt Guy, während er eine Flasche Tomatensauce aus dem Schrank holt, wenn man die Umstände bedenkt.

Ein Fick auf der Behindertentoilette steht auf Alices Liste der Dinge, die wohlerzogene Menschen tun, wohl kaum an erster Stelle. Um ehrlich zu sein, weiß Guy nicht, was Alice mehr erzürnen würde – der Akt fleischlicher Untreue selbst oder die Tatsache, daß er in einer Kabine für Rollstuhlfahrer stattfand.

»Also ehrlich, Guy, dafür gibt es keine Entschuldigung, das ist purer Egoismus.«

Böse Peanut, eigentlich ist es ihre Schuld. Als er heute morgen zur Arbeit kam, hockte sie auf dem Empfangstresen von Lexington Sound und aß eine Banane, also bitte.

Und als sei das nicht genug, trug das gerissene kleine Luder auch noch ein T-Shirt, auf dem Guys Mission für diesen Morgen stand (sollte er die Herausforderung annehmen). Eine deutliche Botschaft in weißen Buchstaben auf rosarotem Grund: »Fcik mich bis ich fruz!«

Und das hatte er – nicht daß sie gefurzt hätte, das wäre auch nicht sehr romantisch gewesen beim ersten Date. Nicht daß es wirklich ein Date war. Sondern? überlegt Guy, während er die Gabeln links und die Messer rechts legt (Alice nimmt es mit den Tischmanieren sehr genau) – eine »Begegnung«, bei der ein Austausch von Körperflüssigkeiten stattgefunden hatte?

Natürlich hatte er ein Kondom benutzt. Peanut war ein süßes Ding, eine Kylie-große Venus mit dem Gesicht einer Cupie-Puppe, aber wer wußte, wo sie sich schon rumgetrieben hatte? Ihre Kunstfertigkeit ließ darauf schließen, daß sie keine Anfängerin war, beileibe nicht.

Manche Frauen, spekuliert Guy, müssen die Sexschule besucht haben. Wie sie den Rücken neigen, sich die glänzenden Lippen lecken, dem leisen Stöhnen ein hohes Quietschen und dann ein Wimmern folgen lassen und mit künstlichen Nägeln über schweißnasse Oberkörper fahren, verrät sie. Der Kopfmensch Guy hakt auf seiner Liste ab, was genau passiert ist, wer was bei wem gemacht hat.

Ein erster Kuß mit Bananengeschmack, gefolgt von einem Finger in ihrem Schlüpfer, einem offenen Reißverschluß, heißem Atem an seinem Schwanz. Der Kopfmensch Guy erinnert sich an den chronologischen Ablauf der Ereignisse bis zur Penetration, doch danach verlassen sie ihn. Der Bauchmensch Guy hat irgendwann gegen elf Uhr die Führung übernommen, als sein Hirn sich in einem mächtigen Orgasmus auflöste, bei dem er fast den Handgriff aus der Wand riß. Danach hatte sie ihren Rock zurechtgerückt, einen winzigen Fetzen rosa Spitze aufgehoben und gesagt: »Mr. Jamieson, das war nett.«

Nett! Es waren die besten zehn Minuten seines Lebens gewesen. Während er hinaus schwebte, seine Eier herrlich leicht, den Alibi-Kalender in der Tasche, hatte sie ihm einen Luftkuß zugeworfen. Und er hatte ihn aufgefangen (peinlich, im Nachhinein). Erst als er wieder in seinem Büro war, entdeckte er den winzigen Fetzen rosa Spitze in der Tasche seines Jacketts. Es dauerte eine Sekunde, bis er begriff, daß es ein Stringtanga war!

Alice trägt keine Stringtangas. »Zahnseide für den Po«, sagt sie und verpackt ihren Hintern lieber in Stützschlüpfer.

Peanuts Tanga liegt nun in Guys Schreibtischschublade. Er hatte ihr sofort eine SMS geschrieben: »cu morgen in der Mittagspause? – gx.« Die Antwort kam wenige Sekunden später: »Hol mich um 1 ab px.«

Als er später mit Penny, seiner Assistentin, den Terminkalender für die Woche durchgegangen war, hatte er Peanuts Bleistiftnotiz gesehen, die auf dem blaßblauen Papier seines Smythson-Organizers 2004 kaum lesbar war. »Peanut vögeln«, hatte sie geschrieben.

»Ah«, Guy reagierte wie ein Vater auf das erste selbst gemalte Bild seines Kindes, und statt es auszuradieren, riß er die ganze Seite aus seinem Kalender und legte sie zu ihrem Höschen. Den Rest des Tages war er auf Autopilot, erledigte Telefonate, ging zu Meetings, aß Fischküchlein, arbeitete an einem Pitch für einen Werbespot, schickte Peanut einen Blumenstrauß.

»Was soll auf der Karte stehen, Sir?«

»Äh, mmh, Küsse reicht.«

»Kein Name?«

»Nein, kein Name. Sie weiß schon, von wem die sind.«

»Danke, Sir, und wenn Sie schon mal dabei sind, wollen Sie Ihrer Frau auch gleich ein paar Blumen schicken?«

Natürlich sagte sie das nicht, aber ihr Tonfall suggerierte es.

»Ich hab eine Affäre«, flüstert er vor sich hin. »Ich hab eine Geliebte mit Größe 36, makelloser Haut und Schmollmund.

»Jungs!« Alice ruft die Kinder zu Tisch. »Wascht euch die Hände, Abendessen.«

Guy gießt sich ein Glas Rotwein ein. Er muß sich zusammen reißen. »Verhalt dich ganz normal, paß auf, was du tust«, ermahnt er sich. »Konzentrier dich auf das Abendessen mit deiner Familie, deiner Frau und deinen Söhnen.«

Meine Söhne, denkt Guy. Ich hab zwei Söhne. Ich hab gesehen, wie sie geboren wurden. Zuerst Max, in einer dunklen Februarnacht 1992, und dann Sam, drei Jahre später an einem heißen Augustnachmittag.

Guy erinnert sich an die plötzliche Panik, als der Koboldkopf seines ungeborenen Sohnes in irgendeinem Knick der weiblichen Röhre stecken blieb, die fallende Herzfrequenz und die richtungslose Hektik, mollige Schwestern im Laufschritt, die schwarze Hebamme, die mit dem Tropf hinterher trippelte. Er erinnert sich, wie er nach draußen geblickt hatte, wo Leute auf Bänken saßen und Eis am Stiel lutschten.

Sie zogen eine kleine Trennwand hoch, doch er konnte das Blut riechen, das schwere Aroma wie bei einem altmodischen Schlachter. Er war überrascht, kein Sägemehl auf dem Boden zu sehen. Und dann die Geräusche – das Reißen von Alices trommelprallem Bauch, gefolgt von einem Schlürfen.

Sekunden später hielten sie das Baby hoch wie eine schlaffe graue Puppe. »Ein Junge, Mrs. Jamieson, Sie haben noch einen kleinen Jungen.«

Alice hatte eine Weile an Depressionen gelitten, die Hormone spielten verrückt. Doch sie kam drüber weg. Frauen wie Alice kommen über alles weg. Alice ist tüchtig – wozu braucht sie mich überhaupt noch? Sie hat die Kinder, sie hat ihre Freundinnen, häßliche Hexen mit Haaren am Kinn, die den *Guardian* lesen, ihren Buchclub und ihre Keksdose. Guy ist so abgelenkt, daß er sich kaum an die zweiten Namen seiner Söhne erinnern kann.

»Kann ich ein bißchen Rotwein haben, Papa?«

»Sei nicht albern, Max«, blafft Alice. In Frankreich ist das vielleicht üblich, aber nicht in ihrem Haus.

Max ist zwölf. Sein weißes Schulhemd ist mit blauer Tinte befleckt, er redet schnell und etwas unzusammenhängend, seine Ellbogen sind spitz, und das weiche braune Haar hängt ihm in die grauen Augen. Sein zweiter Name (Guy denkt fieberhaft nach) ist Thomas. Maxwell Thomas Jamieson. Nicht zu klein, nicht zu groß, nicht zu schlau, nicht zu doof, Max ist eben Max, ein runder Pflock im runden Loch des Lebens. Sam dagegen ist kantig. Das ist Alices Schuld – sie bemuttert ihn, zu Max ist sie viel strenger.

Wie auf Stichwort blafft Alice ihren Ältesten an: »Halt dein Messer richtig, Max, und schling nicht so, wir sind doch keine Wilden.«

Max erzählt eine lange und ziemlich verzwickte Geschichte von einem Jungen, der von seiner Schule suspendiert wurde. Die Worte purzeln nur so aus seinem Mund, während er nach dem Ketchup greift und ihn großzügig im Zickzack über sein Essen kippt.

»Max, du brauchst keine Tomatensoße. Eine echte Frechheit ist das. Sag doch auch mal was, Guy.«

Guy weiß nicht, was er sagen soll. Der Shepherd's Pie ist trocken und fade wie die Möse einer Nonne. Für ihn ist das okay, er kann ihn mit dem Rioja runterspülen.

Plötzlich stößt Samuel (William) Jamieson einen tiefen Seufzer aus, läßt den Kopf auf die Brust sinken und Messer und Gabel theatralisch auf den Tisch fallen.

»Ich kann das nicht essen«, wimmert er.

Alice ist sofort abgelenkt. Sam war schon immer ein schlechter Esser. Als Kleinkind mußte er zu jedem Löffel mit ausgetüftelten Spielen und Tsch-tsch-tsch-Eisenbahnen überredet werden.

»Komm schon, mein Spatz«, gurrt sie, »das ist doch dein Lieblingsessen. Komm auf meinen Schoß.«

Sam ist neun – er ist zu alt, um bei seiner Mutter auf dem Schoß zu sitzen. Alice drückt ihn an sich, fühlt ihm die breite Stirn und sucht unter seinem T-Shirt nach Ausschlag. Sams Haut ist blaß wie eine Kirchenkerze. »Hier, mein Mäuschen«, sagt Alice, und ohne sich für ihre Doppelmoral zu entschuldigen, greift sie nach der Heinz-Flasche und kippt einen großen Klecks auf seinen Tellerrand. Sam öffnet den Mund wie ein Küken, und Alice mischt Ketchup unter das graue Hackfleisch und füttert ihn. »Braver Junge.«

Max blickt seinen Vater an. Ich sollte was sagen, denkt Guy, doch statt dessen schiebt er Max sein Glas hin und zwinkert seinem ältesten Sohn zu, als der Junge einen großen Schluck trinkt. Sie treibt uns beide in den Suff, denkt er.

Später, nachdem Guy und Max den Geschirrspüler eingeräumt haben und Guy die Flasche Rotwein ausgetrunken und daher während einer Folge von *West Wing* den Faden verloren hat, folgt er seiner Frau ins Bett. Sie liest, ihr Schlüpfer liegt auf dem Schlafzimmerboden, schlaff wie ein kleiner Fallschirm. Guy steigt darüber hinweg. Alice legt das Buch beiseite. »Ich hab über unseren Urlaub nachgedacht«, sagt sie.

Scheiße, denkt Guy, das Hemd halb ausgezogen, ich hab vergessen, nach Kratzspuren zu sehen. Vorsichtshalber kratzt er sich kräftig und steigt schnell in seinen Pyjama. Peanut möge mir vergeben, daß ich Pyjamas trage, fleht er still, und klettert fix in den schmalen Spalt, der seine Bettseite ausmacht.

»Die Clementses wollen in Frankreich zelten, und ich dachte, es wäre lustig, wenn wir mitfahren.«

Ich würde mir lieber mit einer Gabel die Augen ausstechen, denkt Guy. Allein die Vorstellung, daß es für ihn, Guy Jamieson, leitender Creative Director der preisgekrönten Werbeagentur Shelby, Jamieson und Mott, auch nur eine Sekunde in Frage käme, mit diesen Freaks Urlaub zu machen! Mit der tittenlosen Di, ihrem Großkotz von einem Mann und ihren albernen Kindern, dem übelriechenden Solomon, der fetten Aphrodite und dem unterentwickelten Silas – das soll wohl ein Witz sein.

Er schluckt. »Eigentlich, Alice, habe ich urlaubstechnisch noch einen Trumpf im Ärmel.« Das ist gelogen, er hat nicht mal dran gedacht.

»Oh«, erwidert Alice, »und was bitte?«

»Überraschung«, blufft Guy.

Alice dreht sich auf die Seite, um weiterzulesen, und verströmt dabei eine mächtige Shepherd's-Pie-Wolke. Guy spürt geradezu den heißen Lufthauch an seinem baumwollbedeckten Bein. »Fcik mich bis ich fruz«, fällt ihm ein, und er schließt die Augen, um an Peanut zu denken, doch das faulig fleischige Aroma aus Alices Arsch verdirbt alles.

Guy öffnet die Augen. Alice neben ihm ist eine konturlose Masse, ein riesiger Haufen aus Bettdecke und Fleisch. Früher war sie nicht so dick – es war einmal, da war sie auf attraktive Weise drall.

Als Guy Alice kennenlernte, war sie nur die Mitbewohnerin seiner Freundin. Er hatte sie kaum wahrgenommen. Sie hätte ebensogut Virginias Meerschweinchen sein können, diese lustige kleine sommersprossige Freundin, die Ginny samstagnachmittags zu seinen Rugby-Spielen begleitete. Irgendwann war es dem reichen Töchterchen Virginia dann zu dumm, am Spielfeldrand zu bibbern. Sie hatte Besseres zu tun, als im Matsch rumzustehen und sich die Stiefel zu ruinieren. Alice nicht. Guy gewöhnte sich daran, aus dem Augenwinkel zu sehen, wie sie ihn unermüdlich anfeuerte, die gute Alice. In der Halbzeit brachte sie ihm eine Thermoskanne mit heißer Tomatensuppe.

Eines besonders feuchten Nachmittags hatte er sie in die Wohnung begleitet, die sie mit Virginia teilte, um seine Socken auf ihrem kleinen elektrischen Kamin zu trocknen. Er hoffte, Virginia zu sehen. Laut Alice lag sie mit einer Erkältung im Bett – doch das stimmte nicht, sie lag mit einem Kerl namens Rupert im Bett. Die folgende Szene war ziemlich häßlich gewesen. Erst gab er Alice die Schuld, doch sie schwört bis zum heutigen Tag, daß sie nichts davon wußte.

Nachdem Guy unter Türenknallen die Wohnung verlassen hatte, verlor er beide Mädchen aus den Augen, doch etwa ein Jahr später, als der Unfall geschah und er in tausend Stücke zerbrach, tauchte aus dem Nichts Alice auf und fing an, ihn wieder zusammenzuflicken. Irgendwie führte Dankbarkeit zu Hochzeit und Hypothek und Kindern, allerdings nicht unbedingt in dieser Reihenfolge. Alice hatte eine strahlende (wenn auch etwas aufgeblähte) Standesamt-Braut abgegeben. Es war eine ganz kleine Hochzeitsfeier gewesen – Guys Eltern konnten nicht kommen und die von Alice waren nicht eingeladen.

Inzwischen schämt Guy sich für seine Frau. Sie passen nicht mehr zusammen – sähe man sie in einer Menschenmenge, würde niemand darauf kommen, daß sie Mann und Frau sind. Da ist Guy sich sicher. Er hat die überraschten Blicke seiner Kollegen gesehen, wenn er sich gezwungen sah, sie bei Geschäftsessen, Preisverleihungen und Weihnachtsfeiern vorzustellen.

Einmal hörte er zu seiner Beschämung auf der Toilette im Dorchester einen seiner Texter über sie lästern. »Der alte Jamieson hat die Arschkarte gezogen, hast du seine Alte gesehen?« In dem Moment zog jemand die Spülung und Guy konnte den Rest nicht verstehen, doch dem anschließenden Gewieher nach zu urteilen, mußte es irrsinnig witzig gewesen sein.

Wenn ich mich in einer Werbung spielen sollte, überlegt Guy, und ich müßte jemanden als meine Frau casten, würde ich bestimmt nicht Alice wählen. Die Zuschauer würden ja denken: »Was macht dieser durchtrainierte Typ mit so einer Sumpfkuh?« Ich würde Kelly Brook nehmen oder eine junge Amanda Holden.

Guy weiß um den Wert eines guten Castings. Das letzte Wort, diese Blonde oder jene Brünette, der aufgekratzte Ire oder der kesse Urlondoner, gehört zu seinem Job, Entscheidungen, Entscheidungen. Eine große steht noch bevor – könnte er nur aufhören, an Peanuts Brüste zu denken, und sich konzentrieren. Der Klient, in diesem Fall eine bekannte Biermarke, wird natürlich seinen Einfluß geltend machen, doch normalerweise vertraut man dem Urteil eines Experten, und das ist Guy.

Neun von zehn Malen entscheidet er aus dem Bauch heraus. Ein Schauspieler oder Komiker hat genau die Geste oder Mimik, die ihn zum »richtigen Gesicht« macht. Bei den Frauen sind oft Beine, Titten oder Arsch ausschlaggebend.

Ich brauch einen Mann, der sagt: »Ich bin cool, ich bin witzig, aber ich bin auch verletzlich und ich liebe meine Mama.« Guy grübelt, bis der Schlaf seine Augenlider schließlich in Geiselhaft nimmt.

In der Nacht träumt er, wie er Alice in einem großen schwarzen Kleidersack zur Altkleidersammlung trägt. Im Traum sagt er zu der Frau hinter dem Tresen: »Hier sind ein paar alte ausgefranste Jacken. Und diese Ehefrau brauch ich eigentlich auch nicht mehr, sie nimmt so furchtbar viel Platz weg.«

Auch Alice neben ihm träumt.

5

Alice im Puppenhaus

Alice hat immer wieder denselben Traum, unabhängig davon, ob sie Käse gegessen hat, Blauschimmel oder sonst was, Ziegen- oder Kuh-, Butter- oder Hüttenkäse. Er kommt ohne Vorwarnung nach Hähnchenpfanne oder Thunfischauflauf, manchmal zweimal pro Woche, manchmal nur einmal im Monat. Er schlängelt sich in ihr Unterbewußtsein und reißt sie aus dem Schlaf. Sie faßt sich an die Kehle und muß sofort nachsehen, ob ihre Söhne noch atmen.

In ihrem Traum steht Alice im Erdgeschoß eines Puppenhauses, in einer Küche, wo Miniaturkupferpfannen von winzig kleinen Häkchen hängen und ein Plastikschinken auf dem winzigen Tisch aus Kiefernholz hockt. Diese Küche mit der walisischen Anrichte, den karierten Vorhängen und dem dreibeinigen Hocker ist Alice inzwischen nur zu vertraut.

Alice hat als Kind nie ein Puppenhaus besessen. Dabei hat sie es sich so sehr gewünscht. Sie hatte eine Freundin namens Sheona Davey, die eins zum achten Geburtstag bekam, doch Alice durfte es nicht anfassen, nur anschauen. Einmal, als Sheona Davey aufs Klo ging – »Vergiß nicht, Alice, nicht anfassen« –, berührte Alice das kleine Klavier mit den Notenblättern und war ebenso empört wie enttäuscht, daß die Tasten nicht funktionierten. Sheona Davey war ein sehr herrisches Mädchen. Jahre später ging sie zur Armee (laut *Friends United*), was Alice nicht besonders überraschte.

Die Alice im Puppenhaustraum trägt ein blaues Blümchenkleid mit Rüschen und weißer Schürze – könnte viktorianisch sein, aber ebensogut Laura Ashley, so etwa 1974. Die Beine unter Alices Kleid sind aus Porzellan. Das macht das Gehen ziemlich kompliziert. Um überhaupt vorwärts zu kommen, muß Püppchen Alice sich fallen lassen und auf den Ellbogen robben. Es geht nur langsam voran, aber sie gibt nicht auf – sie darf nicht, sie hört das Baby schreien.

Alice weiß, wo das Baby ist, denn während ihr Puppenselbst im Haus ist, steht die normale, lebensgroße Alice davor und späht hinein. Ihr Gesicht ist deutlich zu sehen, obwohl sie fest schläft. Alice kann ihre Augen sehen, Nase und Wangen an die Wand gepreßt, doch sie darf nur schauen, nicht anfassen.

Die große Alice kann von draußen in alle Zimmer sehen. Sie sieht ihr Miniatur-Alter-Ego in der Küche, die Standuhr im Flur und das viktorianische Badezimmer. Vor allem kann sie in das Dachzimmer sehen, mit der schrägen Decke und dem Schaukelpferd in der Ecke neben dem Gitterbett, wo das Weinen herkommt. Die große Alice würde Porzellan-Alice gern helfen, doch sie darf ja nichts anfassen.

Die kleine Alice krabbelt durch die Küche, doch sie kann die Tür nicht öffnen, weil ihre Hände klumpige Strumpfstummel sind. Mit dem Gesicht nach unten steht sie vor der geschlossenen Tür und hört das Baby schreien – obwohl sie keine Ohren hat.

Der Traum endet immer damit, daß die große Alice die

Regeln bricht und einen Finger durch das Fenster in das Gitterbett steckt, das aber leer ist. Mal ist ein Knopf unter der Decke oder eine getrocknete Erbse, mal ein Ohrring, den Alice vor langer Zeit verloren hat, aber nie ein Baby aus Fleisch und Blut.

Deshalb muß Alice, sobald sie mit pochendem Herzen aufwacht, die Beine aus dem Bett schwingen und sich davon überzeugen, daß sie zwar fett und wabbelig, aber funktionstüchtig sind. Beine, die sie aus dem Zimmer, das sie mit ihrem Mann teilt, durch den Flur zu ihren schlafenden Söhnen tragen.

Erst sieht sie nach Sam, ihrem Jüngsten. Sam schläft so tief, daß sie ihn zu ihrer Beruhigung manchmal anstupsen muß. Als er noch ein Baby war, hielt sie ununterbrochen einen Spiegel an seine Lippen, bis ein Fleck feuchten Dunsts bewies, daß seine Lungen noch atmeten. Max, ihr Ältester, im hinteren Schlafzimmer, schläft viel unruhiger. Meist sieht sie ihn schon zucken und hört ihn murmeln, sobald sie nur den Kopf durch die Tür steckt.

Alice hat Guy nichts von dem Traum erzählt. Warum auch? Er hört sowieso nicht zu. Einmal hat sie den Fehler begangen, Di davon zu erzählen, die ihn sofort in aller Ausführlichkeit analysierte, als sei Alice zu blöd, selbst drauf zu kommen, was er bedeutet.

Schade, denkt Alice. Ich hätte gern ein kleines Mädchen, ein kleines Mädchen mit eigenem Puppenhaus. Ich bin, erinnert sie sich selbst, eine gute Mutter. Ich würde kleine Vorhänge nähen und Würstchen kneten.

Nachdem Alice von ihrem Traum aufgewacht ist und nach den Jungs gesehen hat, ist sie meist sehr hungrig. Liegt wohl an dem ganzen Rumgerutsche auf den Ellbogen, denkt sie, und schleicht auf Zehenspitzen nach unten, um sich ein Brot zu schmieren. Es ist der Traum, der mich fett macht, denkt sie, und kippt sich ein Glas Milch ein.

Einmal, vor ein paar Monaten, als sie um drei Uhr morgens genau hier in ihrer echten Küche stand und sich dick Erdnußmus aufs Schwarzbrot klatschte, hörte sie wirklich ein Weinen. Ihre Beine erstarrten, als wären sie tatsächlich aus Porzellan, und sie blieb wie angewurzelt stehen. »Reiß dich zusammen – das ist nur eine Katze, Alice, nur eine dumme alte Katze. Hier gibt es kein Baby.«

Wäre in diesem Moment ein Einbrecher gekommen, hätte er Alice weinend auf dem Fußboden vorgefunden, den Mund voll mit halb zerkautem Erdnußmusbrot.

6

Ein Job für Joe

Joe hat einen Job, was für eine Erleichterung. Bisher ist dieses Jahr nicht so gut gelaufen, und ein Steuerbescheid steht ins Haus. Ein Damenunterwäsche-Shooting für Asda. Vor zehn Jahren hätte er abgelehnt – heutzutage kann er es sich nicht mehr leisten, wählerisch zu sein. Er hat Familie, zwei Familien, genauer gesagt. Seine Mario-Testino-Zeit ist vorbei.

Es war einmal in den Achtzigern, da war er das Wunderkind des Royal College. Alle prophezeiten ihm eine glänzende Karriere, und eine Zeitlang behielten sie recht. Ein paar Preise, meist häßliche Plexiglasklötze, betrunkene Dankesreden in Park-Lane-Hotels. Joe, pseudokünstlerisch zerzaust in seinem Smoking, inklusive Designer-Dreitagebart und schiefer Fliege, würzte seine Danksagungen mit Obszönitäten. In einem Jahr hieß es sogar, er sei für den Turner-Preis nominiert, doch dann gewann ein Mädchen, das Collagen aus Klopapier machte.

War er faul geworden oder einfach nur gierig?

Als sein Name bekannt wurde, hatte er die Wahl, sich selbst und der Kunst treu zu bleiben oder viel Geld zu verdienen, und er entschied sich fürs Geld. Er war verheiratet, ein Baby war unterwegs.

Einige Jahre rollte der Rubel. Anfang der Neunziger stand Joe Dobson bei den Zeitschriftenredakteuren hoch im Kurs. Er beugte sich dem Hype, ließ sich die Haare lang wachsen, fuhr Motorrad und trank jede Menge Espresso. Selbst die seriösen Zeitungen hatten an dem Vorzeige-Rock'n'-Roll-Fotografen einen Narren gefressen. Und dann, praktisch über Nacht, hatten plötzlich alle genug von ihm: Wenn er die Sonntagsbeilagen aufschlug, standen andere Namen neben den Fotos, die noch vor einem Monat er geschossen hätte.

Erst war er geschockt. Joe fing an, an seinen Achselhöhlen nach strengen Körperausdünstungen zu schnuppern. Manchmal meinte er, eine gewisse Schalheit zu riechen, der abgestandene Muff des ewig Gestrigen, und er begann zu trinken – viel, wovon er eine Wampe kriegte.

Eines Tages sah er sich zufällig im Spiegel: zu enge Jeans, zu langes Haar und Cowboystiefel, verfluchte Scheiße. Kein Wunder, daß niemand ihn wollte. Er brachte sich auf die Reihe, trank weniger, berührte ein paar Mal die Zehen, schmiß die Cowboystiefel weg, und irgendwann fing das Telefon wieder an zu klingeln.

Er mußte damit leben, daß die Jobs andere waren. Er war eben nicht mehr Linda Evangelistas Lieblingsfotograf – Pech gehabt. Stolz, denkt Joe, ist schwerer runterzuschlukken als ein Rollmops. Nach all den Jahren hat er immer noch nicht das Gefühl, das Boot verpaßt zu haben. Im Gegenteil, er war drauf, aber irgendwie war er über Bord gegangen.

Inzwischen ist es für ihn nicht mehr als ein Job, ein bißchen Mode, aber vor allem Food. Weihnachtsmenüs für die Zeitschrift *Good Housekeeping* im September, Schritt-für-Schritt-Anleitungen für Marzipan à la Delia Smith für Saintsbury, 101 Rezepte für Granatäpfel und Limonen. Joe gähnt so ungeniert, daß sein Kiefer kracht.

»Müde?« fragt das Make-up-Mädchen. Eigentlich ist sie

eher eine Frau – eine dieser über Vierzigjährigen, die sich gut gehalten haben, die immer noch mit weiten Cargohosen und Westen durchkommen. Sie trägt Make-up auf das Bein eines Models auf, um blaue Flecken zu kaschieren. »Wieder mal auf der Treppe gevögelt, Schätzchen?«

»Todmüde«, erwidert Joe und denkt müßig, daß sie weitaus attraktiver ist als die fünf Agentur-Schnitten, die, obwohl sie Jahrzehnte jünger sind, schlaff auf Plastikstühlen hängen.

»Ich bin Gina«, sagt sie. »Ich glaub, wir haben vor Ewigkeiten bei irgendeiner Levi's-Geschichte zusammen gearbeitet.«

»Bin schon ewig dabei«, kichert Joe (er muß sein Glucksen und Kichern in den Griff kriegen).

»Ich auch«, erwidert Gina und gibt dem Mädchen mit den blauen Flecken einen Klaps. »Du bist fertig, jetzt ist Gayle dran.«

Eine üppige Brünette kommt auf zahnstocherdünnen Absätzen angewackelt. »Setz dich hin, Süße, sonst kippst du noch um.«

Joes Ausrüstung ist aufgebaut. Seine Agentur hat ihm einen Assistenten zur Verfügung gestellt, einen netten, verschüchterten Waliser mit feuchten Händen. Gina schabt oranges Make-up von Gayles Gesicht. »Überlaß das Schminken den Experten, Schätzchen.«

»Machen wir Tangas?« erkundigt sich Gayle. »Ich hab nämlich einen Riesenpickel am Arsch.«

Ach, dieser Glamour, denkt Joe, und erinnert sich an die glorreichen Zeiten der Topmodels mit makellosen Ärschen. Kate, Naomi, Linda, die Rennpferde des Gewerbes, langbeinige, reinrassige Füllen. Dagegen sehen die hier aus wie ein Haufen Grubenponys.

Er weiß, er ist ungerecht. Jedes dieser Mädchen könnte in den Nachtclubs von Essex Fußballer aufreißen, sie sind nur nicht sein Typ. Er bildet sich ein, daß ein Hauch Silikon in der Luft liegt.

Die Mädchen laufen in Bademänteln rum. Joe weiß, daß sie darunter nackt sind. Unterwäsche muß schon Stunden vor dem Shooting abgelegt werden, damit die Abdrücke der Gummibänder verblassen. Doch trotz seines Insiderwissens schlummert Joes Penis schlaff in seiner Hose.

Zwei Blondinen, zwei Brünette (eine Asiatin) und eine Rothaarige. Vier von fünf rauchen, wobei sie die Asche mit Acrylnägeln in leere Cola-light-Dosen schnippen. Die mit dem Pickel am Arsch blättert im *Brautmagazin*. »Ich heirate nämlich«, verkündet sie und plötzlich sind sie in einer anderen Welt, tratschen über Hochzeitstorten und Brautjungfern und Wodka-pinkelnde Eisskulputuren, schnatter, schnatter, schnatter.

Joe kriegt Kopfschmerzen. Der Stylist und der Art Director kommen und scheuchen die Mädchen in ein Hinterzimmer, wo eine Kleiderstange mit BHs und Schlüpfern, Strapsen und Bustiers wartet. Joe hört sie immer noch. »Habt ihr einen Schornsteinfeger?« – »Meine Freundin hat es in Antigua gemacht.« – »Na und, ich hab's schon hinterm China-Imbiß gemacht.« – »Haaa!« Sie kreischen, während sie sonnenstudiogegerbte Körper in Satin und Spitze schlängeln.

»Hast du eine Nurofen?« fragt er Gina, und die wühlt in einer rosa Ledertasche, bis sie triumphierend ein Tablettenblister hoch hält. Irgendwie übersteht er das Shooting mit Hilfe einer Handvoll Kinderaspirin. Die Mädchen müssen ständig ermahnt werden, keinen Schmollmund zu machen – das hier ist Asda, nicht der *Playboy*. »Denkt an George«, lautet die Devise, »nicht an Hugh Hefner.«

Bei manchen ist die Pose des lesbischen Pornostars wie eine nervöse Angewohnheit. Sobald Joe die Kamera vors Auge hält, machen sie entweder auf pseudo-unschuldiges Schulmädchen oder fletschen die Zähne wie schnurrende Sexsirenen.

Irgendwann ist Gayle auf allen Vieren und die Rothaarige sitzt auf ihrem Rücken. »Wir beide haben letzten Monat zusammen ein *Loaded*-Shooting gemacht. Soll sie meine Titten anfassen?«

»Äh, nicht nötig«, ruft Joe, »stellt euch einfach hin.«

Joe verschießt einen Film nach dem anderen. Warum sind sie nicht einfach sie selbst?

»Pause«, ruft er irgendwann, und sofort fangen sie wieder an zu schnattern, stecken kichernd die Köpfe zusammen und sagen Gayle, wie sie sich an ihrem großen Tag die Haare frisieren soll. Verstohlen legt Joe seinen letzten Film ein und drückt ab: schon besser, ein paar Mädchen, die in Unterwäsche herumalbern. Die Rothaarige lacht über etwas, das eine der Blondinen gesagt hat, die andere Blondine schlägt entsetzt die Hand vor den Mund, Gayle verzieht das Gesicht, und die Asiatin steht aus unerfindlichem Grund auf dem Kopf. Das ist es, denkt Joe, und für eine Sekunde läßt der Adrenalinrausch sein Herz pochen. Der Absturz folgt auf dem Fuß. Sie werden's nicht nehmen, zu unkonventionell, ach, scheiß drauf, egal.

»Das war's, Mädchen«, und sie flattern davon wie Papageien. »Tiaras find ich schön.« – »Was ist mit der Hochzeitsreise?« Und: »Bei der letzten Hochzeit, auf der ich war, hab ich mir den Magen verdorben und das Taxi vollgeschissen.«

Gina räumt auf. Joe bietet ihr eine Tasse Tee an, während der Waliser seine Ausrüstung einpackt.

»So, bis Ostern hab ich frei«, erzählt sie Joe. »Schwarz,

keinen Zucker, danke. Ich hab Urlaub, und bevor du auf Friseur machst und fragst, wohin es gehen soll – Italien«, und summt hoffnungslos schief »Just One Cornetto«.

Das erinnert Joe sofort an Hils. Die kann auch nicht singen. Hils darf nicht mal »Happy Birthday« singen – die Kinder haben es ihr verboten. Schon als sie noch ganz klein waren, hat sie an ihren Geburtstagen nur die Lippen bewegt. Ostern hat sie gesagt? Natürlich, Hils fährt mit Tabitha und Saul zu den Großeltern. Seinen Eltern. Warum fährt er nicht mit?

Weil ich nicht eingeladen bin.

»Schönes Hotel?« Joe fällt plötzlich ein, daß er sich gerade unterhält und an der Reihe ist, etwas zu sagen.

»Eigentlich nicht. Ferienwohnung ohne Verpflegung in so einer Palast-Geschichte – ich hab sogar den Prospekt dabei. Hier, guck mal. Ich wollte es auf dem Nachhauseweg meiner Schwester zeigen. Kinder und Hotels schließen sich aus.«

»Was du nicht sagst.« Fast hätte Joe gegluckst, aber er hält sich zurück. Der Prospekt fällt auf einer Seite in Grundfarben auf – Sonne und Meer und Fischerboote. Palazzo Gardenia, liest er.

»Hast du Kinder?« fragt sie, während sie die elektrischen Lockenwickler zum Aufladen wieder auf die Metallzacken steckt.

»Dreizehnjähriges Mädchen, zehnjähriger Junge«, antwortet Joe, während er den Prospekt überfliegt. Gelegen an einem herrlichen, goldgelben Strand ...

»Oh.« Sie grinst. »Ich auch, nur andersrum, dreizehnjähriger Junge, zehnjähriges Mädchen.«

Einzigartiger Charme und entspannte Atmosphäre, der perfekte Familienurlaub... »Ach, und ich hab auch noch eine Zweijährige«, fügt Joe hinzu. Verdammt, fast hätte er Freya vergessen!

Ruhige Lage, aber in Gehweite vom entzückenden Fischerdorf Santa Helena del Castellabate mit buntem Wochenmarkt, Bars und Restaurants ...

»Ziemlicher Altersunterschied«, wundert sich Gina, »funktioniert das? Weißt du, ich bin eine echte Glucke. Ich sehe ein süßes sabberndes Baby und denk, ich will auch eins, und dann denk ich wieder, nee, kauf dir lieber ein paar neue Schuhe.«

Joe lacht, aufrichtig. Die Frau gefällt ihm. Er reißt seine Augen von dem Prospekt los. Großer, in die Landschaft eingebetteter Pool inmitten von Bougainvillea, duftendes Geißblatt, Privatstrand ...

»Ich muß allerdings bald in die Gänge kommen, sonst ist die Eier-Uhr abgelaufen.«

»Ehrlich gesagt«, gesteht Joe, »hab ich das Baby mit einer anderen Frau, meiner Freundin. Ich meine, äh, meine Frau und ich haben uns getrennt.« Er spürt, wie er rot wird.

»Willst du etwa sagen, du hast sie verlassen, weil deine Freundin schwanger war?« Gina hat es plötzlich eilig. Sie schleudert die Bürsten und Haartrockner in die große Sporttasche. »Ihr Männer seid doch alle gleich.«

Sie mag mich nicht mehr, denkt Joe und ist so aufrichtig betroffen, daß er Gina fast leid tut.

»Ach, nimm's nicht persönlich, es ist nur so langweilig. Es passiert immer wieder, und wenn es jemandem passiert, den man liebt, denkt man, verfluchte Scheiße, warum müssen manche Männer solche Arschlöcher sein? Tut mir leid, was soll ich sagen? Ich kann eine echte Zicke sein.« Ein Taxi hupt. »Das ist meins, ich muß los. Tschüß Mädels«, ruft sie.

»Tschühüüß«, antworten die Papageien einstimmig.

»Tschüß«, sagt Joe, doch sie dreht sich nicht mal um. »Du hast deinen Prospekt vergessen«, fügt er hinzu, aber so leise, daß sie es nicht hört.

Sie hätte ihn sowieso ignoriert, für sie ist er ein Mistkerl.

Gina dirigiert das Taxi nach Kennington, wo ihre Schwester mit drei Kindern unter sieben in einer Kellerwohnung haust, nachdem ihr Mann sie für einen zweiundzwanzigjährigen Croupier verlassen hat. Selbst die Netten benehmen sich wie Idioten, denkt sie.

Italien, denkt Joe. Er könnte mit den Kindern hinfahren, mit allen – er muß nur Hils fragen. Auf die Idee, Nina zu fragen, kommt er gar nicht. Wie Gina sagt: Selbst die Netten benehmen sich wie Idioten.

7
Herzen und Höschen

Guy vögelt Peanut nun schon genau sechs Wochen. Zur Feier des Tages kauft er ihr einen silbernen Schlüsselanhänger in Herzform von Tiffany und ein schwarzes Spitzenhöschen von Agent Provocateur. Er hätte ihr auch den passenden BH gekauft, aber er bekam die Größen durcheinander, und als er die Form ihrer Brüste demonstrieren wollte, kam er sich plötzlich vor wie Benny Hill.

Zum Dank bläst Peanut Guy einen. Dabei hockt sie auf Knien unter seinem Schreibtisch, während er geschäftlich telefoniert. Das ist wahrscheinlich das romantischste Geschenk, das er je bekommen hat. Das letzte Geschenk von Alice war ein Spezialhandschuh zum Autowaschen.

Guy liebt es, Peanut zu verwöhnen, ihre leuchtenden Augen, wenn sie das Geschenkpapier aufreißt. Alice zu beschenken, ist dagegen müßig. Nach Sams Geburt hatte er ihr bei Selfridges einen Satin-Morgenmantel gekauft. Sie tauschte ihn gegen einen Brotbackautomaten und eine beschichtete Bratpfanne um.

Als Peanut aus Guys Büro kommt, trägt sie ihr T-Shirt auf links und verkehrt herum, ein Detail, das Guys Assistentin Penny Cheetham nicht verborgen bleibt.

Penny Cheetham ist vierundfünfzig und war schon bei Shelby, Jamieson und Mott, bevor auch nur irgendein Headhunter je von Jamieson oder Mott gehört hatte. Guy hat sie geerbt, gegen seinen Willen, als der alte Shelby sich zurückzog, und nun hockt sie vor seinem Büro wie ein ausnehmend häßliches Möbelstück.

Mit ihren krummen Beinen und dem Damenbart paßt Miss Cheetham nicht so recht zum Rest der Büroräume mit dem skandinavisch blonden Holzfußboden, den obligatorischen schwarzen Ledersofas und modernen Möbeln aus Metall und Glas. Die Einrichtung von SJ&M ist eine Hommage an innovatives Design. Man beachte die Gaggia-Espressomaschine und das große orange Paradiesvogelblumen-Arrangement in der Ecke. Orchideen sind ja so was von out.

Leider ist Penny bei weitem die tüchtigste Kraft der Firma, und obwohl Guy jedes Mal bei ihrem Anblick zusammenzuckt, beschleicht ihn das furchtbare Gefühl, daß das Tagesgeschäft ohne ihre krötenartige Anwesenheit zusammenbrechen würde.

Obwohl Miss Cheetham an schmerzhaften Gebärmutter-Myomen leidet, hat sie sich noch kein einziges Mal krank gemeldet. Nicht einmal in der Mittagspause verläßt sie das Büro, sondern ißt lieber hartgekochte Eier und Schweinebraten aus der Tupperware-Dose auf ihrem Schoß.

Sie treibt Guy zur Verzweiflung. »Warum kann sie nicht Sushi essen wie jeder andere normale Mensch in der Werbung auch?«

Penny wohnt in South Norwood bei ihrer Mutter, und man sieht ihr an, daß sie nie verheiratet war oder Kinder hatte.

Toby Mott, Guys Partner, verschleißt eine Assistentin nach der anderen. Die einen fehlen ständig unentschuldigt, die anderen brechen nach Abtreibungen schluchzend zusammen oder werden beim Klauen erwischt. Scheiß-Glückspilz. Hätte Penny doch nur den Anstand, an ihrem Melton Mowbray zu ersticken.

Einmal hat Guy versucht, Penny bei einem Kartenspiel an Toby zu verlieren, doch Toby verlor jedes Spiel. »Tut mir leid, Alter, sieht aus, als hättest du sie für den Rest deines Lebens am Hals.«

Penny ist sauer auf Guy, weil er »mit diesem Mädchen rummacht«. Nicht, daß sie ihm das sagen würde – schließlich geht es sie nichts an –, aber innerlich kocht sie. Alice tut ihr leid, so eine nette Frau, und die beiden kleinen Jungs – man sollte ihn kastrieren.

Alice ist immer nett zu Penny gewesen. Manchmal kommt sie mit den Kindern im Büro vorbei, zum Beispiel nach einem pädagogisch wertvollen Museumsbesuch in der Stadt. »Hallo Penny«, sagt sie herzlich, »wie geht es Ihrer Mutter?« Sie ist sogar so höflich, sich die unendliche Geschichte von »Mutters grauem Star« und den Widrigkeiten ihrer Diabetes anzuhören, ohne gelangweilt zu wirken.

Dank Alice hat Penny jemanden, neben dem sie auf der Weihnachtsfeier im Büro stehen kann. Sie plaudern immer ganz reizend, auch wenn Alice dazu neigt, beim Sprechen Chipskrümel zu spucken. Penny macht Alice jedes Mal ein Kompliment für das Kleid, das sie seit drei Jahren trägt, und Alice staunt immer wieder darüber, daß Penny ihr Kleid selbst genäht hat!

Letztes Jahr hat Alice ihr eine Topfpflanze und ein Glas selbstgemachtes Chutney zu Weihnachten geschickt. Ich meine, Guy mag Harvey-Nicks-Geschenkkörbe für das ganze Personal bestellt haben, was sehr nett war, aber es ist die persönliche Geste, die zählt. Auch wenn Mutter das Chutney wegen ihrer Diabetes nicht essen konnte.

Jedesmal wenn Peanut, »die dumme Gans«, vorbeirauscht, wirft Penny ihr einen bösen Blick zu. Sie weiß nicht, wen sie mehr verachtet, Peanut mit ihrem gepiercten Bauchnabel, die dauernd die Haare zurückwirft (die kriegt noch ein Schleudertrauma, wenn sie nicht aufpaßt, denkt Penny düster), oder Guy, der dieses Flittchen anhimmelt wie ein liebeskranker Siebzehnjähriger.

Er hält mich zum Narren, schäumt Penny, die nie flucht, und dann hat er heute Morgen auch noch lässig einen Ferienprospekt auf ihren Schreibtisch geworfen und sie gebeten, einen Familienurlaub zu buchen. Fast hätte sie gefragt, ob sie Peanut mit einplanen solle. Aber es sieht wirklich traumhaft aus, denkt Penny sehnsüchtig. Jedes Jahr fährt sie mit ihrer Mutter in dasselbe Bed-and-Breakfast in Weston-super-Mare, wo das Frühstück aus Dosen-Grapefruit-Segmenten besteht und sie die Zeit mit Weston-super-Mare-Puzzles totschlagen.

Palazzo Gardenia, liest sie. Stellen Sie sich vor, Sie betreten den blumenreichen Garten durch einen wunderschönen Säulengang, wo die Nachmittagssonne durch die Torbögen fällt und der Duft von Geranien und Zitronenbäumen die Luft erfüllt ...

Stellen Sie sich vor, denkt sie, Sie betreten Marie Langdales B&B mit seinen senffarbenen Prägetapeten, wo der Regen gegen die Fenster schlägt und der Gestank von gekochtem Rindfleisch und Kohl die Luft erfüllt. Stellen Sie sich vor, Sie verweilen, um *Coronation Street* zu sehen und spazieren dann im Regenmantel die Promenade entlang. Stellen Sie sich Nylonlaken und eine kaputte Teemaschine vor. Stellen Sie sich Mutters bandagierte Beine und eitrigen kleinen Zeh vor. Stellen Sie sich den täglichen Verbandswechsel und das ständige Heuschreckengeklicker falscher Zähne vor.

»Was für ein Arschloch«, spuckt Penny. Zum ersten Mal läßt sie sich das Wort zwischen zusammengebissenen Zähnen auf der Zunge zergehen.

Alices begeistertes Geblöke vom Frankreich-Urlaub zwingt Guy zu handeln. Sogar die Jungs sind auf ihrer Seite. »Mama sagt, ich krieg ein Fischernetz und kann Fisch fürs Abendessen fangen«, erzählt Sam begeistert.

Seit Wochen schon will Guy im Internet »alles lieber als Zelten in Frankreich mit den Clementses« in eine Suchmaschine eingeben. Dann hatte er zufällig mit seinem Buchhalter zu Mittag gegessen, der irgend so einen Palazzo in Italien empfahl, und er hatte einen Prospekt bestellt.

Um den Rest soll Penny sich kümmern. Guy hat keine Zeit, Flüge und Unterkunft zu buchen, bei all der Arbeit und Peanut und dem Kinnbart, den er sich wachsen läßt!

Für Alice bietet Guys Kinnbart Anlaß zur Heiterkeit. »Keine Ahnung, was er sich dabei denkt«, gesteht sie Di Clements. »Wie das aussieht!«

»Wie ein Zuhälter«, erwidert Di, und beide prusten in ihren Apfel-Ingwer-Tee.

»Im Ernst, Alice«, sagt Di mißbilligend. »Ihr müßt euch wegen Frankreich bald entscheiden. Michael bucht nächste Woche die Fähre. Wir haben Rabattgutscheine aus dem *Guardian* gesammelt. Zwei Autos zum Preis von einem«, fügt sie hinzu.

»Ooh«, erwidert Alice, die gern ein Schnäppchen macht, wovon die unzähligen Konservenbüchsen im Küchenschrank zeugen. »Ich knöpf ihn mir heute Abend mal vor.«

Guy kommt spät nach Hause. Das tut er oft, mal begründet, mal nicht. Heute Abend hat er sich mit Peanut auf einen Quickie getroffen.

»Hast du Zeit, noch was trinken zu gehen?« hatte sie gekichert, während sie seinen Reißverschluß öffnete.

»Eigentlich nicht«, antwortete Guy wahrheitsgemäß, doch dann sah er sich Alice anrufen und ihr vorlügen, sein Computer sei abgestürzt, und er und Peanut teilten sich eine Flasche Pinot Grigio in einer kleinen, versteckt gelegenen Weinbar in einem Hinterhof der St. Martin's Lane.

Schließlich war es Peanut, die auf die Uhr sah und aufsprang. »Verfluchte Scheiße, Guy. In fünfzehn Minuten spielen die White Stripes in der Brixton Academy.«

Guy nahm sich vor, die neueste CD der White Stripes zu kaufen und blickte ihrem Hintern nach, der in der U-Bahn verschwand. Während er auf die Rechnung wartete, lutschte er Polo-Pfefferminz und begutachtete sein Kinnbärtchen im Spiegel. Sehr Johnny-Depp-mäßig.

Um halb neun kommt er zur Tür herein.

»Hallo Schatz, harter Tag?« schreit Alice. »Ich bring gerade Sam ins Bett.«

Alice liest Sam noch immer eine Gute-Nacht-Geschichte vor. Und das, obwohl er angeblich so gut lesen kann wie ein Dreizehnjähriger.

»Das Essen hab ich warm gestellt«, sagt sie noch.

Es gibt Chili con Carne. Guy setzt sich an den Tisch und stochert im Essen herum. Es schmeckt genauso wie Alices Shepherd's Pie, nur mit einer Prise Chili-Pulver und Reis statt Kartoffeln. Das verlangt definitiv nach einem Bier.

Nach dreiviertel der Dose und etwa zwei Happen seines Essens taucht Alice auf. Sie hat sich die Haare gebürstet und etwas Lippenstift aufgetragen.

»Gehst du aus?«

»Ha ha«, trällert Alice und pickt Kidney-Bohnen aus Guys Essen, die sie gierig verschlingt wie Smarties. Guy widersteht der Versuchung, ihr mit der Gabel in die Hand zu stechen.

»Weißt du, Guy, ich muß mit dir reden.«

Sein schlechtes Gewissen sticht Guy wie ein Spieß in die Lenden.

»Über unseren Urlaub«, fährt sie fort. »Michael bucht nächste Woche die Fähre.«

»Weißt du, Alice«, unterbricht Guy, »wir fahren nicht nach Frankreich. Wir fahren nach Italien. Wir fahren nicht zelten, weil ich mir lieber einen rostigen Hering in den Schädel rammen würde, als auch nur eine Nacht im Zelt zu verbringen. Wir werden in einem prächtigen alten Palast mit Swimmingpool und Privatstrand wohnen. Jeden Tag kommt ein Zimmermädchen, und es gibt eisgekühlte Cocktails, und ich werde meine Unterwäsche ganz bestimmt nicht in einer Plastikschüssel waschen. Meinetwegen können wir Tagesausflüge zu Sehenswürdigkeiten machen, wenn du darauf bestehst. Jedenfalls werde ich nicht mit den verdammten Clementses am Lagerfeuer sitzen und *Kumbaya My Lord* singen. Ich nehme an, Michael nimmt seine Gitarre mit nach Frankreich?«

Alice nickt.

»Tja, dann ist es ja gut, daß wir nicht mitfahren, denn ich müßte mich schwer zurückhalten, ihn nicht in seinem Schlafsack abzufackeln.«

Den Rest des Abends spricht Alice nicht mit Guy. Um zehn geht sie beleidigt zu Bett. Sie hat wenigstens Freunde. Wen hat denn Guy außer ihr und den Jungs?

Unten trinkt Guy Whiskey und flüstert lüsterne Liebes-

und sexuelle Absichtserklärungen in sein Handy. Es wäre schön gewesen, mit Peanut persönlich zu sprechen, aber sie ist wohl noch auf dem Konzert. Und so begnügt er sich mit drei langen Nachrichten, während er auf dem Sofa onaniert.

8

Die Herausforderungen des Alltags

Nina hat einen schlechten Tag. Freya hat bereits ein Heals-Glas zerbissen, fuchsienroten Lippenstift an die schneeweiße Wohnzimmerwand geschmiert, die Fernbedienung versteckt und ihre Schuhe ins Klo geschmissen. Nina wirft einen verstohlenen Blick auf die Küchenuhr. Sie ist so minimalistisch, daß keine Zahlen drauf sind, aber sie weiß, die Uhr will ihr sagen, daß es neun Uhr morgens ist. Nein, stöhnt sie – es muß doch längst Mittag sein!

Nina und ihre Tochter sind seit fünf Uhr wach. Unklugerweise beschließt sie, Freyas Start-Rite-Sandalen in der Mikrowelle zu trocknen. Innerhalb weniger Sekunden sind deren Gummisohlen geschmolzen.

»Ich hasse dich«, sagt sie zu ihrer Tochter. »Ich kann dich nicht ausstehen, du bist ein fieses, häßliches kleines Monster.«

Freya sieht nicht gut aus. Aus beiden Nasenlöchern quillt dicker grüner Rotz, ihre Augen sind entzündet und das Haar ist mit Bananenmus verklebt. Sie sieht aus wie eine Werbung für den Kinderschutzbund. Ist Muttersein echt so öde?

Das verzerrte Gesicht ihrer Mutter versetzt Freya so in Angst, daß sie die Flucht ergreift, wobei sie über den Kaufmannsladen stolpert und der Länge nach hinfällt. Eine Sekunde lang ist sie ruhig.

Gut, denkt Nina. Wenn sie bewußtlos ist, kann ich wenigstens in Ruhe scheißen.

Sie meint es nicht so, doch manchmal beschleichen sie ungewollt Mordgedanken. Freya richtet sich taumelnd wieder auf, die kleine bläuliche Beule über dem Auge schwillt sichtbar an. Fast ist sie zu erschrocken, um zu heulen, aber nur fast.

»Uaaaaaaaaagh«, brüllt sie, und Nina bleibt nichts anderes übrig, als sich auf den Boden zu setzen und sie im Arm zu halten, bis sie aufhört. Als sie ihre Tochter endlich in daumenlutschendes Schweigen gewiegt hat, ist es neun Uhr zehn. Der Tag dehnt sich wie ein langes graues Kaugummi vor ihr aus. Schlechte Tage gibt es immer wieder. Manchmal ist offen, wer am Ende mehr weint, Nina oder Freya.

Ich muß mal raus, denkt Nina. Am liebsten würde sie Freya allein zu Hause lassen, doch Zweijährige sind blöd genug, aus dem Fenster zu fallen, zu ertrinken oder sich mit Streichhölzern abzufackeln. Kleinkinder muß man vierundzwanzig Stunden am Tag davon abhalten, sich umzubringen, denkt Nina, während sie Freyas Füße in Gummistiefel stopft und sie an den Buggy fesselt. Sie setzt dem Kind einen Jeanshut auf, um die Beule zu kaschieren, und geht zur Bushaltestelle.

Ich muß Auto fahren lernen, denkt sie. Joe läßt sie ab und zu mit dem Saab fahren, aber es ist jedesmal eine Katastrophe. »Vielleicht brauchst du einen Automatik?« schlägt er vor, ein Euphemismus für »du wirst es nie lernen«.

»Ich wünschte, ich hätte einen Vater«, schmollt Nina, während sie auf die 73 wartet.

Eigentlich hat Nina einen Vater, doch Ray Bentham, für

seine Freunde »Benny the Boy«, für die Polizei »Vincent Clark«, ist 1980 leider die metaphorischen Zigaretten holen gegangen und ward nie wieder gesehen. Vierundzwanzig Jahre später nimmt Ninas Mutter noch immer gewissenhaft jede Folge von *Crimewatch* auf, nur für den Fall.

»Und warum ist Mama so eine Niete?« fragt sich Nina, während sie noch immer auf die 73 wartet. Eigentlich tut Nina ihr Unrecht. Maxine Bentham liebt Nina und findet Freya »zuckersüß«, doch da sie sechs Abende pro Woche als Türsteherin in einem Schwulenclub in Soho arbeitet, läßt sich ihr Terminplan nicht mit großmütterlichen Babysitter-Pflichten vereinbaren.

Maxine ist eine hoffnungslose alte Tuntenmutti. Das ist doch nicht normal, denkt Nina, während sie den Kinderwagen an Bord wuchtet. Ihre Mutter hat so viel Zeit in der Gesellschaft von Transvestiten und Tunten verbracht, daß sie allmählich selbst so aussieht.

»Upper Street, bitte.«

Nina will Freya neue Schuhe kaufen. Kein Problem, sollte man meinen, doch die einzigen Schuhe, die Freya auch nur im geringsten interessieren, sind ein Paar Alligator-Riemchensandaletten mit Fünfzehn-Zentimeter-Absatz. Wenn sie den Geschmack meiner Mutter geerbt hat, sterbe ich, denkt Nina verzweifelt, während sie dreißig Pfund für zehn Quadratzentimeter rosa Ledersandalen abdrückt.

Gerade noch Zeit für einen schnellen Latte, einen Schokoladenmuffin und zwei heftige Wutanfälle (jeder einen), bevor Nina und Freya zur Mutter-Kind-Gruppe gleich hinter dem Highbury müssen. In dieser war Nina noch nie, aber der Aushang verspricht Musik, Spiele, Bewegung und Spaß. Nina schiebt den Buggy über ein gebrauchtes

Kondom. Die Wellblechbaracke von einem Gemeindehaus riecht feucht nach Schweiß und vollen Windeln.

»Hallooo, sind wir neu?« bellt eine Frau in gelb-schwarzkarierter Clownshose.

»Ja«, murmelt Nina.

»Mami oder Kindermädchen?«

»Mami.«

»Hallo Mami, und wen haben wir heute mitgebracht?«

»Das ist Freya.«

»Sagt alle Hallo zu Freya und ihrer Mami.«

Ein paar gehorchen.

Nina weiß nicht, wo sie sich hinsetzen soll. Freya ist eingeschlafen, und selbst die Frau in der albernen Hose, die brüllt, alle sollen einen Singkreis formen, weckt sie nicht auf. Nina quetscht sich zwischen »Jeds Mami« und »Rhiannons Kindermädchen«. Beide haben besagte Kleinkinder auf dem Schoß. Mit der bewußtlosen Freya im Buggy fühlt Nina sich fehl am Platze.

»Macht alle mit, komm schon, Freyas Mami, hier wird sich nicht gedrückt.«

Nina macht »The Wheels On The Bus« (kreisende Arme), »How Much Is That Doggie In The Window?« (bellen), »Twinkle Twinkle Little Star« (Handbewegungen und zeigen) und »Ring-a-ring-a-roses« (hinfallen). Immer, wenn sie den Text nicht kann oder eine Bewegung verpaßt, blickt die Mami zu ihrer Linken sie vorwurfsvoll an. Als alle Instrumente in die Hand gedrückt kriegen, »für ein paar Minuten freie Improvisation« (Nina hat das Triangel), würde sie am liebsten im Boden versinken. Wenn Shelley und Carmen sie so sehen könnten!

»Pause«, ruft die karierte Hose.

Freya schnarcht weiter. Für einen Styroporbecher verdünnte Johannisbeerbrause wirft Nina 10 Pence in eine Dose.

Das Kindermädchen, das zu ihrer Rechten gesessen hat, gesellt sich zu den anderen Kindermädchen auf der einen Seite des Raumes, alle Mamis versammeln sich in der gegenüberliegenden Ecke. Nina schwankt.

»Hast du Interesse an einer Windpockenparty?« fragt eine rothaarige Frau mit Brille. »Sehr gern«, hört Nina sich sagen und wendet sich ab. Ist das öde, denkt sie. Ich sterbe vor Langeweile.

»Harte Arbeit, was?« meint eine sehr große Frau, die ein Baby stillt, während sie gleichzeitg den Gummireifen eines Spielzeugautos repariert.

»Ja, echt«, sagt Nina. »Warum sagt einem das vorher niemand?«

»Wie viele hast du?«

»Äh, nur eins. Und du?«

»Eigentlich vier. Mein Mann war Einzelkind und fand, die Erfüllung eines echten Familienlebens sei ihm vorenthalten worden ... Tja, wir hatten ein großes Haus, aber jetzt nicht mehr, weil er entlassen wurde. Außerdem mußte ich natürlich das Auto verkaufen, was das Leben mit diesem kleinen Burschen hier ziemlich erschwert.«

Das Baby löst sich von der Brust, und Nina bemerkt zu ihrem Entsetzen, daß es Down-Syndrom hat. Ich bin so egoistisch, denkt sie, ich reg mich über jede Kleinigkeit auf, während diese arme Frau einen arbeitslosen Mann und ein mongoloides Kind hat.

Die Große lächelt entrückt. »Na, der Herr wird's schon geben.«

Plötzlich steht die Clownshose mit einem Tamburin in der Mitte.

»Zeit, Jesus zu danken«, flüstert die Große.

Zeit abzuhauen, denkt Nina und versucht auf Zehenspitzen davonzuschleichen. Sie ist fast über die Türschwelle, als Freya aufwacht. »Hallo Mami«, sagt sie hell und klar. »Ich kann dich nicht ausstehen.«

Joe hört gar nicht wieder auf zu lachen, als sie ihm davon erzählt. Den fuchsienroten Lippenstift fand er allerdings nicht so witzig. »Wirklich Nina, du mußt besser auf sie aufpassen.« Doch jetzt, mit einem Peroni in der Hand, kichert er wie ein alter Opa.

»Eigentlich war das gar nicht so lustig, Joe. Der Tag war eine einzige Katastrophe.«

»Na dann fang, Moppelchen«, und er wirft ihr einen Prospekt in den Schoß. »Seite dreißig«, befiehlt er.

»O Joe«, quiekt Nina, »Urlaub. Gott, ich kann's kaum erwarten. Wann?«

»Letzte Juliwoche«, antwortet Joe ein ganz klein bißchen gönnerhaft.

Nina springt auf seinen Schoß, macht ihm die Hose auf, zieht ihren Rock hoch, ihren Schlüpfer runter und pflanzt sich auf seinen Penis.

Was ist aus dem guten alten Vorspiel geworden? denkt Joe. Die Fernbedienung klemmt hinter seinem Rücken. Er könnte sich verletzen.

Nina galoppiert begeistert auf und ab.

»O Joe, das wird unser erster gemeinsamer Urlaub, nur ich, du und Baby Freya.«

»Immer langsam«, stottert Joe. »Ehrlich gesagt, sind es ich, du, Freya, Tabitha und Saul.«

Nina fällt pronto in leichten Trab zurück. Joes Penis flutscht sang- und klanglos heraus.

»Tabitha und Saul?«

»Meine Kinder«, erinnert er sie.

Nina steigt ab. »Wo zum Teufel ist die Fernbedienung? Ich will *East Enders* sehen.«

Ooh, sie weiß, wie man Salz in die Wunde streut. Nina ist sich bewußt, daß Joes Lieblingssendung *Scraphead Challenge* zeitgleich läuft.

Joe gibt Nina die Fernbedienung und packt seinen Penis wieder ein. Na also, denkt er, das lief doch prima.

9

Vergangenheit, Gegenwart und Reisepässe

Hils hat keine Ahnung, warum sie ja gesagt hat.

A. Weil ich ihm nicht leid tun will.

B. Weil sie mich eines Tages sowieso verlassen.

C. Weil er zwar als Ehemann versagt hat, aber immer ein guter Vater war.

Trotzdem wünschte sie, es wäre nie soweit gekommen. Er hatte sie kalt erwischt. Sie war gerade dabei gewesen, die Einkäufe auszupacken, und als sie nach dem Telefon griff, fiel alles polternd zu Boden. »Hallo, hallo ...«

Heutzutage befürchtet sie bei jedem Klingeln schlechte Nachrichten und kriegt einen trockenen Mund. Wenn man jung ist, bedeutet ein Anruf immer etwas Gutes: eine Party, ein Junge, ein Essen, Kino. Jugend und Schönheit sind nicht die einzigen Dinge, die schwinden, denkt Hils. Je älter man wird, desto schwerer ist es, optimistisch zu sein.

Jedenfalls hatte sie den Mund aufgemacht und »Ja« war herausgepurzelt. Sie kann es nicht zurücknehmen. Die Kinder wollten fahren, sie tanzten auf dem Sofa und sangen »Italien, Italien« zur Melodie des Weltmeisterschaftsliedes »Vindaloo«. Bei ihrem Anblick fiel Hils ein, was man ihr als Pfadfinderin eingetrichtert hatte: »Wenn du nicht lächeln kannst, grinse.« Sie hatte also gegrinst – bis Tabitha schließlich fragte: »Was ist denn mit deinem Gesicht?«

Als sie sich im Spiegel sah, fürchtete Hils schon, der Wind habe gedreht und sie würde den Rest ihres Lebens so aussehen. Eine geschiedene Frau mit einfältigem Grinsen im Gesicht. Na toll.

Hils sitzt auf dem Toilettendeckel, während ihre Tochter ihr kaschmirblondes Haar wäscht und spült. Sie sieht aus wie eine Meerjungfrau, denkt Hils, bis Tabitha ein langes Bein aus dem Wasser streckt und mit ihren noch längeren Zehen den Heißwasserhahn aufdreht, Hils ist wie hypnotisiert. Es war einmal, da war ich auch so perfekt. Ich hatte genau solche Beine und so einen Bauch. Jetzt hab ich blaue Adern hinter knackenden Knien und überall silberne Schwangerschaftsstreifen.

»Und es macht dir wirklich nichts aus, Mama?«

Was soll mir nichts ausmachen: meine schlaffen Brüste, die welken Schenkel, das zurückgehende Zahnfleisch? Früher saßen ihre beiden Kinder zusammen in dieser Badewanne, Pummelchen Saul spielte mit seinen Booten und Plastikdinosauriern und Knubbelknie-Tabitha sang Phantasielieder über Babys und Zigeuner und Einhörner.

»Nein, natürlich nicht, ich find's toll«, lügt Hils. »Joe ist euer Vater, er hat euch lieb und er will Zeit mit euch verbringen. Warum sollte es?«

Tabitha bespritzt Hils mit Wasser. »Ich hab dich lieb.«

Hils grinst wieder, damit sie nicht anfängt zu heulen.

»Ach, Mama, kannst du mir meinen Schlafanzug holen?«

Blinzelnd geht Hils in Tabithas bonbonfarbenes Zimmer. In den letzten Jahren sind die Kleinmädchensachen ihrer Tochter nach und nach unter einer Flut von Teenager-Utensilien verschwunden. An den Wänden konkurrieren Poster von einer Band namens The Strokes mit gerahmten Drucken von Elfen. Federboas, eine mit Pailletten besetzte

Tasche und diverse fluoreszierende Gürtel hängen am Bettpfosten, und ihr Nachttisch verschwindet unter Tarotkarten, Haarspangen und Glitzernagellack.

Obwohl Tabitha von Natur aus ordentlich ist und ihr Erdkunde-Projekt in einem Ordner auf ihrem Schreibtisch steht, ihre Stifte in einer Miffy-Federtasche aus Plastik verstaut sind, hängt eine lange gestreifte Socke aus einer Schublade wie eine Zunge. Hils stopft sie wieder rein. Auf der Kommode hockt ein Schmuckkästchen, ein Geschenk zum sechsten Geburtstag. Hils weiß, daß es Musik spielt, wenn man es öffnet, und eine winzige Ballerina sich dreht. Drum herum stehen Tabithas Deo, Pickelstift, Lipgloss, Pinzette und Vergrößerungsspiegel, mit dem sie Mitesser aufspürt. Sie wird erwachsen. Ich kann nichts daran ändern.

Doch Jim der Bär, dessen eines Bernstein-Auge auf der Wange hängt, ist da, wo er immer ist, auf Tabithas Kissen. Hils greift unter dem Kissen nach Tabithas Hello-Kitty-Schlafanzug, und eh sie sich's versieht, drückt sie ihr Gesicht in das Bündel, um den Duft ihrer Tochter einzuatmen, während sie sich die Augen wischt.

»Was zum Teufel ist nur los mit mir? Ich werd noch sentimental auf meine alten Tage.«

Hils reißt sich zusammen und wirft den Schlafanzug durch die Badezimmertür. »Bitte sehr, du faule Ratte.«

Tabitha sitzt auf dem Badewannenrand und trocknet sich die Füße ab. Als sie klein war, saß Tabitha in einem Handtuch auf dem Schoß ihrer Mutter, und sie spielten Fußspiele. Hils hob Tabithas rechten Fuß hoch und sagte: »Wonach riecht der hier?« Und Tabitha sagte: »Kartoffeln.« Dann hob Hils Tabithas linken Fuß an und sagte: »Wonach riecht der hier?« Und Tabitha antwortete: »Honig.«

Sauls Füße rochen dagegen immer nach Dairy-Lea-Käse.

Das tun sie immer noch. Hils wirft einen Blick in sein Zimmer, das knöcheltief unter Legos, Socken und in Einzelteile zerlegten Radios versinkt. Saul ist eine Schlampe.

Später, als im Haus Ruhe eingekehrt ist und nur Mist im Fernsehen läuft, fallen Hils plötzlich siedendheiß die Reisepässe ein, und sie setzt sich vor den Schrank im Eßzimmer und reißt Schuhkartons heraus. Die meisten sind voll mit Quittungen elektrischer Geräte, die längst kaputt und von Saul ausgeweidet worden sind, doch ganz hinten findet sie, was sie sucht – einen Karton mit der Aufschrift »Dokumente«. In diesem Ordner sind alle wichtigen Unterlagen: der Kaufvertrag für das Haus, ihr Führerschein, die Geburtsurkunden der Kinder.

Die sollten auf mich ausgestellt sein, denkt Hils. Ich hab die ganze Arbeit gemacht. Ich verdiene eine Goldmedaille für die Geburt von Tabitha. Ihre Gedanken springen zurück: zwölf Stunden Wehen, Dammriß und siebzehn Stiche, keine PDA und nur ein winziger Hauch Blähungen. Vor dreizehn Jahren, Joe an ihrer Seite, der etwas albern aussah in seiner knappen Badehose.

Wessen Idee war das bloß mit der Wasser-Hausgeburt? Das Wohnzimmer mit Plastikplane ausgelegt, das aufblasbare Planschbecken mit einem kleinen Loch, aus dem langsam die Luft entwich. Ich muß verrückt gewesen sein, denkt sie. Tabitha kam dreißig Sekunden vor Mitternacht auf die Welt. Ganz kurz hatten sie ernsthaft erwägt, sie Cinderella zu nennen, doch sie hatte sie mit so katzenhafter Verachtung angesehen, daß es Tabitha sein mußte. Tabitha Rose, 29. Januar 1991, 3200 Gramm.

Saul war viel schwerer gewesen. Nachdem sie auf dem Ultraschall der zwanzigsten Woche gesehen hatte, wie groß er war, bestand sie darauf, ihn im Krankenhaus zu kriegen.

Gottseidank. Er wog bei der Geburt 4200 Gramm und hatte den größten Kopf, den die Hebamme je gesehen hatte. Der große kahlköpfige fröhliche Saul. Selbst wenn er weinte, sah es aus, als lachte er. Saul Valentine Dobson, 14. Februar 1994, deshalb der zweite Name, den Saul lieber für sich behält.

Die Pässe sind alle da und noch gültig, außer Joes natürlich. Er hat ihn eines Abends auf dem Weg zum Flughafen abgeholt. Er flog mit der schwangeren Nina nach Paris. »Beeil dich, Hils.« Erst hatte sie so getan, als könnte sie ihn nicht finden, nur um sein Gesicht zu sehen.

Die Pässe der Kinder müssen nächstes Jahr verlängert werden, fällt ihr auf, und mit etwas Glück wird Saul versuchen, normal auszusehen. Sie erinnert sich, wie sie vor dem Fotoautomaten bei Woolworth mit ihm verhandelt und ihn gebeten hatte, keine Grimassen zu schneiden, und obwohl er gehorcht hatte, wirkt sein Gesichtsausdruck irgendwie gequält.

Hils blättert in ihrem eigenen Paß. Unter »Im Notfall benachrichtigen« steht der Name ihres Vaters. Aber mein Vater ist tot, fällt ihr ein, und daher im Notfall keine große Hilfe. Hils kaut auf ihrer Unterlippe. Ich darf nicht schon wieder sentimental werden – doch die Erinnerung überwältigt sie.

Einen Monat, nachdem mein Mann mich verlassen hatte, kippte mein Vater auf der Straße um. Meine Mutter sah den Krankenwagen auf dem Weg zu dem Lieferwagen gleich um die Ecke von der Bücherei, wo sie jeden Freitag frischen Fisch kauft. Mein Vater hatte sich neue Bücher ausgeliehen. Als er starb, hatte er Simon Schamas Geschichte Britanniens unter dem Arm und einen Ed McBain.

Meine Mutter sagt, Bridge ist ein großer Trost. Ich sag, Southern Comfort ist ein großer Trost.
Zwei der wichtigsten Männer in meinem Leben sind fort. Der eine steckt in einer Urne, der andere vögelt eine Fünfundzwanzigjährige und schaukelt ihr Baby auf den Knien.
Meine Mutter sagt, sie würde alles dafür geben, »deinen Vater« ein letztes Mal zu sehen. Sie fühlt sich schuldig, weil er an jenem Morgen gesagt hatte, ihm sei nicht nach Fisch und daß er lieber Shepherd's Pie essen würde. Ihre letzten Worte an ihn waren: »Pech für dich, es gibt Kabeljau.«
Als meine Mutter realisierte, daß der Mann auf dem Pflaster mein Vater war, kämpfte sie sich durch die kleine Menge. »Ich bin da, Alan, alles ist gut, mein Schatz, ich bin da«, und sie stieg in den Krankenwagen. Später, als klar war, daß keine Hoffnung bestand, und sie allein nach Hause kam, fielen ihr die zwei Pfund Kabeljau-Filet in der Einkaufstasche ein. Sie fror den Fisch ein. Meine Mutter haßt Verschwendung. Einige Wochen später schickte die Bücherei eine Mahnung für die Bücher, die mein Vater an dem Tag ausgeliehen hatte, als er starb. Als sie hin ging, um die Gebühr zu bezahlen, und die Umstände erklärte, erließ die Bibliothekarin ihr die Gebühr. Da weinte meine Mutter zum ersten Mal. Schluchzend stand sie in der öffentlichen Bücherei, bis der Bibliothekarin nichts anderes übrig blieb, als sie auf die Schilder an der Wand hinzuweisen: »Bitte Ruhe!«
Ich sehe meinen Mann noch, manchmal, wenn ich am wenigsten damit rechne – ich sitze im Bus, und da ist er! Er kommt aus dem Gap-Laden an der Regent Street, und ich hämmere ans Fenster, bis mir einfällt, daß die Sachen in seiner Tüte für ein Kind sind, mit dem ich nichts zu tun habe.

Tagebuch einer Geschiedenen

Als Hils fertig ist mit dem Erinnern, sitzt sie immer noch vor dem Schrank, und der Himmel draußen ist marineblau. Fast ist sie zu erschöpft und traurig, um sich zu bewegen, doch das Telefon klingelt, und wieder macht ihr Herz einen Sprung.

»Hallo, hallo ...« Mach, daß es meiner Mutter gut geht, mach, daß mein Bruder unversehrt ist. Ich möchte, daß für eine sehr lange Zeit nichts Schlimmes mehr passiert.

Aber »ich bin's nur«. So meldet sich Hils Freundin Sally immer. »Ich bin's nur«, als wäre sie der bescheidene, schüchterne Graue-Maus-Typ, dabei ist Sally Thorpe, die Frau von Joes bestem Freund Nick, in Wahrheit eine große Brünette mit beängstigenden Brüsten und eben solchem Mundwerk.

»Jetzt hör mir mal zu, Hils, ich will nicht, daß du das in den falschen Hals kriegst, aber mein geistig zurückgebliebener Mann hat Joe und Nina nächste Woche zum Essen eingeladen.«

Schweigen.

»Nun sag doch was.«

»Was soll ich sagen? Nick ist Joes bester Freund.«

»Ja, aber ich bin *deine* Freundin.«

»Sally, wir sind nicht mehr auf dem Spielplatz, echt, das macht doch nichts.«

»Mir macht's aber was. Ich muß für das kleine Flittchen kochen. Weißt du zufällig, ob sie gegen irgendwas allergisch ist? Ha!« Sally lacht immer über ihre eigenen Witze, auch wenn sie nicht besonders gut sind.

»Echt, mach dir keinen Kopf, ich mach mir jedenfalls keinen.«

»Na, da bin ich aber verflucht froh. Ich gräme mich schon den ganzen Tag. Ich mußte eine Flasche Rotwein trinken und einen ganzen Riegel Kochschokolade essen, bevor ich den Mut hatte anzurufen. Wenn ich Migräne krieg, bist du schuld.«

»Das Leben ist zu kurz, Sal, aber du wirst doch nicht ...«

»Was?«

»Du-weißt-schon-was machen?«

»Die Maronen-Meringue? Quatsch. Die gibt's nur für dich, Prinzessin.«

»Nacht, Sal.«

»Nacht, Süße.«

Hils legt auf. Es ist Ewigkeiten her, daß sie bei Sally und Nick war. Es ist Ewigkeiten her, daß sie überhaupt irgendwo war. Obwohl das nicht ganz stimmt. Erst letzte Woche war sie bei einem Weiberabend in einem Comedy Club am King's Cross. Die Mutter von einem von Sauls Freunden feierte ihren Dreißigsten – ha, dreißig! Aber sie hat sich amüsiert. Eine der Nummern war richtig gut, so ein irischer Junge. »Gott, den würd ich nicht von der Bettkante stoßen«, hatte eine der Mamas gehaucht, und nach drei Flaschen deutschem Bier hörte Hils sich zustimmen.

Meine Libido ist noch nicht verdorrt, ich bin nicht von der Hüfte abwärts tot, ermuntert sie sich. Obwohl es lange her ist. Ich verroste da unten wie ein alter Ford Capri. Wenn ich nicht aufpasse, brauch ich bald WD40.

Statt aufzustehen, ruft Hils ihre Mutter an. Sie ist nicht da. Brenda treibt sich in letzter Zeit ganz schön viel rum, denkt Hils neidisch.

Sie hat so lange auf dem Boden gesessen, daß ihre Beine eingeschlafen sind, und plötzlich überkommt sie Panik bei der Vorstellung, allein alt zu werden. Was, wenn den Kindern in Italien was passiert? Was, wenn es brennt und Joe nur genug Zeit bleibt, um zwei Menschen zu retten – wen würde er wählen, Tabitha und Saul oder Nina und Freya?

10

Das hiesige Pummelchen

Alice ist zu Hause. Ich müsste dringend den Kühlschrank aufräumen, denkt sie. Erst heute Morgen wollte sie den Jungs einen Becher Humus mitgeben, der mit einer dicken Schicht pelziger Sporen bedeckt war. Alice wirft ungern etwas weg und weigert sich stur, das Haltbarkeitsdatum ernst zu nehmen, entsprechend sieht der Inhalt des Gemüsefachs aus: Eine Art Composthaufen aus grünem Gurkenmatsch, knorrigen Pilzen und schlaffen Möhren.

Alice bewahrt Reste in Tupperware-Dosen auf und vergißt sie dann so lange, bis höchstens ein Gerichtsmediziner noch deren Ursprung identifizieren kann. Käserinden werden zum Reiben aufbewahrt, der letzte Millimeter Ketchup wird mit Essig gestreckt und oberflächlicher Schimmel auf Marmeladengläsern einfach abgekratzt. Alice findet nicht, daß sie knausert – sie ist eben sparsam. Guy andererseits ist äußerst verschwenderisch und wirft altbackene Brotscheiben ohne zu zögern in den Müll. »Die hätte ich noch für Paniermehl gebrauchen können!« kreischt Alice.

Inzwischen läßt sie ihn erst gar nicht mehr in den Supermarkt gehen. Bei Sainsbury dreht er total ab vor lauter »Gourmet« hier und »ofenfertig« da. Zwiebeln in Balsamico-Essig, Duchy-of-Cornwall-Sellerie-Gebäck. Einmal kam er mit gestepptem Toilettenpapier nach Hause! Guy gehört zu der Sorte Mann, die Gemüse gehackt und vorgewaschen kauft. Alice spart lieber zwanzig Pence und investiert fünfundvierzig Minuten, um Lauch zu splitten und Erdklumpen abzuspülen.

Alice sieht sich gern zu Mahler frische Erbsen aus dem Garten pulen. Ein Jammer, daß ihr Traum von einem Gemüsebeet gescheitert ist. Das Einzige, was sie im Überfluß im Garten haben, sind Katzenscheiße und platte Fußbälle.

Keiner von ihnen besitzt den grünen Daumen. Jammerschade, es würde Guy so gut tun, wenn er ein Hobby hätte. Denn was macht er schon großartig. Er trinkt und sieht fern, alle Jubeljahre liest er ein Buch, und neulich war er im Fitneßstudio. Alice schaudert. Wenigstens kann er dank einer alten Knieverletzung nicht mehr Rugby spielen. Das hat sie lang genug erdulden müssen.

Alice hält sich lieber geistig fit als körperlich. Gelegentlich geht sie im Freizeitzentrum zur Frauengymnastik, doch schon als junges Mädchen konnte sie ihre Zehen nicht richtig berühren. Und was das Auf- und Abhüpfen angeht: kein Sport-BH der Welt macht das zu einem Vergnügen.

Trotzdem sollte sie sich für den Urlaub in Form bringen, denkt sie. Weniger Jaffa-Kekse wären ein Anfang. Ein träger Stoffwechsel hilft natürlich auch nicht. Manche Leute können essen, was sie wollen – Di zum Beispiel, die verbrennt einfach alles, das ist wirklich unfair.

Alice hat in den letzten drei Jahren zwölf Kilo zugenommen – die Pfunde kamen schleichend. Nicht, daß sie sich auf die Waage stellt, ihr Arzt hat sie gewogen, als sie wegen des Abstrichs da war. Pummelchen Alice brachte in ihrer ausgefransten Unterwäsche achtundsiebzig Kilo auf die Waage. Die Erinnerung an die anschließende Belehrung treibt ihr die Schamesröte ins Gesicht: »Cholesterin, verstopfte Arterien, massive Belastung fürs Herz«, als wüßte sie das nicht selbst. Fast hätte sie gesagt: »Entschuldigen Sie, Dr. Malpass, ich bin eine hoch intelligente, studierte Frau aus der Mittelschicht! Bitte behandeln Sie mich nicht wie eine dieser Pastete-und-Pommes-fressenden *Trisha*-Tussis.« Natürlich hielt sie den Mund, es wäre unhöflich gewesen.

Doch es ist immer wieder ein Schock, wenn sie ohne nachzudenken irgend etwas aus dem Schrank zieht und es nicht über die Knie kriegt, mit Reißverschlüssen kämpft und sich mit Sicherheitsnadeln behelfen muß. Heutzutage trägt sie oft Sachen, die sie gekauft hat, als sie mit Sam schwanger war.

Alice fühlt Wut in sich aufsteigen. Lächerlich, diese Besessenheit von Äußerlichkeiten. Sie gibt den Medien die Schuld daran – Körperfaschismus, das ist es, und ehe sie's merkt, hat sie sich zwei Jaffa-Kekse und einen kaputten Doppelkeks mit Vanillecreme in den Rachen gestopft. Sie leckt sich gerade die Krümel von den Lippen, als das Telefon klingelt. Hoffentlich ist es nicht das Kind.

Das Kind ruft immer wieder an. Schwerer Atem, gefolgt von Gegluckse und im Hintergrund Küchenklappern: »Was machst du da?« Dann wird die Leitung unterbrochen. Alice nimmt an, daß ihre Nummer in der automatischen Wahlwiederholung gespeichert ist und daß dieses unbekannte Kind manchmal einen Knopf drückt und Abrakadabra, kriegt sie einen anonymen Anruf von einem Zweijährigen. Alice wählt immer gleich die 1471, aber die Nummer ist unterdrückt. Es ist albern, sich darüber aufzuregen. Es ist schließlich nur ein Zufall.

Es ist nicht das Kind, es ist Penny.

»Hallo, Penny, wie geht's Ihrer Mutter?«

Es gehe ihr »den Umständen entsprechend gut. Wie lieb von Ihnen, daß Sie danach fragen«, antwortet Penny.

Alice klopft sich auf die Schulter. Ja, denkt sie, ich bin lieb, ich zeige Mitgefühl. Ich hab zwar Beine wie Wackelpudding, aber eigentlich bin ich ein lieber Mensch.

»Also«, fährt Penny fort, »ich rufe wegen Italien an . . .«

Kurz und gut: Das Reisebüro hat angerufen, weil die Apartments im alten Teil des Palastes überbucht wurden, aber sie bieten eine sehr nette Unterkunft im modernen Anbau an, die obendrein noch viel günstiger ist. Sie bitten vielmals um Entschuldigung usw. . . .

»Na, das klingt doch gut«, entscheidet Alice. »Machen Sie nur, Penny. Nicht notwendig, Guy damit zu behelligen, es ist bestimmt ganz reizend. Wir sind doch sowieso nur zum Schlafen dort. Tagsüber werden wir Ausflüge unternehmen.«

Penny ist erleichtert, daß Alice so entgegen kommend ist. Guy wäre pampig geworden und hätte verlangt, den Geschäftsführer zu sprechen. Schon bei dem Gedanken hat Penny eine Hitzewallung. Das passiert ihr ständig, und ihre Gesichtsfarbe beißt sich dann heftig mit ihrer mauve-farbenen Lieblingsbluse.

Sie plaudern noch ein bißchen über die Jungs (»entwickeln sich prächtig«) und Weston-super-Mare (»super«), bis Alice, die zwar ein lieber Mensch ist, der Penny aber allmählich auf den Wecker fällt, sich danach sehnt, endlich aufzulegen. Zum Glück klingelt es an der Tür und sie hat eine gute Entschuldigung, um dieses wirklich ziemlich öde Gespräch zu beenden. »Auf Wiederhören, Penny.«

Es ist Di. Sie kommt nicht rein, sie bringt nur kurz das Monatsthema für den Buchclub vorbei. Naomi Wolfs *Misconceptions.*

»Kaffee?« fleht Alice. Di ist irgendwie komisch, seit sie von Italien erfahren hat. Doch Di bleibt hart, sie hat wirklich keine Zeit, sie treffen sich mit Silas' Freund Eddie auf dem Spielplatz. »Soll ich mitkommen?« schlägt Alice vor.

Di wirkt verlegen. »Tut mir leid, Alice, Eddies Mutter, naja, du kennst sie nicht, und sie hat mich zum Lunch eingeladen. Tschüß, Alice.«

»Tschüß Di, bis bald ...« Aber Di ist schon halb die Straße runter, auf dem Weg zu ihrer neuen Freundin.

Ach was, sie werden sich ja auf dem Schulfest sehen. Sie und Di machen den Flohmarkt-Stand, darauf freut sie sich schon.

Das Buch von Naomi Wolf wirkt etwas trocken, aber im Buchclub wird schließlich nicht nur zum Vergnügen gelesen, das kann ja jeder. Es geht darum, seinen Horizont zu erweitern, Gedanken auszutauschen und sich angeregt zu unterhalten, und mit Glück ein großes Stück von Janet Robinsons herrlich saftigem Karottenkuchen abzustauben.

Mit Unbehagen denkt sie an den letzten Abend des Buchclubs zurück. Sie war an der Reihe, Gastgeberin zu spielen, und hatte einen leckeren, käsigen Nudelauflauf gemacht. Guy hatte sich hastig verdrückt und im Gehen noch einen blöden Witz gerissen: »Buchclub, so ein Quatsch. Ich wette, sobald ich euch den Rücken kehre, hockt ihr euch ins Wohnzimmer und guckt das Video von den Chippendales an.«

Guys vermeintlichem Witz folgte unvertrautes Gelächter. Janet hatte ein neues Mitglied mitgebracht und vergessen, ihr zu sagen, daß jeder etwas Einfaches mitbringen sollte, einen Couscous-Salat oder selbstgemachte Guacamole. Doch die Neue kam nicht ganz mit leeren Händen –

nein, sie hatte eine Riesenflasche Rotwein dabei und hatte sich eine Zigarette angesteckt, ohne auch nur zu fragen!

»Eigentlich rauchen wir in diesem Haus nicht«, hatte Alice gezwitschert.

Die Frau ließ sich nicht beeindrucken. »Und im Garten?«

»Naja, wenn es wirklich nicht anders geht, können wir die Flügeltür aufmachen, dann kannst du kurz rausschlüpfen, wenn dir danach ist.«

Zehnmal war sie rausgeschlüpft. Alice hatte am nächsten Morgen die Zigarettenstummel gezählt.

Beim Abschied hatte die Frau gesagt: »Dein Mann sieht unverschämt gut aus.«

»Ja, das tut er wohl, wenn man auf derlei Wert legt«, hatte Alice erwidert. Sie mochte dieses neue Buchclub-Mitglied nicht, diese Rosy.

»Den würde ich nicht von der Bettkante stoßen.«

»Ach, wirklich?« Alice hatte die Tür mit Nachdruck geschlossen.

Alice hat schon immer gelesen. Da sie in einem Haus mit sehr wenig Büchern aufwuchs, besuchte sie als Kind die Fahrbücherei – besonders mochte sie Agatha Christie.

Alice erinnert sich nicht gern an ihre Kindheit – sie war nicht sehr glücklich. Deshalb ist es ihr so wichtig, daß ihre Jungs in einer sicheren und liebevollen Umgebung aufwachsen. Deshalb hat sie immer Buntstifte und Papier und Bücher und Lernspiele im Haus. Deshalb geht sie mit ihnen ins Puppentheater und zu Klavierkonzerten und Samstagmorgen zum Taekwondo. Deshalb backt sie Fairy Cakes, sorgt dafür, daß sie die Zähne putzen und immer saubere Schlafanzüge haben. Alice glaubt, daß man Kinder ermutigen muß, durch Lob, wenn Lob angebracht ist, durch außerschulische Aktivitäten, durch Fairness und Mitbestimmung und zu besonderen Anlässen auch mal mit Leckereien.

Ich bin eine gute Mutter, sagt sie sich. Meine Kinder gehen regelmäßig zum Zahnarzt, ihre Schuhe sind geputzt, ich hab immer Pflaster parat, ich achte darauf, was sie im Fernsehen sehen, ich helfe ihnen bei den Schularbeiten und wasche ihnen den Hals.

Muttersein ist für Alice das wichtigste auf der Welt. Sie will nicht, daß sie älter werden. Sie ist eifersüchtig auf Di, auch wenn Silas verhaltensgestört ist. Sie vermißt die Welt der Kleinkinder – den Hochstuhl und den Buggy, die selbst gemalten Bilder aus dem Kindergarten und das Entenfüttern.

Warum muß die Zeit so schnell vergehen, warum müssen sich die Dinge ändern, warum müssen die Jungs erwachsen werden?

Max kommt ihr jetzt schon frech und schlägt seine Zimmertür zu. Wenn er duscht, darf sie nicht mehr das Badezimmer betreten, und sie hat die düstere Ahnung, daß er Schamhaare bekommen hat. Plötzlich hängt ein Poster von jemandem namens Buffy bei ihm an der Wand, und seine Socken haben angefangen zu riechen. Alice befürchtet, daß es dabei nicht bleibt. Sie hat davon gelesen. Feuchte Träume und Masturbation, Stimmbruch, Gesichtsbehaarung und Hodenwanderung werden folgen – ein unfaßbares Grauen.

Wenigstens Sam ist noch ein Baby, das ihre Hand hält, wenn sie über die Straße gehen, und sich noch nicht richtig den Hintern abwischen kann. Zärtlich denkt Alice an die Bremsspuren in seinen Schlüpfern …

Nächstes Jahr ist Max ein Teenager und Sam kommt in die letzte Grundschulklasse – was eigentlich eine feine

Sache ist (wenn man die Probleme bedenkt). Doch darum geht es nicht. Eines Tages wird sie niemanden mehr haben, mit dem sie Teigmännchen backen kann, keine Schuhbänder mehr, die sie zubinden muß, und niemand wird ihr beim Ausmalen helfen.

Ich glaube, ich bin ein bißchen deprimiert, denkt Alice und greift nach der Keksdose. Ach was, sie freut sich auf den Urlaub, vielleicht können sie nächstes Jahr zelten fahren, es sei denn … »Körperlich ist bei Ihnen alles in Ordnung, Mrs. Jamieson, alles funktioniert einwandfrei, allerdings beeinträchtigen Ihr Alter und natürlich Ihr Gewicht die Chancen einer Schwangerschaft. An Ihrer Stelle würde ich weniger gesättigte Fettsäuren zu mir nehmen und mich entspannen.«

Es könnte natürlich auch nicht schaden, wenn sie und Guy etwas mehr Sex hätten.

11

Achtung, Alterslücke

Nina und Joe sind im Badezimmer. Joe zupft sich mit der Pinzette die stetig wuchernden Haare aus den Ohren: eine schmerzhafte Prozedur. Ein Bikini-Wax ist nichts dagegen, da ist er sicher. Nina kaut auf ihrer Nagelhaut herum.

»Müssen wir da wirklich hin?«

»Ja. Aua!«

»Warum?«

»Weil Nick einer meiner ältesten Freunde ist und Sally die beste Köchin seit Fanny Cradock!«

»Wer?«

Herrgott, ihre kulturellen Koordinaten sind Jahrzehnte auseinander: verschiedene Dr. Whos, Blue-Peter-Moderatoren, Radio-1-DJs und jetzt auch noch Fernsehköche.

Joe versucht, Fanny Cradock zu beschreiben: »Oranger Lippenstift, hatte einen Assistenten, ihren Mann Johnnie, furchtbare Zicke, sehr lustig.«

»Klingt haargenau wie Sally«, murmelt Nina.

Nina hat Angst vor Sally. Mit ihren Rigby-and-Peller-BHs und klickerklackernden hohen Absätzen ist sie eine richtig erwachsene Frau. Sally mixt tödliche Martinis, trägt nie Hosen (wahrscheinlich weil ihr Arsch zu fett ist, denkt Nina gehässig) und lackiert sich die Fingernägel – passend zu ihren Lippen – scharlachrot.

Als kleines Mädchen hatte Nina eine Höllenangst vor Cruella DeVil. Abgesehen von der dicken weißen Haarsträhne und den toten Tieren um den Hals könnte Sally glatt als ihre Doppelgängerin durchgehen.

Nick dagegen ist sehr nett, aber er macht in Büchern über Militärgeschichte und redet am liebsten über Schlachtschiffe.

Sally und Nick streiten viel, und Sally wirft ständig Sachen nach ihm, Messer zum Beispiel. Ihre Tochter, die siebenjährige Esme, ist sehr still und liest meist in ihrem Zimmer, obwohl Sally sie, wenn sie betrunken ist, nach unten zerrt und zwingt, im Nachthemd etwas auf der Klarinette vorzuspielen.

»Den Galloping Gourmet kennst du dann wohl auch nicht?« sagt Joe. »Der war klasse.«

Mit Joe zusammenzuleben ist manchmal, wie in einer Siebziger-Jahre-Show gefangen zu sein.

Shelley und Carmen babysitten. Es war Joes Idee, doch auch er wirkte beunruhigt, als sie kamen. Carmen hat ihren elektrischen Rasierapparat mitgebracht, mit dem Shelley ihr die Stoppel von der Glatze rasieren soll.

»Laßt Freya aber nicht in die Nähe von diesem Ding, ja?«

»Nee«, antwortete die Looby-Loo-Doppelgängerin, während sie lässig ein Feuerzeug auf das Sofa warf und eine Bierdose aus ihrer Tasche kramte.

»Und wenn irgend etwas ist, ruft ihr an.«

Nina und Joe schweigen, als sie ins Taxi steigen. »Vaughn Terrace, bitte«, weist Joe den Fahrer an. Die Thorpes wohnen in einem sehr großen Haus in Islington. Sally hat Geld – ihr Großvater hat angeblich die Tütensuppe erfunden.

Das Haus ist georgianisch, und an den Wänden hängen echte Gemälde. »Fabelhafte Piper-Sammlung«, bemerkte

Joe gönnerhaft bei ihrem ersten Besuch, »und achte auf den kleinen Hockney im oberen Badezimmer.«

Joe kann manchmal so ein Snob sein, denkt Nina und sieht die Wohnung ihrer Mutter in Elephant and Castle vor sich, vom orangen Nylonteppich bis unter die Spanholzdecke voll gestopft mit Fünfziger-Jahre-Kram.

Nina trägt Jeans, weil sie weiß, daß Sally keine tragen kann. Die Welt weiblicher Körper teilt sich in jene, die Diesel-Hüftjeans tragen können, und jene, die darin wie ein aus den Nähten geplatztes Sofa aussehen. Es ist ein kleines bißchen gemein, aber sie fühlt sich gleich viel besser.

Sally öffnet die Tür in einem schwarzen, mit rosa Rosen übersäten Kleid, das ihre Kurven und das Dekolleté betont, und schwindelerregenden Absätzen.

»Nick versucht, bei Ebay eine Nachbildung der HMS *Vanguard* aufzuspüren, der Trottel. Hi, Joe«, und sie drückt bei der Begrüßung ihre Brüste an ihn, »und die kleine Nina.« Sie kneift Nina so fest in die Wangen, daß ihre Augen tränen. »Kommt rein, wir essen unten«, und sie klappert mit metronomisch schwingenden Hüften in den Keller.

»Ich hab euch eine Flasche Wien mitgebracht.« Aus unerfindlichem Grund kann Nina nicht richtig sprechen.

»Oh, wie reizend, Wien«, wiederholt Sally. »Ich mag Wien. Chardonnay«, fügt sie hinzu, »wie Bridget-Jones-mäßig.« Sally stellt den »Wien« beiseite und holt eine Magnumflasche Veuve Cliquot aus einem rosa Kühlschrank von der Größe eines Cadillacs. »Schampus«, befiehlt sie, und drückt Joe die Flasche in die Hand, der sie, ohne mit der Wimper zu zucken, öffnet.

Nina duckt sich, obwohl Joe den Korken in der Hand hält. »Ich denk immer, das geht ins Auge«, stottert sie.

»Ach wirklich«, sagt Sally und wölbt eine Augenbraue. »Ich hab dich gar nicht für so nervös gehalten.«

Aus unerfindlichem Grund macht Nina das erst recht nervös. Ich wünschte, ich würde rauchen, denkt sie, als Sally sich eine schlanke weiße Mentholzigarette ansteckt und Joe sich eine dreht. Sie *hat* geraucht, hat aber aufgehört, als sie schwanger wurde.

»Kann ich bitte eine haben, Joe?« Jetzt lüpft Joe eine Augenbraue, aber er dreht ihr trotzdem eine, und Nina, die sich mit der Requisite in der Hand etwas besser fühlt, setzt sich.

»Nicht da!« schreit Sally, zu spät.

Nina hat eine Marionettendame zerquetscht, die Esme aus einer Klopapierrolle gebastelt hat.

»Laßt uns verdammt noch mal beten, daß sie nicht danach fragt«, faucht Sally und wirft sie in den Müll.

»Sie war nur ein bißchen zerdrückt«, protestiert Nina. »Ich hätte sie reparieren können.«

»Das glaub ich kaum«, konstatiert Sally eisig. »Ach, um Himmels Willen, das ist doch kein Weltuntergang. Sie kann eine neue machen. Sie ist wie Tabitha – weißt du noch, Joe – die hat auch immer Häuser und so was gebastelt.«

Das macht sie immer, schmollt Nina – sie bringt Tabitha und Saul ins Gespräch. Nie fragt sie nach Freya.

»Ach, und wie geht's der kleinen Fi-Fi?«

Verdammte Scheiße, die Frau ist eine Hexe. »Freya«, korrigiert Nina, »es geht ihr gut. Letzte Woche hatte sie eine furchtbare Erkältung und Bindehautentzündung.«

Sally gähnt. »Niiiick«, ruft sie. »Oh, Niiiick!«

Zwei Stunden später ist Nina total betrunken. Sie hat den ganzen Abend Kette geraucht, und in den letzten dreißig Minuten hat sie die Butterdose mit dem Aschenbecher verwechselt.

»Ach, das macht doch nichts, ist ja nur eine alte Royal Dulton«, winkt Sally ab.

»Verdammt noch mal, Nina«, zischt Joe.

Jetzt hat sie Schluckauf – das ist Sallys Schuld, weil sie Hils Buch erwähnt hat.

»Sie ist wirklich schlau, weißt du, Joe. Gott, ich wünschte, ich hätte nur halb so viel Grips. Und was ich am meisten bewundere, ist, daß sie einfach beschlossen hat, es zu tun, und dann hat sie es getan. Ich meine, dazu braucht man Mut. Erinnerst du dich?«

Und weiter geht's. »Hils dies, Hils das«, und die ganze Zeit jault eine alte Schachtel namens Ella Fitzgerald im Hintergrund, und Nick hat seine Miniaturschlachtschiff-Sammlung geholt und redet mit Joe über Doppelschornsteine.

Ich will zu meinen – hicks – Freunden, denkt Nina und kocht innerlich. Ich will über Selbstbräuner reden und den süßen Typ aus The Coral und Carmens neuen Freund und – hicks – Klamotten von Topshop. Das letzte, worüber sie reden will, ist das in Kürze erscheinende Buch von Joes Exfrau über die Zerrüttung einer Ehe.

»Angeblich soll es *Tagebuch einer Geschiedenen* heißen«, lallt Sally süßlich. »Keine Ahnung, wie sie darauf gekommen ist. Nimm doch noch etwas Käse, Nina«, und sie hält eine Platte, die wie getrocknete Kotze riecht, unter Ninas Nase.

»Nein, danke.«

Das Essen hat ihr nicht geschmeckt. Artischocken? Reine Zeitverschwendung. Und gegrillter Seebarsch mit gemeinem Fenchel? Ich mag lieber Fischstäbchen. Ninas Kopf fühlt sich an wie ein Medizinball.

»Nina« – Joe stößt sie an – »tut mir leid, Leute, ich glaub, sie ist ein bißchen müde. Freya schläft nicht besonders gut.«

»Armes Ding«, sagt Sally mitfühlend, doch ihre Stimme

klingt harsch, »es muß schrecklich ermüdend sein, uns alten Knackern zuzuhören.«

Dann erzählt Joe Sally und Nick, daß Nina nicht weiß, wer Fanny Cradock und der Galloping Gourmet waren!

»Wie köstlich«, kreischt Sally. »Okay, Nina, Arm hoch, wenn du weißt, von wem oder was ich rede.« Und aus ihrem Mund kommt eine Flut von Namen, die Nina noch nie in ihrem Leben gehört hat.

»Peter Noone, The Singing Tree, Follyfoot Farm, Sally James, Mary Hopkins?«

»Tut mir leid«, lallt Nina, »keine Ahnung, wovon du redest.«

Es ist, als würden sie ein Spiel spielen: Nina quälen. Sogar Nick macht mit: »*Double Deckers*?«

»Irgendwas mit – hicks – Schokolade?« rät sie.

»Nein, eine Kindersendung, die auf einem großen roten Londoner Bus spielt!«

Nina hat nicht mitgekriegt, wie es passiert ist, aber plötzlich streiten sich Sally und Nick lautstark, ob der Dicke in *Double Deckers* Doughnut oder Roly hieß.

»Hils wüßte es«, schreit Sally. »Hils ist der schlaueste Mensch der Welt. Wenn ich zu *Wer wird Millionär?* ginge, wäre Hils mein Telefonjoker. Ruf Hils sofort an!« verlangt sie. »Komm schon, Joe. Du weißt die Nummer – du hast verdammte fünfzehn Jahre da gewohnt. Ruf Hils an!«

Joe holt sein Handy raus. »Ich ruf uns lieber ein Taxi«, sagt er ganz leise.

Nina hat das Gefühl, als hätte sie sehr lange Zeit nicht geatmet. Wenigstens ist ihr Schluckauf weg.

»Ich glaub, wir könnten einen Kaffee vertragen«, seufzt Nick.

Keiner sagt etwas …

»Hicks.« Scheiße.

Glücklicherweise taucht Esme auf. »Ich hab euch beide streiten hören, ihr habt mich aufgeweckt.«

»Tut uns leid, Süße«, murmeln sie, augenblicklich zerknirscht. Seit ihrer Geburt ist Esme in diesem Haus die Erwachsene.

»Wo ist meine Marionette?«

»Nina hat sich leider draufgesetzt.«

In diesem Moment hupt das Taxi draußen und Joe und Nina torkeln in die Nacht. Nina schläft auf der Rückbank des Mondeo ein. Zu Hause in ihrer Wohnung haben Shelley und Carmen sich etwas beim Chinesen bestellt.

»Ich glaub, Freya hat es nicht geschmeckt. Vielleicht waren ihr die frittierten Garnelen etwas zu fett.«

Warum klingt Shelley, als wolle sie sich entschuldigen? Die beiden können es gar nicht erwarten, aus der Tür zu kommen.

»Tja, dann tschüß, bis bald.« Und weg sind sie. Carmens Glatze leuchtet im Mondlicht.

»Ich seh nur mal – hicks – nach Freya.« Nina kann kaum gehen. Sie torkelt gegen die Wand und in das Zimmer ihrer Tochter. Sie riecht es, noch bevor sie das Bett erreicht. Freya trägt nachts noch Windeln, doch diese Windel ist ausgelaufen und grüne Aa ist über das ganze Bett und Freyas Beine verteilt. Als Nina sich vorbeugt, um das schlafende Kind hochzuheben, trifft sie der Gestank mit voller Wucht. Sie kann nicht anders: Sie öffnet den Mund und kotzt Freya voll.

Während Artischocke und Seebarsch in einem Schwall von Rotwein, Weißwein, Champagner und Cointreau wieder hochkommen, ist Nina plötzlich überzeugt, daß sie vergiftet wurde. Sally und Hils haben das alles geplant und lachen sich zweifellos in diesem Moment ins Fäustchen. »Das wird ihr eine Lehre sein, dieser ehebrecherischen Schickse.«

Nina erinnert sich, wie sie einmal im Laden an der Ecke Süßigkeiten geklaut hat und ihr schlecht wurde, nachdem sie die Indizien gierig verschlungen hatte. Das ist Gerechtigkeit, sie hat es nicht anders verdient, sie hat Unrecht getan und wird dafür bestraft. Eines Tages kommt die Wahrheit ans Licht, und dann wird Joe sie nicht mehr lieben.

12

Völlig verheddert

Hils läßt Tabitha und Saul alte Sachen anprobieren. Die kurzen Hosen und T-Shirts häufen sich auf dem Boden. Gibt es eigentlich noch Flohmärkte?

Hils erinnert sich an ihre Studienzeit, als sie und ihre Freundinnen die Samstage in Kirchen verbrachten und nach Oma-Nachthemden kramten, die nach Mottenkugeln und Einreibemittel dufteten, nach übergroßen Männerhemden und Schulblazern und ganz nebenbei Modetrends kreierten. Spitzenhandschuhe und grüne Stilettos, Seidenkrawatten und Cricket-Pullover.

Es war einmal, da war ich bunt und verwegen. Ich trug Plastikblumen im Haar und schminkte die Augenlider lila und gold. Wann bin ich so langweilig geworden?

Als Joe meine Persönlichkeit aufgesaugt hat und ich mich in seinem Schatten verkrochen habe, oder bin ich im Mutterglück-Morast versunken? Vielleicht sollte ich mir ein Tattoo machen lassen, nur ein kleines, einen Schmetterling vielleicht.

Tabitha ist seit letztem Sommer zehn Zentimeter gewachsen. An ihr sieht alles unanständig aus. Saul dagegen ist so feist geworden wie ein prall aufgepumptes Schlauchboot.

Ist er zu dick, ist es meine Schuld, hat er Kummerspeck,

weil sein Vater weg ist, soll ich ihm verbieten, Kekse zu essen?

»Ach, laß ihn doch«, sagt die Stimme ihrer Mutter in ihrem Kopf. »Er ist eben gut beieinander.«

»Ich glaub, ich brauch eine neue Badehose«, keucht Saul, und Hils verkneift sich, Fürze auf seinen nackten Babyspeckbauch zu blasen.

Sie erinnert sich daran, wie sie in den Urlaub gefahren ist, als sie in Tabithas Alter und ihr Bruder James zehn war, genau wie Saul, und sieht ein Schwarz-weiß-Foto von ihnen beiden vor sich. Sie stehen in identischen Strickjacken in Wales am Strand und beugen sich über eine tote Qualle. »Cheeeese.« Der Fotoapparat ihres Vaters wurde in einem brauen Lederetui aufbewahrt, klobig wie eine Gasmaske. Er hing hinter der Küchentür.

Schon komisch, wie sie zufällig die eigene Geschwisterkonstellation wiederholt hat, die Große-Schwester-kleiner-Bruder-Falle. »Paß auf deinen kleinen Bruder auf.« Ihre eigene Stimme ein Echo ihrer Mutter. Wenigstens stricke ich ihnen nicht die gleichen Jacken, denkt sie, und bei der Erinnerung fängt ihr Hals an zu jucken.

Als kleines Mädchen ging Hils davon aus, daß sie heiraten und drei Kinder kriegen würde, einen Jungen, gefolgt von Zwillingsmädchen. Mit acht denkt man noch, man könne das Leben wie von einer Speisekarte bestellen. »Attraktiver Ehemann, bitte, nicht zu behaart, süße Kinder, vorzugsweise mit Sommersprossen, und einen Hund und eine Katze und ein Pony, danke.«

Heutzutage verläuft die Kindheit ganz anders. Eine Woge Siebziger-Jahre-Nostalgie durchspült ihr Gehirn.

Hils ist die erste in ihrer Familie, die geschieden ist. Ein schreckliches Wort, eine Kombination aus gescheitert und gemieden. Wann immer sie jemandem erzählt, daß sie und ihr Mann sich getrennt haben, meint sie fast das Holz im Hintergrund splittern zu hören, das Blut auf der Lippe zu schmecken.

Es ist nicht meine Schuld, erinnert sie sich. Er war derjenige, der alles verdorben hat, er war unredlich, er war untreu. Warum? Nicht alle Männer sind untreu – mein Vater zum Beispiel nicht. Ich glaube nicht, daß er je eine andere Frau angesehen hat. Sofort korrigiert sie sich – abgesehen von den Schwestern auf dem Postamt, natürlich. Wie hießen die doch gleich? Zwei kuriose brünette Diven, die ihr Vater für »richtig heiße Feger« hielt. Ihre Mutter neckte ihn jedes Mal, wenn er einen Brief zur Post brachte. »Warst du wieder bei deinen Freundinnen, Alan?« Marcia und Gwen, so hießen sie! Vornehm wie Fabergé-Eier in einer Kleinstadt, wo die Frauen Kopftücher, vernünftige Schuhe und bügelfreies Polyester trugen.

Wenn mein Vater noch lebte, wären meine Eltern jetzt fünfundvierzig Jahre verheiratet. »Man muß sich in sein Schicksal fügen«, sagt ihre Mutter und poliert das Silber mit den Unterhosen ihres verstorbenen Mannes. »Man kann nicht für den Rest seines Lebens Trübsal blasen.«

»Mama, ich glaub, wir müssen einkaufen gehen«, sagt Tabitha.

Doch Hils ist meilenweit weg. Während ihre Hände zu enge kurze Hosen zusammenlegen und zu kurze Röcke, schwelgt ihr Hirn in Erinnerungen, die fast dreißig Jahre zurückliegen.

Meine Mutter hat meine Sommerkleider mit einer elektrischen Nähmaschine genäht, die säumen und Knopflöcher stanzen konnte. Es gab einfache Butterkekse und literweise Orangensirup.

»Mama, ich bin am Verhungern.«

Wir machten Picknicks mit Picknickkorb, hartgekochten Eiern und durchgeweichten Käse-Tomaten-Sandwiches auf einer Schottendecke, und ich war glücklich, alles war normal, eine Mama und ein Papa und ein Bruder. Eine richtige Familie, die zwei Sessel und ein Sofa ausfüllte. In der Garage hatten wir ein Kaninchen, daß genauso rote Augen hatte wie die Hahnenbrosche meiner Großmutter.

Hils hebt ein T-Shirt hoch. »Das gehört Papa«, sagt Saul.

Instinktiv schnuppert Hils daran. Es war einmal, kurz nachdem er fort war, als er in Sallys und Nicks Gästezimmer übernachtete, bevor er mit Nina zusammengezogen ist, da schlief sie mit dem T-Shirt unter ihrem Kissen. Diese Wochen waren eine Zeit in der Schwebe, wo Hils sich nicht erinnern konnte, wie sie funktionierte, wo sie weder ihrer Stimme noch ihren Beinen trauen und jederzeit weinend zusammenbrechen konnte und sich fragte, was sie wohl sagen würden, wenn sie sich das nächste Mal sahen, und sich fragte, wann er wohl zurückkäme.

Bestimmt kam er irgendwann zurück, er mußte zurückkommen. Er konnte doch nicht ewig Nicks Unterhosen tragen, die waren viel zu eng. Er hatte angerufen, um zu fragen, ob es ihr passen würde, und sie einigten sich, daß er kommt, während die Kinder in der Schule sind. »Also dann um elf?«

Zum ersten Mal in seinem Leben war er pünktlich, so daß sie sich in ihrem eigenen Haus ertappt fühlte. Sie hatten sich seit Wochen nicht gesehen – seit der Nacht, wo er verschwunden war, hatten sie nur über Nick und Sally miteinander kommuniziert, bei denen die Kinder auch die Wochenenden verbrachten.

»Hallo.« Hils war übernächtigt, reserviert und höflich.

Ihre Augen waren so rot wie die ihres alten Kaninchens. Joe war verlegen. Bewaffnet mit Wäschekörben begann er, sich selbst aus seinem eigenen Haus zu entfernen. Und *sie* hatte ihm noch geholfen! Warum? Warum hatte sie nicht einfach seinen ganzen Kram verbrannt? Weil sie sein schlechtes Gewissen genoß – er fühlte sich so unbehaglich wie ein fetter Mann, der in einem Drehkreuz stecken geblieben war, doch es war ein sinnloser Sieg.

Das war der Tag, an dem er ihr von dem Baby erzählt hatte, der Tag, an dem sie verstand, daß es kein Zurück gab. Der Tag, bevor ihr Vater starb.

»Schatz, es tut mir so leid.« Der nachmittägliche Anruf ihrer Mutter, Hils, die irrtümlich dachte, ihre Mutter rufe an, um sie zu trösten, wo *sie* es doch war, die den Trost brauchte. Ihre Mutter, die weinte, der schlimmste Klang des Universums. »Es geht um deinen Vater.«

Ninas Baby und Alans Tod waren so eng miteinander verknüpft, daß Hils in jenen ersten harten Monaten träumte, Ninas Baby würde wie eine winzige Version ihres Vaters aussehen. Das tut es natürlich nicht. Das Kind sieht nicht mal aus wie Joe, und irgendwie war es immer tröstlich, daß Joes Gene, die bei ihren eigenen Kinder voll durchschlugen, vor allem bei Saul, Freya umgangen hatten. Es wäre unerträglich, einen kleinen Saul-Doppelgänger auf fremden Knien aufwachsen zu sehen, Freyas kastanienbraune Locken sind das Gegenteil von Saul und Tabithas strohblonden Baby-Schöpfen.

»Wer sind denn Big Audio Dynamite?« unterbricht Saul ihre Gedanken, und Hils streckt die steifen Beine und humpelt in die Küche, um Nudeln zu kochen. Im Vorbeigehen wirft sie das T-Shirt auf den Haufen für die Altkleidersammlung. Sie weiß, daß ihre Mutter eigens eine Schublade für Alan hat: ein paar Pullover, seine Brille und Hausschuhe, ein Taschenmesser und ein rot-weiß-gepunktetes Taschentuch.

»Ich weiß auch nicht, warum«, sagt Brenda. »Er ist sowieso überall.«

Sie hat recht: Jedes Bild hängt an einem Nagel, den er in die Wand gehämmert hat, jede Fliese im Bad hat er selbst verfugt. In der Abstellkammer sind die Bürsten, mit denen er die Schuhe geputzt hat, auf Zeitungspapier, wie es sich gehört. In der Garage steht der Stock, mit dem er Farbe umgerührt hat, und die Marmeladengläser mit Nägeln. »Dein Vater war ein Mann der Tat«, sagt ihre Mutter, während Vögel um die Futterstelle schwirren, die er aus Holz gebaut und am Apfelbaum befestigt hat.

»Was haben wir nur gemacht, als es noch kein Pesto gab?« Hils greift in den Schrank. Alles ändert sich, alles geht weiter, Männer verlassen ihre Frauen, Väter sterben, und in einem Postamt, über hundert Meilen entfernt, sortieren zwei grauhaarige alte Damen mit langen geranienfarbenen Fingernägeln die Post.

In den Tagen vor der Beerdigung ihres Vaters bereitete ihre Mutter ein Buffet vor. »Ich mußte mich irgendwie beschäftigen, Süße«, und so pochierte sie Lachs und füllte Blätterteigpasteten und garnierte alles mit Radieschenrüschen. Das Buffet mit dem Besteck in roten Papierservietten erinnerte eher an einen Hochzeitsempfang, und mit den ganzen Tanten und Onkeln und Cousinen kam es Hils fast wie ein Fest vor.

Joe blieb nicht, er fuhr zurück nach London, zurück zu seiner schwangeren Freundin, und sie und die Kinder nahmen ein paar Tage später den Zug.

Wenigstens kam er, mit betretener Miene, in seinem

besten Anzug, doch Brenda meinte: »Er konnte mir nicht mal in die Augen blicken, Hilary, dieser Trottel von deinem Ehemann. Wenn dein Vater hier wäre, hätte er ihm den Kopf gewaschen.«

In jener Nacht schliefen sie zusammen in einem Bett, zwei Frauen ohne ihre Männer, zwei tränennasse Kissenbezüge.

Das mach ich, denkt Hils. Wenn die Kinder in Italien sind, besuche ich meine Mutter.

Tabitha hat eine Liste gemacht. »Das brauchen wir alles, Mama. Ich schlag vor, wie fahren in die Stadt, vielleicht essen wir irgendwo eine Kleinigkeit. Wir können Papa um Geld bitten.«

»Das braucht ihr nicht.« Geld ist das einzige, um das Hils sich keine Sorgen machen muß.

Hils ruft ihre Mutter an.

»Tut mir leid, Schatz, die letzte Juliwoche bin ich im Lake District. Unsere Gang hat Wohnwagen gemietet.«

Eine Gang? Meine Mutter ist achtundsechzig, denkt Hils. Was macht sie in einer Gang? Demnächst trägt sie noch eine Baseballkappe und nennt die Bridgeclub-Kumpane ihre »Homies«.

»Und wer genau ist bei diesem Wohnwagen-Ausflug dabei?«

»Ach, die Elliotts, Morag Stewart und ihre Schwester, die im Rollstuhl – armes Ding –, und Basil natürlich. Er und Tommy Elliott fahren.«

Hmmm, Basil: Dieser Name fällt immer wieder. Bowling mit Basil, Bridge mit Basil, jetzt auch noch Zelten mit dem blöden Basil. Manchmal kommt es Hils vor, als hätten Witwen ein ausgefüllteres gesellschaftliches Leben als Geschiedene.

Ihre Mutter lacht mädchenhaft: »Tut mir leid, Süße. Basil steht vor der Tür, wir wollen auf eine Gartenschau, ich mach beim Chutney-Wettbewerb mit. Basil sagt, wenn mein Grüne-Tomaten-Rosinen-Chutney nicht gewinnt, rollen Köpfe.«

Unfair, schmollt Hils, als sie auflegt. Das Gesicht ihres Vaters taucht vor ihr auf – er zwinkert ihr zu. Zwinkern und pfeifen, die beiden Dinge, die ihr Vater besser konnte als jeder andere. Besser als der blöde Basil, da ist sie sicher.

Es gibt vieles, was eine Beziehung festigen kann, und ich rede nicht nur von einer gemeinsamen Vorliebe für Sadomasochismus. Manche Paare gehen gern wandern, und es liegt im Interesse der Allgemeinheit, daß diese Menschen einander heiraten und so uns anderen die Qual gesunder strammer Märsche ersparen. Andere teilen die Liebe zu einem bestimmten Fußballverein und sind gleichermaßen glücklich, in einem Haus mit den hellblauen und burgunderroten Streifen von Ashton Villa zu wohnen.

Die Beziehung meiner Eltern wurde durch Essen gefestigt, durch seine und ihre Lieblingsspeisen. Jeder kannte den Geschmack des anderen in- und auswendig, bis zu dem Lieblingslakritz im Haribo-Konfekt.

Im Alter war mein Vater eine richtige Naschkatze und brachte vom Kiosk an der Ecke regelmäßig Papiertüten voller Süßigkeiten mit. Abends, wenn sie The Bill *sahen, warf er meiner Mutter ab und zu ein Gummibärchen zu. Sie fing es instinktiv auf, ohne den Blick vom Fernseher abzuwenden.*

Später, vorm Zubettgehen, machte sie ihm einen Becher heiße Milch, hob die Haut mit einem Löffel ab, und wenn er Schnupfen hatte, fügte sie noch einen Tropfen Whiskey, etwas Honig und einen Spritzer Zitrone hinzu. Im Gegenzug

brachte mein Vater meiner Mutter jeden Samstagmorgen, wenn er früh aufstand, um Golf zu spielen, das Frühstück ans Bett.
Eine Schale Frühstücksflocken und einen gebutterten Toast. Und wenn er das Tablett mit dem Bild eines Spechts und Korbgriffen hereintrug, sagte er jedes Mal: »Ich verwöhne dich zu sehr, Brenda.« Und meine Mutter antwortete immer: »Ach Alan, du hast doch nicht etwa schon wieder eine Kreuzfahrt gebucht!«
Der Tod raubte meiner Mutter meinen Vater. Er schlich sich von hinten an und nahm ihn fort, genau wie der Dieb, der meinen Mann gestohlen hat.

Tagebuch einer Geschiedenen

13

Katerhölle bei der Elterninitiative

Der Schulfest-Samstag dämmert am Gekochte-Leberbraunen Himmel. »Ein Jammer«, sagt Alice. »Ich hab mich so drauf gefreut.«

Sie zieht die Vorhänge auf, und das düstere, graphitgraue Licht läßt Guy zusammenzucken. Er hat einen furchtbaren Kater.

»Wann bist du gestern nach Hause gekommen?« Alice stemmt die Hände in die Hüften.

Guy hat keine Ahnung – er kann sich nicht mal erinnern, überhaupt nach Hause gekommen zu sein. Das letzte, woran er sich erinnert, ist der Pinot Grigio, den er mit Peter Stringfellow getrunken hat. Er erinnert sich außerdem dunkel, einen Fünfzig-Pfund-Schein in den Strumpfhalter eines schwarzen Mädchens gesteckt und an einem Kiosk am Leicester Square einen Falafel gekauft zu haben.

Gott, der Job ist manchmal wirklich anstrengend! Aber damit braucht er Alice gar nicht erst zu kommen. Völlig sinnlos, ihr begreiflich machen zu wollen, daß es zum Job gehört, sich ab und zu total vollaufen zu lassen. Man nennt es auch Networking.

Der Bierwerbespot ist gecastet und im Kasten. Ein junger irischer Komiker, der fünfundzwanzigjährige Tommy O'Reilly, mit spitzbübischen grünen Augen, wurde aus der

Obskurität der Pubs gepflückt und dem Fernsehpublikum im Johnny-Vegas-Stil als neues Hetherington-Gesicht präsentiert. Der Drei-Jahres-Vertrag, den sein brandneues Management ausgehandelt hat, wird ihn nicht Ferrari-reich machen, aber er wird sich davon irgendwo am Arsch der Welt eine kleine Eigentumswohnung leisten können.

Wenn er sein Geld nicht versäuft, denkt Guy, der sich vage an einen volltrunkenen Tommy erinnert, der schielend und schwadronierend in einer Ecke im Stringfellow's saß, in der einen Hand ein Guinness, in der anderen einen Whiskey und eine rothaarige Frau auf dem Schoß. Unklug. Er hätte wenigstens bei Hetherington bleiben können.

Andererseits, sinniert Guy, kann man ihm eigentlich keinen Vorwurf machen. Schließlich wird man als kleiner Ire nicht jeden Tag zum besten Japaner der Stadt eingeladen und hinterher in Londons besten Lap-Dancing-Club ausgeführt, alles auf Kosten eines Haufens mittelalter Anzugtypen mit fetten Spesenkonten. Der Junge aus Kilkenny war wahrscheinlich einfach ein bißchen überfordert – Guy grinst, als ihm einfällt, wie der Knabe mit seinen Stäbchen gekämpft hat.

Er hebt den Kopf vom Kissen. Das ist ein Fehler – er hat sich ganz offensichtlich das Genick gebrochen. Sofort sieht er Peanut in heißer Schwesterntracht vor sich, und sein Penis wird steif. Wenigstens ist der nicht gebrochen.

»Mach schon«, kläfft Alice und zieht ihm die Decke weg. Glücklicherweise ist sie zu sehr in Eile, um seinen priapeischen Zustand zu bemerken. Als Guy es in den frühen Morgenstunden endlich geschafft hatte, die Treppe raufzukriechen, war er zu besoffen gewesen, um seinen Pyjama anzuziehen, und seine Erektion sieht aus wie ein kleiner violetter Soldat, der sich bedenklich zur Seite neigt.

»Rühren, alter Kumpel«, murmelt Guy und dreht sich um. Er hat Peanut letzte Nacht vermißt. Es war eher ein Männerabend, und wäre sie dort aufgetaucht, hätte es Gerede gegeben. Er hatte sie natürlich angerufen: zweimal vom Restaurant und dreimal aus dem Stringfellow's, was im Nachhinein vielleicht ein Fehler war. Beim letzten Anruf klang sie leicht genervt. »Guy, ich versuche zu schlafen.« Peanut wohnt mit zwei anderen Mädchen in einem Haus am Finsbury Park.

Guy ist nie dort gewesen, aber er kann sie sich vorstellen, die drei Mädchen: Verspielt wie junge Hunde tollen sie in Unterwäsche herum und fummeln sich gegenseitig in den Haaren. Irgendwie macht ihn diese Vorstellung geiler als all die Nummern der chirurgisch verschönerten Mädels vom Vorabend, die in ihren Highheels an Stangen hoch- und runterrutschten. Und zwar weil ich kein Schmutzfink bin, denkt Guy selbstgefällig, bevor ihn der Gedanke ernüchtert, daß er das ganze Wochenende keine Gelegenheit haben wird, seine Freundin zu vögeln.

Alice brät Eier. »Du bist für den Wie-viele-Gummibärchen-sind-wohl-in-diesem-Glas-Stand eingeteilt.«

»Wie bitte?« erwidert Guy. In der Dusche hätte er sich fast übergeben. Sake ist ein furchtbares Zeug, vor allem, wenn man es mit Champagner, Weißwein, Bier und Tequila mischt.

»Ich mach mit Di den Flohmarkt-Stand.« Alice trägt ein großes grünes T-Shirt, auf dessen Rücken »St. Johns Primary School – Wir bereiten Kinder auf die Zukunft vor« prangt.

»Ogott, das Schulfest.«

Der Regen spuckt gegen die Flügeltür. Alice beißt in ein Spiegeleisandwich, und gelber Glibber läuft ihr übers Kinn. Guy rülpst, Wasabi-Aroma mit Falafelnachgeschmack.

Nur Max hat es geschafft, sich vor dem jährlichen Sommerfest zu drücken. Er geht auf eine Party: Die Jungs fahren zu sechst ins Trocadero und übernachten dann bei einem von ihnen. Eine Zahnpasta-weiße Limousine holt ihn um elf ab. Er ist schneller aus dem Haus als ein Flitzebogen.

»Wie albern«, schnauft Alice. »Aber was kann man schon erwarten? Die Eltern sind geschieden und denken, wenn sie dem armen Kind jeden Wunsch von den Augen ablesen, ist alles gut. Er tut mir wirklich leid.«

Auf Guy wirkte das besagte Kind nicht besonders traumatisiert. Im Gegenteil, mit einer Coladose in der einen und einer großen Tüte Erdnußlocken in der anderen schien er sich auf dem Rücksitz der Stretch-Limousine pudelwohl zu fühlen. Guy wäre am liebsten mit eingestiegen – alles lieber als dieses erniedrigende Sommerfest.

Mir ging's in meinem ganzen Leben noch nie so schlecht.

Das stimmt nicht. Guy hat für eine Sekunde vergessen, daß seine Eltern bei einem Autounfall ums Leben gekommen sind, und die augenblicklichen Magenkrämpfe, der säuerliche Geschmack sind nichts gegen das, was er damals fühlte.

Guy verdrängt die Erinnerung an damals – es ist vorbei, es war gräßlich. Eben noch war Mittwoch und alles normal, dann war Donnerstag und er Waise. Er ging auf Krücken zur Beerdigung seiner Eltern, weil er sich ein paar Wochen zuvor beim Rugby das Knie verrenkt hatte. Sein ganzes Leben lag in Trümmern, er konnte nicht essen, er konnte nicht sprechen, seine Eltern waren tot, und er konnte nicht mal richtig laufen. Zweimal täglich humpelte er zum Schnapsladen und sah bei zugezogenen Vorhängen fern. Gelegentlich aß er eine Nudelsuppe.

Seine große Schwester fragte ihn, ob er bei ihr und ihrer

jungen Familie in Aberdeen wohnen wolle, aber Guy dachte, wenn er schon in London unglücklich war, wäre er in Aberdeen nur noch unglücklicher. Er wusch sich nicht und ging nicht zur Arbeit. Das konnte er sich leisten: Sein Erbteil betrug £ 20 000. Damit kann man jahrelang überleben, wenn man sich ausschließlich von Apfelwein und Dosenkonserven ernährt. Schließlich war es Alice – die mit einem frisch gebratenen (wenn auch leicht angebrannten) Hühnchen bei ihm aufgetaucht war –, die ihn in die Normalität zurückholte.

Guy konnte sich erst nicht an ihren Namen erinnern – es war zwei Uhr nachmittags und er schon bei seiner zweiten Flasche Woodpecker.

Er war am Ertrinken und Alice war ausgebildete Rettungsschwimmerin. Sie war Pfadfinderin und Duke-of-Edinburgh-Goldmedaillengewinnerin. Sie wusch ihn, fütterte ihn und ging mit ihm zum Friseur. Der »derangierte Guy« war das beste Projekt, das sie je in Angriff genommen hatte. Er hatte seine Mama und seinen Papa verloren? Nun, jetzt hatte er sie. Sie gedieh an ihm wie Schimmel auf Brot, bot ihm eine Ersatzfamilie, etwas, für das es sich zu leben lohnte: »Ich bin schwanger, Guy, und es ist von dir.«

Er steht in ihrer Schuld.

Tja, und heute ist Zahltag. »Wie viele Gummibärchen sind wohl in dem Glas?« singt er halbherzig. Er ist seit zwanzig Minuten auf dem Fest, aber es fühlt sich an wie vierzehn Tage. Aus dem Augenwinkel sieht er, wie Michael Clements am anderen Ende des Schulhofs Tai Chi demonstriert. Der Typ sieht total bescheuert aus. Die Kinder kichern, und ein Hund läuft ständig zwischen Michaels Beinen hindurch und schnappt nach seinen Hoden. »Braver Hund«, murmelt Guy.

Alice hat ihren Stand um die Ecke aufgebaut, neben der Hüpfburg und dem Kuchenstand, der fantastischen Umsatz macht, vor allem dank Alice. Bisher hatte sie zwei Pfannkuchen und ein großes Stück Zitronenkuchen.

Ab und zu trägt der Wind ihre Stimme zu Guy: »Flohmarkt-Schnäppchen, für jeden Etwas.« Das stimmt nicht ganz. Alices Ware besteht hauptsächlich aus kaputtem Spielzeug, nicht identifizierbaren Wollsachen und einem rostigen Fondue-Set.

Sam schlängelt sich zu ihm durch. Erst erkennt Guy seinen jüngsten Sohn nicht, er hat sich das Gesicht anmalen lassen. Er soll Spiderman sein, doch das schwarze Netz ist mit dem roten Hintergrund verlaufen, und Sam sieht aus, als sei er mit dem Gesicht auf einen Grill gefallen.

»Krieg ich fünfzig Pence für Mr. Carmichael, Papa?«

Mr. Carmichael ist der stellvertretende Rektor der Schule. Er hockt auf einem Balken, während die Kinder Schlange stehen, um nasse Schwämme nach ihm zu werfen. Seine »gute Miene zum bösen Spiel« scheint sich bedenklich abzunutzen. Mr. Carmichael wirkt wütend. Guy gibt Sam drei Pfund, in der Hoffnung, daß Mr. Carmichael platzt, ein Kind schlägt und der ganze Nachmittag abgeblasen werden muß.

»Danke, Papa.« Sam hüpft davon, doch Guy ruft ihn zurück.

»Hör mal, Sam, kannst du kurz auf die Gummibärchen aufpassen«, bittet er. »Ich bin gleich wieder da.« Und mit dem Wechselgeld, das Alice ihm gegeben hat, um den Hals, galoppiert er hinter den alten Fahrradschuppen. Sein Handy ist in seiner Tasche.

»Hallo, ich bin's. Wo bist du?«

Peanut ist mit ihrer Freundin Abigail in Covent Garden

und probiert bei LK Bennett gerade Schuhe an. »Mir gefallen die aus Wildleder besser«, sagt sie.

»Hör zu, tut mir leid wegen gestern Abend.«

Peanut meint, er habe reichlich besoffen geklungen.

»Ein bißchen«, gibt Guy zu. »Tut mir leid.«

Peanut schweigt.

»Peanut, bist du noch dran?«

Das ist sie.

»Also«, sagt Guy, und legt ein bißchen Mr.-Carmichael-Frohsinn in seine Stimme, »was machst du heute Abend?«

Peanut erwidert, sie gehe mit Abigail auf eine Party in Wimbledon.

(NEEEEEEEiiiiiin.)

»Na dann, viel Spaß.«

Den werde sie haben, versichert Peanut.

»Papa!« hört Guy Sam schreien. »Papaaaaaa!«

»Ich muß Schluß machen.« Er will ihr gerade noch sagen, daß er sie liebt, als die Leitung unterbrochen wird.

Guy sprintet zum Gummibärchenstand. Sam hüpft auf und ab. »Papa, die haben das Glas mit den Gummibärchen geklaut.«

Plötzlich steht Alice vor ihm, wutentbrannt wie ein weiblicher Hulk. »Was zum Teufel ist hier los, Guy, wo warst du?« will sie wissen.

»Er war hinter dem Fahrradschuppen«, schluchzt Sam.

»Ich mußte pinkeln«, zischt Guy gleichzeitig.

Alice ist entsetzt. »Ich hoffe, du hast nicht hinter den Fahrradschuppen gepinkelt. Es gibt hier durchaus Toiletten, Guy!«

»Er war hinterm Fahrradschuppen«, wiederholt Sam anklagend, »und dann kamen die großen Jungs und haben das Glas mit den Gummibärchen geklaut.«

»Bestimmt Jugendliche aus der Siedlung«, murmelt Alice, »die nichts Besseres zu tun haben, als Gummibärchen zu stehlen.« Autos klauen, Omas überfallen, Gummibärchen stehlen – für Alice ist das alles das gleiche. »Wahrscheinlich haben sie Klebstoff geschnüffelt«, fügt sie hinzu.

Guy fühlt sich entsetzlich. Der Kater ist nicht besser, sondern schlimmer geworden. Er muß sich wirklich hinlegen. Er sinkt zu Boden. Er kann einfach nicht mehr.

Alice, die seinen Zusammenbruch als Reue fehlinterpretiert, ist sofort besänftigt. »Schon gut, Guy, bleib hier. Ich hol dir einen Tee.«

Ich hätte Krankenschwester werden sollen, denkt Alice, während sie sich zum Tee-und-Kuchenstand durchdrängt. In Notfällen bin ich gut, praktisch und besonnen. Wer hält alles zusammen, während alle anderen um mich herum zusammenbrechen? Ich! »Eine Tasse schwachen Tee mit zwei Stück Zucker, bitte, ach, und eins von den kleinen Kirschtörtchen.«

Die Geschichte vom Gummibärchendiebstahl macht schnell die Runde. Alle sind sehr verständnisvoll.

»Du Armer, ein Jammer, daß ich die Kerle nicht gesehen habe.« Michael Clements ist herübergekommen. »Denen hätte ich's gezeigt.« Betont langsam und bedächtig demonstriert er ein paar Martial-Arts-Bewegungen.

Guy spürt Hysterie in seiner Kehle aufsteigen. »Ich glaub, ich geh einfach nach Hause.«

»Ja«, sagt Alice, »ich komm so in einer Stunde nach. Du siehst wirklich nicht wohl aus.«

Guy nimmt seinen Brustbeutel ab und reicht ihn Alice. Sie bemerkt, daß seine Hände zittern. Der Vorfall hat ihn offenbar ziemlich traumatisiert.

»Bis später.«

Guy wankt nach Hause. Es sind nur fünf Minuten, aber er könnte ein Taxi gebrauchen. Als er sicher zu Hause angekommen ist, legt er sich zittrig und schwindelig aufs Sofa und schließt die Augen, nur für eine Sekunde.

»Huhuuu, wir sind's nur.« Alice stürmt herein. »Tja, Guy, ich fürchte, du hast nur vier Pfund verdient, und die Gummibärchen kosteten fünf, aber ich hab die Differenz wett gemacht. Ich muß sagen, der Flohmarkt lief erstaunlich gut.« Ein Donner grollt in der Ferne. »Sieh nur, wen ich zum Abendessen mitgebracht habe.« Hinter Alice sieht Guy einen Trupp fahrender Zirkusleute: Es sind die Clementses.

»Ja«, kräht Di, »Alice und ich haben unseren eigenen Rekord gebrochen.«

»Einhundertunddreißig Pfund«, singen sie im Chor und klatschen sich umständlich ab.

»Wer hätte gedacht, daß Guys alte Clash-Platten so viel bringen?« blubbert Di. »Ich wußte nicht, daß heutzutage noch jemand Vinyl haben will.«

»Ich weiß«, kreischt Alice fröhlich. »zwanzig Pfund für alle zusammen.«

»Laß mich sterben«, denkt Guy.

14

Oma Maxine

Nina fährt mit Freya zu ihrer Oma. Maxine wohnt noch immer in derselben Zweizimmer-Wohnung hinter Elephant and Castle, in der Nina aufgewachsen ist.

Trotz der unbeliebten SE1 Postleitzahl genießt Lawrence House seit jeher einen guten Ruf. Nina erinnert sich, daß das Backsteinhaus damals im Gegensatz zu den meisten benachbarten Hochhäusern kaum geringer geschätzt wurde als eine Maisonette-Wohnung in Maida Vale.

Ich hab Glück gehabt, denkt Nina, auch wenn man sie als Kind damit aufgezogen hatte, daß sie in einem so vornehmen Haus wohnte.

Langsamer als ein Doppeldecker-Leichenwagen rumpelt die 171 Richtung Südlondon. Nina und Freya sitzen oben. Nina hält Freyas Beine fest, während die Kleine mit einem alten Mann plappert, der hinter ihnen sitzt und aus einer blauen Dose Tennant's Super schlürft.

Der alte Mann erzählt Freya (zwischen seinen Rülpsern), daß er auch mal ein kleines Mädchen hatte (rülps), sie aber seit Jahren nicht gesehen hat, und daß sie nun wohl kein kleines Mädchen mehr sei, sondern ein großes (rülps), das selbst Kinder hat.

Ogott, denkt Nina, nachher ist das noch mein Vater!

Vorsichtig dreht sie den Kopf und weiß instinktiv, daß er

es nicht ist. Der hier sieht aus wie der Weihnachtsmann nach einer Schlägerei. Seine Fingerknöchel sind aufgesprungen, Blut quillt durch Schmutz und die blaue Tinte selbst gestochener Tattoos, und auf seinem Kragen liegen Schuppen, dick wie Schnee.

Mein Vater war ein kleiner dunkler Mann mit Locken, denkt Nina.

Laut ihrer Mutter sah er aus wie David Essex für Arme und mit schlechten Zähnen. »Inzwischen sind sie ihm bestimmt ausgefallen«, sagt ihre Mutter. »Sie waren grün, schlimmer als die der Königin Mutter – mit etwas Glück hat er auch keine Haare mehr.« Manchmal, wenn Nina versucht, sich ihren Vater vorzustellen, sieht sie einen zahnlosen Zwerg mit Glatze vor sich.

Über den Fluß – »Boote, Freya, Boote« – und vorbei am Hayward, wo Joe in den Achtzigern eine Ausstellung hatte. Er ist frustriert, weiß Nina. Er findet, er müßte berühmt sein, ist es aber nicht, und nun ist er zu alt. Jedenfalls wird man nicht mit Aufnahmen von Verpackungen ofenfertiger Pommes und Mädchen in billigen Nylon-BHs berühmt.

Jeder denkt, er wird mal berühmt, sinniert sie, und erinnert sich an frühere Freunde, die in Kleinbussen mit ihren elektrischen Gitarren über die Landstraßen tourten und sich von Wurstbrötchen und Bier ernährten und mit ihren zerstochenen Armen und Blähbäuchen in möblierten Zimmern wohnten. Von einem hatte sie Filzläuse gekriegt. Mistkerl.

Kurz hinter Waterloo fällt ihr Blick auf eine Riesenplakatwand. Das ist doch dieser Wie-heißt-er-noch, auf den Shelley so steht. Offenbar hat sie ihn kennengelernt, bevor er Komiker wurde. Er jobbte in einem Pub in Dalston. Damals war er noch ein Niemand, und nun sieh ihn dir an.

Plötzlich ist er überall. Wie hieß er denn nur? Tommy irgendwas, Irländer, neulich war er bei Graham Norton.

Der hat's geschafft, vielleicht, wer weiß? »Heute top, morgen flop« – das sagt Joe jedenfalls, und seine Stimme klingt dabei so bitter wie eine unreife Pflaume.

Vorbei an dem Abenteuer-Spielplatz mit den drei bronzenen Bären, die artig im Kreis sitzen. »Bären, Freya, Bären!« Mit Hannibal-artiger Gemächlichkeit rumpelt die 171 nach SE1. Freya ist traurig, daß sie sich von dem alten Mann verabschieden muß. Bevor sie aussteigen, will sie ihm noch einen Abschiedskuß geben. Nina muß sie mit Gewalt aus dem Bus zerren. »Komm jetzt, Freya«, befiehlt sie und friemelt einen Finger nach dem anderen vom Geländer. Das Weiße in den Augen des Penners ist Hepatitis-gelb.

Nina klappt den Buggy auf und setzt ihre Tochter hinein. Während sie das tut, fällt ihr auf, daß Freya nur noch einen ihrer brandneuen Schuhe trägt. »Halt!« kreischt sie, doch die Bustüren schließen sich höhnisch zischend. Am liebsten würde ich mich in den Rinnstein setzen und heulen, denkt Nina, als plötzlich ein kleiner rosa Gegenstand neben der Bushaltestelle landet.

Der besoffene Nikolaus hat Freyas Schuh aus dem Fenster geworfen. Er winkt mit einer blutigen Hand. Von einem Schuh kriegt man keine Hepatitis, denkt Nina und schnallt ihn an Freyas breiten Fuß.

»Danke«, schreit sie.

»Mein Opa«, strahlt Freya.

Nina macht sich nicht die Mühe, sie zu korrigieren. Schließlich haben sich Freyas echte Opas als Reinfall erwiesen. Der eine ist vor über zwanzig Jahren in einer Wolke Embassy Regal verschwunden, und der andere? Tja! Nina spürt dasselbe Unbehagen, das sie bei der Erinnerung an die Filzläuse überkommen hatte. Joes Papa ist ein wirklich netter Mann, aber... »Sie lieben dich«, hatte Joe gesagt und meinte seine Eltern, doch das tun sie nicht. Sie lieben Hils. Und auf Freya reagieren sie geradezu allergisch.

Joe leugnet es. »Sie sind alt, Kleinkinder sind anstrengend. Warte nur, wenn sie älter ist, wird es genauso sein wie mit Tabitha und Saul.« Nina weiß nicht so recht.

Joe hat ihr erzählt, daß sein Vater früher aufwendige Dinosaurier für Saul und Pinguine für Tabitha getuscht hat. Freya, so hat er prophezeit, wird Bilder von Eisbären und Lebkuchenmännern kriegen, und gestrickte Mützen mit Bommeln. Doch das stimmt nicht, Freya kriegt Sparbücher. In Wahrheit sind Joes Eltern zwar pflichtbewußt, aber reserviert. Sie halten Abstand, als wollten sie lieber nichts mit ihr zu tun haben.

Aber warum fühle *ich* mich schuldig? wundert sich Nina. Du weißt schon warum, erwidert ihr Unterbewußtsein.

Manchmal sieht Joes Mutter Freya an und dann Nina und die Traurigkeit in ihrem Blick läßt Nina schaudern.

Sie traut mir nicht, und warum sollte sie auch? Sie ist die erste, die sagen wird: »Siehst du, ich hab's doch gewußt.«

Nina schiebt den Buggy am Junkieblut-roten Mausoleum des Elephant-and-Castle-Komplexes vorbei. Ihre Mutter lebt nur einen Straßenräuber-Spurt entfernt. Auf dem Pflaster verkauft ein Mann Teppiche mit den Gesichtern von Elvis und James Dean. Joe würde lieber sterben, denkt Nina, als so etwas zu Hause zu haben. Wird es je einen Ort geben, der meine Persönlichkeit widerspiegelt? fragt sie sich. Joe ist so streng, wenn es um die Einrichtung geht. Sie lebt mit einem Wohnungs-Nazi zusammen.

Wie soll ich wissen, was ich mag, wenn ich nie wählen darf?

Maxine hat einen neuen Teppich im Flur. Nina steht auf Marilyn Monroes Nase.

»Klasse, was?« meint Maxine, eine Erscheinung in Leopardenmuster und himmelblauer Caprihose. Nina sieht sich um. Die Wohnung wirkt noch voller als beim letzten Besuch. Sonntags pilgert ihre Mutter auf die Flohmärkte Südlondons, und die Ausbeute ihrer Raubzüge füllt jeden verfügbaren Quadratzentimeter.

Maxine liebt Kitsch. Der kniehohe Porzellanpudel ist neu, doch die Bar im Hawaii-Stil inklusive Cocktailshaker, Ananas-Eis-Eimer und Gläsern mit Maraschinokirschen ist ein altes Lieblingsstück. Alte Barbie-Puppen sitzen aufgereiht auf dem Fensterbrett und die Wände sind mit Hitchcock-Filmplakaten bedeckt. Überall funkeln Lichterketten und Plastikblumen stauben ein.

»Hi, Mama.« Sie küssen sich ungeschickt. Sie ist zu dünn, denkt Nina. Sie ißt nicht anständig.

»Und wie geht es meinem kleinen Mäuschen?« gurrt Maxine, während sie Freya abschnallt und auf ihren knochigen Schoß hebt. Sie sieht nicht aus wie eine Oma, denkt Nina. Omas müssen mollig sein und nach Bratensoße riechen. Maxine riecht nach Mentholzigaretten und Silvikrin-Haarspray für extra starken Halt. Ihr Haar ist mit Hilfe eines Lockenstabs zu einem Beehive getürmt, das Grau mit Mahagoni-Tönung kaschiert.

Joes Mama backt Kuchen, dampfende geschmorte Äpfel unter zuckriger Kruste, bedeckt mit heißer gelber Bird's-Eye-Vanillesoße. Maxine ernährt sich von Keksen und Slimfast-Diätdrinks. Nina hat sie noch nie eine Mahlzeit aufessen sehen. Was das Kochen angeht, kann Maxine nicht mal Fischstäbchen braten.

Als Mädchen ernährte Nina sich von Dosenkonserven

und Nudeln. Vielleicht hat mein Vater sie deshalb verlassen, vielleicht lebt er mit einer dicken fetten Frau zusammen, die ihm Eier und Speck brät...

»Mama, wie war Papa eigentlich so?«

»Ein Arschloch, Liebling.«

Maxine hat ein Geschenk für Freya. Es ist ein Handtäschchen, schwarzer Satin mit Straß und altmodischem Clip-Verschluß. Darin liegt eine bunte Perlenkette. Freya ist entzückt. Sie kaut auf der Tasche herum und läßt sich von Maxine die Perlenkette um den Hals legen. »Ich hab Kuchen«, sagt Maxine so stolz, als hätte sie einen Schwan mit Kolibris gefüllt, und öffnet eine Packung Mr. Kipling Bakewell Tarts.

»Wie geht es diesem Joe?«

Joe macht Maxine nervös. Sie fühlt sich nur in Gesellschaft von Homosexuellen wohl. Seit dem Tag, als Ray sie verlassen hat, schert sie sich nicht mehr ums andere Geschlecht, jedenfalls nicht, wenn es heterosexuell ist. Wenn Maxines Freunde da sind, kommt man sich vor wie in einer Folge *Queer As Folk*.

»Gut. In ein paar Wochen machen wir Urlaub, in Italien«, erzählt Nina ihrer Mutter. »Mit Joes anderen Kindern.«

Sie wünscht, ihre Mutter würde sie verstehen, würde auf den Zweifel in ihrer Stimme anspringen, wäre zu einem normalen erwachsenen Gespräch imstande. Im Lauf der Jahre hat Nina sich damit abgefunden, daß ihre Mutter nur oberflächliche Gefühle erträgt. Alles unter der Oberfläche, alles Unbequeme, wird vermieden.

»Ooh, *La Dolce Vita,* und diese Knackpos der Italiener, einer arbeitet an der Bar im Club, wie zwei Billardkugeln in Elasthan. Hier, Süße«, und sie sammelt die Kirschen von den Törtchen, um sie Freya zu geben.

Nina gibt auf. Auf dem Regal in der Ecke steht ein herzförmiger, mit gestepptem rosa Samt bezogener Karton. Vor fünfzig Jahren war Schokolade darin. Jetzt liegt ein Haufen Fotos anstelle der Veilchenpralinen. Nina an ihrem ersten Schultag, Nina beim Steptanz, verschiedene »Onkel«, die aussehen wie Freddie Mercury, und ganz unten ein Foto von Nina auf dem Schoß ihres Vaters.

»Kann ich das haben?« fragt sie.

»Bediene dich nur«, erwidert ihre Mutter.

»Mama, findest du, daß Freya aussieht wie ich?«

»Nein, eigentlich nicht, eigentlich überhaupt nicht. In unserer Familie hat niemand rote Haare, soweit ich mich erinnere.«

»Kastanienbraun«, korrigiert Nina, »und nur bei bestimmtem Licht.«

»Dann kommt sie wohl nach Joe.« Maxine hält kurz inne. »Joe sieht allerdings eher aus wie großes, blondes, zotteliges Kamel, oder? Stark behaart und große Füße.« Sie schaudert. »Ooh, das mochte ich nie, wenn die Füße des Mannes meine unter der Decke berührten wie ein zappeliges Meerschweinchen.« Maxine legt eine CD in eine moderne Anlage, die völlig aus dem Rahmen sticht, und sie und Freya tanzen zu »It's Raining Men«.

Später, als Nina Freya hinlegt, hält sie noch immer das Straßtäschchen umklammert. »Tja, wenn du ein Junge wärst, wäre deine Oma jetzt bestimmt stolz auf dich«, murmelt Nina und streicht ihrer Tochter über die Nase, während sie in ihrem Gesicht nach Hinweisen sucht.

15

Hils hat die Ehre

Zeit heilt alle Wunden, heißt es, und irgendwie stimmt das, auch wenn es sich anfühlt, als sei einem ein Bein amputiert worden. Der Stumpf bildet blanke neue Haut, doch das Bein wächst nicht nach, und man muß hüpfen lernen.
Als ich klein war, machte ich Ballett. Der Unterricht fand in einem Schulgebäude statt: ein rot-gelbes Backsteingemäuer aus der Zeit des viktorianischen Optimismus. Unten im Keller, wo die Heißwasser-Rohre gurgelten, brüllte eine sehr dünne Dame Sechsjährige an und ein sehr dicker Mann saß am Klavier.
»Springt«, schrie die dünne Dame, »springt!« Doch ich konnte nicht springen, ich konnte nur hüpfen. Eines Tages aber wurde aus dem Hüpfen Springen, und mir war, als flöge mein Herz aus dem Fenster.
Als mein Mann mich verließ, war es, als hätte ich die Kraft zu springen verloren und stünde hilflos hüpfend wieder ganz am Anfang.

Tagebuch einer Geschiedenen

Die Sommerferien rücken näher. Tabitha und Saul haben bereits schulfrei – dabei ist erst Mitte Juli! Die öffentlichen Schulen haben erst in einer Woche Ferien. Verrückt, denkt Hils, je mehr man bezahlt, desto weniger sind sie dort.

So hat sie wenigstens Zeit, alles für Italien zu organisieren. Sie hat versprochen, morgen mit ihnen einkaufen zu gehen. Hils weiß nicht, ob sie sich schon wieder ins West End wagen soll – sie hat ihrer Kreditkarte diese Woche schon genug zugemutet. Das schlechte Gewissen bereitet ihr Herzklopfen, während allein der Gedanke an heute Abend wie ein Einlauf wirkt. Was zieht man als Literatur-Debütantin an?

Sie könnte die Dorothy-Parker-Nummer abziehen und sich in violetten Samt hüllen, inklusive Turban, Perlen und Pfauenfedern. Sich dunkelgrauen Lidschatten um die Augen wischen, die Lippen blutrot anmalen und einen Stumpen in einer Elfenbeinspitze rauchen, doch dann würden sich die Kinder weigern, sie zu begleiten. Inzwischen war es ihnen am liebsten, wenn sie mit der Tapete verschmolz. Eine Rolle beige-farbene Rauhfasertapete täte es auch.

Hils nimmt das Kleid aus seinem Nest aus rosa Seidenpapier. In der Tüte liegt noch der Visa-Beleg mit ihrer zittrigen Unterschrift. Sie hätte es nicht tun sollen – ist sie denn völlig verrückt geworden? Sie hätte ihren Jeansrock anziehen können. Und wenn sich außer ihr niemand schick macht? Es ist schließlich nur ein ganz normaler Donnerstagabend. Auf ein Gläschen Sekt – so steht es auf der Einladung.

»Redback Publications hat die Ehre, Sie zur Buchpremiere von Hils Morgans ergreifendem Debütroman einzuladen. Am 17. Juli 2004, 19.30 im Groucho Club.«

Hils errötet wegen des »ergreifend«. Ist das ein Euphemismus für sentimentales Geschwätz? Und was den Groucho Club angeht, da ist sie nicht mal Mitglied. Vielleicht lassen die sie gar nicht erst rein, und sie wird sagen müssen: Wissen Sie denn nicht, wer ich bin? und die werden antworten: Nee, nie von Ihnen gehört, und jetzt verschwinden Sie.

Nachdem sie sich vergewissert hat, daß ihr Nagellack auch wirklich trocken ist, hebt sie das Kleid an den dünnen Spaghettiträgern hoch. Ein Hauch cremefarbenen Satins überzogen mit einem feinen Netz schwarzer Perlen, das herabfällt wie ein gelöster Haarknoten.

Dreihundert Pfund, vielen Dank auch. Für wen hält sie sich? Elizabeth Hurley?

Und dann die Schuhe. Ogott, die Schuhe, noch mal zweihundert Mäuse. Kleine bestickte Emma-Hope-mules aus cremefarbenem und schwarzem Samt mit Pfennigabsatz. Schuhe, die zu schön sind, um sie zu tragen. Eigentlich gehören sie in einen Glaskasten aufs Kaminsims, als Kunstwerk mit dem Titel »Vierzigjährige dreht im Schuhladen durch«.

Als Hils klein war, bekam sie einmal ein Zuckerwatte-Osterei geschenkt, gespickt mit violetten und rosa Rosenknospen, zu schön, um es zu essen. Daher bewahrte sie es auf ihrer Kommode auf, bis es ungenießbar und mit einer dicken grauen Staubschicht bedeckt war.

Vielleicht sollte sie einfach alles zurückgeben und auf Unzurechnungsfähigkeit plädieren, behaupten, sie brauche das Geld für die Augenoperation ihrer Schwester. Doch Hils weiß, daß sie höchstens eine Gutschrift kriegt, außerdem war die Frau im Laden so nett. So nett, daß Hils sie am Ende zur Buchpremiere einlud, ein Last-Minute-Versuch, ihrer Party etwas Glamour zu verleihen. Die Frau war sehr groß und dünn und hatte schwarze Haare. Hils stellte sich vor, wie sie mondän im Türrahmen lehnt und die Leute denken: »Nein, was hat Hils für interessante Freunde!«

Sie hat nicht viele Leute eingeladen. Ihren Freunden hat

sie es so spät gesagt, daß keine Zeit mehr war, einen Babysitter zu organisieren, das Ganze war ihr peinlich. Nicht mal ihre Mutter hat sie gefragt, erst als es zu spät war, und dann hat sie das Ereignis so heruntergespielt, daß ihre Mutter gesagt hat: »Ach weißt du, Süße, eigentlich bin ich bei den Chamberlains zum Grillen eingeladen, und ich habe schon zugesagt. Ich soll den Salat mitbringen. Außerdem fahren wir Freitag früh alle zusammen an die Seen.«

Naja, Janey kommt immerhin und die Schoolgate-Mamas und die Schwuchteln aus Nummer sechs, außerdem Henry und Jane, Alex und Sylvie, die üblichen Verdächtigen eben, außer Sally und Nick, die ihren Hochzeitstag in Venedig verbringen. Sally wollte die Reise schon absagen, aber Hils wollte davon nichts hören. »Sei nicht albern, ist doch nicht so wichtig.« Ach ja, und ihr Bruder natürlich, James, und ihre Schwägerin Midge und Tabithas Klavierlehrerin Miss, äh, Dingsda.

Vielleicht sollte sie sich einen Gin Tonic genehmigen. Hils blickt auf ihre Timex, deren große billige Oberfläche sie daran erinnert, daß sie weder Zeit noch eine winzige diamantbesetzte Tiffany-Damenuhr hat. Zieh dich an, Weib.

Erst als sie vor dem großen abgestoßenen Goldspiegel im Flur steht, bemerkt sie, daß das Kleid durchsichtig ist und sich ihr Riesenschlüpfer deutlich abzeichnet. Sie hat von hautfarbenen Slips gelesen, aber sie besitzt keinen. Hastig zieht Hils den Schlüpfer aus und fühlt sich sofort geil und verletzlich. »Bitte, lieber Gott, laß mich nicht hinfallen, laß niemanden meine Vagina sehen.«

Wenigsten bedeckt die raffiniert plazierte Perlenstickerei ihre Schamhaare. Sie würde sich jetzt ungern rasieren, so wie ihre Hände zittern.

Richtig: Handtasche, Kippen, Schlüssel, Handy, Kinder.

Draußen hupt ein Taxi. »Tabitha, Saul, Taxi.« Tabitha kommt aus ihrem Zimmer, ein kleines langbeiniges My Little Pony mit riesengroßen Füßen, rosa Lipgloss und Glitzernagellack. Sie ist fast so groß wie ich, denkt Hils, und eine Sekunde lang ist ihr zum Heulen. Die schöne Tabitha, mit glitzernden Straßsternen auf der Wange, winzigem Miffy-T-Shirt und meterbreiten Schlagjeans, hat sich solche Mühe gegeben. Hinter ihr taucht Saul auf.

Ich darf nicht lachen. Hils schluckt.

Ihr Sohn hat sich für einen Stilmix entschieden. Er trägt sein weißes Schulhemd, eine Weste, die Hils aus einer alten Gardine genäht hat (Goldbrokat für die *Bugsy-Malone*-Aufführung, Weihnachten 2001), eine Fliege, seine Army-Hose und Turnschuhe. Außerdem hat er mit Haargel herumexperimentiert. Hinten an seinem Kragen klebt eine Flut blaßgrüner Schmiere. »Du siehst toll aus«, lügt seine Mutter.

»Ich weiß«, sagt Saul. »Ich seh aus wie James Bond.«

»Wie ein fetter frittenfressender James Bond«, kichert Tabitha, und dann: »Warum liegt dein Schlüpfer im Flur, Mama?«

Aus irgendeinem Grund hebt Hils ihn auf und stopft ihn in die Handtasche. Sie schließt die Haustür hinter sich und schreit: »Tschüß, bis später, Mike!« Das macht sie, um Einbrecher abzuschrecken. Mike ist in Wahrheit eine sehr alte Katze, eine Katze zudem mit lesbischen Tendenzen und gammligem Atem. Mike ist vielleicht nicht in der Lage, einen Eindringling zu überwältigen, doch ein Atemhauch würde ihn zumindest niederstrecken.

Ein schickes Taxi wäre schön gewesen. Aber sie wäre schon zufrieden gewesen, wenn das Getriebe funktioniert und der Wagen nicht nach Hanf und Furz mit künstlichen Alpine-Waldduft-Zwischentönen gestunken hätte. Ach, naja.

Tabitha, die sehr geruchsempfindlich ist und schon erbricht, wenn sie nur an saurer Milch riecht, kurbelt das Fenster herunter, und der durchfall-farbene Nissan schiebt sich knirschend Richtung West End.

Ich würde viel lieber *East Enders* sehen, denkt Hils.

Fünfundvierzig Minuten später kommt der Wagen vor dem Groucho Club mühsam zum Stehen. Rauch quillt aus der Kühlerhaube. »Cook«, murmelt Saul.

»Steig schon aus«, faucht Hils. Sie hat nicht vor, in diesem Auto sitzenzubleiben, bis es explodiert, schon gar nicht in Klamotten im Wert von fünfhundert Mäusen. Sie drückt dem Fahrer einen Zwanzig-Pfund-Schein in die Hand, und sie steigen aus.

Joseph Fiennes ist gerade aus der Drehtür des Clubs getreten.

»Ich fand Sie im *Englischen Patienten* toll«, schwärmt Hils.

»Eigentlich war das mein Bruder«, erwidert er.

»Hahahaha«, lacht Hils.

»Hat der Mann aber ein schmales Gesicht!« bellt Saul.

Hils zieht den Kopf ein und stürmt auf die Tür zu. Hinter ihr hört sie den Taxifahrer Joseph Fiennes von Kumpel zu Kumpel fragen, ob er sich mit Getrieben auskennt.

Das Mädchen am Empfang lüpft die perfekteste Augenbraue, die Hils je gesehen hat. »Kann ich Ihnen helfen?« fragt sie. Hils ist kurz davor, sie nach dem nächsten Aberdeen Angus Steak House zu fragen. Noch nie in ihrem Leben ist sie sich so provinziell vorgekommen.

»Das ist die Schriftstellerin Hils Morgan«, verkündet Saul, »und wir sind hier, um die Buchpremiere ihres jüngsten Romans zu feiern.«

Die Empfangsdame grinst. »Ich glaube, Sie sind oben im Gennaro-Saal. Darf ich Sie daran erinnern, daß Handys hier im Club nicht erwünscht sind. Wenn Sie sich also bitte vergewissern wollen, daß Ihre Handys ausgeschaltet sind.«

Hils wühlt in ihrer Tasche und zieht das Handy heraus. Ein violetter »Drei-Stück-für-sechs-Pfund«-Asda-Schlüpfer fliegt dabei auf den Empfangstresen. »Hoppla, mein Taschentuch«, sagt Hils, und um zu beweisen, daß sie nicht lügt, putzt sie sich mit dem Schlüpfer geräuschvoll die Nase.

Glücklicherweise gibt es in diesem Moment an der Tür einen Aufruhr. Eine fette Frau, die sich mit ihrem Sari in der Drehtür verfangen hat, schlägt gegen die Glasscheiben und schreit auf Hindi.

»Ich wußte gar nicht, daß du Mrs. Gupta eingeladen hast, Mama«, sagt Tabitha.

Hils auch nicht. Ogott, jetzt fällt es ihr ein, Mrs. Gupta ist die Schülerlotsin vor Sauls Schule. Sie kamen ins Gespräch, man kennt das ja, und hier ist sie, gefangen in Lagen wogender türkiser Seide, und klopft und schreit und hält sich an etwas fest, das aussieht wie ein kleiner Berg in Alufolie. Endlich gelingt es Mrs. Gupta, sich zu befreien, und schnaufend wie der Hogwarts-Express stürmt sie ins Foyer, wo sie stolz verkündet, daß sie »selbstgemachte Zwiebel-Bhajis« mitgebracht hat.

»Noch warm.« Grinsend hebt sie eine Ecke der Alufolie, um den penetranten Gestank frittierter Zwiebeln freizulassen.

Ein paar Bhajis sind zu Boden gerollt. Das Mädchen am Empfang versucht so zu tun, als sei es ganz normal, Essen in den Groucho Club mitzubringen. Doch Hils bleibt nicht verborgen, daß die perfekt gezupfte Augenbraue inzwischen mit dem Haaransatz verschmolzen ist.

»Hahahaha«, lacht Hils.

»Darf ich Sie außerdem daran erinnern, daß wir im Haus

keine Drogen dulden«, warnt das Mädchen und fügt hinzu: »Durch die Tür, die Treppen hoch, den Flur entlang, zweite Tür links.«

Tabitha wiederholt die Wegbeschreibung wie ein Mantra. Hils kneift die Pobacken zusammen, und der Rock rutscht in die Ritze.

Gaffend durchqueren sie den Raum im Erdgeschoß. Linker Hand befindet sich eine Bar und zu ihrer Rechten ein Sofa mit einer Traube kichernder Schmetterlinge, die sich als geradezu absurd hübsche Mädchen entpuppen. Saul gelingt es, eine Handvoll Erdnüsse von einem vorbeilaufenden Tablett zu greifen, Eis klirrt in langen Gläsern, und in der Ecke raucht ein dicker Mann Zigarre.

»Oooh, guck mal, Mama«, flüstert Tabitha, »da ist dieser Typ aus der Bierwerbung.« Hils guckt. Tommy O'Reilly wirft Münzen in den Zigarettenautomaten. Sein Hemd ist aufgeknöpft, er scheint Mühe zu haben, aufrecht zu stehen.

Als er sich herabbeugt, um das Wechselgeld aufzuheben, wankt Tommy und fällt kopfüber in Mrs. Gupta. Der Zwiebel-Bhaji-Berg explodiert vulkanartig und würzige Geschosse fliegen durch die Luft wie saftige braune Tischtennisbälle. Einer landet auf Tommys Kopf, ein anderer fällt scheißhaufenartig – in Anthony Minghellas Gin Tonic. Bis zu diesem Moment hatte Hils sich geschworen, nach jedem Drink ein Glas Wasser zu trinken.

Am Tag, an dem der Makler vorbeikam, um den Wert dessen zu schätzen, was einst »unser Haus« war, packte mich eine prämenstruelle Wut. Hier war ich also, fast vierzig, mein Mann hatte mich für eine jüngere Frau verlassen, die mit seinem Kind schwanger war, mein Vater war tot, und jetzt schnüffelte auch noch dieser arschlose, flaumbärtge Bubi in meinem Haus rum und sagte Dinge wie: »Naja, es hat nur ein Badezimmer, und die Küche müßte auch mal wieder renoviert werden.«

In diesem Moment beschloß ich, daß man mir – obwohl ich kurz vor der Scheidung stand und zu deprimiert war, um mich morgens anzuziehen – mein Zuhause nicht nehmen würde.

Tagebuch einer Geschiedenen

16

Alice gegen den Rest der Welt

Alice geht in die Schule, um sich über die »unerfreulichen Zwischenfälle« zu beschweren. Kurz und gut, sie will, daß Sam im nächsten Halbjahr nicht mehr gepiesackt wird. Alice hat Begriffe wie »zero tolerance« auf die Rückseite eines Briefumschlags gekritzelt, um sich selbst daran zu erinnern, daß sie sich nicht abwimmeln lassen will.

Nicht, daß sie damit rechnet, abgewimmelt zu werden, nicht nach dem Flohmarkt-Triumph letztes Wochenende. Offenbar will die Schule mit den eingenommenen Geldern Sportgeräte anschaffen, was eigentlich eine Schande ist – Sam haßt Sport.

Vielleicht sollte sie der Schulleiterin nahe legen, einen gewissen Anteil den intelligenteren Kindern an der Schule zugute kommen zu lassen? Ich meine, was brauchen sportliche Kinder schon groß? Zur Not kann man auch mit einer Blechdose Fußball spielen, wie die Kinder in mexikanischen Slums.

Niemand kümmert sich um die Bedürfnisse der intelligenteren Kinder. Bei Peter Jones hat Alice neulich tolle interaktive Globusse gesehen, oder wie wär's mit einem hübschen Mikroskop? Sie übt laut den Satz: »Die wissenschaftlich Interessierten sind unterversorgt.«

Manchmal verzweifelt Alice angesichts der Schulbildung

ihrer Söhne. Die Grundschule ist schon schlimm genug, aber Max' Gymnasium – tja, vielleicht war das ein Fehler. Auf Alice wirkt es weniger wie eine Schule als wie eine Zuchtstation für Pickel (Mädchen) und Pupse (Jungs). Guy wollte ja für eine Privatschule zahlen, doch Alice weigert sich, wie der *Guardian* es formuliert, eine Zwei-Klassen-Gesellschaft zu unterstützen. Außerdem würde Di nie wieder ein Wort mit ihr reden, wenn sie das öffentliche Schulsystem boykottiert.

Per Türsummer wird Alice in die Schule gelassen. Wenigstens legen sie Wert auf Sicherheit. Man kann schließlich nicht jeden x-beliebigen unangemeldeten Fremden einfach so reinlassen.

»Eigentlich geht es eher darum, die Kinder daran zu hindern rauszulaufen«, erklärt die Schulsekretärin.

Alice sitzt auf einem roten Plastikstuhl. Die Collage an der Wand hinter ihr stellt die verschiedenen Weltreligionen dar. Diwali ist eine feine Sache, denkt Alice, aber es ist ein Jammer, daß das Erntedankfest abgeschafft wurde. Sie liebte es, Schuhkartons mit Konservendosen zu füllen. Einmal hat sie eine Büchse Schuhcreme mit hineingelegt, was sie ziemlich originell fand.

Doch schließlich ist sie nicht hier, um die Ausübung verschiedener Glaubensrichtungen zu diskutieren, sie ist hier, um über Sam zu reden – intelligent, sensibel, klein für sein Alter – und die tägliche Folter durch Klassenrüpel, ganz besonders durch einen. Alice scheut sich nicht, Namen zu nennen, die Wahrheit wird ans Licht kommen, es wird Gerechtigkeit geschehen, der Rädelsführer gehört suspendiert. Das ist traurig, doch für Alice steht fest, daß ein Verweis die einzige Lösung ist.

»Miss Kabir hat jetzt Zeit für Sie.«

Die Sekretärin öffnet die Tür zum Allerheiligsten der Schulleiterin, und Alice verleiht ihrem Gesicht eine Miene konzentrierter Besorgnis.

Miss Kabir ist neu an der Schule und gilt allgemein als kompetent. Alice streckt die Hand aus und Miss Kabir schüttelt sie herzlich. »Mrs. Jamieson, vielen Dank, daß Sie sich die Zeit genommen haben.«

»Naja«, erwidert Alice, »es ist schließlich wichtig.«

»Ja«, seufzt Miss Kabir. »Sagen Sie, waren Sie mit Ihrem Sohn je bei einem Schulpsychologen? Ich vermute, daß viele seiner Probleme mit ADS zusammenhängen, was natürlich durch seine chronische Legasthenie noch verstärkt wird.«

»Moment mal, Sam ist, was das Lesen angeht, auf dem Niveau eines Dreizehnjährigen.«

Miss Kabir ist verwirrt. »Sam?«

»Ja, Sam Jamieson«, blafft Alice, und ihr dämmert, daß diese neue Schulleiterin keine Ahnung hat, wer sie, Alice Jamieson, Grundpfeiler der Elterninitiative, ist! »Mein Sohn«, fügt sie hinzu.

»Tut mir leid, falscher Jamieson. Dann wollen wir mal sehen.« Miss Kabir manövriert eine beige Plastikmaus über ein zerfleddertes Pad. »Ach, da ist er ja, Sam Jamieson, fünfte Klasse.« Sie schielt auf den Bildschirm.

»Ich glaube kaum, daß es Probleme mit seinen Leistungen gibt«, meint Alice etwas angriffslustiger als beabsichtigt. »Sam ist ein sehr begabter Junge.« Sie lächelt zärtlich. »Mein Sohn kann gut mit Zahlen, Quadratwurzeln sind seine Spezialität, wirklich amüsant, haha.«

»Wirklich«, erwidert Miss Kabir alles andere als amüsiert und setzt eine Halbmondbrille auf. »Ja«, räumt sie schließlich ein, »seine Testergebnisse sind sehr vielversprechend, aber« – lange Pause – »niemand mag ihn.«

Alice schluckt. »Wir sind nicht hier, um über seine Beliebtheit zu reden, Miss Kabir. Sam will schließlich nicht Cheerleader werden.« (Oh, gutes Argument). »Wir sind hier, um darüber zu reden, daß er tyrannisiert wird.«

Miss Kabir beugt sich verständnisvoll vor. »Vielleicht wird er tyrannisiert weil ... niemand ihn mag?«

»Darum geht es nicht«, widerspricht Alice, »und außerdem war er in diesem Schuljahr auf mehrere Partys eingeladen.« (Naja, bei den beiden Clements-Kindern jedenfalls.)

»Nun ja«, erwidert Miss Kabir, »vielleicht doch. Vielleicht sollten wir das Problem mal von der anderen Seite betrachten. Was tut Sam, das sie provoziert?«

Alice kann nicht glauben, was sie da hört.

Miss Kabir konsultiert wieder den Bildschirm und liest laut vor. »Er ist überheblich, hält sich für was Besseres, benutzt seine Intelligenz als Waffe, ach, und er versteckt Dinge.«

»Moment mal«, unterbricht Alice. »Jemand hat ihm einen Turnschuh an den Kopf geworfen, jemand hat sein Mittagessen an die Wand geschleudert, jemand hat seine Harry-Potter-Fackel im Klo runtergespült.« (Den Quatsch mit dem Verstecken wird Alice gar nicht erst einer Antwort würdigen.)

Miss Kabir nickt. Sie scheint nachzudenken. »Hmmm, naja, vielleicht besitzt dieser *Jemand* selbst keine Turnschuhe. Vielleicht hat die Mutter dieses *Jemand* nicht genug Essen, um ihm etwas mit zur Schule zu geben. Und vielleicht hat er mit seiner Harry-Potter-Fackel vor einem *Jemand* angegeben, der nur davon träumen kann, je so ein teueres Spielzeug zu besitzen.«

Alice ist aufgestanden. »Es ist also alles Sams Schuld!« Spucke spritzt von ihren Lippen. Sie kocht.

»Nicht nur.« Miss Kabir blickt Alice durchdringend an.

Wutentbrannt beginnt Alice auf und ab zu laufen. »Ach, ich verstehe. Weil ich ihm Turnschuhe kaufe, ihn ausgewogen ernähre und £ 3.99 bei Woolworths ausgegeben habe, ist alles meine Schuld?«

Die Direktorin seufzt und zuckt die Schultern. »Die Ferien geben Ihnen und Sam hoffentlich Gelegenheit, darüber nachzudenken. Danach fangen wir noch mal neu an. Kinder können ihre Probleme meist sehr gut selbst lösen. Manchmal machen die Eltern durch ihr Eingreifen alles nur noch schlimmer. Ich bin bereit, die Vorfälle zu vergessen. Mehr kann ich Ihnen nicht bieten.«

Alice hyperventiliert. Hinter ihr öffnet sich die Tür. Miss Kabir ist schon wieder in ihre Unterlagen vertieft. »Auf Wiedersehen, Mrs. Jamieson« – und ehe Alice sich versieht, steht sie vor geschlossener Tür.

Sie meint, Miss Kabir auf der anderen Seite der Milchglasscheibe kichern zu hören. Alice muß sich sehr beherrschen, um nicht mit der Faust durch das Glas zu schlagen. Es ist zwanzig nach drei. In zehn Minuten hat Sam Schluß. Sie will am Tor warten. Wie vor den Kopf geschlagen, taumelt sie nach draußen. Der Buddha von der Collage grinst sie friedlich an. »Und du kannst mich auch mal«, schnauft Alice.

Sie kann immer noch nicht glauben, was eben passiert ist. Die Frau spinnt. Erst verdreht sie die Tatsachen und dann stellt sie das Problem auf den Kopf. Und stempelt das Opfer als Täter ab – ha! Wir alle wissen, wer in Wahrheit der Schuldige ist: und zwar Aaron Gibb. Ein achtjähriger Angeber mit rasiertem Schädel und gepiercetem Ohr.

Zitternd überquert Alice den Schulhof. Plötzlich erblickt sie Aarons berüchtigte Mutter auf der anderen Seite des Tors, Mrs. Gibb.

Nun, wenn die blöde Miss Kabir nicht bereit ist, das Problem anzupacken, dann ist es als Mutter ihre Pflicht. »Ich werde freundlich sein, ich werde verständig sein, aber bestimmt«, beschließt Alice. »Ich packe den Stier bei den Hörnern.«

Angesichts der Größe und Körperhaltung von Mrs. Gibb ist das eine unglückliche Formulierung. Mrs. Gibb trägt Kleidergröße 46, neben ihr wirkt Alice wie Calista Flockhart. Unbeirrbar steuert Alice auf sie zu.

»Mrs. Gibb. Es gibt da ein kleines Problem, insofern als Ihr Sohn meinem Sohn das Leben schwer macht.« Sie lächelt freundlich. So lassen sich Probleme doch viel einfacher lösen.

Mrs. Gibb nimmt die Zigarette aus dem Mund, wirft sie aufs Pflaster, erwidert das Lächeln und sagt: »Verpiß dich, du eingebildete Kuh.«

Andere Eltern riechen Blut und rücken näher.

Mrs. Gibb hat offenbar zu oft die Jerry-Springer-Show gesehen. Sie pikst Alice den Finger ins Gesicht. »Hast du nicht gehört, was ich gesagt habe, du Snob? Wenn ich du wäre, Mrs. Etepetete, wäre ich vorsichtig, was ich sage, wenn ich mein großes Maul aufreiße, also halt die Klappe.«

Alice weicht zurück. Mit Menschen wie Mrs. Gibb kann man nicht vernünftig reden. Sie gehört zu den Leuten, die ihren Müll in anderer Leute Tonnen stopfen. Sie gehört zu denen, die die Milchflasche auf dem Tisch stehen lassen. Zu denen, die Alice eine reinhauen, wenn sie noch einen Mucks sagt.

Alices Gesicht brennt. Glücklicherweise kommt Sam angelaufen, und sie ruft ihn mit bebender Fistelstimme. »Hallo, Schatz, Mama ist hier.«

Sam faßt seine Mutter an der Hand. »Heute hat mir jemand tausend Stecknadeln gemacht«, erzählt er.

»Aaron Gibb?« rät sie.

»Nein, ich und Aaron sind jetzt Freunde, das war Ashley.«

»Aaron und ich«, korrigiert Alice, »und warum ist dieser Ashley-Junge gemein zu dir?«

»Das ist kein Junge, Mama, sie ist ein Mädchen. Ashley McKenna.«

Alice wird übel. Ashley McKennas Mutter ist eine sehr nette Frau, die in einem großen georgianischen Haus in einer der besseren Straßen der Gegend wohnt. Es heißt, sie sei Produzentin beim BBC-Radio. Alice hatte so gehofft, sie mal zu einem ihrer Buchclubabende einzuladen. Ihr Herz sinkt noch tiefer, als ihr klar wird, daß sie Mrs. Gibb wohl eine Entschuldigung schuldet.

Plötzlich ist sie wütend auf Sam. Das ist alles seine Schuld. »Oh, verdammt noch mal, stell dich nicht so an.«

Sams Gesicht verzerrt sich. »Du hast mich nicht mehr lieb.« Alice muß ihm ein Eis kaufen, damit er die Klappe hält. Gottseidank sind nächste Woche Ferien.

Sie erzählt Guy nichts von den Ereignissen des Tages. Vielleicht hätte sie, doch kaum ist er durch die Tür, reden sie schon nicht mehr miteinander. Sie hatte ihn nur gebeten, während der Mittagspause in der Drogerie etwas für den Urlaub einzukaufen, und hatte er das? Nein!

»Warum, Guy, warum? Was war denn so viel wichtiger?«

»Ich mußte meine Freundin vögeln«, könnte er antworten, doch das tut er natürlich nicht. Noch nicht, aber bald. Nach dem Urlaub. Guy hat sich verliebt, er ist verknallt, total vernarrt. Jede Sekunde, die er nicht bei Peanut ist, verzehren sein Herz und seine Hoden sich nach ihr.

»Ich hab's einfach vergessen.«

Alice stapft die Treppe hoch. Was für ein Scheißtag, und noch dazu hat Sam sie ganz nebenbei darüber informiert, daß er seine Badehose verloren hat, dabei weiß sie genau, daß das nicht stimmt, er schwimmt nur nicht gern. Nun, im Urlaub wird geschwommen. Das gehört dazu.

Alice stürmt in das Zimmer ihres Jüngsten und durchsucht seine Ikea-Kommode. Während sie darin herumwühlt, fällt der Deckel einer Blechdose herunter, in der Sam seine Pokemon-Karten aufbewahrt. Die Karten sind fort. Statt dessen findet sie einen Inhalator, einen von Guys guten Manschettenknöpfen, ein Super-Mario-Spiel für den Gameboy, Max' signiertes Foto von Cat Deeley und einen kleinen weißen Plastikstab. Alice erkennt den Stab sofort. Es ist ein Schwangerschaftstest. In der kleinen Fensteröffnung in der Mitte des Stabs sind noch schwach zwei verblassende blaue Punkte sichtbar.

Alice sinkt auf das Bett und schüttelt den Inhalator. Sie hat keine Ahnung, wie man so etwas benutzt. Di ist die einzige ärztlich anerkannte Asthmatikerin, die sie kennt, aber ihr Atem klingt komisch und vielleicht hilft's. Sie saugt eine Wolke kaltes Gas mit Chemie-Geschmack ein. Es erinnert sie an etwas, daran wie sie auf dem Rücken lag, die Füße in Steigbügeln.

Zwei Kinder habe ich auf die Welt gebracht, denkt sie, aber schwanger war ich dreimal.

Sie nimmt den Schwangerschaftstest und legt ihn dorthin zurück, wo er hingehört, unter ihre Schlüpfer neben das Buch mit Kindernamen. Florence, Chloe, Abigail: das waren die drei Favoriten, die sie damals mit blauem Kugelschreiber eingekreist hatte, in der Überzeugung, ihr drittes Kind würde ein Mädchen. Danach geht sie wieder in Sams Zimmer und sammelt alles auf, was sie zu Boden geworfen hat. Die Worte: »Ach, und er versteckt Dinge«, summen in ihrem Kopf wie eingesperrte Fliegen.

Schließlich findet sie die Badehose. Irgendwie ist sie versehentlich in den Ärmel eines alten Aran-Pullis geraten.

Nachts hat sie wieder den Traum. Sie wußte es. Deshalb hat sie sich vor dem Zubettgehen noch einen kleinen Stapel Käse-Tomaten-Brote geschmiert und für später in den Kühlschrank gestellt.

17

Böses Erwachen am Morgen danach

Als Hils aufwacht, klebt ihre linke Wange auf dem Kissen fest. Sie hat wieder gesabbert. Manchmal ist es ein Segen, Single zu sein. Ihre Haut fühlt sich so trocken an wie Brandteig, der Kissenbezug ist mit schwarzer Wimperntusche und rotem Lippenstift beschmiert, und ihre Blase hat das gefühlte Ausmaß einer Hüpfburg angenommen.

Als sie ins Bad torkelt, erhascht sie einen Blick auf ihr Spiegelbild. Ihre Gesicht ist schief, wie nach einem leichten Schlaganfall. Sie läßt sich rückwärts aufs Klo plumpsen. Glücklicherweise ist der Deckel oben und sie pißt einen dicken Pferdestrahl. Die Katze streift um ihre Beine, doch als Hils sich herabbeugt, um Hallo zu sagen, weicht das Tier zurück.

Oje, selbst Mike findet, daß ich Mundgeruch habe!

Hils wuchtet sich hoch und putzt sich die Zähne mit einer elektrischen Zahnbürste, für die sie schon seit sechs Monaten neue Batterien kaufen will. Aus der offenen Handtasche auf dem Treppenabsatz guckt eine Packung Silk Cut aus dem Automaten, eine ist übrig. O verdammt. Das Kleid liegt zerknüllt neben dem Bett, und plötzlich wird Hils klar, daß sie höllisch verkatert ist. Wer hat doch gleich gesagt: »Nach ein paar Drinks ist der Teufel der liebe Gott?« Tom Waits?

Verfluchte Scheiße.

Unten sehen die Kinder fern. Sie hört das Zirpen der Powerpuff Girls.

»Hilfe«, jammert sie. Sie hören sie nicht. »Tabitha, Saul, Hilfe.« Derentwegen hätte sie in der Nacht auch an ihrer eigenen Kotze ersticken können, und wer war schuld? Sie selbst wahrscheinlich.

Hils legt sich aufs Bett. Sie kann nur mit einem Auge sehen. Mit dem rechten sieht sie verschwommen. Na toll – sie hat sich die Netzhaut kaputt gesoffen. Dann fällt es ihr ein: Kontaktlinse. Sie blinzelt und schiebt das Lid hin und her und schließlich fällt ihr eine zerknickte Silikonscheibe in die Hand. Entweder hat sie die andere gestern Abend rausgenommen oder sie ist hinter das Auge gewandert und steckt irgendwo in den welken Nischen ihres armseligen Gehirns. Welchen Schaden sie ihren grauen Zellen letzte Nacht wohl zugefügt hat? Hils stellt sich ihr Gehirn als eine große eingelegte Walnuß in einem Glas mit verfärbtem Alkohol vor, inklusive schwimmender Kippen.

Sie sieht auf die Uhr, nur um festzustellen, daß das Ablesen der Zeit enorme Konzentration erfordert. Wenn der große Zeiger auf der... und der kleine Zeiger auf der... Scheiße, es ist Viertel vor elf. Hils schließt die Augen. Und schon ist es Mittag, und Tabitha steht mit verschränkten Armen am Fußende des Bettes.

»Na, junge Frau, was glaubst du wohl, wie spät es ist?«

Hinter ihr steht Saul mit einem schwankenden Tablett. »Wir dachten, du könntest feste Nahrung gebrauchen, Mama.«

»Tee, einfach nur Tee«, wimmert sie, und Tabitha reicht ihr einen Becher mit etwas, das aussieht wie Kohlsaft, sich aber glücklicherweise als Pfefferminztee entpuppt. In einem Eierbecher befinden sich zwei weiße Tabletten.

»Nurofen«, erklärt Tabitha.

»Und Toast mit ganz dick Marmite«, fügt Saul hinzu. »Bald bist du wieder fit wie ein Turnschuh.«

Tabitha reißt die Vorhänge auf, und Hils kommt sich vor wie Norma Desmond. Hätte sie eine Sonnenbrille zur Hand, hätte sie sie aufgesetzt.

»Bad, ich brauch ein Bad«, krächzt sie.

»Was du nicht sagst«, erwidert Sam und verschwindet naserümpfend im Badezimmer.

Tabitha setzt sich auf den Bettrand. »Also, was ist gestern Abend passiert? Wir wollten auf dich warten, aber nach ein Uhr haben wir aufgegeben. Janey ist hier geblieben.«

»Ogott, Janey!« Langsam kommen Teile der letzten Nacht zurück. Die anfängliche Steifheit der Veranstaltung, die Champagnerflöten, die Rede ihres Verlegers, Hils' Rede, Mrs. Guptas Rede. Ein Hot Dog vom Stand an der Ecke Cambridge Circus – nein, das war später, nachdem sie auf dem Boden der Damentoilette eingeschlafen war.

Und davor? Ein Tisch mit einem Stapel ihrer Bücher, ihre lächelnden Freunde, die ihr sagten, wie clever sie sei, der nette Ober mit dem glänzenden schwarzen Haar, der ihr immer wieder nachschenkte. Wie hieß er doch gleich? Stanley aus Clerkenwell, so hieß er, halb Chinese, halb Schotte. Das fast nicht existente Essen. Sie hielt es für ein Tablett mit Haribo-Konfekt, aber es war Sushi – der ganze rohe Fisch und ein Bauch voll Champagner, kein Wunder, daß es ihr dreckig ging.

Was für eine Rabenmutter ich bin, denkt Hils, als sie die flüchtigen Bilder zusammensetzt. Gottseidank für Janey!

Janey war das ehemalige Kindermädchen. Obwohl »Kindermädchen« nach grauem Kostüm und gestärkter weißer Schürze und großem Silver-Cross-Kinderwagen klang. In

Wahrheit war sie ein Mädchen mit einem breiteren nordenglischen Akzent als George Formby, einem Rubin-Piercing in der Nase und einem Tigertattoo auf der Schulter. Janey war ein kräftiges, lautes, fröhliches Mädchen mit hennaroter Tim-und-Struppi-Frisur, lila Latzhose und dünnen Selbstgedrehten.

Mit Farbe bekleckst und im fünften Monat schwanger war Janey gestern Abend eingesprungen und hatte die Kinder nach Hause gebracht, als sich abzeichnete, daß ihre Mutter keinerlei Absicht hegte, die Party zu verlassen.

»Wir haben den Bus gekriegt«, informiert Tabitha ihre Mutter.

»Und wir haben Pizza bestellt, als wir zu Hause waren«, fügt Saul hinzu. »Ich hab dir Duftzeug ins Badewasser gemacht, Mama, denn ich sag dir was, du stinkst.«

Ja, natürlich, Janey hatte sie letzte Nacht reingelassen, ihr die Treppe hinauf geholfen und ihr geraten, mindestens einen Liter Wasser zu trinken. Ein Wasserglas steht neben Hils, unangerührt. »Wo ist Janey jetzt?« gurgelt sie. Herrgott, ich kann nicht mal richtig sprechen.

»Sie hat im Gästezimmer geschlafen, mußte aber heute ganz früh zum Geburtsvorbereitungskurs«, erklärt Tabitha.

Hils versucht, Janey eine SMS zu schicken, um ihr zu danken, aber die kleinen Buchstaben auf der Tastatur tanzen.

»Gib her«, seufzt Tabitha und nimmt ihrer Mutter das Telefon aus der Hand, »ich mach das schon. Echt, Mama, zum Glück bist du nur Quartalssäuferin.«

Zwei Stunden später, wohlriechender, aber immer noch schwach, ist Hils mit Tabitha und Saul in Covent Garden. Die Busfahrt war grauenvoll. Sie konnte den Alkohol riechen, der aus ihren Poren drang. Alles ist gut, solange ich keine abrupten Bewegungen mache, denkt sie, als sie bei Gap auf dem Boden hockt und Saul Badehosen anprobiert.

»Die gefällt mir, Mama.«

»Ja, die ist super«, schwärmt Hils, obwohl ihre Augen beim Anblick des lebhaften orangen Hibiskusmusters schmerzen.

Tabitha findet ein paar herabgesetzte T-Shirts bei H&M. »Bist du sicher, Mama?«

Hils lacht. »Die kosten je vier Pfund, Tabitha.«

Sie hat ihnen nicht erzählt, wieviel sie für das Buch bekommen hat. Sie kann es ja selbst kaum glauben. Erst als sie gestern Abend den tatsächlichen Beweis gesehen hat, konnte sie endlich glauben, daß sie es getan hat. Für J. K. Rowling und Konsorten mochte das Honorar Kleingeld sein, doch für sie heißt es, daß sie das Haus behalten kann. Es heißt, daß sie Joe nicht um Haushaltsgeld und jedes kleine Extra anbetteln muß.

Als sie ihr leichenhaftes Gesicht in einem Spiegel erblickt, steuert Hils sofort eine Parfümerie in Long Acre an und kauft einen Chanel-Lippenstift, passenden Nagellack und den kleinsten Tiegel der teuersten Antifaltencreme, die sie finden kann. Jackie Collins würde vor Neid erblassen!

Schon wird sie von Schuldgefühlen überwältigt. Und wenn niemand das verdammt Ding kauft? Wenn der Verlag sein Geld zurück will? Mit Schaudern fällt ihr ein, daß sie heute Morgen ein großes Zigarettenloch auf ihrem Partykleid entdeckt hat, der Stoff gekräuselt, braun und verkokelt. Naja, war immerhin ein toller Abend. Jedenfalls, so weit sie sich erinnert.

Sie steht völlig neben sich. Wenn sie sich nur auf den Boden legen dürfte wie ein alter Penner, doch Tabitha schleift sie zu Books Etc.

»Tabs, wir haben erst letzte Woche Bücher gekauft«, protestiert Hils schwach. Vielleicht braucht sie einfach etwas zu essen. Etwas, um den Magen zu beruhigen. Irgend etwas sagt ihr, daß ein großer Wackelpudding helfen würde.

»Ich will nur mal was gucken«, beharrt ihre Tochter. Und dort auf einem Tisch neben den anderen »Ferienschmökern« liegt ein großer Haufen mit Exemplaren von *Tagebuch einer Geschiedenen.* Ehe sie ihn zurückhalten kann, hat Saul schon einen Stapel genommen und verteilt die Bücher im Schaufenster.

Hils errötet. Er wird Ärger kriegen, es wird eine Szene geben. Saul hat bereits einen kleinen Tumult verursacht. Vor dem Laden wenden die Leute einem Feuerschlucker den Rücken zu, um dem pummeligen blonden Jungen auf der anderen Seite des Schaufensters zuzuschauen. Angespornt von der Aufmerksamkeit, beginnt Saul Faxen zu machen. Mit der Hibiskus-Badehose auf dem Kopf macht er ungelenke Tanzbewegungen, wackelt mit seinem üppigen Hinterteil und streckt den Daumen hoch. Die Leute haben angefangen zu klatschen, und als der Filialleiter ihm schließlich auf die Schulter klopft und ihn aus dem Schaufenster befördert, hört Hils Buhrufe von draußen.

Sie verlassen den Laden, hastig. Ich bin zu alt zum Laufen, denkt Hils, während sie Menschenstatuen, Tarotkartenlesern und Jongleuren ausweicht.

Als sie prustend auf der anderen Seite des Platzes angekommen sind, fällt Saul ein, daß er nichts zu Mittag gegessen hat. »Ich fall gleich in Ohnmacht«, keucht er.

Plötzlich fällt Hils die Symmetrie der Situation auf: Sie steht nur wenige Meter von dort entfernt, wo sie den Vater ihrer Kinder zum ersten Mal gesehen hat.

Ich bin zweiundzwanzig und ich lehne mit meiner Freundin Philippa an einer Wand. Wir tragen Schürzen und rauchen. Ich habe eine billige Dauerwelle und Philippa einen Bubikopf. Über unsere Köpfen prangt ein Holzschild mit dem Wort Bewleys *in goldenen Buchstaben auf weinrotem Grund.*

Das Bewleys war eine Weinbar in Covent Garden. Sie existiert nicht mehr, also kann ich darüber sagen, was ich will, ohne verklagt zu werden. Der Geschäftsführer war ein Arschloch und die Hygiene, gelinde gesagt, bedenklich.

Im Keller servierte das Bewleys Medienfuzzis mit roten Hosenträgern flaschenweise jungen Beaujolais und diverse Pasteten. Ich rede hier nicht von Fray-Bentos-Pasteten. Ich rede von braunen Backformen randvoll mit blubbernder Bratensoße und dicker Kruste, die sorgfältig darauf getrimmt waren, selbstgemacht auszusehen.

Oben und draußen unter den Kolonnaden servierte das Bewleys den Touristen Garnelen, Käseplatten und Schinkensalate. Es befand sich ganz am Rand der Piazza. Die Kaffeekultur hatte sich in London noch nicht durchgesetzt – ich rede von vor zwanzig Jahren – und die Leute ließen sich gern abzocken, wenn sie dafür draußen sitzen und arbeitslosen Ex-Schauspielstudenten bei schauderhafter Pantomime zusehen oder peruanischen Panflötenspielern in gestreiften Schals zuhören durften. Damals war das noch ziemlich exotisch.

Ich kellnerte zwischen zwei Jobs. Ich suchte keinen Ehemann – ich hatte einen Freund. Ich hatte andere Sorgen.

Ich denke oft über das Schicksal nach. Was, wenn er lieber gegenüber eine Ofenkartoffel gegessen hätte oder eine Pizza bei Luigi drei Läden weiter oder ein Bier und eine Tüte Chips in irgendeinem Pub? Hat er aber nicht. Eines Tages setzte sich ein hungriger Mann an den letzten freien Tisch in der Sonne, und es war, als sähe ich die nächsten fünfzehn Jahre meines Lebens vor mir.

Das Leben ist wie ein ausgefeiltes Brettspiel. Man geht vorwärts und rückwärts, man kriegt die Grippe und muß eine Runde aussetzen, man landet auf dem »Färb dir die Haare blond und kauf dir einen Lippenstift«-Feld. Man erbt £ 500 und fährt davon nach Griechenland, man kriegt seine Tage nicht und 300 Felder weiter hat man zwölf Stunden Wehen! Und man würfelt weiter, immer weiter, bis man sich eines Tages auf der großen Schlange wiederfindet, an deren Anfang Scheidung und an deren Ende ein dickes fettes Fragezeichen steht.

Ach, Joe.

Hätte ich ihn geheiratet, wenn ich vorher gewußt hätte, wie es ausgeht? O ja. Ich habe mich in ihn verliebt. Ich sah ihn und sofort war mir speiübel. Entweder es war Liebe oder eine heftige allergische Reaktion. Liebe, beschloß ich. Dasselbe hatte ich gefühlt, als ich Donny Osmond zum ersten Mal im Fernsehen sah.

»Tisch sechs – der gehört mir.«

Ich weiß noch genau, was ich ihm gebracht habe: ein Glas weißen Hauswein und eine Auswahl französischen Käses mit Brot. Das war 1985. Damals aß man so etwas. Sushi, sonnengetrocknete Tomaten und Rucola kamen erst später auf. Die Rechnung betrug £ 4.50 inklusive Kaffee – schwarz, ohne Zucker. Das weiß ich genau. Ich hab die Quittung aufbewahrt.

Er hatte nur noch vier Pfund. Als er aufstand und in seinen Jeanstaschen nach Kleingeld kramte, sprangen die beiden untersten Hemdknöpfe auf und ich mußte mich beherrschen, nicht die goldenen Härchen zu lecken, die bis zu seinem

Bauchnabel wuchsen. Ich lieh ihm die fünfzig Cent. Ich hab sie nie zurückbekommen.

»Das«, sagte ich zu Philippa, »ist der Mann, den ich heiraten werde.« Dasselbe hatte ich allerdings auch über Donny Osmond gesagt.

Tagebuch einer Geschiedenen

»Mama, Mama.«

Hils bringt ihr stromerndes Gehirn auf Kurs und landet wieder in der Gegenwart. Tabitha hüpft auf und ab. »Können wir zu Wagamama, bitte?«

Hils fehlt die Kraft, Nein zu sagen, und sie läßt sich die Stufen in einen großen luftigen Keller hinab führen. Sie haben den Andrang um die Mittagszeit verpaßt, und so sitzen sie innerhalb weniger Sekunden an einem langen Holztisch und ein sehr schönes orientalisches Mädchen mit sojasoßenfarbenem Haar nimmt ihre Bestellung entgegen. Sie erinnert mich an jemanden, denkt Hils, deren Gehirn noch benebelt ist, und dann fällt es ihr ein. Natürlich – dieser Stan-Typ! Stan, Stan, der Champagnermann. Und etwas, das sich anfühlt wie ein Käfer tanzt in ihrem Bauch und ihre Knie fühlen sich an wie Quecksilber.

»Haben Sie Pommes?« fragt Saul.

18

Nie entschuldigen, nie rechtfertigen

Guy hat einen schlechten Tag. Er fängt gar nicht so schlecht an, doch schon bald vergeht ihm Hören und Sehen.

Das Frühstück läuft noch gut. Er geht seiner Familie aus dem Weg, indem er verschläft und ein Taxi zur Arbeit nehmen muß. Am Leicester Square kauft er sich bei Pret-à-Manger einen fettarmen Latte und eine Schale Papaya und Joghurt. Sein Hosenbund schlackert angenehm. Sein Bauch ist zwar kein Waschbrett, aber straff, vor allem wenn er einatmet. Einen Moment lang genießt er es, er selbst zu sein, ein erwachsener, erfolgreicher Mann mit einem szenigen Job und einer teuren Persol aus der neuen Kollektion auf der Nase.

In einem Schaufenster erblickt Guy sein Spiegelbild. Cooler Typ. Volles mahagonibraunes Haar, lässiger Ziegenbart, federnder Schritt. Wenn ich eine Frau wäre, würde ich auf mich stehen.

Auch sein Vater hatte volles Haar, fällt ihm plötzlich ein – für eine Glatze ist er allerdings auch nicht alt genug geworden. Fünfundfünfzig ist heutzutage kein Alter für einen Mann: »Junggebliebene« heißt die Zielgruppe in der Branche, der ideale Zeitpunkt, einen Porsche zu kaufen. Guy hat ein genaues Bild von sich selbst als Fünfzigjährigem: braungebrannt, mit zerknittertem cremefarbenen Leinenanzug in einem glänzenden roten Boxter, Peanut auf dem Beifahrersitz.

Ach ja, es gibt so vieles, auf das man sich freuen kann. Ich müßte mir eine Frühpensionierung leisten können, kalkuliert er, trotz Scheidung. Er wird nicht ewig für Alice und die Jungs blechen müssen, und wer weiß, vielleicht will Peanut irgendwann selbst Kinder.

In diesem Moment stolpert Guy über das ausgestreckte Bein eines Penners, und Kaffee spritzt über sein makelloses Hemd wie ein Muttermal. Die Porscheträume verpuffen, und er tritt kopfschüttelnd durch die Glastüren von Shelby, Jamieson & Mott. Früher wäre er mit dem Fahrstuhl ins Büro gefahren. Jetzt nimmt er die Treppen, zwei Stufen auf einmal. Ich bin im besten Alter, erinnert er sich. Scheiß auf den Kaffeefleck, vielleicht gönn ich mir in der Mittagspause ein neues Hemd. Ich kann tun, wozu ich Lust habe, ich bin verliebt.

Penny ist schon an Ort und Stelle. Das ist sie immer. Manchmal glaubt Guy, daß sie unter ihrem Schreibtisch schläft wie eine räudige Riesenkatze. »Guten Morgen, Penny.«

»Wohl kaum«, erwidert sie mit einer gewissen Schadenfreude.

Sie wedelt mit einer Boulevard-Zeitung herum. Es ist der *Daily Mirror.* Sie leckt ihre Finger, daß Guy ganz flau wird, blättert zur Klatschspalte in der Mitte und schlägt sie vor sich auf. »Das sollten Sie sich mal ansehen.«

Guy nimmt die Persol ab und kommt näher. Auf der linken Seite prangt ein großes Foto von einem Obdachlosen, der mit einem Schwarzen rangelt, der Lennox Lewis sein könnte oder auch nicht. »Die neue Schnapsnase von Hetherington« lautet die Schlagzeile. Der kleinere Text verschwimmt vor seinen Augen, aber er liest Sätze wie »Zoff in Promi-Schuppen«, »*East-Enders*-Star verprügelt«, und »Tommy O'Reilly, berühmt für eine Minute«.

Guy betrachtet wieder das Foto. Es ist Tommy. Blut läuft aus seiner Nase, er scheint gerade armerudernd auszuholen, um den Türsteher in die Eier zu treten.

Das ist schlimm, aber noch schlimmer ist, daß Tommy eines der brandneuen Hetherington-T-Shirts trägt. Obwohl es stark beschmutzt und zerknittert ist, kann man den Text deutlich lesen: »Hetherington. Engelsgleich. Gottgewollt.«

Das ist Tommys Slogan. Im Fernsehspot sitzt er auf einem Liegestuhl in einem Schrebergarten. Zu beiden Seiten trinken alte Männer Tee aus Thermoskannen, umgeben von welken Wicken und Sonnenblumen, die die Köpfe hängen lassen. Im krassen Gegensatz dazu steht Tommys Garten in voller Blüte. Schmetterlinge tanzen um seinen Kopf, im Hintergrund blühen drei Meter hohe Stockrosen und ein fußballgroßes Geißblatt. Bienen summen und Hummeln brummen, während Tommy aus seiner Hetherington-Dose trinkt, sein verschmitztes Lächeln lächelt und mit irischer Whiskey-und-Fluppen-Stimme seinen Satz sagt: »Gottgewollt.«

»So ein Wichser«, flucht Guy.

Du mußt es ja wissen, denkt Penny heimlich und feixt in sich hinein. Laut sagt sie: »Schadensbegrenzungs-Meeting in dreißig Minuten in Ihrem Büro.«

»Scheiße«, erwidert Guy.

Tommy hat einen kometenhaften Aufstieg hingelegt. Schon wenige Wochen nach der Erstausstrahlung des Spots war er Gast bei *Have I Got News For You* (wo er in letzter Sekunde für den verhinderten Will Self einsprang), saß auf Richards und Judys heiligem Sofa und gilt laut der aktuellen

Broadcast als heißer Kandidat, die neue Game Show am Samstagabend zu moderieren. Manche Leute haben nicht für fünf Pfennig Grips, denkt Guy wütend.

Die Atmosphäre des Meetings ist gelinde gesagt angespannt. Der Marketingdirektor von Hetherington kreuzt auf – in einem chauffierten Mercedes, obwohl sein Büro direkt um die Ecke liegt – ebenso der Chef der Werbeabteilung von Hetherington, ein Anwalt, Tommys Manager und sein Pressesprecher. Sein Pressesprecher! Vor sechs Monaten kriegte der Kerl nicht mal ein Engagement im Comedy Store.

Plötzlich kommt Guy sein Büro ziemlich eng vor und er sehnt sich nach der moralischen Unterstützung seines Partners Toby Mott. Leider liegt Toby wegen Stirnhöhlenvereiterung im Krankenhaus. Glückspilz, denkt Guy, der eine Vollnarkose der aktuellen Situation jederzeit vorziehen würde.

Penny bringt Kaffee und Jaffa-Kekse. Guy könnte sie umbringen. Niemand ißt Jaffa-Kekse. Sie ist ein dicker fetter häßlicher Schandfleck. Herrgott, es kommt ihm vor, als hätte Gott ihn gleich mit zwei Ehefrauen gestraft.

Seit neunzig Minuten drehen sie sich im Kreis. Mit Worten wie »Zeitbombe« und »negatives Marketing« wird nur so um sich geschmissen. Fast will Guy schreien: »Ach kommen Sie, jeder wird doch zum Arschloch, wenn er zuviel Bier trinkt«, doch das läßt er natürlich schön bleiben. Im Werbeland muß man alles schön reden, es sei denn, man hat den Auftrag für die weihnachtliche Kampagne gegen Alkohol am Steuer.

Der PR-Mensch und der Manager haben die beste Lösung. Sie wissen sich zu helfen. Tommy läßt sich wegen Depressionen behandeln. Es ist wichtig, daß die Presse erfährt, daß er kein Alkoholiker ist, nur ein Mann, den der Todestag seiner Mutter zu übermäßigem Alkoholgenuß verleitet hat.

»Ich wußte gar nicht, daß Tommys Mutter tot ist«, meint Guy.

»Ist sie auch nicht«, blafft der Pressesprecher, »aber für unsere Zwecke muß sie es sein.«

»Werden Sie es ihr sagen?« fragte Guy.

»Da machen Sie sich mal keine Sorgen.« Tommys Manager grinst. »Wir machen es wieder gut – ein netter Blumenstrauß, ein Obstkorb, sie wird es lieben, tot zu sein.« Tommys Manager ist ein feister Hai mit blonder Haartolle und einem dramatischen Kleidergeschmack.

Das Meeting geht zu Ende. Als die Männer aufstehen und sich die Hände schütteln, sagt der Obermufti von Hetherington: »Wessen Idee war der verdammte Tommy O'Reilly eigentlich?« Alle sehen Guy an.

Verfluchte Heuchler, denkt er, nachdem sie sich verabschiedet haben. Als wären sie selbst an dem Abend im Stringfellow's nicht alle stinkbesoffen gewesen. Er erinnert sich dunkel, daß dem Marketingdirektor Kokskrümel in der triefenden Nase hingen, nachdem er aus der Damentoilette gezerrt worden war.

Guy ist so frustriert, daß er vier Jaffa-Kekse ißt und ernsthaft erwägt, sich den Finger in den Hals zu stecken. Ach was, schlimmer kann der Tag nicht werden. Das geht vorbei. Und was die Jaffa-Kekse angeht, wird er einfach das Mittagessen ausfallen lassen. Ach ja, Mittagspause. Er und Peanut haben sich angewöhnt, sich fast täglich in der kleinen Weinbar hinter der St. Martins Lane zu treffen.

Das Café Koha erinnert Guy an Paris. Er war einmal dort, vor langer Zeit, vor dem Tod seiner Eltern, vor Alice.

Sie sind auf den Eiffelturm gestiegen, und sein Vater hat seiner Mutter ein Silberduplikat für ihr Freundschaftsarmband gekauft. Jedes wichtige Ereignis im Eheleben seiner Eltern wurde mit silbernen Anhängern zelebriert: eine winzige Rassel symbolisierte Guys Geburt, ein Miniatur-Ballettschühchen die Tanzleidenschaft seiner Schwester.

Die Wände des Café Koha sind nikotingelb, die Beleuchtung ist diskret, Wein wird in Karaffen serviert, und die Oliven schmecken nach Chili und Knoblauch. Nicht, daß sie viel essen. Vielleicht teilen sie sich einen mediterranen Vorspeisenteller oder Kalamari. Statt dessen sehen sie einander tief in die Augen und halten Händchen unter dem Tisch, dem ganz hinten oder »unserem Tisch«, wie sie ihn nennen.

Guy sitzt an »unserem Tisch« und bestellt eine Karaffe Rioja. Normalerweise würde er mitten am Tag keinen Rotwein trinken, schon wegen der Kalorien. Guy hat sich für eine fettarme ballaststoffreiche Ernährung entschieden. Alle andern schwören auf Atkins, doch es ist allgemein bekannt, daß zu den Nebenwirkungen auch Chihuahua-Atem zählt, und bei dem ganzen Geknutsche kann er sich das nicht leisten. Guy zerkaut knirschend ein extrastarkes Pfefferminz. Gleich wird sie kommen. Er schenkt sich ein Glas Rotwein ein und lehnt die angebotenen frischen Brötchen mit Butter ab.

Na, das war vielleicht ein Scheißmorgen, denkt er, fast schon froh, daß er am Wochenende in den Urlaub fährt. Nicht, daß er eine Woche ohne Peanut sein will, aber ein Ortswechsel wird ihm gut tun. Guy sieht sich mit seiner neuen Paul-Smith-Badehose in den Pool tauchen.

Komm schon, Peanut. Er widersteht der Versuchung, sie auf dem Handy anzurufen – sie würde ihn schon anrufen, wenn sie sich verspätet. Ogott, und wenn sie einen Unfall hatte? Das passiert jeden Tag – Männer laufen mit Messern Amok, Baugerüste stürzen ein, Eltern kollidieren mit Öltankern. Guy wählt die Nummer ihres Nokias, doch es ist nicht an. Peanut macht ihr Handy nie aus. Er versucht es bei der Arbeit, und eine Stimme, die er nicht erkennt, nimmt ab. Guy versucht, locker zu klingen. »Hi, ist Peanut da?«

Ist sie nicht. Offensichtlich hat sie sich heute Morgen krank gemeldet.

»Danke.«

Mit feuchten Fingern ruft Guy sie zu Hause an, doch niemand geht ran. Da ihm nichts Besseres einfällt, trinkt er die Karaffe Rotwein aus. Er fühlt sich zu elend, um zu essen, und beim Anblick und den Kaugeräuschen der anderen wird ihm schlecht.

Um zwei torkelt er zurück ins Büro, ignoriert Penny, die – so wie es sich anhört – mit ihrer Mutter telefoniert (»Hast du dein Insulin genommen?«) und geht schnurstracks ins Allerheiligste seines Büros. Er löst die Krawatte und kickt die Schuhe von den Füßen, legt sich auf das schwarze Ledersofa und schläft so schnell ein, als sei er narkotisiert worden.

Um Punkt drei ruft Penny ihn an. Guy schießt vom Sofa hoch und hechtet zum Telefon. Peanut, es könnte Peanut sein, die arme von Regelschmerzen oder Migräne oder Lebensmittelvergiftung geplagte Peanut!

»Hallo Guy«, singt seine Assistentin. »Wie Ihnen sicher bewußt ist, ist es drei Uhr und die Leute von Barnados sind da, ich habe ...«

»Verfluchte Scheiße, Penny, Sie blöder Depp, warum haben Sie mich nicht daran erinnert? Herrgott noch mal.«

»Ich habe sie reingeschickt«, fährt Penny fort, doch Guy hört nicht hin. Er läßt eine Schimpfkanonade ab, ohne zu bemerken, daß zwei Menschen sein Büro betreten haben und fassungslos in der Tür stehen geblieben sind.

»Sie Trottel! Das hat mir gerade noch gefehlt nach diesem beschissenen Morgen, daß ich mich von zwei Wichsern von Barnados volltexten lassen muß.«

Guy dreht sich um. Bildet er sich das ein, oder ist es im Zimmer plötzlich sehr kalt geworden? Er blinzelt: Zwei Menschen, die er nie zuvor gesehen hat, stehen in der Tür, die Kinnladen ungefähr bis auf den Teppich runtergeklappt.

In diesem Moment machen Michaela Evans und Sandy Romsgrove auf dem Absatz kehrt. Michaela ist eine wiedergeborene Christin und hat kein Verständnis für »Kraftausdrücke«, und da sie Sandys Vorgesetzte ist, hat dieser keine andere Wahl, als ihr zu folgen.

Es ist wahrscheinlich das kürzeste Geschäftstreffen aller Zeiten. In weniger als dreißig Sekunden ist ein Etat von einer halben Million in Rauch aufgegangen. Guy kommt sich vor wie Basil Fawlty. »Die Frühpensionierung ist futsch«, denkt er verzweifelt, »der Porsche mit Peanut auf dem Beifahrersitz ist futsch.« Ohne Schuhe und Krawatte legt er sich mit dem Gesicht auf den Teppich und bleibt dort liegen, bis es Zeit ist, nach Hause zu gehen.

Als er aufbricht, ist Penny schon weg, was ganz untypisch für sie ist. Irgendwie fühlt Guy sich sitzengelassen. Dieses eine Mal wird es schön sein, nach Hause zu kommen.

Doch da hat er sich getäuscht. Alice will mit ihm über die Zeugnisse der Jungs reden, und es gibt da noch etwas, über das sie reden will. Guy wird ganz anders.

»Was?« stottert er schwach.

»Ich hab sie gefunden«, erwidert sie.

Was gefunden? Die Fotos von letzter Woche aus dem

Automaten in der U-Bahnstation Covent Garden, mit Peanut oben ohne, die lippenstiftbeschmierte Unterhose, die Quittung von Tiffany, was?

Alice beißt sich auf die Lippe. »Die verdammte Paul-Smith-Badehose, fünfundachtzig Pfund. Bist du total übergeschnappt, Guy?«

»Wahrscheinlich«, antwortet Guy wahrheitsgemäß.

19

Gute Reise und so

Hils ist ein klitzekleines bißchen übel. Morgen ist heute geworden, und heute muß sie die Kinder bei Joe abliefern, weil sie morgen nach Italien fliegen.

Ich will nicht, daß sie wegfahren – in Italien gibt es Erdbeben, die Italiener fahren zu schnell auf der falschen Straßenseite, und die Gezeiten wechseln, bevor der Rettungsschwimmer es überhaupt mitkriegt.

Obwohl sie sich bemüht, ruhig zu bleiben, geht ihr Atem flach und stoßweise. Hör damit auf, ermahnt sie sich. Ich will das nicht noch mal durchmachen. Nach und nach zwingt sie Herz und Lunge wieder in ihren natürlichen Rhythmus und versucht zu ignorieren, wie schwer ihr das Schlucken fällt.

> *Nachdem mein Mann mich verlassen hatte, gab es Tage, an denen ich es kaum schaffte aufzustehen. Nach dem Aufwachen hatte ich für ein paar flüchtige Sekunden vergessen, was passiert war, dann fiel es mir wieder ein, und sofort wurde mir übel, so wie im Flugzeug bei starken Turbulenzen.*
>
> *Ich hatte Mühe, zu atmen und zu schlucken. Irgend etwas Wachteleigroßes schien mir in der Kehle zu stecken. Ich ging zum Arzt, und der verschrieb mir kleine weiße Pillen. Ich muß zugeben, daß sie halfen – ebenso wie die Zigaretten und flaschenweise billiger Weißwein.*

An manchen Tagen schaffte ich es bis ins Wohnzimmer und dort, neben dem Sofa, stand eine weitere Flasche und der überquellende Aschenbecher. Ich wußte, daß ich lange aufgeblieben war, doch ich konnte mich nicht erinnern, was ich im Fernsehen gesehen hatte. Ich mußte in der Fernsehzeitung nachschlagen.
Wenn es besonders schlimm war, hörte ich schluchzend CDs und war unfähig, den Kindern ihr Mittagessen zu kochen. Also aßen sie Marmeladenbrote, und zu meinem Erstaunen kriegten sie keine Rachitis. Die Obstschale blieb leer. Die Milch war alle, die Wäsche häufte sich im Wäschekorb und ich trug tagtäglich dieselbe säuerlich riechende Jeans. An solchen Tagen konnte ich mich nicht erinnern, wie man »normal« ist.

Tagebuch einer Geschiedenen

Hils rülpst, um den Druck in ihrem Bauch zu erleichtern.

Ich sollte mich daran gewöhnen, schnauft sie, während sie Rucksäcke, Reisetaschen und Schlafsäcke in den Kofferraum stopft. Ach, das Auto, ihr funkelnagelneues Auto. Sie hat es schon vor Monaten bestellt, doch es wurde erst letzte Woche geliefert. Ein Chrysler aus Silber und Chrom im Wert von vierzehneinhalbtausend Ditschern, und es gehört ihr allein – naja, jedenfalls ein Anteil von fünftausend. Der Rest ist geleast. Sie hat zwar ein bißchen Geld verdient, aber deshalb flippt sie nicht gleich aus. Oh, aber sieh mal, riech mal, so glänzend, so geschmeidig, so lecker. Verflucht, denkt Hils, es ist schon so lange her, seit ich einen Mann hatte, daß mich Autos anmachen. Sie erinnert sich dunkel an einen alten Zeitungsbericht über einen Mann, der einen Opel Vectra vögelte.

Wie bloß?

Sachen gibt's. Wenigstens hat ihr Ex sie auf konventionelle Weise betrogen. Wenigstens hat sie ihn an eine jüngere, hübschere Frau verloren. Das Klischee hat etwas Tröstliches. Wie peinlich für die Ehefrau, wenn er es mit einer Rentnerin treibt, findet sie ... oder einer Ziege.

Eigentlich findet Hils Nina gar nicht so hübsch. Sie ist jung und mannbar, aber sie ist kleiner und hat krummere Beine, als Hils erwartet hat. Als sie das Mädchen zum ersten Mal sah, versteckte es sich unter einem riesengroßen Mantel, und irgendwie hatte Hils sich darunter etwas Exotischeres vorgestellt. Einen Mango-Lychee-Cocktail vielleicht, doch Nina entpuppte sich als kleiner Dosenpfirsich, saftig aber gewöhnlich. Hils knallt den Kofferraum mit etwas mehr Wucht als beabsichtigt zu.

Joe hat den Familien-Saab mitgenommen. Hils war froh, daß sie ihn los war. Wenn sie daran dachte, was sich darin abgespielt hatte, wollte sie ihn nie wieder sehen! Noch heute kommt ihr beim Anblick eines weißen Saab-Kabrios mit schwarzem Dach die Galle hoch. Die Sache mit dem Saab brachte das Faß zum Überlaufen. Okay, man konnte dem Auto nichts vorwerfen. Doch irgendwie war das Auto darin verwickelt, ein Komplize, so daß sie nie wieder darin sitzen konnte, ohne sich Spermapfützen auf dem Sitz vorzustellen.

Seit es fort ist, hat Hils den alten Fiat Panda ihres Bruders gefahren, auch »Eierkarton« genannt. Den Eierkarton hat jetzt Janey, Joe hat den Saab, und Hils ist mit dem glänzenden neuen Chrysler die Gewinnerin.

Joe gefällt er bestimmt nicht. Er findet ihn bestimmt affig. Doch schließlich geht Joe das nichts mehr an. Sie kann fahren, was sie will.

»Na los«, schreit sie, als hätte sie es eilig, sie loszuwerden, und Tabitha und Saul klettern auf den Rücksitz. Sie haben aufgegeben, darüber zu streiten, wer vorn sitzen darf. Als Hils mit quietschenden Reifen losfährt, fühlt sie sich wie eine Clyde-lose Bonnie. Allerdings fährt sie nicht besonders gut.

Ich hätte ihnen noch was zu essen machen sollen, fällt ihr zu spät ein. Ach verflucht, warum zerbricht sie sich immer Ninas Kopf? Das Kind wird doch wohl Spaghetti kochen können. Die Schlafsäcke sind schon Zugeständnis genug. Tabitha und Saul haben in der neuen Wohnung ihres Vaters kein Zimmer. Sie sind immer nur zu Gast, schlafen immer auf dem Boden, werden immer am nächsten Morgen beiseite geräumt. Das ist doch Scheiße.

Hils hat genug Bücher gelesen, um zu wissen, daß es aus psychologischer Sicht für die Kinder geschiedener Eltern am besten ist, einen festen Platz im neuen Zuhause des ausgezogenen Elternteils zu haben, und nicht nur ein paar Quadratmeter nackten Holzfußboden vor der Flimmerkiste. Blöder Joe, blöde Nina. Wenn Tabitha in Italien beim Klauen erwischt wird und Saul heimlich die Kippen seines Vaters raucht, sind Joe und Nina Schuld.

Hils hat die Schwelle zur neuen Wohnung ihres Ex-Manns noch nie übertreten. Sie will ihm nicht die Genugtuung geben, sie zu mögen. Sie stellt sie sich lieber vor – steril, kalt und ungemütlich. Jedenfalls hat Tabitha mal gesagt, die Wohnung sei wie ein Operationssaal mit Sofas. Alles daran nervt Hils. Daß sie in einer geschlossenen Wohnanlage liegt, daß man per Türsummer eingelassen wird, daß man als Besucher in einer der gekennzeichneten Parkbuchten parken muß.

Sie legt eine Johnny-Cash-CD ein, und sie singen alle zusammen »Ring of Fire«. Als Tabitha und Saul noch klein waren, kannten sie Johnny Cash besser als jedes Kinderlied. Hils liebt Country and Western. Das einzige, worüber sie und Joe sich stritten, als er seine Sachen packte, waren die Willie-Nelson-CDs.

Die Musik füllt die Stille. Tabitha und Saul sind ganz zahm – das sind sie immer kurz vor der Übergabe. Als hätten sie gelernt, ihre Vorfreude nicht zu zeigen, um ihr nicht weh zu tun. Sie weiß, daß sie es nicht erwarten können. Sie hat sie auf der Treppe miteinander flüstern und Saul im Badezimmer »Just one Cornetto« gurgeln hören. Wenn sie nach einem Wochenende mit ihrem Vater zurückkommen, ist es genauso. Sie verhalten sich absolut neutral.

»War es schön?«

»Ja, war okay.«

Einmal, als in Sauls Schule Tag der offenen Tür war und seine Sachen auf seinem Tisch lagen, damit sie einen Blick darauf werfen konnte, las sie in einem seiner Englischhefte einen Aufsatz: »Was ich am Wochenende gemacht habe«.

»Am Wochenende waren ich und meine Schwester bei meinem Vater und wir sind in den Zoo gegangen und mir haben die großen Eidexen am besten gefallen und Baby Freya hat gewaint, weil ihr Eis runtergefallen ist, also schenkte meine Schwester Freya ihr Eis. Ich hete ihr ja meins gegeben, aber ich hate es schon aufgegesen. Es war Schokolade. Dann sind wir zur Wohnung von Papa und Nina gefahren und haben Spei Kids gesehn, einen echt kulen Film und am nächsten Tag sind wir wieder zu Mama gefahren und sie hate Spei Kids gekauft, so das wir den Film nochmal gesehn haben.«

Hils erinnert sich daran, wie sie auf dem winzig kleinen Stuhl saß und sich fragte, warum die Kinder ihr nichts vom Zoo erzählt hatten, und wie ihr klar wurde, daß sie nur so getan hatten, als hätten sie sich riesig über *Spy Kids* gefreut. Sie war so in ihre Gedanken versunken, daß sie darüber ganz vergaß, sich über Sauls miserable Rechtschreibung Sorgen zu machen. Joe war nicht da. Er hatte kommen wollen, doch dann war in letzter Minute was dazwischen gekommen.

Meine Kinder führen ein Doppelleben, denkt sie. In den vergangenen Jahren haben sie gelernt, ihre Loyalität zu splitten. Sie transferieren ihre Zuneigung so selbstverständlich von einem Elternteil auf den anderen, als würden sie ihre Schuhe wechseln. Nina wird selten erwähnt, doch über Freya reden sie am laufenden Band. Für Freya haben sie sich von Anfang an begeistert. Babys mag schließlich jeder. Dem Baby kann niemand die Schuld geben, es hat schließlich nichts damit zu tun – oder doch?

Manchmal hat Hils das Gefühl, es *ist* Freyas Schuld. Ohne Freya wäre die Affäre irgendwann versandet wie jedes andere Techtelmechtel. Nina war eindeutig nicht apart genug, um ihr Joe ganz auszuspannen. Genau betrachtet war es das Baby, das den Pakt besiegelt hat. Hils hat einmal ein verschwommenes schwarz-weißes Ultraschallbild von Freya in Tabithas Hausaufgabenheft gefunden. Tabitha hatte das Polaroid zum Schutz mit Folie abgeklebt: Sie hat ihre kleine Schwester schon beschützt, bevor sie überhaupt geboren war!

Hils verkrampft sich am Steuer. Während sie in den Rückspiegel blickt, stellt sie sich Joe und Nina in einem Wirrwarr nackter Beine und Unterwäsche vor. Jemand hupt, und Tabitha kreischt: »Mensch Mama.«

Ich muß mich konzentrieren, denkt Hils. Als sie wieder in den Rückspiegel blickt, sieht sie, wie ein Mann in einem BMW ihr einen Vogel zeigt. Den Rest des Weges fährt sie zwanzig.

Joe drückt den Türsummer. Sie reden über die Gegensprechanlage miteinander.

»Wo warst du?«

»Tut mir leid, daß wir zu spät kommen.«

Sofort ist Hils auf hundertachtzig. Warum bin am Ende immer ich es, die sich entschuldigt?

Joe kommt nach draußen, um sie zu begrüßen, und Hils hat sofort verlernt einzuparken.

Gottseidank hat der Chrysler Automatik. Trotzdem ist es harte Arbeit ... Scheiße, sie hat die Handbremse angezogen. Sie löst die Bremse, das Auto schnellt über den Bordstein und plättet einen kleinen Busch. Joe grinst hinter vorgehaltener Hand.

»Willst du reinkommen?« fragt er locker.

»Nein, ich bin verabredet«, lügt Hils und denkt: Den Gürtel hab *ich* ihm gekauft. Sie versucht, ihre Kinder zu umarmen, doch das ist nicht so leicht, weil sie mit ihrem Gepäck kämpfen und vor Aufregung ganz kribbelig sind.

»Tschüß, ich hab euch lieb, paßt auf euch auf, vergeßt eure Sonnencreme nicht und denkt dran, daß die Autos auf der anderen Straßenseite fahren, und schickt mir eine Postkarte und gebt Papa eure Pässe und geht nicht direkt nach dem Essen schwimmen und ich hab euch lieb, ich hab euch lieb.«

Zwanzig Minuten später ist sie wieder zu Hause, und als die Tür hinter ihr ins Schloß fällt, muß sie heulen. Heulen kann sehr reinigend sein, aber es ist auch sehr ermüdend, daher beschließt sie nach zehnminütigem Schluchzen, es gut sein zu lassen. Und statt sich einen steifen Gin zu genehmigen, ruft sie ihren Bruder an. Seine Frau Midge nimmt ab.

»Hey Frau Schriftstellerin, wie geht's?«

»Mir geht's gut«, seufzt Hils. »Ich hab gerade die Kinder abgegeben. Ich werd sie über eine Woche nicht sehen.«

»Du Glückliche. Casper und Lulu treiben mich noch in den Wahnsinn.«

Casper ist fünf und weigert sich, etwas anderes zu tragen, als sein Virgil-Tracy-Outfit. Lulu ist drei und zickiger als ein ganzer Hausfrauenverein.

»Ich geb dir James. Halt endlich den Mund, Lulu, und zieh deine Hose wieder an, dein Hintern langweilt uns.«

James übernimmt. »Hast du deinen Kater überstanden?«

»So betrunken war ich gar nicht.«

»Hils, du hast Stephen Fry in den Po gekniffen und eine Erdnuß nach Keith Allen geworfen. Ehrlich gesagt, hatten wir ein schlechtes Gewissen, dich allein zu lassen, aber du warst ja in guten Händen.« James kichert.

Hils wird rot. Aus dem Augenwinkel sieht sie eine leere Zigarettenschachtel mit betrunkenem Kugelschreibergekritzel. Warum hat sie die nicht weggeworfen?

»Hör mal, willst du vorbei kommen? Wir essen indisch vorm Fernseher. Wie du hörst, sind die Kinder noch auf.«

Das hört sie, und obwohl sie James und Midge und die Kinder liebt, will sie nicht das fünfte Rad einer anderen Familie sein. Einer Familie, die noch vollständig ist. Manchmal fühlt Hils sich ohne Joe wie ein Puzzle vom Flohmarkt: Ein Viertel des Bildes fehlt.

»Nein danke.«

»Okay, aber komm bald mal wieder vorbei. Lulu sagt, das ist ein Befehl.«

Das verspricht Hils, und vielleicht tut sie's, vielleicht aber auch nicht. Gedankenverloren beginnt sie aufzuräumen. Gestern Abend hat sie Tabitha die Fußnägel geschnitten, die nun überall auf dem Teppich verstreut liegen.

Ich sollte staubsaugen. Doch statt dessen versucht sie, die gekritzelten Zahlen auf der leeren Zigarettenschachtel zu entziffern. Die Nummer ist verschmiert und die Acht könnte ebensogut eine Drei sein. Über den Zahlen steht in engen Großbuchstaben der Name: STAN.

Ich bin über vierzig. Ich kann doch keinem Kellner hinterherrennen. Doch sie schmeißt die Schachtel nicht weg. Sie füllt sie mit Tabithas abgeschnittenen Zehennägeln und legt sie in den Muschelkarton neben das Schokoladenschwein, den Goldring und die Rechnung.

20

Die Dobsons in den Startlöchern

Nina und Joe streiten sich, wie Paare sich streiten, wenn sie so tun, als würden sie nicht streiten. Beide reden leise und mit fester Stimme.

»Ich bin nicht negativ«, sagt Nina, »ich sag nur, daß es nicht so leicht werden wird.« Noch während sie die Worte ausspricht, fragt sie sich, warum sie sich überhaupt die Mühe macht. Weil ich eine Dreiviertelflasche Rotwein getrunken habe, weil ich die Nase gestrichen voll habe, mich wie ein Schulmädchen behandeln zu lassen, weil Hils sich in ihrem neuen Auto so verdammt toll vorkommt.

»Und ob das negativ ist!« erwidert Joe. »Warum kannst du dich nicht einfach darauf freuen? Wir wollen Urlaub machen, verdammt noch mal!«

»Ja. Das. Ist. Mir. Klar.« Nina betont jedes Wort, als würde sie mit einem Bekloppten reden. »Wir wollen Urlaub machen, aber mit deinen Kindern ist es eben kein richtiger Urlaub!« quengelt Nina.

»Ach Nina«, fleht Joe. »Das hatten wir doch schon. Der Urlaub ist wichtig für mich und für dich und für Baby Freya, aber noch wichtiger für Tabby und Saul. Und schrei bitte nicht so.«

»Warum?« Ninas Stimmbänder stehen im Kampf gegen die Hysterie auf verlorenem Posten. Ihre Stimme klingt schneidend scharf. »Warum sollte ich nicht schreien? Warum in aller Welt sind Tabitha und Saul wichtiger? Es ist unser erster Urlaub mit Freya, und du halst uns deine Gören auf!«

Zu spät bemerkt Nina, daß sie zu weit gegangen ist. Sie kennt die Regeln: Kritisiere bei einem Mann nie Fahrstil, Orientierungssinn, Frisur, Krawatte, Heimwerkerarbeiten, Cunnilingus, seine Fußballmannschaft oder seine Kinder. Sofort macht sie einen Rückzieher. »Es sind tolle Kinder, wirklich, es ist nur … Ich kann mit ihnen nichts anfangen.« Sie verstummt.

»Nun, dann hast du ja jetzt sieben Tage Zeit, es zu lernen«, zischt Joe. »Nina, ich will meine Kinder nicht nur zwei Wochenenden pro Monat sehen, sondern …«

»Sag jetzt bloß nicht ›Quality Time‹ mit ihnen verbringen«, unterbricht Nina aufbrausend. »Komm mir nicht mit dieser gequirlten Scheiße.«

Du liebe Güte, denkt Joe betroffen. Nina ist doch sonst so fügsam. Hils ist die Temperamentvolle. Nina ist blau und kriegt ihre Tage, beschließt er. Erfahrung kann sehr nützlich sein. Wenn man mit einer Frau zusammengelebt hat, hat man mit allen zusammengelebt. Er läßt nicht locker. »Das ist keine gequirlte Scheiße. Sie werden groß, ich will Teil ihres Lebens sein, und wenn Hils bereit ist, sich wie eine Erwachsene zu benehmen, erwarte ich von dir dasselbe.«

Uff, das sitzt. Nina gibt sich geschlagen. Im Grunde glaubt sie sowieso, daß dieses ganze Desaster auf Hils' Mist gewachsen ist. Sie hört Joes Ex in ihrem Kopf. »Ach, du machst Urlaub mit deiner Freundin und eurem Baby? Wie schön. Ich weiß was, warum nimmst du die Kinder nicht mit? Eine große, glückliche Familie. Mach dir um mich keine Sorgen. Natürlich werd ich sie vermissen, aber es sind schließlich auch deine Kinder – ach, und soll ich dir um der alten Zeiten willen auch gleich noch einen blasen?«

Intrigante Kuh! Flachbrüstige Ziege! Nur weil Joe sie verlassen hat, nur weil er seine Frau und zwei Kinder im Stich gelassen hat, impft sie ihm einen Schuldkomplex ein. Nur darum geht es bei dieser Woche in Italien, schäumt Nina. Ich werd die ganze Zeit das Baby an der Backe haben, während Joe für Hils' Kinder den Superpapa spielt.

Hils' Kinder schlafen auf dem Wohnzimmerboden. Ihre Mutter hat sie vorhin abgeliefert. Obwohl es halb acht war, hatten sie noch nicht gegessen! Das haben sie nie. Wenn sie zu Besuch kommen, plündern sie als erstes den Kühlschrank. Sie sind schlimmer als Shelley und Carmen.

Nina hat Hils vom Wohnzimmerfenster aus nachgesehen, hat heimlich beobachtet, wie sie hupte, ein letztes Mal winkte und beim Ausparken nur knapp ein Motorrad verfehlte. Als die Wohnungstür sich öffnete, stieg die Phonzahl auf die eines voll aufgedrehten Radios. Sie waren hier, Tabitha und Saul, die Eindringlinge.

Diese Wohnung ist nicht für Teenager-Stiefkinder eingerichtet. Ideal wäre eine schalldichte Bodenkammer, vorzugsweise mit separatem Bad, damit Nina nicht jeden Morgen Schlange stehen muß. So stolpert sie ständig über sie.

Nina ging ihnen entgegen, um sie zu begrüßen. »Hallo, Kinder«, wollte sie locker und unbeschwert sagen, doch als sie ihren Mund öffnete, kam: »Wo hat eure Mutter denn so ein Auto her?« heraus.

Nina weiß, daß sie ihre Stiefkinder freundlich hätte begrüßen sollen, statt sie des Autodiebstahls zu bezichtigen, doch sie konnte nicht anders. Genau so ist es immer, wenn sie mit Tabitha und Saul redet. Immer sagt sie das

Falsche, wie ein Zauberer, der Frösche statt Kaninchen aus dem Hut zaubert.

Sie beachteten Nina sowieso nicht, sondern wetteiferten um die Aufmerksamkeit ihres Vaters. »Papa, Papa, Papa.«

Sie weckten das Baby auf – »Uaaah, uaaah, uaaaah«. Nina ging in Freyas winziges Zimmer und wiegte sie wieder in den Schlaf. Sie bekam Zähne, die linke Gesichtshälfte war dunkelrot wie ein vergifteter Apfel.

Als sie wieder nach unten kam, hatte Joe Chicken Fajitas gemacht und Nelly Furtado aufgelegt. Nina stellte die Anlage leiser. Sie zögerte, sich dazuzusetzen. Saul saß auf ihrem Stuhl und Tabitha hatte ihre Jeansjacke über Freyas Kindersitz geworfen. Die Küche war voll.

Es waren süße Kinder. Tabithas Haare waren frisch geschnitten und gesträhnt. Es stand ihr: Sie sah aus wie Gwyneth Paltrows flippigere kleine Schwester. Etwas neidisch beäugte Nina Tabithas gertenschlanke Figur in diesen albernen Jeans, die vom Auf-der-Straße-Schleifen schmutzig und zerfasert sind. Gottweiß, was sie alles ins Haus schleppte, Hundekacke und Zigarettenkippen. Joe drehte sich um. Ein Stück Hühnchen-Fajita hing ihm aus dem Mund. Sie entdeckte sofort das schlechte Gewissen in seinem Blick. Er sah aus wie ein Fuchs, der ein Kaninchen verspeist hat.

»Tut mir leid, Schatz, diese Vielfraße haben alles aufgefuttert.«

»Schon gut«, sagte Nina gereizt, und goß sich ein großes Glas Rotwein ein.

»Saul lernt Schlagzeug, stimmt's?«

Joe spielte den stolzen Vater, boxte ihn zum Spaß in die Rippen und verwuschelte ihm das Haar.

»Ja«, grinste der Junge.

Er braucht eine Zahnspange, dachte Nina, und was das wieder kosten wird. Saul schnappte sich zwei Messer und schlug einen Rhythmus auf dem Küchentisch.

»Das Baby ist gerade eingeschlafen«, blaffte Nina.

»Sorry.« Saul ließ die Messer sinken.

Bildete sie sich das ein oder sahen Saul und sein Vater sich an und verdrehten die Augen? Sie wurde allmählich paranoid.

»Ich, ähm, räum mal den Tisch ab.« Tabitha versuchte, nett zu sein. Trug sie Wimperntusche? »Wie geht's Freya?«

»Ach, gut, Tabitha, danke. Sie ist ein bißchen vergrätzt, weil sie Zähne bekommt, aber sonst geht's ihr echt prima. Sie redet – Mama dies und Papa das.«

Tabithas Miene verdüsterte sich. Mist, dachte Nina, sie ist dreizehn, sie ist natürlich sensibel, was für ein verfluchter Albtraum. Mir steht ein einwöchiger Eiertanz bevor.

Joe entkrampfte die Situation, indem er den CD-Spieler wieder lauter drehte und mit Tabitha tanzte. Er übertrieb seine Bewegungen à la John Travolta in *Pulp Fiction,* um sie zum Lachen zu bringen. »Hör auf, Papa.« Tabitha kicherte durch ihre Zahnspange. Plötzlich tanzten alle, Tabitha, Saul und Joe, tanzten wie die Vollspacken.

»Ich seh nur mal nach, ob wir auch alles eingepackt haben«, murmelte Nina und verließ mit ihrem Glas und der Flasche Rotwein das Zimmer. Mit ihr wollte niemand tanzen.

Das war vor zwei Stunden. Jetzt ist es Mitternacht, und sie liegen im Bett, Joe und Nina, Rücken an Rücken, wohlig wie Kleiderbügel. Nina spürt die Anfänge ihres Rotwein-Katers. Sie hat sich nicht mal die Mühe gemacht, die Zähne zu putzen. Alles, was sie tun muß, um es wiedergutzumachen, ist unter die Decke kriechen und seinen Penis in den Mund nehmen, die Zunge von der Spitze bis an die Wurzel gleiten lassen, doch sie kann sich einfach nicht aufraffen. Sie gibt sich geschlagen. Diese Runde hat Hils gewonnen.

Ich bin zu jung für diesen Mist. Ich bin fünfundzwanzig. Ich sollte ausgehen und mit Freunden E's einwerfen, die irgendwo zur Untermiete wohnen und in einem Alter sind, wo man noch Skateboard fährt. Er ist siebzehn Jahre älter als ich. Ich werd nie aufholen, und das will ich auch gar nicht. Wenn er ein Glatze kriegt und gaga wird, verlaß ich ihn.

Joe schläft ein. Sie hört, wie sein Atem sich verändert. Aus seinem linken Nasenloch kommt ein leichtes Pfeifen. Hätte sie eine Stricknadel, würde sie sie ihm in die Nase stechen, bis ins Gehirn. Das Auto hat sie angefressen. Wenn die blöde Hils soviel verdient, daß sie sich ein neues Auto leisten kann, soll sie sich gefälligst auch am Schulgeld beteiligen. Tabitha und Saul besuchen eine Schule in Hampstead. Achtzehntausend im Jahr, na vielen Dank auch. Man stelle sich nur mal vor, wie viele Schuhe man sich für achtzehntausend kaufen kann. Nina träumt von einem ganzen Schrank Jimmy-Choo-fick-mich-Schuhe mit Pfennigabsätzen und butterweiche Gina-Wildlederstiefel. Als sie endlich einschläft, träumt sie, daß Hils den silbernen Chrysler zu Schrott gefahren hat und überall auf der Straße Zähne und Schuhe verstreut liegen.

Am nächsten Morgen hat sie ein so schlechtes Gewissen, daß sie versucht, zum Frühstück Pfannkuchen zu machen. Leider vertut sie sich mit den Mengen: Klebstoff zu braten wäre einfacher. Schließlich nehmen Tabitha und Saul ihre Frühstücksflocken mit ins Wohnzimmer, das nach Teenagerfüßen und Fürzen stinkt, und sehen in ihren Kukucksnestschlafsäcken fern. »Nicht so schlimm«, sagt Tabitha, »Mama kann auch nicht kochen.«

»Nein«, fügt Saul hinzu, »aber Pfannkuchen kann sogar sie.«

Der Flug geht erst um halb drei, sie haben noch ewig Zeit. Joe schreibt ein paar Rechnungen. Die letzten zwei Jahre waren nicht gerade üppig. Joe schiebt es auf den 11. September, aber Nina sieht da keinen Zusammenhang. Sie haben sich bei der Arbeit kennengelernt. Nina war bei einem seiner Shootings Stylistin. Sie kennt alle Tricks. Sie weiß, daß man einen Tampon in kochendes Wasser hält und unter einen Teller Spaghetti legt, damit er appetitlich dampft.

Nina stopft sich einen Pfannkuchen in den Hals und versucht Freya zu überlisten, indem sie einen anderen mit Marmelade bestreicht. Freya reagiert, als zwinge Nina sie, Zyanid zu essen. Nina kocht ihr ein Ei.

»Oh, kann ich auch eins?« fragt Saul.

»Nein«, blafft Nina. »Ich bin nicht dein Dienstmädchen.«

Freya ißt kein Ei, sie ißt keinen Toast, sie will keinen Joghurt, keine Ecke Schmelzkäse, sie will weder eine Reiswaffel noch einen leckeren Apfel oder Rosinen. Sie sitzt in ihrem Stuhl und zupft sich am linken Ohr. Ihre glänzenden eichhörnchen-braunen Augen sind heute matt. Nina löffelt Calpol in den Mund des Kindes. Sie kippt es in die linke Seite und sieht es auf der rechten wieder herauströpfeln. Saul schnappt sich Ei, Toast, Joghurt, Käsedreieck, Reiswaffel, Apfel und Rosinen und spielt Müllschlucker. Zum ersten Mal an diesem Morgen lacht Freya.

Nina dreht ihr den Rücken zu. Das Nurofen ist alle, und sie hat rasende Kopfschmerzen. Verstohlen setzt sie die Capol-Flasche an und trinkt sie aus.

21

Verschüttete Coco Pops, vergossene Tränen

Guy packt. Alice steht auf der Treppe und schreit ihre Söhne an: »Max, Sam, ich will, daß ihr alles, was ihr glaubt zu brauchen, in eure Rucksäcke packt – und zwar sofort!«

Max und Sam sitzen vor dem Fernseher. Sam will den Fernseher in seinen Rucksack packen. Sie sehen einen japanischen Zeichentrickfilm. Sam, der auf dem Fußboden hockt, erinnert mit seinen roten Haaren und neun Jahren selbst an eine Manga-Figur. Der drei Jahre ältere Max flezt auf dem Sofa, als gehörte es ihm. Seine riesige Jeans ist mit einer Metallkette um den dürren Körper geschlungen. Er hat sein Skateboard in einen schwarzen Müllsack gewickelt. Er ist fertig mit Packen.

Guy rollt seine schwarzen und grauen Muji-T-Shirts zu Würsten und stopft die neuen Birkenstocks in eine freie Ecke der Leinentasche. Er weiß nicht recht, wie er diese Sandalen finden soll, ein bißchen lesbisch vielleicht. Naja, zur Not kann Alice sie tragen. Für eine Frau hat sie riesige Füße. Peanut trägt eine niedliche Größe 36. Das weiß er sicher – letzte Woche hat er ihr ein Paar violette Satin-Manolo-Blahníks gekauft.

Alice donnert mit einem rosa Handtuch fest unter die Achseln geklemmt durchs Haus. Sie hat gerade gebadet – das Wasser war zu heiß, und jetzt schwitzt sie. Sie stampft ins Badezimmer und zieht ungeduldig einen Schlüpfer an. Karottenrote Schamhaare sprießen an allen Seiten heraus. »Verdammt und zugenäht, ich hab vergessen, mich zu rasieren«, flucht sie. Alice flucht selten, sie betrachtet es als Zeichen eines begrenzten Wortschatzes.

Guy betrachtet seine Frau: Rasieren sich die meisten Frauen da unten nicht? Peanut jedenfalls. Peanut hat ein niedliches dunkles Dreieck, appetitlich wie Kaviar. Die süße Peanut, oben blond und unten Schokolade.

Guy legt seinen schwarzen Nylonkulturbeutel ordentlich neben die in Zellophan verpackten »guten Hemden«. Wenn er das nächste Mal packt, dann um seine Frau für immer zu verlassen. Alice hat ihm diesen Kulturbeutel letztes Jahr gekauft, als ihm ein eingewachsener Zehennagel entfernt worden war und sich entzündete. Zwei Tage im Krankenhaus, damals, in einem anderen Leben, bevor er Peanut begegnet ist. Er könnte wirklich einen neuen aus Leder gebrauchen.

Alice trägt einen großen Schlüpfer mit Riß in der schmuddeligen Spitzenborte. Sie zieht den BH von gestern über den Kopf und zwängt die Arme durch die vorgesehenen Löcher. Sie sieht aus wie ein rosa Schweinchen, gefangen in einem elastischen Zaun. Die Narbe von Sams Notkaiserschnitt erinnert ihn daran, daß das zappelnde Schwein die Mutter seiner Kinder ist, und plötzlich hat er fast so etwas wie ein schlechtes Gewissen.

Fünfzehn Ehejahre. Alice hat auf dem ganzen Rücken Sommersprossen und zwei Narben von herausgeschnittenen häßlichen Leberflecken. Nichts Bösartiges, aber sie ist trotzdem vorsichtig mit Sonne und cremt sich mit Faktor dreißig ein. Das Urlaubsmantra: »Sam, wenn du dich nicht eincremst, kannst du gleich wieder reingehen.« Sam hat die

Haut einer Aristokratin des neunzehnten Jahrhunderts, weiß wie Melamin. Max dagegen ist wie sein Vater, geradezu honigfarben im Vergleich zu dem Quallenblau seiner Frau und seines jüngsten Sohnes.

Alice hat einen großen Bluterguß an der Rückseite ihres Beines. Ihre Waden sind so dick wie Peanuts Oberschenkel. Sie kämpft mit dem Reißverschluß einer Army-Hose, die ihren Schwabbelbauch einschnürt. Wenn sie sich bückt, zeichnet sich ihr Schlüpfer ab.

Guys Tasche ist zu. Alice legt Strandtücher zusammen, uralte, ausgefranste, verfilzte Lappen.

»Die brauchen wir nicht, Alice. Im Prospekt steht: ›Strandtücher vorhanden‹.«

»Gottseidank«, sagt Alice. Unter den Achseln ihres Khaki-T-Shirts bilden sich grapefruitgroße Schweißflecken.

Warum kleidet meine Frau sich wie für einen Kampfeinsatz? grübelt Guy.

Er prüft den Inhalt seines Mulberry-Koffers aus Krokodillederimitat: Reiseunterlagen, Tickets, Pässe, Führerschein, ein neuer Jake Arnott, Euros im Wert von ein paar hundert Pfund und eine Packung Migralieve. Soll er Kondome einstecken? Nein, im Moment schläft er nicht mit Alice. Es scheint ihr nichts auszumachen, sie hat sich noch nie viel daraus gemacht. Alice war immer eher ergeben als begeistert, ein Missionarsstellung-Mädchen. Peanut dagegen ... Guys Magen knurrt. Er ist nicht hungrig, er vermißt Peanut. Es ist Samstag. Seit Mittwoch hat er sie nicht gesehen.

Immerhin hat er sie gestern endlich erreicht. Sie war krank gewesen. »Irgendein Virus«, murmelte sie schwach. Er wollte sie besuchen kommen, mit dem Taxi in der Mittagspause nach Kilburn fahren, doch sie sagte, sie sei bei ihrer Mutter in Crawley. Guy wußte nicht, daß sie aus Crawley stammte – die Art Ort, über den die Leute Witze reißen. Peanut paßt eher nach Camden oder Notting Hill.

»Ich fahr heute Abend nach Hause«, erzählte sie und dann war ihr Akku leer. Er hinterließ einige Nachrichten auf ihrem Anrufbeantworter, doch entweder war sie erst sehr spät heimgekommen oder war doch noch eine Nacht bei ihrer Mutter geblieben.

Alice wirft Einwegrasierer und Fotofilme in ihre überquellende Korbstrandtasche, ein Souvenir aus Korsika – oder war es Sardinien? Guy kann sich nicht erinnern. Er weiß nur, daß dies der letzte Urlaub mit seiner Familie sein wird. Er versucht, sich an die Zeit vor den Kindern zu erinnern – wo sind sie damals hingefahren?

Meist nach Griechenland. Einmal war Alice auf eines dieser stacheligen Dinger getreten, und er hatte auf ihren Fuß gepinkelt, damit er sich nicht entzündete. Ein anderes Mal bekam Alice einen Hitzschlag. Oder sie verbrannte sich ihr Bein am Auspuff des Mopeds, eine nässende, offene Wunde, die erst Monate später heilte. Kein Wunder, daß die Frau Army-Hosen trug – für Alice war das Leben ein stetiger Kampf. In der Vergangenheit hatte sie bei Notfällen stoisch Ruhe bewahrt, mittlerweile schien das Leben sie zu zermürben, in ihren Adern brodelte Hysterie. Der Kontrollfreak verlor die Kontrolle.

»Bitte, Guy«, sagt sie gerade, »geh und sag den Jungs, daß sie sich beeilen sollen. Ich weiß genau, daß Max sich noch nicht die Zähne geputzt hat, und sorg dafür, daß sie genug Bücher mitnehmen.« Alice ist eine Leseratte. Literatur ist für Alice das, was Insulin für Diabetiker ist. Sie würde eher einen Zug verpassen, als ohne ein Buch einzusteigen. Daß sie nie Zeit hat, ein Kapitel zu Ende zu lesen, tut nichts zur Sache. Laut Alice lesen nur sehr dumme Menschen nicht.

Es war einmal, da arbeitete Alice im Verlagswesen, doch als Max kam, arbeitete sie nur noch halbtags, und dann mit Sam wurde es schwierig, und sowieso verdiente Guy inzwischen genug, geradezu obszön viel, wenn man bedenkt, was er macht. Alice seufzt. Ihr Mann hat Erfolg, dennoch ist sie eigentlich enttäuscht von ihm. Es war einmal, nach dem Tod seiner Eltern, als sein Herz an einem seidenen Faden hing und sie ihn langsam wieder aufpäppelte, da hatte sie ihn ermutigt, sein Innerstes auf dem Papier nach Außen zu kehren. Er hatte Potential, er war jung, er war zornig und verletzt, er war all das, was man von einem jungen Romanautor erwartete. Sie hatte seine zerfledderten Manuskripte abgetippt und wenn nötig Kommas eingefügt. Sie hatte Beziehungen, sie war bereit zu helfen. Doch er hatte sein Talent vergeudet. Nachdem Guys erstes Buch (über einen Mann, der seine Freundin verlor, seine Eltern und das Gefühl in den Beinen) von jedem Verlag, für den Alice je gearbeitet hatte, abgelehnt worden war, gab er auf, beschloß, er brauche keine Berufung, sondern einen Beruf. Ein Jammer. Alice wäre lieber arm und mit einem Schriftsteller verheiratet als …

Im Grunde verachtet Alice Guys Job. Denn was tut er schon? Er verdient seinen Lebensunterhalt mit Lügen. Guy sorgt dafür, daß man Sachen kauft, die man eigentlich gar nicht haben will. Glänzende Autos, die schneller sind als gesetzlich erlaubt, Darmkrebs-vorbeugende Frühstücksflocken und magische Shampoos, die aus Stroh Seide zaubern. In Guys Welt kann Joghurt sprechen, Frauen tanzen bei der Hausarbeit Salsa, und selbst Studenten mit Dosensuppen-Einkommen besitzen Smeg-Kühlschränke. Guy ist gut – sein Gehalt beweist es.

Es reicht für Turnschuhe und PlayStations und Autos

und Frühstücksflocken und Bier. Nicht, daß Alice extravagant wäre. Im Gegenteil, sie hat eine krankhafte Angst vor Schulden. Ihre Schuhe läßt sie flicken, aus Hühnerknochen kocht sie Suppe. Alice ist anspruchslos und stolz darauf. Stolz darauf, daß sie noch nie bei der Kosmetik oder Maniküre war. Ihr Gesicht wäscht Alice mit Wasser und Seife. Ihre Nägel kaut sie ab. Alice hat keine Zeit für Eitelkeiten, doch als sie zufällig ihr Spiegelbild erblickt, wird ihr klar, daß sie ihren Pony gestern Abend nicht mit der Nagelschere hätte attackieren sollen – sie sieht etwas debil aus.

Guy trägt seine Tasche nach unten. Die Schloßkombination ist leicht zu merken: 3: ihre Hausnummer, 9: Sams Alter, 1: am 1. Januar wurde Guy geboren, 4: sie alle vier. Nicht mehr lange.

Der Flur müßte mal wieder gestrichen werden. An der Wand neben dem Schrank unter der Treppe, wo sie die Jungs immer messen, sind Bleistiftmarkierungen. Guy realisiert, daß er in sechs Monaten vierzig wird und nicht hier sein wird, um das zu feiern, nicht in diesem Haus, was irgendwie auch schade ist. Er wird vermissen, wie die Jungs auf sein Bett hüpfen, um ihm zu gratulieren, die Krawatten und Taschentücher, die sie ihm schenken und die er nie benutzt, weil Alice sie bei Peter Jones kauft. Was er nicht vermissen wird, ist Alices knochentrockener Mokka-Walnuß-Kuchen und ihr resigniertes abendliches Beinebreitmachen, als täte sie ihm einen Riesengeburtstagsgefallen. Nein, er wird einen Schokoladenkuchen bei der Patisserie Valerie holen und ihn über Peanuts Titten streichen und dann wird er …

»Erde an Guy, bitte kommen, Guy.«

Guy reißt sich aus einem Tagtraum von Latex und

Schlagsahne und einer um Analsex bettelnden Peanut. Wieder im Papa-Modus bellt er: »Los, ihr Rotzlöffel, Fernseher aus, eure Mutter rastet gleich aus, also ab nach oben, in zehn Minuten fahren wir los, und wir kehren nicht noch mal um, wenn ihr was vergessen habt.«

Plötzlich erinnert er sich, wie seine Schwester seinen Vater mal dazu gebracht hat, wegen eines Schminkkoffers umzudrehen, als sie zum Lake District unterwegs waren. Der knallrote Hals seines Vaters, als er mitten auf der Straße wendete. »Nanana, Bernhard« – die Stimme seiner Mutter. Sie wären bestimmt gern Großeltern gewesen. Sie wären so stolz gewesen. Naja, wenigstens erleben sie nicht mehr, wie er alles versaut.

Aus Sams Rucksack quellen Legos. Sonst ist nichts darin. Max' Rucksack hängt schlaff am Treppenpfosten.

»Herrgott, Max« – Max flezt noch immer auf dem Sofa, oben ohne wie ein Gummiskelett –, »du bist noch nicht mal richtig angezogen. Zieh dir was an, pack deinen Rucksack und putz dir die Zähne.«

»Ich nehm nur das Skateboard mit«, murmelt sein Sohn, ohne den Blick vom Fernseher abzuwenden.

Guy entdeckt den Müllsack. »O nein, das tust du nicht. Hier kannst du dir meinetwegen den Schädel brechen, aber den Urlaub versaust du uns nicht.« Gott, du bist so ein Heuchler, flüstert Guys Gewissen. Wer versaut hier was, wer hat denn vor, Frau und Kinder sitzenzulassen?

»Ich scheiß sowieso auf diesen behinderten Urlaub«, mault Max, doch er meint es nicht so (er hat gehört, daß die Frauen in Italien oben ohne herumlaufen) und zwängt sich in ein muffiges Nirvana-T-Shirt.

Sam will Kuh mitnehmen. Kuh ist ein Stoffhund, doch weil er weiß mit schwarzen Flecken ist, hat Sam, als er klein war, darauf bestanden, daß er eine Kuh ist. Kuh ist inzwischen kahl und grau. Guy findet, daß Sam zu groß dafür ist. Sam findet seinen Vater doof – aus Schuhen und Hosen kann man herauswachsen, aber doch nicht aus einem Stofftier. Kuh kommt mit, das Skateboard nicht.

»Scheiße, das ist nicht fair«, bellt Max, der gerade fluchen, Türenschlagen und Die-Treppe-hoch-Stampfen gelernt hat.

»Herrgott Max«, ruft Alice, »was ist nur mit dir los?«

Plötzlich kommt Alice die Treppe runter gepoltert, schnappt sich Max' Rucksack und schaufelt Gameboys und Philip-Pullman-Bücher hinein. »Stifte, nehmt Stifte mit«, zwitschert sie und krabbelt einer plötzlichen Eingebung folgend unter das Sofa, holt das Scrabblespiel und stopft es in die Tasche. Dabei fallen ein X, ein A und ein V heraus.

Alice wirbelt herum und fällt rückwärts über Sams Frühstücksflocken. Die braune Coco-Pops-Milch kippt um. Alice ist es so heiß, daß ihre Brille von der Nase gerutscht ist und jetzt von einem Ohr baumelt. Mit Kontaktlinsen sieht sie besser aus, denkt Guy, bevor er in die Küche läuft, um einen Lappen zu holen. Als er zurückkommt, hockt Alice auf dem besudelten Teppich und weint. Sie sieht zu ihm auf, schmutzig und glänzend wie ein mit Honig glasierter Schinken.

»Tut mir leid, Schatz, ich bin wirklich urlaubsreif.«

Guy kniet sich neben sie und versucht, ihr den Arm um die Schultern zu legen, doch es fühlt sich falsch an, wie ein Lehrer, der einen Schüler tröstet. Es ist zu intim. Daher klopft er ihr auf den Rücken, wobei er die Wülste spürt, wo der BH ins Fleisch schneidet, und sagt: »Schon gut, nicht so schlimm.«

Du Schwein, zischt die Stimme in seinem Kopf.

22

Sind wir bald da?

Lydia Sinclair unterdrückt ein Gähnen. Wenigstens hat sie die neue Palazzo-Meute im Bus, ohne daß jemand verloren gegangen ist oder wegen vermißten Gepäcks rumgezickt hat. Bisher ist die Fahrt vom Flughafen ziemlich ereignislos verlaufen, bis auf eine schnelle Pinkelpause für einen pummeligen Jungen und seinen Vater.

Lydia sehnt sich nach einem Wodka Tonic. Der Job ist okay, bis auf die Leute. Früher war sie Kindergärtnerin, doch sie hatte die Nase voll von heulenden Kindern, die ins Spielhaus kackten.

Die Kunst einer guten Reiseleiterin besteht darin, sich unsichtbar zu machen. Die meiste Zeit im Palazzo verbringt Lydia damit, sich vor den Kunden im Gebüsch zu verstecken. Die wollen sich sowieso nur über zu heißes Wetter oder fehlende Teelöffel beschweren. Die Typen, die mit Laptops anreisen, sind die schlimmsten: Geschäftsleute, die den Eindruck erwecken wollen, sie seien zu wichtig, um Urlaub machen zu können. Genau die sind es, die unweigerlich die Pässe der ganzen Familie und die Rückflugtickets verlegen.

Es ist Lydias zweite Saison im Palazzo, und die Erfahrung hat sie gelehrt, daß der erste Eindruck nicht täuscht. Unter den Neuankömmlingen ist demnach ein potentieller Wichser, eine Frau mit falschen Titten, eine vornehme Familie mit edlen Koffern (Louis Vuitton), zwei häßliche Zwillingsbabys, ein plärrendes Kleinkind, zwei gutaussehende ältere Typen, ein Kind, das nicht ganz richtig tickt, eine Handvoll Teenager, ein Mädchen, das nicht viel älter ist als sie selbst, und eine alte Zicke.

Lydia schiebt ihren strohblonden Bob hinter die Ohren und knabbert verstohlen an einem Brötchen mit Käse und Tomate. Denn obwohl im Prospekt neunzig Minuten steht, dauert die Fahrt nie unter zwei Stunden. Nach der anfänglichen Aufregung in Neapel hat sich die Gruppe beruhigt, und an Bord macht sich miese Stimmung breit.

Lydia tut, als hätte sie Papierkram zu erledigen. Überflüssig, aus dem Fester zu schauen, sie hat alles schon gesehen. Weinreben und Olivenbäume, Weinreben und Olivenbäume, o sieh mal da, ein Bauernhof! Und wenn schon. Sie vermißt Sheffield, sie vermißt Marks and Spencer und anständiges Curry, und während ein himmelblauer Tag in den nächsten übergeht, sehnt sie sich nach einem richtigen nordischen Regen.

Auf dem Rücksitz schmeißt das Kleinkind sein Fläschchen zum sechzehnten Mal auf den Boden. »Nicht, Freya.«

Ich hab die Nase voll von diesem blöden Bus, denkt Nina, und bückt sich, um den Saft ihrer Tochter aufzuheben. Ihr linker Knöchel tut immer noch weh. Sie hat es geschafft, beim Aussteigen aus dem Gatwick Express über Freyas Buggy zu stolpern, und Blut quillt durch das Pflaster. Der heutige Tag dauert schon viel zu lange. Am liebsten wäre ihr, jemand würde sie bewußtlos schlagen und sie würde erst am Strand wieder aufwachen, und zwar allein.

Freyas Jungfernflug war kein Spaziergang. Als erstes hat

sie Nina gleich am Flughafen vollgekotzt. Irgendwie schaffte es die winzige Freya, soviel Erbrochenes zu produzieren wie ein ausgewachsener Mann nach fünfzehn Bier und einem Lamm Pasanda.

Nina versuchte, das Erbrochene in der Damentoilette aus ihren Kleidern zu waschen und – nachdem sie sich bis auf den Schlüpfer ausgezogen hatte – diese unter dem Händetrockner zu trocknen. Als das nicht funktionierte, hatte Joe angeboten, ihr neue Sachen zu kaufen. Leider war Next wegen Umbau geschlossen, und ihr war nur ein Sportgeschäft namens Hargreaves geblieben. Als sie in einem marineblauen Nylon-Trainingsanzug aus dem Laden kam, sah Nina aus wie eine Teilnehmerin an einem Sporty-Spice-Doppelgängerwettbewerb.

Seit sechs Stunden befinden sich ihre vollgekotzten Sachen jetzt schon in einer Plastiktüte auf ihrem Schoß, und immer wieder hört sie jemanden murmeln: »Irgendwie riecht es hier nach Erbrochenem.«

Und als sei das nicht genug, hat sie Hils' Buch bei WH Smith in Gatwick liegen sehen – es gab tatsächlich Leute, die das verdammte Ding kauften. Allein im Flugzeug zählte sie drei, die es lasen, und in der Mitte des Busses war eine Frau mittleren Alters mit krausem Haar seit einer Stunde darin vertieft.

Alice leckt ihren Finger an, um eine Seite umzublättern. Normalerweise kauft sie keine Frauenromane, ihr graut vor Büchern über dünne Frauen mit Pfennigabsätzen, die über nichts anderes reden als Männer, doch dieses *Tagebuch einer Geschiedenen* liest sich wirklich gut.

Leider wird es jetzt zu dunkel zum Lesen, und wenn sie das Licht über ihrem Kopf anschaltet, weckt sie Sam. Sam, die Schlafmütze. Sein weinbrandroter Kopf liegt schwer in ihrem Schoß. Vorhin hatte er wegen eines verloren geglaubten Legosteins ein ziemliches Theater veranstaltet und mitten im Gang seinen Rucksack ausgekippt.

Guy hatte überreagiert. »Räum das sofort wieder ein, Sam«, hatte er mit furchteinflößender Stimme gesagt, worauf Sam verständlicherweise anfing, hysterisch zu schluchzen.

Guy ist zu ungeduldig. Auch sie hatte er angeblafft, als sie dachte, sie hätte das Scrabble verloren. »Aber ich weiß, daß ich es eingepackt habe.«

»Setz dich einfach hin, Alice.«

Schließlich war ihr eingefallen, daß es in Max' Tasche war. Sie braucht Erholung. Alles wächst ihr über den Kopf. Na, nun sind sie ja da ... fast. Alice denkt an ihren Urlaub. Jeden Morgen wird sie schwimmen gehen, bevor die anderen aufstehen. Zwanzig Minuten Brust und Rücken, und dann wird sie wahrscheinlich zur *Panetteria* im Ort schlendern. Landestypisches Brot von einer freundlichen Bäuerin kaufen, die kein Wort Englisch spricht, sie aber jeden Morgen mit zahnlosem Grinsen begrüßt.

Und selbst wenn es englische Zeitungen gibt (Alice hofft aufrichtig, daß nicht), wird sie ganz bestimmt keine kaufen, nicht mal den *Guardian.* Die Welt und ihre Kriege können warten – sie macht mit ihrer Familie Urlaub, und das wird ein Heidenspaß werden. Sie legt das Buch zur Seite und blickt sich im Bus um. Es gibt sogar andere Kinder, mit denen die Jungs spielen können, der pummelige Knabe und seine Schwester sehen nett aus, obwohl das junge Mädchen neben ihrem Vater nicht ihre Mutter sein kann, es sei denn, sie ist mit zwölf schwanger geworden.

Wenn sie es sich recht überlegt, sollte sie die Jungs nicht

ermutigen, Kontakte zu knüpfen. Man weiß nie, an wen sie geraten könnten.

Aber das kleine Mädchen ist süß. Freya heißt sie. Schöner Name. Unerklärlicherweise füllen sich Alices Augen mit Tränen.

Auf der anderen Seite des Ganges sitzt Guy neben Max und schweigt mit zusammengebissenen Zähnen. Sams hysterischer Anfall war demütigend. Er ist neun Jahre alt, um Himmels Willen! Als Guy neun war, spielte er draußen auf der Straße im Dunkeln Fußball, ging erst nach Hause, wenn er hungrig war, trieb sich auf der verbotenen Baustelle herum, wo neue Häuser gebaut wurden, er und Jimmy Atkins, und sie rauchten Zigaretten-Kippen.

Sam ist verhätschelt. Mädchen dürfen sich vielleicht so aufführen, aber Sam ist ein Junge. Alice bestärkt ihn, schneidet ihm das Essen klein, näht Kuhs Hinterbein wieder an, tat noch im letzten Jahr so, als gäbe es so etwas wie den Weihnachtsmann. Die Situation gerät außer Kontrolle. Guy fragt sich, ob sein Sohn ein richtiger Junge wird, wenn er die Familie verläßt, oder ob Alice sich noch mehr an ihren Jüngsten klammern und ihn zu einem zurückgebliebenen Eunuchen machen wird? Schon jetzt braucht er nur zu niesen, damit sie ihm eine Entschuldigung schreibt. »Er hat eine schwache Lunge, Guy, und ich will nicht, daß er Antibiotika nimmt.«

So ein Quatsch. Das einzig Ungesunde an diesem Kind ist die Beziehung zu seiner Mutter. Max hatte den Anfall seines Bruders ignoriert, doch sein Nacken lief knallrot an. Er wußte, und Guy wußte, daß alle sie anstarrten, und alle anderen Eltern dachten, er sei psychisch gestört, vielleicht autistisch? Wie traurig.

Ich frag mich, ob der rothaarige Junge dieses komische Syndrom hat, denkt Tabitha, wie Kelly Hamblings Bruder. Und sie ist froh, daß Saul ihr Bruder ist, obwohl er alle Weingummis aufgegessen hat, die Hils ihnen eingepackt hat.

»Ich bin am Verhungern«, stöhnt Saul. Saul ist immer am Verhungern. Essen ist für ihn das Schönste auf der ganzen weiten Welt. Selbst auf Opas Beerdigung, wo er ganz ernst und erwachsen tun mußte, hatte das Buffet den bleibendsten Eindruck hinterlassen. Bei der Erinnerung läuft Saul das Wasser im Mund zusammen. Was für ein Festmahl, besser als Weihnachten, weil man sich selbst bedienen konnte. Pochierter Lachs, Schinken, Hühnerbeine, Reissalat, Nudelsalat, Blätterteigpasteten … Auf der Rückfahrt im Zug hatte er gesagt: »Wow, was für ein Käsekuchen!« und Tabitha hatte ihn gehauen, doch seine Mama hatte gelacht, solange gelacht, bis sie weinte. Er wird Frauen nie verstehen.

Er und sein Papa sind jetzt zahlenmäßig unterlegen. Bevor seine Eltern sich getrennt hatten, war es ausgewogener, seine Mama und Tabitha, er und Joe. Vier ist eine gute Zahl. Sie läßt sich sauber durch zwei teilen. Er und sein Papa gucken *Die dunkle Bedrohung,* Tabitha und Mama gehen zu Claire's Accessoires. Dann gab es noch die Großeltern, zwei auf jeder Seite, Omama und Opapa und Oma und Opa, wieder vier, eine gute Anzahl, um Cluedo oder Monopoly zu spielen.

Jetzt ist alles durcheinander und verstreut und Teile fehlen. Da sind seine Mama Hils und deren Mama Brenda, die früher Ehemänner hatten, die bei ihnen wohnten, und jetzt nicht mehr, weil Mama geschieden ist und Oma Witwe. Sie sind jetzt auf sich gestellt, und Oma kann nicht einfach mal vorbeikommen, weil sie in einer Stadt namens Norfuck wohnt, was komisch klingt, und außerdem kann sie nicht Auto fahren – Opa ist immer gefahren, weil er »dieser Frau« angeblich nicht traute.

Dann ist da noch Nina, die jetzt mit Papa zusammenwohnt, und Ninas Mama, die eigentlich nicht zur Familie gehört, die nicht mal eine Tante ist, und seine kleine Halbschwester. Saul mag Freya, aber es wäre besser, wenn sie ein Junge wäre. Das mit der Halbschwester kapiert er nicht – es klingt, als hätte sie keine Beine.

Nina ist in Ordnung, aber sie ist ein bißchen wie die Referendare, die zur Schule kommen, um zu lernen, wie man ein richtiger Lehrer wird, und Kopfschmerzen kriegen, weil niemand zuhört. Sie bemühen sich und fressen heimlich Paracetamol und sehen aus, als würden sie gleich anfangen zu heulen (»wenn jetzt nicht Ruhe ist«). Was heißt, daß man gar nicht ruhig sein kann, denn obwohl sie einem leid tun, wenn ihre Stimmen sich überschlagen, will man doch, daß sie die Nerven verlieren und anfangen zu heulen und sich in die Hose machen.

Freya macht sich auch in die Hose, aber das ist okay, weil sie ein Baby ist, und einmal hat sich Tabitha in die Hose gemacht, weil sie die Maria im Krippenspiel sein sollte. Sie war erst sechs und war so aufgeregt, daß sie auf der Bühne Pipi machte und der Saum ihres Kleides ganz dunkel wurde.

Saul lacht.

»Was ist so lustig?«

»Daß du dir in die Hose gemacht hast, als du die Jungfrau Maria warst.« Bei dem Wort »Jungfrau« muß Saul noch mehr lachen, und Tabitha haut ihm mit ihrer Bürste auf den Kopf.

Was machen sie jetzt schon wieder? Warum können sie nicht einfach stillsitzen? Wenn sie rumtoben, wird Freya ganz aufgeregt und windet sich wie ein Welpe, der Würmer hat. Nina wünscht sich, Joe würde mit ihnen schimpfen, aber er hat seinen »Blick-in-die-Ferne« aufgesetzt. Diese Masche macht sie wahnsinnig. In Ninas Klasse war ein Mädchen, das Epilepsie hatte. Die schaltete ab und zu einfach ab, genau wie Joe jetzt.

»Joe, Joe?«

Er hört nichts. Joe denkt nach. Eine der Frauen im Bus kommt ihm bekannt vor, die mit den dicken Titten, die neben einem Typen sitzt, der ihr ständig in die Brust kneift, die ihm am nächsten ist, als würde er hupen. Wer zum Teufel ist das?

Joe schließt die Augen. Manchmal ist er so müde. Er ist zweiundvierzig, und alles geht wieder von vorn los, Buggies und Blähungen. Er kommt sich vor wie ein Chamäleon, das seine Häute wechselt und dabei ganz durcheinander kommt. Wer ist er? Ninas Partner, Hils' Ex, Marjories und Jims Sohn und Vater dreier Kinder? Joe hat Gewissensbisse, als er an seine Eltern denkt. Sie haben ihm nicht verziehen, daß er Hils verlassen hat. Nicht, daß sie Nina nicht mögen, aber sie sind ihr gegenüber abweisend, herablassend geradezu.

Joes Eltern finden Nina weder so clever noch so lustig wie Hils. Sie scheinen enttäuscht von Joe zu sein, weil er ein Klischee lebt, weil er seine Frau für ein Püppchen verlassen hat. »Püppchen?« Um Himmels Willen, niemand sagt heutzutage noch Püppchen. Jedenfalls ist Nina kein Püppchen.

Sie ist vielleicht siebzehn Jahre jünger als er, aber sie ist kein einfältiges Kind, obwohl sie sich manchmal so benimmt. Deshalb mußte er am Flughafen versehentlich absichtlich seine Zeitung verlieren. Ninas Laune ist auch so schon schlecht genug, ohne daß sie die glühende Besprechung vom *Tagebuch einer Geschiedenen* im *Independant* gesehen hat. Seine Mutter wird den Artikel zweifellos ausgeschnitten haben. Sie wird ihn wunderbar finden und der Bequemlichkeit halber übersehen, daß es sich um eine kaum verhüllte Autopsie der gescheiterten Ehe ihres Goldjungen handelt. Er kann förmlich hören, wie sie bei ihrem Freitagskaffeekränzchen damit angibt: »Die erste Frau meines Sohnes, wißt ihr, die Schriftstellerin.« Derweil darf er nicht vergessen, sie anzurufen, um sie daran zu erinnern, Nina eine Geburtstagskarte zu schicken.

Hils besucht seine Eltern immer noch. Sie fährt mit Tabitha und Saul mit dem Zug in den Norden. Joes Vater macht Fotos von seiner Ex-Schwiegertochter und seinen Enkelkindern und klebt sie ins Familienalbum. Joe ist der einzige, der darauf fehlt, dabei ist er ihr Sohn.

Gelegentlich tritt er selbst mit Nina und Freya die Reise über die M6 an, doch seine Eltern reden dann nur von Tabitha und Saul. Sie scheinen sich nicht sonderlich für Freya zu interessieren, die sich ihrerseits wiederum auch nicht besonders für sie zu interessieren scheint. Da stimmt doch was nicht.

Joe hat das Gefühl, mit seiner Exfrau um die Zuneigung seiner Eltern zu konkurrieren. Lächerlich.

In seiner neuen Wohnung waren sie nur ein einziges Mal, gleich nach Freyas Geburt, als Nina noch im Krankenhaus war. Joe wollte ihren Segen für seine neue Bleibe mit dem glänzenden Holzfußboden und der offenen Wohnküche. »Ganz anders als dein altes Haus«, war der einzige Kommentar seiner Mutter. »Darum geht es ja«, wollte er fauchen.

Das viktorianische Reihenhaus mit dunkelroten Wänden und Nippes lag hinter ihm. Das vollgestellte Kaminsims, Nut und Feder und die altmodische Badewanne, die fette Katze auf dem Flohmarkt-Sofa war früher. Er wollte klare Linien, weiße Farbe und rostfreien Stahl.

»Ich denke, du solltest die Heizung anmachen«, fügte sein Vater hinzu, »wenn du nicht willst, daß deine Mutter ihren Mantel anbehält.«

Sie hatten Tomaten aus dem Treibhaus seines Vaters mitgebracht, doch Joe hatte Sushi bestellt. »Was ist das kleine Schwarze?« wollte seine Mutter wissen.

»Aal«, erwiderte Joe, worauf sie ihre Stäbchen beiseite legte.

Am nächsten Morgen stand seine Mutter früh auf und briet die Tomaten für das Frühstück seines Vaters, und sein Designerloft roch wie ihr Derbyshire-Bungalow, was ihn verwirrte.

Hils gab sich Mühe mit Freya. Sie hatte Tabitha und Saul ein Geschenk ins Krankenhaus mitgegeben, ein kleiner Stoffhase mit todtraurigen Augen. Hase ist Freyas Lieblingsspielzeug. So sehr Nina auch versucht, ihr flauschige rosa Pudel mit flotten Schleifchen im Haar anzudrehen, Freya bleibt bei dem braunen Hasen.

Wie machen es andere Männer? Manche fangen immer wieder von vorn an, gründen neue Familien, bis sie weit über sechzig sind, und verwandeln Stammbäume in komplizierte Netze: Halbbrüder, Stiefschwestern, verlorene Nichten, Cousinen aus dritter Ehe. Woher nehmen sie die Zeit und die Kraft? Wie schaffen sie es, an alle Geburtstage zu denken. Alles ist so kompliziert. Wenn die Menschen wüßten, wie anstrengend es ist, sich scheiden zu lassen, wie viele würden es dann noch tun?

»Joe, Joe.« Ninas Stimme summt wie eine Mücke in seinem Ohr. Freya hat das Fläschchen wieder fallen lassen. »Herrgott noch mal, Joe, muß ich denn alles allein machen?« Das Fläschchen rollt den Mittelgang hinunter und kullert unter einen Sitz. Nina krabbelt hinterher. »Verzeihung«, keucht sie, während sie sich bückt und zwischen die Beine eines Fremden greift. Plötzlich schlingert der Bus um eine scharfe Kurve, und Nina, die das Gleichgewicht verliert, greift aus Versehen nach dem Knie des Mannes, um nicht umzufallen. »Verzeihung.« Der Mann sieht sie grinsend an, und Nina wird schwindelig und übel. Vielleicht ist es die Reisekrankheit, vielleicht ist es derselbe Bazillus, den Freya hat. Oder es ist etwas anderes.

Draußen ist der Himmel dunkeltürkis und orange gestreift, und die Landschaft verwandelt sich plötzlich in eine Silhouette.

Was Peanut wohl macht, denkt Guy. Er hat sie vom Flughafen aus angerufen, eingezwängt in eine Kabine auf der Herrentoilette, mit heruntergelassener Hose. Sie klang außer Atem. Einen Moment lang zitterten ihm die Knie vor Schreck. Ob sie einen anderen vögelte?

»Guy, ich bin beim Yoga, Mann.«

Natürlich, es war Samstag. Samstags, dienstags und donnerstags begrüßte sie die Sonne und faltete ihren süßen kleinen Körper in Kamele und Fische und Krabben. Schlaue Peanut, sie kann auf dem Kopf stehen und dabei an ihren Zehen lutschen.

»Es geht dir also besser?«

»Was? Ja, mir geht's gut. Ich denk, du machst Urlaub.«

»Mach ich auch. Ich wollte nur Tschüß sagen. Du wirst mir fehlen. Was hast du an?«

»Verdammt noch mal, Guy, was glaubst du wohl? Ich bin beim Yoga, Mann. Ich muß wieder rein.«

»Ich liebe dich, Peanut.«

Aber sie hatte schon aufgelegt.

»Wie viel Kilometer noch, Mama?« Sam, ein Kind der metrischen Generation, ist aufgewacht.

»Nicht mehr weit, mein Süßer«, flötet Alice. In Wahrheit ist dieser Abschnitt der Reise um einiges länger, als sie erwartet hatte. Sie würde wirklich gern mal auf Toilette gehen.

»Mama, hast du eben gepupst?«

Wieder Sam, dessen schrille Stimme just in dem Moment ertönt, als der Fahrer das Radio ausschaltet. Von hinten hört man enthemmtes Gelächter und ersticktes Kichern.

Glücklicherweise greift Lydia in diesem Moment zum Mikrophon und verkündet: »Meine Damen und Herren, in zwei Minuten erreichen wir den Palazzo Gardenia. Machen Sie sich keine Sorgen um Ihr Gepäck. Unser Personal bringt es gleich auf Ihre Zimmer.«

Der Bus fährt durch ein grünes schmiede-eisernes Tor, tuckert knirschend den Feigenbaum-bestandenen Kiesweg hoch und hält vor einem großen Steintor. Hinter dem Torbogen beleuchten weiße Lichterketten einen honiggelb gepflasterten Hof, in dessen Mitte ein moosbedeckter Brunnen steht. Eine Wasserfontäne spritzt aus den fetten Lippen eines Kupferfisches.

Riesige grüne Türen umgeben den Hof. Dahinter liegen Waschküchen, wo riesige Holzwäscheständer unter dicken weißen Baumwollaken stöhnen. Hier holen kleine dicke Italienerinnen, deren Beine allesamt vom schweren Heben und Tragen gekrümmt sind, in blaßblauen Nylonoveralls Feudel und Eimer.

Schräg rechts auf der anderen Seite des Hofes ist die breite Treppe, die zu den Apartments führt. Zu ihren Füßen steht ein antiker Pferdekarren, deren Lederpolster von der Sonne spröde geworden sind.

Palazzo Gardenia hat sechzehn Apartments im alten Gebäude, von kleinen Studios mit Bad und Küchenzeile nach hinten bis zu stattlichen Zwei- und Drei-Zimmer-Deluxe-Apartments mit Meerblick. Neben dem alten Palazzo liegt, diskret hinter Pinien versteckt, der moderne Anbau mit acht neuen Ferienwohnungen.

Lydia öffnet die Bustür, richtet sich zu ihrer vollen Größe von einssiebenundfünfzig auf und verkündet mit strenger Stimme: »Hart Jones und Familie und Mr. und Mrs. Gaudi, bitte folgen Sie Lorenzo«, bellt sie. »Familie Dobson, Mario zeigt Ihnen Ihre Suite, und Familie Jamieson, wenn Sie mir bitte folgen wollen?«

In knapp einer halben Stunde, denkt Lydia, krieg ich endlich meinen Wodka.

23

Lampenfieber

Marios Pobacken, nicht größer als Wachteleier, tänzeln die zwei Stockwerke hoch. Die Dobsons folgen ihnen.

»Und hier haben wir das Apartment Marguerita.« Mario (der einmal bei der italienischen Version von *Herzblatt* mitgemacht hat) dreht theatralisch den Schlüssel in der schweren Holztür und tritt zurück.

»Ooh, aah, wow.« Tabitha und Saul sind beeindruckt, und sogar Nina ist angenehm überrascht. Es ist schicker als, naja, als sie gewohnt ist. Ihren letzten Urlaub (vor Joe) hat sie mit Freunden in einer gottverdammten Schlammpiste von Ferienanlage in der Türkei verbracht, wo sie sich zu fünft zwei kakerlakenverseuchte Zimmer ohne Klimaanlage und mit defekter Klospülung teilten, was angesichts des allgemeinen dramatischen Durchfalls für ziemlich dicke Luft sorgte. Nina erinnert sich, wie sie Räucherstäbchen kaufen wollte und keine fand und sie in ihrer Verzweiflung schließlich die Geruchskiller aus Carmens Turnschuhen angezündet und im Zimmer herum gewedelt hatten.

Trotzdem hatten sie sich amüsiert, getrunken, in der Sonne gebraten und Männer mit behaarten Bäuchen in knappen Badehosen in Primärfarben abgewimmelt, indem sie so taten, als seien sie lesbisch. Jung, frei und Single. Ganz so toll war es dann allerdings doch nicht. Sie hatte sich an einem Glas mit brennendem Sambuca die Lippen verbrannt, und ein Esel war ihr auf den Fuß gelatscht.

Erwachsenwerden heißt zu entdecken, daß alles Gute auch seine Schattenseiten hat, weiß Nina. Wie Kinderkriegen. Schwangersein war klasse. Nachdem sie das Kotzstadium erst mal überwunden hatte, kam sie sich sehr wichtig vor. Nina hatte ihren Bauch im Promi-Style in hautengen Hemdchen zur Schau getragen und genoß die Aufmerksamkeit, die ihr neues Dékolleté auf sich zog. Doch der Tag des Hechelns und Pressens war ein Albtraum gewesen, die peinlichste, demütigendste Erfahrung ihres Lebens. Selbst die Hebamme hatte die Geduld verloren. »Man könnte meinen, Sie wollen das Kind gar nicht.« Nach zwei gescheiterten PDAs gab es einen Dammschnitt und eine ungeschickte Zangengeburt und obendrauf eine Bluttransfusion.

Hils hatte die beiden Geburten natürlich auf einer Pobacke abgesessen. Tabitha hat sie sogar zu Hause gekriegt, ließ Joe sie wissen, nicht ohne zu erwähnen, daß Hils »sich eben generell nicht so anstellt«, und Nina hatte gemurmelt: »Und generell eine ausgeleierte Möse hat.« Er hatte es nicht gehört. Manchmal denkt sie, daß Joe schwerhörig ist. Er ist ja auch schon zweiundvierzig.

Shelley und Carmen fahren dieses Jahr nach Ibiza. Eine Woche Ashtanga und dann eine Woche Clubbing. Nina stellt sich vor, wie sie in Schaum tanzen, mit hoch gestreckten Wasserflaschen, bis an die Yoga-trainierten Titten voll mit Es. Aber das hier ist besser. Das hier ist ein erwachsener Urlaub mit gratis Obstschale, einem Feuerlöscher und allem Drum und Dran.

Die Alabasterwände sind breit gelb-weiß-gestreift, und

über einem Mahagoni-Sideboard hängt ein schwerer vergoldeter Spiegel. Es ist nett, nein, es ist entzückend, eine süße Küche, Wasserkocher, Kühlschrank … »Oh, sieh mal Joe, eine Espressokanne.«

Tabitha und Saul flippen völlig aus, rennen hin und her, lassen Taschen fallen, knipsen Lichtschalter an und aus und hüpfen auf den Betten.

»Papa, können wir schwimmen gehen?« fragt Saul und zieht sich bis auf die zu enge Pikachu-Unterhose aus.

Tabitha packt ihre Kipling-Tasche aus und streift die Socken ab. »Hey, Saul, wie haben ein eigenes Badezimmer.«

Saul pinkelt gleich ins Bidet. Das muß er, er ist ein Junge.

Joe öffnet die Tür zum Balkon, und Ninas Optimismus ist passé. »Verdammt, und wenn Freya vom Balkon fällt? Wenn sie sich durch das Gitter zwängt? Wie hoch sind wir? Wo ist das nächste Krankenhaus?« Saul schlittert auf der Badematte über den Gang. Der Boden ist glänzender Marmor mit blauen und grauen Venen wie die Hände einer alten Frau. Glatt wie eine Eislaufbahn. Freya wird auf diesem Boden ausrutschen und sich den Kopf aufschlagen. Das Kind braucht einen Helm. Dieser Ort ist eine tödliche Falle. Ich will nach Hause.

Nina kaut an der Haut ihrer Finger. Was ist bloß mit ihr los? Seit wann ist sie so ein Weichei? Was ist aus dem Mädchen geworden, das hinten auf Motorräder sprang, mit fremden Leuten Dope rauchte und Jungs in dunklen Gassen einen blies? Ich bin ängstlich. Ich will den Rest meines Lebens mit Freya auf dem Sofa sitzen.

Joe grinst. Das Gepäck ist da. Nur mit Unterhose und Taucherbrille bekleidet durchwühlt Saul seine Tasche.

Es ist erst halb zehn. Wäre sie mit Shelley und Carmen

auf Ibiza, würden sie sich jetzt erst zum Ausgehen fertig machen, Bier trinken und Eyeliner auftragen, Klamotten tauschen und sich gegenseitig frisieren.

»Ich könnte eine Tasse Tee gebrauchen«, sagt Nina so schwach, als habe sie gerade Blut gespendet.

Joe hört nicht zu. Freya sitzt auf dem Boden und hat Schluckauf.

»Essen, ich brauch was zu essen«, ruft Saul. Joe stimmt mit ein – die beiden schreien sich die Seele aus dem Leib: »ESSEN, WIR BRAUCHEN WAS ZU ESSEN.« Nina merkt, daß sie Kopfschmerzen hat und ihr Knöchel pocht. Blut ist durch das Pflaster gesickert, und ihr hellblauer Converse-Turnschuh hat dunkelrote Flecken. Vielleicht hätte sie Verbandszeug kaufen sollen.

»Okay«, sagt Tabitha, »was ist der Plan?« Sie trägt Lipgloss auf. Sauls Zimmerseite sieht jetzt schon aus wie nach einem Raubüberfall. Tabithas Seite ist eine Oase der Ruhe. Ein sehr alter Bär sitzt adrett auf dem Kissen ihres Bettes und ihr ganzer Schmuck liegt ordentlich ausgebreitet auf dem Frisiertisch. Der Bär heißt Jim nach Joes Vater, der ihn ihr an ihrem ersten Geburtstag geschenkt hat. Das nervt Nina. Freya hat zu ihrem erstem Geburtstag keinen Teddybären gekriegt, sondern ein Sparbuch mit £50, und mit einem Sparbuch kann man nicht kuscheln.

»ESSEN«, rufen Joe und Saul im Chor. Saul zieht sich Jeans und T-Shirt wieder an und geht zur Tür.

»Aber wir haben unsere Sachen noch nicht ausgepackt.« Nina weiß, daß sie ein Spielverderber ist. Sie weiß, es wäre leichter, einfach mitzugehen – sie haben Urlaub, es gibt keinen Zeitplan. Aber sie schafft es nicht. Sie ist total verkrampft, unfähig, sich einfach zu entspannen. Ihr Herz fühlt sich an, als hätte es sich in Stacheldraht verfangen.

Etwas stimmt nicht. Seit sie im Bus waren, nagen Zweifel an ihr. War es ein Fehler herzukommen?

»Ich bin müde, Joe.«

Ganz kurz sieht Joe genervt aus. »Wir sind alle müde, Nina, wir sind alle müde und wir sind alle hungrig.«

Saul und Tabitha sind schon um die Ecke verschwunden. Sie hört sie die Steintreppen hinunter rennen.

»Ich bleib hier. Freya muß ins Bett. Ich will ihren Rhythmus nicht durcheinander bringen.« Noch während sie es sagt, weiß sie, daß sie es nicht so meint. Sie will nur beachtet werden. Eigentlich will sie mit.

»Na gut.«

Joe geht. Sie kann es nicht glauben! Joe hat sie sitzen lassen. Wieder geht eine Runde an Tabitha und Saul. Nina kocht. Ein paar Sekunden steht sie regungslos da, dann rennt sie zur Treppe und schreit: »Du Arschloch!«

Arschloch, Arschloch, schloch, loch, och, och – die Worte hallen von den alten Steinwänden wider und springen ihr ins Gesicht. Ein älteres Paar kommt die Treppe hoch. Die Frau umklammert die Perlen um ihren Hals. Joe dreht sich nicht um.

Beschämt flüchtet Nina zurück ins Apartment. Die Balkontür ist noch offen – wo ist Freya?

Freya ist in Tabithas und Sauls Zimmer gekrabbelt. Sie zieht an der Tischdecke des kleinen runden Tisches zwischen den beiden Betten. Nina wirft sich über Sauls Bett und kriegt die schwere Keramiklampe gerade noch zu fassen, bevor sie Freyas Schädel zerschmettert. Etwas anderes fällt zu Boden. Freya hebt es auf und hält es Nina hin. Es ist ein kleiner Holzbilderrahmen mit einem Foto von Hils, Joe und den Kindern. Hils grinst, obwohl das Glas über ihrem Gesicht zersplittert ist. Mist!

»Uuuuaaag«, schreit Freya. Ein Glassplitter hat sie in den Finger gestochen. Scheiße, Scheiße und noch mal Scheiße. Nina kniet sich neben ihre Tochter und saugt am blutenden Zeigefinger des Kindes. Sie könnte heulen, sie könnte wirklich – und sie tut es. Mutter und Tochter sitzen auf dem Boden und weinen.

Inzwischen sitzen die anderen Dobsons, die echten Dobsons, im Restaurant mit Blick auf den angestrahlten Pool. Joe bestellt eine Flasche Rotwein. Er hat vor, die Hälfte zu trinken und Nina den Rest mitzubringen, doch er hat seine Hälfte schon getrunken, bevor der Kellner überhaupt ihre Bestellung aufnimmt. Saul will Pommes zu seinen Spaghetti Bolognese. Gierig schaufelt er Grissini in sich hinein und spuckt Olivenkerne nach seiner Schwester. Tabitha will einen Tricolore-Salat und Pasta Arrabiata, und Joe, Joe nimmt Spaghetti Carbonara. Das erinnert ihn an seine eigene Version aus der Studienzeit mit einer Dose Pilzsuppe und gehacktem Schinken. Ich hatte einen Baby Belling, erinnert er sich und erschrickt, als ihm klar wird, daß diese unbeschwerte Zeit, wo das Leben aus Vesta-Currys und Bier zum Studentenwerkspreis bestand, und die Mädchen ohne Gedanken an Babys und Hypotheken durch sein Bett gingen, zwanzig Jahre zurückliegt. Es kommt ihm vor wie gestern, aber er hat das Gefühl, ein anderer Mensch zu sein.

Als ich zweiundzwanzig war, war Nina erst fünf Jahre alt.

Vielleicht waren sie sich auf der Straße begegnet. Schließlich war sie nur eine halbe Meile von seiner Hochhauswohnung entfernt aufgewachsen. Und dann traf ich Hils, und lange Zeit dachten wir, wir würden für immer zusammen bleiben. Es ist meine Schuld, gibt er heimlich zu. Ich habe angefangen, sie wie eine Schwester zu behandeln. Ich hab ihre Liebe mit Füßen getreten, und irgendwann wollte ich ein neues Spielzeug. Plötzlich erinnert sich Joe, wie er mit zwölf sein neues Fahrrad im Regen hatte stehen lassen und wie wütend sein Vater war. »Du solltest sorgfältiger mit deinen Sachen umgehen, Joe. Wenn du nicht aufpaßt, fängt das Fahrrad an zu rosten und irgendwann fällt es dann einfach auseinander.«

»Papa.« Tabitha stupst ihn an – das Essen kommt. Joe bestellt ein Bier. Saul hat die Weinflasche umgestoßen, als er Ali G. imitierte.

Als Tabitha und Saul Tiramisu essen, ist Freya längst eingeschlafen, und Nina hat drei Tassen Tee getrunken, vier Paracetamol, eine halbe Packung fader Kekse und eine Handvoll roter Weintrauben mit unverschämt großen Kernen gegessen. Sie hat ihre eigenen Sachen und die des Babys ausgepackt und Joes demonstrativ in der Tasche liegenlassen. »Egoistisches Arschloch.« Sie liest zum x-ten Mal Seite 33 in *Corellis Mandoline* und spült ihre mit Kotze imprägnierten Sachen eine halbe Stunde lang in der Dusche aus, bevor sie ins Bett geht.

Um Mitternacht kommen Joe und die Kinder hereingepoltert, doch Freya wacht einfach nicht auf. Nina tut so, als würde sie schlafen, während Joe und Saul in der Küche um die Wette rülpsen. Sie fragte sich, ob Tabitha den Zettel wegen des kaputten Bilderrahmens gefunden hat. Mein Gott, es war ein Unfall. Joe schlüpft neben ihr ins Bett. Als er sich umdreht, läßt er den lautesten und übelriechendsten Rülpser los, den Nina je gehört hat.

»Nicht schlecht, Papa«, ruft Saul von nebenan. »Du hast gewonnen.«

Und wir sind noch nicht mal verheiratet, denkt Nina, und irgendwann entführt sie der echte Schlaf aus ihrem Bett nach Ibiza, wo sie mit Freya in einem Rucksack auf dem

Rücken in Schaum tanzt. Sie versucht zu tanzen, versucht sich zu amüsieren, doch sie muß immer höher und höher hüpfen, damit die Seifenblasen der steigenden Schaumflut nicht in Freyas Augen kommen.

24

Hürdenlauf für eine Tomate – die Jamiesons sind da

Alice schleimt sich bei Lydia ein. »Ist das nicht toll? Sie können sich wirklich glücklich schätzen, hier zu arbeiten. Wie alt es ist? Achtzehntes Jahrhundert?«

»Manches stammt sogar aus dem siebzehnten.«

Lydia ist keine Architektur-Expertin (sie hat an der Sheffield Hallam Medienwissenschaften studiert), doch so steht es im Prospekt.

Alice hat die Hände in die breiten Hüften gestemmt und atmet theatralisch die italienische Abendluft ein. »Herrlich, imposant und dennoch einladend. Hmmm, ein himmlischer Duft, könnt ihr das riechen, Jungs?«

»Ich rieche Pommes«, sagt Max. Für einen McDonald's würde er über Leichen gehen, und das müßte er auch – seine Mutter würde eher sterben, als ihm »diesen Fraß« zu erlauben.

»Hahaha, typisch Jungs. Keinen Sinn für Romantik. Rosmarin und Eukalyptus, würde ich sagen. Sehr inspirierend. Mich packt die Lust zu zeichnen.«

»Mama, es ist dunkel«, quengelt Sam. Er fürchtet sich im Dunkeln.

»Jetzt doch nicht, du Dummerchen, morgen früh. Sagen Sie, Lydia, ob es an der Rezeption Staffeleien gibt?«

Du liebe Güte, denkt Lydia, die Tante nervt. Aus reiner Höflichkeit beschließt sie, Alice zu ignorieren.

Alice merkt es gar nicht, sie kann einfach nicht aufhören zu schwätzen. »Ach, Lydia, Sie kennen sich hier doch aus. Gibt es exotische Vögel, nach denen man Ausschau halten sollte?«

Was will die bloß von mir? Lydia ist verwirrt. Vögel, Staffeleien?

Guy würde am liebsten im Boden versinken. Warum kann seine Frau nicht einfach die Klappe halten. Er kann es nicht ab, wenn sie sich für etwas begeistert. Er weiß, daß Alice sich gerade als Hannah Gordon sieht, mit Wasserfarben malend, ein Fernglas um den dicken Hals.

»Warum sind wir immer noch nicht da?« Sam bleibt abrupt stehen und setzt sich auf den Boden. »Ich kann nicht mehr.«

»Tja, dann mußt du wohl hier schlafen.«

»Ich hasse dich, Papa.«

Was für eine schrecklich nette Familie, denkt Lydia.

»Komm schon, Sam, hopplahopp.« Alices Tonfall ist aufgesetzt heiter.

»Nein.«

»Na komm, kleiner Soldat. Ich nehm dich Huckepack.« Alice zieht Sam ziemlich grob hoch.

»Aua, du tust mir weh.«

»Der Pfad ist recht steil«, warnt Lydia. »Sie wissen doch, daß Sie im Neubau untergebracht sind?« Sie will nicht gehässig klingen, aber sie kann nicht anders.

Bei dem Wort »Neubau« klingeln in Guys Kopf die Alarmglocken. Manchmal, wenn er auf Geschäftsreise ist und es kein Hilton gibt, zum Beispiel in Lowestoft, bucht Penny ihm ein Landhaushotel. Guy hat einen Horror vor Landhaushotels. Es ist ein Euphemismus für schlechten Service und keine Pornos. Das Schlimmste, was in einem

Landhaushotel passieren kann, ist, bei der Ankunft zu erfahren, daß man im Neubau untergebracht ist, wobei es sich stets um einen häßlichen Klotz aus den Siebzigern mit Plastikfenstern und Doppelverglasung handelt. Nach Guys Erfahrung liegt der Neubau grundsätzlich versteckt auf der Rückseite, hinter den Mülltonnen, am Ende eines ewig langen Ganges, Meilen entfernt von der Bar. Das Wort läßt ihn sofort an orangen Nylonteppich und billige Teemaschinen denken. An H-Milch und Ingwerkekse im Dreierpack.

»Ich wußte nicht, daß wir im Neubau sind.«

»Tja, nun, es ist viel billiger, Guy«, und mit Sam auf dem Rücken wie ein übergroßer Rucksack stapft Alice voraus.

Warum tut sie das? Warum muß sie immer knausern? Der einzige Gürtel, den Alice sich weigert, enger zu schnallen, ist der um ihren fetten Bauch, denkt Guy wütend.

»La la la«, singt Alice unmelodisch.

Vor langer langer Zeit hat Guy einen Film mit der jungen Kate Winslet gesehen, der in Neuseeland spielte – *Heavenly Creatures* – , wo Kate und ihre beste Freundin die Mutter der Freundin umbringen. Sie erschlagen sie auf einem einsamen Weg, mit einem Stein in einer Socke. Bei der Erinnerung daran wird Guy mulmig. Kate Winslet trug in diesem Film ziemlich große Hosen. Alice-Hosen.

»La li la li la li la.«

Warum singt Alice die Titelmelodie der *Archers?*

»Wir sind fast da«, murmelt Lydia grimmig.

Rechts unter ihnen glänzt der Pool, ein gelber Wasserball treibt langsam und still über die Wasseroberfläche.

Alle Apartments im alten Gebäude sind nach Blumen benannt: Jasmin, Myrte, Mimose. Im neuen Gebäude sind die Unterkünfte numeriert. Die Jamiesons sind in Nummer

2 im Erdgeschoß. »Herrlich«, sagt Alice, die schnauft wie ein Esel mit Lungenemphysem.

Lydia gräbt in ihrer Tasche nach den Schlüsseln. »Guido wird Ihnen Ihr Gepäck gleich bringen«, sagt sie, während sie eine gelb gestrichene Tür öffnet und nach dem Lichtschalter tastet.

Sam hat die Nase voll. »Mach schon.«

Lydia muß sich auf die Lippen beißen, um ein »Halt die Klappe« zu unterdrücken. Sie hat es doch gleich gewußt – mit dem Kind stimmt was nicht. Er ist ein kleines Arschloch.

Grelles Licht erleuchtet das Zimmer. »Nett«, murmelt Guy.

»Nett?« wiederholt Alice (allerdings eine Oktave höher). »Es ist entzückend, Guy. Wir werden eine Superzeit haben.« So wie Alice es sagt, klingt es wie eine Drohung, und Lydia duckt sich unwillkürlich. Diese Alice gehört in Behandlung.

»So.« Lydia dimmt das Licht, damit das Apartment weniger wie ein Pathologielabor aussieht, und schaltet auf Reiseleitung-Autopilot, inklusive Handbewegungen. »Wohnzimmer mit Flügeltür zu ihrer privaten Sonnenterrasse, Küche und Küchentresen, falls Sie nicht lieber auf der Terrasse essen, Kühlschrank, Herd . . .«

»Waschmaschine?« fragt Alice hoffnungsvoll.

»Äh, nein. Aber wir haben einen Wäscherei-Service. Die Einzelheiten finden Sie in der Mappe.« Lydia deutet mit dem Kopf auf den blauen Hefter auf einem niedrigen Glastisch. »Im Ort gibt es einen günstigen Waschsalon, der zu Fuß nur zwei Minuten entfernt ist. In Santa Helena kann man auch prima einkaufen, und während der Saison haben die meisten Läden täglich geöffnet, sogar sonntags. Sie können sich also gleich morgen mit allem eindecken, was Sie brauchen.«

»Schlafzimmer eins ist hier links und Schlafzimmer zwei liegt hinter der Tür dort. Also dann, Sie wollen sich jetzt sicher erst mal in Ruhe einrichten.«

Alice watschelt zum Sofa und läßt Sam auf die marineblauen Polster plumpsen. Als sie sich umdreht, ist Lydia schon weg.

Alice läuft ihr nach, doch sie ist verschwunden. Das liegt daran, daß (was Alice nicht weiß) Lydia sich hinter einem Baum versteckt. »Hm, wie sonderbar«, sinniert sie.

Guy ist in der Küche, die Schränke sind leer, und im Kühlschrank steht nur eine Flasche Wasser und eine kleine Tüte Milch. Guy will ein Bier, er will ein Bier und Rotwein, sehr viel Rotwein und vielleicht einen Brandy oder drei. Er will sich so richtig vollaufen lassen. Anders steht er das hier nicht durch. Guy ist inzwischen so weit, daß er seinem Arzt seinen tatsächlichen Alkoholkonsum verschweigt.

Alice dagegen trinkt wenig. Sie verliert ungern die Kontrolle, außerdem bekommt sie Migräne und haßt das »benebelte« Gefühl am Morgen danach.

Guy hat sich daran gewöhnt, daß es ihm morgens beschissen geht. Immer öfter.

Plötzlich merkt Sam, daß niemand ihn beachtet, also legt er sich bäuchlings aufs Sofa und tritt mit den Füßen. »Ich hasse es hier, ich will nach Hause.«

Alice eilt herbei und zieht ihn auf ihren Schoß. »Psst, mein Spatz.«

»Ich bin dann an der Bar«, sagt Guy.

»Welche Bar?«

»Egal.«

»Warte, du kannst doch nicht einfach so an die Bar gehen!«

»Und ob.«

Und weg ist er. Max folgt ihm.

»Kommt sofort zurück!« Alice steht keifend in der Tür. Keiner der beiden reagiert.

Sam heult auf dem Sofa. »Buhuuuuu.«

Einen Moment lang weiß Alice nicht, was sie tun soll. Ihr ist schlecht vor Hunger. Warum hat sie den Begrüßungs-Delikatessenkorb nicht angekreuzt? Weil er fünfundvierzig Pfund kostete. FÜNFUNDVIERZIG Pfund für zwei Flaschen Wein, ein paar Nudeln, ein Glas Fertigsauce, ein bißchen Käse und Schinken und Brot!

Sie durchstöbert die Küchenschränke. Abgesehen von ein paar Teebeuteln und etwas Kaffeepulver, einem Gewürzständer mit Meersalz, Pfeffer und Essig findet sie nichts. Das Salz sieht feucht aus.

»Ich hasse es«, stöhnt Saul. »Bring mich nach Hause.«

Alice weiß nicht, wie es passiert ist. Eben noch stand sie in der Küche, und plötzlich steht sie neben Sam und haut ihm eine runter! Sie hebt die Hand, um erneut zuzuschlagen, als ein Mann mit dem Gepäck kommt. Sofort hebt Alice die andere Hand zu einer unbeholfenen Arabesque, als würde sie tanzen und nicht gerade ihr Kind verprügeln. Der Mann wirkt nicht überzeugt. Er wirft die Taschen auf den Boden und schlägt die Tür hinter sich zu.

Guido hat fünf Kinder und hat noch nie eines geschlagen. Er weiß, wenn er das täte, würde ihm seine Frau Rosa den Kopf abhacken.

Guy und Max haben die Poolbar gefunden, sie ist fast leer. Nur ein altes italienisches Pärchen, das in einer Ecke Cognac trinkt.

»Hast du Euros, Max?«

Max hat Scheine im Wert von zwanzig Pfund, die ihm

Tante Judy, die Schwester seines Vaters, die in Aberdeen lebt, geschickt hat. Er sollte sich das Geld mit Sam teilen. Er gibt die Scheine seinem Vater und kommt sich dabei sehr erwachsen vor. Sie besuchen Tante Judy nie. Sie ist wesentlich älter als Papa, aber sie vergißt nie, zu Weihnachten, Geburtstagen und Feiertagen Geld zu schicken.

Guy geht an die Bar und kommt mit einem Tablett zurück, auf dem eine Flasche Bier, eine Flasche Rotwein und eine Cola steht und etwas, das aussieht wie Hustensaft in winzig kleinen Gläsern. Zwischen den Zähnen hat er eine große Tüte Chips, die er auf den Tisch fallen läßt.

»Hier gibt es nichts zu essen, mein Sohn, nur das hier, und in der Kühltruhe ist Eis.« Guy leert die Bierflasche in einem Zug und gießt sich ein großes Glas Rotwein ein.

»Prost«, sagt Max, den Mund voller Chips. Und dann: »Kann ich das Wechselgeld haben, Papa?«

Im Apartment hat Sam inzwischen ein zerquetschtes KitKat gegessen, das Alice in ihrer Tasche gefunden hat, und ist eingeschlafen, ohne sich die Zähne zu putzen. Alice trägt ihn in das kleinere Schlafzimmer und deckt ihn zu. Sie macht sich nicht die Mühe, ihm die Schuhe auszuziehen. Sie ist müde, wahnsinnig müde und wahnsinnig hungrig. Sie ist kurz davor, das Restaurant zu suchen und sich ein Ei zu borgen, doch sie kann Sam nicht allein lassen. Nachher wacht er noch allein im Dunkeln auf! Hier gibt es Eidechsen und alle möglichen Spinnen und Ameisen – nein, sie bleibt hier und bewacht ihr Kind. Sie ist eine Löwenmutter.

Morgen wird sie gleich als erstes einen Großeinkauf machen. Wenn sie bis dahin nicht verhungert ist.

Sie packt die Koffer aus. Eine Flasche Sonnencreme mit Lichtschutzfaktor 30 ist in ihrem Kulturbeutel ausgelaufen, und alles ist mit dickflüssiger weißer Paste bedeckt. Tränen schießen ihr in die Augen. Sie kann kein PMS haben, ihre letzte Regel ist nicht mal zwei Wochen her.

Alice ist gern im Einklang mit ihrem Körper. Sie setzt sich auf den Fußboden und stellt sich vor, wie ihre Eierstöcke ein rundes Ei abstoßen. Wenn Guy in diesem Urlaub mit ihr schlafen würde, könnte sie schwanger werden. Sie ist erst neununddreißig. Haben die Blairs den kleinen Leo nicht in einem Italienurlaub gezeugt? Was für ein reizender Gedanke. Ein Kind mit romantischer Empfängnis, eine Anekdote mit Happy-End. Wenn es ein Mädchen ist, könnte ihr Zweitname Gardenia lauten.

Alice versucht vergeblich, sich zu erinnern, wann und wo die Jungs gezeugt wurden. Damals hatten sie viel öfter Sex, mindestens einmal pro Woche. Naja, jedermanns Libido nimmt im Alter ab, das ist ganz natürlich. Sonst würden Rentner auf Parkbänken rumknutschen und sich an Bushaltestellen befummeln – das muß wirklich nicht sein.

Sex ist Alice peinlich, immer gewesen, doch angeblich ist er wichtig für die Beziehung, und es ist immer noch die billigste und einfachste Methode, Kinder zu zeugen. Sie beschließt, es diese Woche mit ihrem Mann zu treiben. Im Kopf rechnet sie nach: Mittwoch oder Donnerstag Abend wäre am besten.

Alice trägt den Kulturbeutel ins Badezimmer und spült den Inhalt sauber. Zahnbürsten, Pflaster, Pinzetten, Shampoo und Seife. Sie könnte ebensogut ihr Nachthemd anziehen, versuchen zu schlafen und morgen weitermachen. Doch sie muß die ganze Zeit ans Essen denken: Käse auf Toast mit Branston-Gewürzgurken, Schinken auf dickem Weißbrot, sahniges Pilzrisotto, Lasagne und Pudding mit Soße. Sie sieht doch noch mal im Kühlschrank nach, öffnet das Gemüsefach – eine Tomate würde ihr ja schon reichen, mit einem Tropfen Essig und ein bißchen schwarzem Pfeffer. Der Kühlschrank bleibt absolut leer.

Alice ist außer sich. Wo zum Teufel ist Guy? Sie schlendert zur Flügeltür und öffnet die Tür zur Terrasse. Draußen ist ein Schalter. Sie drückt ihn. Ein Tisch und vier Stühle sehen sie erwartungsvoll an, als warteten auch sie auf eine Mahlzeit. Links trennt eine niedrige Backsteinmauer die Terrasse von seinem Zwilling nebenan, und auf der anderen Seite der Mauer stehen ...

Eine Sekunde lang glaubt sie zu halluzinieren, aber nein, auf dem Tisch nur einen Sprung entfernt stehen zwei Teller mit Essensresten: ein schwitzender Käseklumpen, einige Salamirinden und ja, eine Tomate!

Alice, die beim Hürdenlauf in der Schule eine Null war, springt schneller über die Trennwand als sie »Shergar« sagen kann und schaufelt sich altbackenes Brot und Käse in den Hals, ohne einen Gedanken daran zu verschwenden, wie das aussieht.

Eine dicke Frau, die Speisereste von fremden Tellern stiehlt.

Die Tür zum Nachbarapartment steht einen Spalt offen. Drinnen ist bestimmt noch mehr Essen, mehr Salami, mehr Käse. Wie ein Heroinsüchtiger auf der verzweifelten Suche nach dem nächsten Schuß schleicht Alice auf Größe 40er Zehenspitzen ins Wohnzimmer. Eine Wandlampe brennt, doch es ist niemand da. Bevor sie sich selbst zur Vernunft rufen kann, ist Alice auch schon in der Küche, hat den Kühlschrank geöffnet, ein Salamiwürstchen in der einen Hand und ein Glas Gewürzgurken in der anderen. Raus, mach, daß du hier rauskommst, doch da liegt noch ein Riegel dunkle Schokolade auf dem Abtropfbrett. Sie greift danach – raus, mach, daß du hier rauskommst. Alice ist am Rand eines Nervenzusammenbruchs. Sie dreht sich um, will durchs Wohnzimmer fliehen, als ihr etwas ins Auge springt, etwas Großes, Schwarzes auf dem Sofa. Hau ab, mach, daß du hier rauskommst, befiehlt sie sich, und während sie sich durch die Flügeltür zwängt, rasen ihre Gedanken mindestens so schnell wie ihr Herz – das Ding auf dem Sofa, was war das, was hatte sie da gerade gesehen?

Nein, das konnte nicht sein, sie wird noch verrückt. Doch als Alice über die Mauer hüpft, weiß sie, daß es genau das war.

Auf dem Sofa des Nachbarapartments lag ein riesiger schwarzer Dildo.

Normalerweise hätte dieser an Sexshops in dunklen Gassen gemahnende Anblick ihr sofort den Appetit verdorben. Diesmal nicht, und erst nach dem Festschmaus aus Schokolade, Gurken und würzigem Schweinefleisch fragt sie sich, ob das Würstchen nicht für einen anderen als kulinarischen Zweck bestimmt war.

Alice putzt sich die Zähne, bis das Zahnfleisch blutet.

25

Hils allein zu Haus

Hils sieht fern. Sie schaltet zwischen Sky News und BBC News 24 hin und her, die Fernbedienung in der einen und eine Zigarette in der anderen Hand. Im Haus zu rauchen ist etwas anderes. Normalerweise geht sie wegen der Kinder nach draußen. Zu ihrer Erleichterung sind heute noch keine Triebwerke ausgefallen und keine Flugzeuge abgestürzt, in der Luft zusammengestoßen oder von Terroristen entführt worden. Hils macht keinen Hehl aus ihrer Flugangst.

Ihre Hochzeitsnacht hat sie in Todesangst und Embryohaltung auf einem besonders turbulenten Flug nach Thailand verbracht, zutiefst überzeugt davon, daß sie die Flitterwochen nicht mehr erleben würden. Zwei Wochen später hielt sie den gesamten Rückflug die Hand einer verständnisvollen Stewardess und wagte nicht mal, zur Toilette zu gehen, aus Angst, das Flugzeug würde dann umkippen. »Ich hab eine Irre geheiratet«, hatte ihr frischgebackener Ehemann gestöhnt.

Sie müßten inzwischen in Italien gelandet sein, Tabitha und Saul, Joe, Nina und Freya. Ihre Mutter machte in einem Wohnwagen am Lake District mit dem blöden Basil und der »Gang« einen drauf, und Hils – war in Stoke Newington allein zu Haus.

Ich langweile mich, denkt sie. Als ich das Buch geschrieben habe, hatte ich wenigstens zu tun, wenn die Kinder nicht da waren.

Sie fragt sich, ob sie genug Schaffensdrang aufbringt, um noch eines zu schreiben. Als Hobby war es jedenfalls deutlich lukrativer als Stricken, und sie hat ein Vermögen für Therapeuten gespart.

Als die Atemnot so schlimm wurde, daß sie kleine weiße Pillen schlucken mußte, war sie zu einer Frau gegangen, die ihr Arzt ihr empfohlen hatte. War nicht gerade ein Durchbruch gewesen. Während sie in dem hellgrün gestrichenen Zimmer (was ja angeblich beruhigend wirken soll) auf tristen Möbeln saß (nicht zu schwer, falls damit geworfen wird), eine Packung Taschentücher neben sich (extra reißfest), kam sie sich verlogen und verweichlicht vor. Andere hatten es doch viel schlechter getroffen als sie, fand sie. Dann hatte ihr Mann sie eben betrogen und ihr Vater war tot. Tja, so ist das Leben eben, chaotisch und mühsam. Glück ist zerbrechlich.

»Danke, daß Sie sich Zeit für mich nehmen«, sagte sie und fragte sich, wie sie einer Frau ihren emotionalen Ballast anvertrauen sollte, die, trotz Doktortitel, offenbar nicht in der Lage war, sich zu kleiden. Braune Nylonstrümpfe und Schuhe wie Fleischpasteten. Jedenfalls war es eine Nichtraucher-Klinik, und Hils dachte die ganze fünfundvierzigminütige Sitzung nur an die Schachtel Zigaretten in ihrer Tasche.

Sie war nie wieder hingegangen. In jener Nacht hatte sie, als die Kinder schliefen, angefangen zu schreiben, auf der Rückseite von Gasrechnungen und Briefumschlägen, bis sie genug Selbstbewußtsein aufgebaut hatte, sich an den Computer zu setzen und zu tippen. Sie hatte nicht mit dem Gedanken an Veröffentlichung geschrieben, am Anfang jedenfalls nicht, doch als Joe davon anfing, er wolle das Haus verkaufen, dachte sie, was soll's, und schickte das Manuskript an sechs Verlage. Ihr fiel nichts Besseres ein, und das mit den Rubbellosen klappte nicht. Erst nachdem sie die Umschläge abgeschickt hatte, fiel ihr ein, daß sie vergessen hatte, das verdammte Ding durch die Rechtschreibprüfung laufen zu lassen.

Redback war der einzige Verlag, der antwortete, obwohl ein paar Monate später noch eine Absage von Virago ins Haus flatterte. Sonderbar, wie das Leben so spielt. Ihr Manuskript war bei Redback auf dem Stapel für unverlangt eingesandte Manuskripte gelandet, um »bei Gelegenheit« von einem freien Lektor gelesen zu werden. Zum Glück für Hils war dieser eine Frau, die gerade genau das gleiche erlebt hatte. Das Buch hatte ihren Nerv getroffen, und die Frau überzeugte einen der Cheflektoren, es übers Wochenende mit nach Hause zu nehmen.

»Ehrlich gesagt«, sagte er Hils bei einem eilig verabredeten Mittagessen im Joe Allen, »ist das eigentlich nicht so mein Ding. Ich bin Krimifan. Aber meine Frau fand es klasse, las mir ständig laut daraus vor.« Er warf seinen gelben Schlips über die Schulter, nahm sein Schweinekotelett in die Hand und knabberte mit frisch gebleichten Zähnen die Ränder ab. »Ich denke, wir kommen ins Geschäft. Warum sagen Sie Ihren Leuten nicht, daß sie sich mit meinen Leuten in Verbindung setzen sollen?«

»Ich hab keine Leute«, wäre ihr fast herausgerutscht, als sie mit zitternden Fingern seine Karte nahm.

Schließlich hatte sie Nick überredet, sich als ihr Agent auszugeben, und er hatte das Geschäft für £ 90.000 besiegelt.

»Wie viel?«

Selbst Nick, der den Umgang mit astronomischen Summen gewohnt war, zeigte sich von der Transaktion geschockt. »Ich hab sie ein bißchen nach oben getrieben«, erzählte er Hils, wobei sein rechtes Auge heftig zuckte. »Ich hab behauptet, es wären noch drei andere Verlage interessiert.«

Hils wußte nicht, ob sie lachen, weinen oder kotzen sollte.

»Soll ich einen Champagner aufmachen?« fragte Nick, aber da war es erst 11.30 Uhr, und so tranken sie statt dessen eine Tasse Tee.

Nachdem sie aus Nicks Büro am Covent Garden gekommen war, schlenderte sie über die Piazza, wo die Geschichte vor langer langer Zeit begonnen hatte.

Es war ein Montag, Flohmarkt-Tag. Hils bummelte an den Ständen vorbei. Ich könnte alles kaufen, was ich will. Ich könnte honiggelbe Bernsteinperlen kaufen, Stiefelknöpfer mit Perlmutt, einen ausgestopften Tukan unter einer Glasglocke. Ein silbernes Feuerzeug zog ihren Blick auf sich. In einer Ecke waren die Initialen JD eingraviert. Das könnte ich Joe kaufen ... und sie hatte schon ihr Portemonnaie gezückt, als es ihr wieder einfiel. Ach, er ist ja gar nicht mehr mein Mann. Und sie steckte das Portemonnaie wieder ein.

Sie nahm nicht mal ein Taxi nach Hause. »Es ist ja nicht mein Geld.« Vierzigtausend kriegt die Bank, um die Hypothek auf die Englestone Avenue abzuzahlen, und eine kurze schreckliche Minute wünschte Hils, Nick hätte Redback auf schöne runde Hunderttausend hochgetrieben.

Doch sie brachte den Kindern Essen vom Inder mit, und am nächsten Tag schickten die Thorpes einen Riesenstrauß Stargazer-Lilien. »Herzlichen Glückwunsch, du schlaues Mädchen« stand auf der Karte.

Eigentlich war sie gar nicht schlau gewesen, sondern nur ehrlich. Im Grunde war es ein kleines Buch über Liebe, Verlust und Scheidung. Sie ist nicht allein – nur sehr wenige Menschen leben glücklich bis an ihr Lebensende. Das Leben hat nun mal die Angewohnheit, unverhofft zuzuschnappen. Die meisten Menschen verläßt das Glück irgendwann.

Hils erinnert sich, wie ihr Bruder angefahren worden war, als er sechs war. Jetzt ist es eine Anekdote, aber damals war es gar nicht witzig. Er war hinter dem Eiswagen direkt in einen Ford Anglia gerannt. Eine Zeitlang war die Rede von Verdacht auf Schädelbruch und möglichen Komplikationen gewesen, und ihre Eltern waren vor ihren Augen geschrumpft.

»Aber er wird doch wieder gesund?« fragte sie ihren Vater, den Mann, der alles reparieren konnte.

»Ich kann dir nichts versprechen, Süße«, hatte er geantwortet, und wochenlang pfiff er kein einziges Mal.

Selbst Sally und Nick hatten es nicht immer leicht. Trotz all ihres Geldes und dem riesengroßen Haus. Sally wurde einfach nicht schwanger. »Ich würde liebend gern auf all das verzichten«, sagte sie zu Hils, »wenn ich nur ein Kind kriegen würde. Was nützt mir das alles, wenn ich nicht das haben kann, was ich mir wünsche?«

Natürlich war es aber so, daß dann doch das Geld das Problem gelöst hatte, denn Esme war das Ergebnis des fünften Anlaufs zur künstlichen Befruchtung.

Und dann war da noch das Mädchen in der Schule, Katherine Pike, das hübscheste Mädchen der Oberstufe. Eines Nachmittags kam sie von der Schule nach Hause, und als sie das Fahrrad in die Garage stellte, fand sie ihren Vater, der sich an den Dachsparren erhängt hatte, mit hervortretenden Augen und schwarzer Zunge.

Jedes Herz wird irgendwann mal gebrochen, und Hils fällt plötzlich ein, wie Joes Mutter tränenüberströmt vor der neugeborenen Tabitha stand. Sie hatte es von der Tür aus gesehen und sich verdrückt. Der Kummer war zu tief, zu intim, um danach zu fragen. Kurz darauf war Marjorie wieder ganz normal und scheuchte Jim aus der Küche. »Er ist eine Naschkatze, Hils, ich brauch die Hühnchenreste für ein à la King.«

Erst Jahre später hatte Marjorie ihr erzählt, warum sie bei Tabithas Anblick als kleine lila Krabbe in Kratzlingen zusammengebrochen war, und Hils das Versprechen abgenommen, nie mit jemandem darüber zu reden. »Das ist lange her, Liebes.« Und sie hatte sich daran gehalten, nicht mal mit Joe hatte sie darüber geredet. Sie war nicht sicher, ob er es überhaupt wußte.

Sie sind eine andere Generation, denkt sie, ihre Mutter, Joes Mutter. Dinge passierten, und es wurde erwartet, daß sie damit fertig wurden. Hils erinnert sich so deutlich, wie ihr Bruder im Krankenhaus zu sich kam, als sei es letzten Dienstag gewesen. Wie er seine nußbraunen Augen aufgeschlagen und ein Eis am Stiel verlangt hatte und wie ihr Vater wieder angefangen hatte zu pfeifen.

Ich muß mir diese Woche was vornehmen, beschließt sie. Ich werde in Kunstausstellungen gehen und Sally und Nick anrufen und das Gästeklo streichen. Ich kann nicht die nächsten sieben Tage auf die Rückkehr meiner Kinder warten. Sie läßt sich Badewasser ein und entfernt breite Streifen harter gelber Haut von ihren Fußsohlen.

Es ist Samstagabend. Junge Pärchen schlendern die Hauptstraße entlang und trinken in den Gärten der Pubs Bier. Später werden sie vögeln, zuckende Gliedmaßen unter verschwitzten Laken, und sich sagen, daß sie sich lieben, manche meinen es sogar, wenn auch nur in diesem Moment. Und vielleicht werden Kinder geboren und Hochzeitskleider gekauft, und der ganze Kreislauf von Beißringen und Töpfchen und Kinderwagen im Park wird wieder von vorn beginnen, und Millionen altbackene Brotrinden werden an Enten verfüttert.

Es ist überall auf der Welt dasselbe. Erste Schritte werden gemacht und neue Wörter gesprochen, während am anderen Ende des Lebens Hüften brechen und Herzen schlappmachen.

Hils liegt schon so lange in der Badewanne, daß das Wasser aussieht wie Kantinenbratensauce. Sie klettert aus der Wanne, und ihre Knie knacken verdächtig. Mein Leben ist schon zur Hälfte vorbei, denkt sie. Ich darf das, was mir noch bleibt, nicht verschwenden. Ich will nicht alt und fett und verbittert werden. Vielleicht sollte ich mir einen Vibrator kaufen, online gehen und chatten. Ich könnte mich als zwanzigjähriges Aupair ausgeben.

Andererseits kann sie ebensogut Selbstbräuner auftragen und ein gutes Buch lesen.

Ich bin nicht einsam, sagt sie sich, als sie nackt mit Maggie O'Farrell auf Tabithas Beanbag sitzt und wartet, daß der Selbstbräuner trocknet. Sie ißt etwas Boursin auf Salzgebäck, dessen Krümel ihr in den Schoß fallen. Gedankenverloren pickt sie die Krümel aus ihren Schamhaaren. Single sein hat seine Vorteile. Doch der Anblick eines grauen Schamhaares zerstört diese Illusion. Verfluchte Scheiße! Sofort sieht sie sich selbst bei den einsamen Herzen in der *Time Out* inserieren: einundvierzig, geschieden, zwei Kinder, graue Schamhaare, keinen Humor – interessiert? Nein? Kann ich verstehen.

Ich geh lieber ins Bett, beschließt sie, doch bevor sie einschläft, hantiert sie noch fünf Minuten mit der Pinzette herum.

Der Tod kennt keine Würde, heißt es. Tja, ebensowenig kennt eine Scheidung Würde. Wenn man es recht bedenkt, hat das Leben überhaupt wenig mit Würde zu tun. An dem Tag, als ich als strahlende Braut Joe heiraten sollte, war ich so ein Nervenbündel, daß ich den ganzen Weg zur Kirche pupste. Während ich mit einer Tiara und in weißem Satin in einem silbernen Bentley saß, furzte ich so heftig, daß mein Vater das Fenster öffnen mußte.

Tagebuch einer Geschiedenen

26

Wildschweine und eine rosarote Brille

Saul grübelt über etwas nach. Er ist nicht ganz sicher, aber er glaubt, daß ein Mädchen, das ein bißchen älter ist als er, beim Frühstück gemein zu ihm war. Sie hatte beobachtet, wie er Obst und Brötchen und gekochte Eier und Salami auf seinen Teller stapelte.

»Ich bin völlig ausgehungert«, hatte er erklärt, doch sie hatte nur ihren braunen Pferdeschwanz zurückgeworfen. »Erzähl das mal den Afrikanern.«

»Tabitha, findest du mich dick?«

Tabitha leert ihr Glas, bevor sie antwortet.

»Sag schon! Bin ich ein Fettwanst, ein Fettkloß, ein Pfannkuchengesicht?« Sie sitzen draußen in der Morgensonne. Der Aluminiumtisch ist warm wie ein Heizkörper.

»Hast du dir deshalb Cola light bestellt?« erwidert seine Schwester.

Saul hebt sein T-Shirt und zählt vier Speckrollen.

»Das ist Babyspeck«, beruhigt ihn Tabitha. »Papa sah genauso aus, als er so alt war wie du. Das hab ich auf Fotos gesehen.«

»Na gut«, sagt Saul, schlendert zum Tresen und bestellt ein Eis. Hinter seinem Rücken grunzt Tabitha wie ein Schwein. »Das ist nicht für mich, das ist für Freya«, lügt er.

Tabitha und Saul passen auf Freya auf. Es ist ein bißchen

wie damals, als Saul das Kindergartenmeerschweinchen mit nach Hause brachte, ein bösartiges rot-schwarzes Geschöpf mit spitzen gelben Zähnen und Durchfall. Im Vergleich dazu ist Freya bestimmt ein Kinderspiel.

Nina war nicht begeistert von der Idee. »Und wenn sie auf die Straße läuft?«

»Das ist eine Fußgängerzone«, hatte Joe geseufzt, dessen Geduld allmählich abgenutzt war, gefährlich wie ein abgefahrener Reifen auf der Autobahn. Nina geht ihm auf die Nerven. »Sie kann doch nicht den ganzen Tag auf deinem Schoß hocken.«

Warum nicht? denkt Nina, während sie unglücklich hinter Joe herschlurft. Sie wollen nur kurz zur Drogerie am anderen Ende der Straße. Freya braucht ein neues Fläschchen – sie hat ihr Lieblings-Tweenie-Fläschchen vom Balkon geworfen. Saul ist runter gerannt, um es zu holen, aber es hatte einen Sprung. Wie auch nicht – in diesem Urlaub geht doch alles kaputt. Nina wird das Gefühl eines drohenden Unheils einfach nicht los.

Normalerweise wäre sie in ihrem Element. Es sind schon fast dreißig Grad, und die Läden sind besser als erwartet. Manche haben zu, weil Sonntag ist, aber die meisten Souvenirläden, der Supermarkt und ein paar Delikatessenläden haben geöffnet. Aber sie macht sich zu viele Sorgen, um es genießen zu können.

Seit wir hier sind, ist mir übel, gesteht Nina sich ein. Mir ist übel, weil ich gestern etwas, korrigiere, weil ich *jemanden* gesehen habe, der mich an eine Nacht erinnert, die ich seit über drei Jahren zu vergessen versuche. Das schlechte Gewissen spielt deinen Augen einen Streich, versucht sie sich zu beruhigen, es ist nicht dieselbe Person, es kann nicht dieselbe Person sein. Sie will sich nicht damit abfinden, daß das

Glück sie verläßt, noch nicht, nicht jetzt. »Joe, warte auf mich!« kreischt sie, doch er geht einfach weiter.

Freya ist sehr artig. Sie trägt ein gelbes Kleid und einen passenden Sonnenhut. Tabitha und Saul füttern sie mit braunem Würfelzucker aus einer kleinen Schüssel aus rostfreiem Stahl. Es sind ja nur Milchzähne, die fallen sowieso aus. Die Kleine wird ganz hippelig, als sie eine Katze sieht und will sie streicheln. »Katze«, kräht sie, »schöne Katze.« Die Katze ist alles andere als schön: Sie hat kein Halsband und eine eitrige Wunde hinterm Ohr. Tabitha will nicht, daß Freya die Katze anfaßt. Nachher hat sie noch Flöhe.

»Nein, Freya, schmutzige Katze.«

Freya bricht in Tränen aus, sie verzieht das Gesicht und läuft lila an, ihre Schultern beben. Sie fängt an zu schreien, ihre Gesichtsfarbe verdunkelt sich. Freya vergißt, zwischen den gellenden Schreien zu atmen.

Tabitha hätte sie ebensogut kneifen können. Die Kleine klingt, als würde sie gefoltert. Die Leute glotzen. Tabitha läßt sie die Katze streicheln, bevor sie explodiert, und das Kind beruhigt sich sofort. Es sieht aus, als seien ihre Tränenkanäle abgekoppelt worden. Ihre Wangen sind noch naß, doch sie lächelt. Fehlt nur noch der Regenbogen.

Sie schreiben Postkarten an Hils. Das haben sie versprochen, nur damit sie weiß, daß sie sicher angekommen sind.

Sauls Handschrift ist groß und rund. »Hi Mama, wir sind nicht abgestürzt, hier gibt es ein exzellentes Frühstücksbüffet, liebe Grüße, Saul X.«

Tabithas Handschrift ist klein und ordentlich. »Liebe Mama, sind sicher gelandet, hinreißendes Apartment, herrliches Wetter, mach dir keine Sorgen, ich verbrenne mich schon nicht! Es würde dir hier gefallen.« Sobald sie diese Zeile geschrieben hat, wünscht Tabitha, sie hätte es nicht getan, doch sie kann es nicht durchstreichen, und sie hat schon die Briefmarke in die Ecke geklebt. »P.S.: Liebe Grüße an Stoke Newington.« Sie fügt drei Ausrufezeichen, viele Küsse und ein P.P.S. hinzu: »Mach dir keine Sorgen, ich passe auf Saul auf.«

Sauls Eis kommt. Großmütter würden »Knickerbocker Glory« dazu sagen. Der Ober bringt drei Löffel, und Freya bekleckert ihr makelloses gelbes Kleidchen mit Schokoladensauce. Gleich fängt sie wieder an zu weinen. Freya gehört zu den Kindern, die es nicht ertragen, schmutzig zu sein. Schon der kleinste Fleck auf einem T-Shirt löst hysterische Anfälle aus. Tabitha versucht, Freya das Kleid über den Kopf zu ziehen, doch sie vergißt, den Knopf hinten aufzumachen. »Du erwürgst sie«, bemerkt Saul. Freya gebärdet sich auf Tabithas Schoß wie ein kleiner Wirbelsturm. »Wo zum Teufel ist Nina?« Es ist alles ihre Schuld: Mit ihr und Freya gibt es nur Ärger.

»Wir sollten langsam umkehren.« Nina versucht, ihre wachsende Unruhe nicht durchklingen zu lassen. Joe ist vor einem Schaufenster mit glänzenden neuen Kameras stehengeblieben. Als hätte er nicht bereits genug von den blöden Dingern. Die Frau in der Drogerie hatte mit ihm geflirtet. Wäre Nina nicht dabeigewesen, hätte die dumme Schlampe bestimmt den Laden dichtgemacht und ihm auf der Stelle einen geblasen. Sie hatte so einen Mund.

Joe ist so attraktiv, so charismatisch. Manchmal kommt Nina sich vor wie sein unförmiger Schatten, oder schlimmer noch, an häßlichen Tagen, wie sein Haustroll.

»Guck mal, Nina, ein Schuhgeschäft. Komm, wir kaufen dir Schuhe.« Nina ist hin und her gerissen. Einerseits ist da Freya, die kleine Freya. Andererseits sind da die Schuhe, sieben Zentimeter hohe, mit Erdbeeren verzierte Korkplateauschuhe, weiche orange Ledermokassins und paillettenbesetzte Flip-Flops. Sie zögert.

»Nein, Joe, wir müssen los.«

Joes Nasenflügel beben. »Gott, was bist du für eine Spaßbremse.«

Ehe sie weiß, was sie tut, versetzt sie Joe einen Tritt. »Leck mich.«

»Wie erwachsen«, spottet Joe. »Okay, Nina, dann gehen wir eben zurück zu den anderen Kindern.«

Er geht mit großen Schritten voran, und Nina trottet, jetzt vollends im Troll-Modus, hinter ihm her. »Entschuldige Joe, es tut mir leid.«

Ein Teenager-Pärchen knutscht an eine Mauer gelehnt, ihre Zungen huschen wie rosa Eidechsen in den Mund des jeweils anderen. Joes Mund ist eine dünne harte Linie, als hätte ihn jemand mit einem spitzen Bleistift in sein Gesicht gezeichnet. Warum ist sie so?

Tabitha, Saul und Freya sind noch genau dort, wo sie sie vor zwanzig Minuten zurückgelassen haben: dieselben Plätze, derselbe Tisch. Alles sieht genauso aus wie vorher, doch wie bei zwei »Finde-die-Unterschiede«-Bildern sind einige Details verändert.

Freyas Buggy ist umgekippt, die Wickeltasche steht offen, Tabithas Sonnenbrille liegt auf dem Boden, auf dem Tisch steht ein großes leeres Glas, aus dem drei Löffel ragen, ach ja, und Freya ist bis auf ihre Windel nackt. Wo ist ihr Kleid, wo ist ihr Hut? Saul trägt ihren Hut. Er hat ihn aufgesetzt, um sie aufzuheitern, nachdem sie ihr Kleid zerrissen hat. Er sieht albern aus.

»Gib Freya den Hut wieder!« Nina zwängt sich an Saul vorbei, um den Buggy wieder hinzustellen, und während sie ihm den Rüschenhut vom Kopf reißt, tritt sie auf Tabithas Sonnenbrille. Man hört es knacken.

»Alles zerbricht, alles geht kaputt«, schluchzt Nina, und als sie den Riß im Kleid sieht, setzt sie sich auf den Boden und weint leise in die Wickeltasche.

»So«, sagt Joe grimmig. Heute ist kein guter Tag. »Nina, du gehst jetzt mit Freya ins Apartment«, befiehlt er. »Wir zahlen und kommen in einer halben Stunde nach.« Und mit diesen Worten pflanzt er Freya in den Buggy, wirft ein paar Euro auf den Tisch und entfernt sich, gefolgt von seinen älteren Kindern.

Brav schiebt Nina ihre Tochter zurück in den Palazzo. Wir können jederzeit zu meiner Mutter ziehen, denkt sie.

Eine Stunde später, als Nina in ihrem Kopf gerade »Egoistisches Arschloch«, und »Es ist Mittagszeit, wo bleibt der Blödmann?« anstimmen will, kommen Joe und die Kinder zurück. Tabitha trägt eine neue rosarote Sonnenbrille mit herzförmigem Straßmotiv in der Ecke des einen Glases, während Saul eine riesengroße Maschinengewehr-artige Wasserpistole schleppt.

Noch bevor Nina sagen kann »Hältst du das für eine gute Idee?« drückt Joe ihr einen Karton in die Hand. In dem Karton liegt unter knisterndem roten Seidenpapier ein Paar Schuhe. Die Schuhe sind wunderschön. Sie sind aus glänzendem schwarzen Lackleder mit messerscharfem Pfennigabsatz. Von jedem Knöchelriemchen hängt eine Traube Glaskirschen.

»Oh Joe«, sagt Nina, »vielen Dank.« Die Schuhe sind wirklich toll. Die flachen Straß-Flip-Flops wären ihr allerdings lieber gewesen. Nina probiert die Schuhe an. Es sind Pornostar-Schuhe, und sie muß die Wadenmuskeln anspannen, um aufrecht darin stehen zu können. Joe sieht sehr zufrieden mit sich aus. Sie schwankt auf ihn zu, um ihm einen Kuß zu geben, einen echten Gegen-die-Wand-Teenager-Eidechsenzungenkuß, der erst durch einen scharfen Strahl eiskalten Wassers in ihrem Ohr beendet wird.

»Hihi«, kichert Saul, gefolgt von: »Ich bin am Verhungern, was gibt's zu Mittag?«

Tabitha beobachtet das Ganze schweigend. Sie kann sich nicht daran gewöhnen, daß ihr Vater Nina küßt. Es sieht nicht richtig aus, nicht mal durch die rosarote Brille.

Sie essen im Apartment zu Mittag. Außer Schuhen, Sonnenbrille und Wasserpistole hat Joe auch Brot, Käse, Oliven und Tomaten mitgebracht. Wenn ich mir Mühe gebe, wenn ich die Gefühle jedes Einzelnen voraussehe, wenn ich durch brennende Reifen springe, wird dieser Urlaub ein Erfolg, hofft er. Beziehungen sind wie teure Rennräder. Man muß sie pflegen, sie regelmäßig warten. Er muß Nina im Auge behalten – ihre Gangschaltung klemmt manchmal.

Nach dem Mittagessen schläft Freya, und während Nina auf das Baby aufpaßt, sehen Joe, Tabitha und Saul sich draußen um. Nina liegt in ihren neuen Schuhen auf dem Bett. Sie versucht, nicht daran zu denken, doch der erbsengroße Zweifel in ihrem Kopf wächst, und in Gedanken macht sie sich den Prozeß.

»Sie sind sich nicht sicher?«

»Nein, Euer Ehren.«

»Aber Sie sind sich auch nicht sicher, daß Sie sich nicht sicher sind?«

»Nein, Euer Ehren.«

Sie weiß nur, daß hier im Palazzo ein Mann wohnt, der sie an jemanden erinnert, mit dem sie mal geschlafen hat. Wenn sie nur mit ihm *geschlafen* hätte – aber sie haben nicht zusammen geschlafen, sie haben sich geliebt. Nein, auch nicht, sie haben gevögelt. O Nina, ein Fremder hat seinen Penis in deine Vagina gesteckt, und es ist gut möglich, daß er dich verfolgt.

»Aber er hat mich nicht mal angesehen!«

»Noch nicht, aber was wenn? Was, wenn er dich ansieht und er weiß Bescheid und du weißt Bescheid?«

»Hat er aber nicht. Vielleicht hat er die Sache vergessen.«

»Vielleicht, und vielleicht hast du Glück und kommst mit einem blauen Auge davon.«

Während Nina sich in dem breiten Doppelbett windet wie ein sterbender Goldfisch, liest Tabitha aus einem Prospekt über den Palazzo vor.

»Ursprünglich wurde der Palazzo als Jagdsitz für die Vorfahren des Principe di Salvatore erbaut. Hier trafen sich einst die Könige Spaniens und Italiens, um in den umliegenden Ländereien Wildschweine und Wachteln zu jagen. Noch heute bewohnt der Prinz seine Gemächer im Palazzo und ist während der Saison oft in der fünf Morgen großen Parkanlage anzutreffen, die er nun mit unseren geneigten Gästen teilt.«

»Ich werd verrückt, Wildschweine«, flüstert Saul und nimmt sich vor, sich bei der nächsten Gelegenheit hinter einem Baum zu verstecken und Tabitha mit wildem Grunzen zu erschrecken, wenn sie am wenigsten damit rechnet – wenn es dunkel ist. Er kichert still in sich hinein und kann nur mit Mühe der Versuchung widerstehen, sich schadenfroh die Hände zu reiben.

»Wo er wohl wohnt?« Tabitha reckt den Hals. Der Palazzo geht über drei Etagen. Ihr Apartment ist im ersten Stock.

»Bestimmt ganz oben.«

Sie gehen über den Hof. Frauen in Overalls laufen mit

frisch gewaschener Wäsche hin und her, zwischen ihren krummen Beinen streifen Katzen. Sie haben schon die Bibliothek und das Spielzimmer, das Büro und einen Schuppen mit Mietfahrrädern entdeckt. Die Nachmittagssonne ist fast ultraviolett vor Helligkeit. Joe macht künstlerische Fotos von Schatten und Eidechsen. Hinter dem Hof liegt der Pool und links davon, in einem kleinen Pinienhain, der Neubau.

Joe legt die Kamera weg. Es fällt ihm immer schwerer. So viele Fotos in all den Jahren, der Dachboden im alten Haus ist voll davon. Nie kann er richtig abschalten. Wenigstens kann man mit der Digitalkamera die häßlichen Momente gleich wieder löschen. Wenn das im wahren Leben doch auch möglich wäre. Auch in seiner Erinnerung gibt es Bilder, die er am liebsten für immer löschen würde. Hils' Gesicht, als ihr die Wahrheit dämmert, Sallys Verachtung, Nicks Fassungslosigkeit, der Schmerz der Kinder und die Enttäuschung in den Gesichtern seiner Eltern.

Manchmal fragt sich Joe, was passiert wäre, wenn Freya nie geboren worden wäre. Wo wäre er dann? Aber ich hab alle meine Kinder gleich lieb, ermahnt er sich.

Zwei Männer schlendern händchenhaltend durch den Garten auf sie zu. Beide haben Schnauzbärte und sprechen deutsch.

»Ich glaub, die sind schwul«, johlt Saul.

»Schwul ja, aber nicht taub«, erwidert der Größere, und Sauls Gesicht erinnert an das Innere einer Feige, rot, und am Rand grünlich.

Joe grinst blöd. »Äh, tut mir leid, herrlicher Tag.« Tabitha marschiert voraus und wiederholt leise: »Die gehören nicht zu mir, die gehören nicht zu mir, ich hab nichts mit denen zu tun.« Weil ihm nichts Besseres einfällt, tut Saul so, als sei er ein Wildschwein und prescht hinter ihr her. Die schwulen Deutschen lachen, und Joe streckt ihnen – weil er glaubt, das gehört sich – die Hand entgegen: »Hi, ich bin Joe.«

Dieter und Peter schütteln sie auf eine Weise, die nahelegt, daß beide ins Fitneßstudio gehen. »Sie wohnen hier, ja?«

»Ja«, echot Joe.

»Wir wohnen im Neubau, nicht ganz so schön wie der alte, und wir haben Probleme mit Mäusen.« Aus irgendeinem Grund finden sie das urkomisch. »Ha ha! Jemand ißt unseren Käse.«

27

Sonne, Sand und Spar

Alice war einkaufen. Sie ist ganz früh morgens aufgebrochen, bevor die anderen überhaupt wach waren. Die meisten Läden hatten schon offen, bis auf die Bäckerei, bedauerlicherweise. Alice blickte sehnsüchtig auf die charmant verschrammten Holzfensterläden. Katholizismus ist ja schön und gut, aber heiße Focaccia wäre genau das Richtige gewesen.

Eigentlich hatte sie die Delikatessenläden durchforsten wollen, ein bißchen Käse hier, ein wenig Pâté dort, vielleicht eine originelle Flasche Olivenöl mit in goldener Flüssigkeit schwebenden feuerroten Chilischoten? Doch letztlich war Spar dann doch praktischer. Sam ißt Coco Pops zum Frühstück. Frühstücksflocken, Milch, Brot, Marmelade, eine Tüte Pfirsiche, Joghurt, Eier, Käse, Tomaten, Kaffee, Saft, Waschpulver. Als Alice zurückkam, hingen ihre Arme aus den Gelenkpfannen.

Und doch war der Morgen bisher recht erfolgreich verlaufen, obwohl Guy mit Kopfschmerzen aufgewacht war und wissen wollte, warum sie nicht im Speisesaal frühstücken konnten.

»Geldverschwendung«, hatte Alice erwidert und die Weißbrotscheiben und den schwitzenden eingeschweißten Edamer ausgepackt.

»Alice, wie oft muß ich dir noch sagen, daß wir nicht pleite sind. Im Gegenteil, wir schwimmen im Geld.«

»Sei nicht so vulgär«, wies Alice ihn zurecht.

Scheiße. Spar dein Geld lieber für Mauritius und Peanut. Die Stimme in seinem Kopf ist wieder da, penetrant wie eh und je.

Es hatte einen unbedeutenden Streit wegen irgendwelcher Aufkleber in der Coco-Pops-Packung gegeben, die in Max' Schale gelandet waren. »Gib sie Sam, Max« – und – man mußte es dem Jungen lassen – das hatte er getan, auch wenn seine großzügige Geste dadurch geschmälert wurde, daß er meinte, die Aufkleber seien »sowieso nur was für Spastis«. Natürlich hatte Alice es für nötig befunden, ihm die Bedeutung des Wortes »Spasti« zu erklären, und daß die Ursache dafür Sauerstoffmangel bei der Geburt war.

»Ist Sam deshalb so?« fragte Max, und Alice hatte ihn »zum Nachdenken« zwanzig Minuten auf sein Zimmer geschickt.

Nachdem Max lange genug »nachgedacht« hatte, waren die Jungs (Guy wirkte in seiner Paul-Smith-Badehose, als habe er abgespeckt) an den Pool gegangen, während Alice aufräumte und ein Picknick vorbereitete. Es machte ihr nichts aus, wirklich nicht. Wie sie sagte, war ja nichts dabei. Sie mußte nur das Frühstück abräumen, ein paar Eier kochen, Unterwäsche waschen, Brötchen belegen und Betten machen.

»Alice, du brauchst die Betten nicht zu machen, das macht das Zimmermädchen«, hatte Guy eingewandt. Doch Alice weiß, daß sie trotzdem die Betten machen wird. So wie zu Hause, wenn am Donnerstag die Putzfrau kommt, und Alice wegen ihres schlechten Gewissens Ausschlag auf der Brust kriegt, weil Glynis älter ist als sie und einen Verband ums linke Bein trägt und ihr Sohn alle zwei Tage zur Dialyse muß.

Alice zahlt Glynis zu viel, und statt es ihr – wie man erwarten sollte – mit unerschütterlicher Ergebenheit zurückzuzahlen, dankt sie es ihr mit Lethargie und vorsätzlichem Aussparen der Ecken. Glynis wischt grundsätzlich nicht unter der Klobrille, hinter den Heizkörpern sammelt sich der Staub, und niemals würde sie den Staubsaugeraufsatz wechseln, um in die Ecken zu kommen.

»Warum schmeißt du die fette Kuh nicht einfach raus?« will Guy wissen.

»Sie hat eine Drüsenkrankheit«, erwidert Alice.

Die Putzfrau hier heißt Rosa und ist nicht gerade freundlich. Sie kommt kurz nachdem die Jungs schwimmen gegangen sind und poltert durchs Apartment, ohne auf Alices Konversationsversuche und Kaffeeangebote einzugehen.

Sie ist einfach hereingeplatzt, ohne anzuklopfen. Ich meine, sie hätten sonst was tun können! Woher will sie wissen, daß sie nicht gerade Sex haben – schließlich sind sie im Urlaub.

Wir machen uns heute einen entspannten Tag, denkt Alice. Morgen ist immer noch Zeit für Ausflüge. Und sie macht sich auf den Weg zum Pool, nur um festzustellen, daß ihre Familie nicht darin ist. Ihr Herz hüpft wie ein Pfannkuchen, doch die Panik flaut ab, als sie die anderen an der Bar erblickt. »Na los, Leute«, bellt sie.

Guy wollte sich gerade ein Bier bestellen. Er fühlt sich ertappt. »Achtung, Jungs«, murmelt er und stopft das Geld zurück ins Portemonnaie.

»Aber ich dachte, wir kriegen ein Eis«, quengelt Sam.

Alice ist mit Tüten voller Essen und Wasserflaschen bepackt. (Alice will nicht, daß die Jungs Sprudel trinken, Urlaub hin oder her.) Unter jeden Arm hat sie ein Strandtuch geklemmt, ein drittes liegt um ihren Hals. »Zum Strand«, brüllt sie und klingt erschreckend wie Captain Mainwaring. Um sich weitere Peinlichkeiten zu ersparen, folgen sie ihr.

»Um die Ecke und dann die Treppen runter«, befiehlt sie. Nachdem sie die blaue Mappe auf dem Couchtisch von vorn bis hinten durchgelesen hat, weiß Alice, was was ist und wo sie hin müssen. Die Stufen sind aus Holz und ziemlich steil. »Halt dich am Geländer fest, Sam«, kommandiert sie.

Hoffentlich brichst du dir den Hals, Sam, denkt Max.

»Mama, kann ich eine Wassermaschinenpistole haben?«

»Nein, Max, du weißt doch, was ich von Waffen halte.«

Alice hält gar nichts von Waffen. Keiner ihrer beiden Söhne durfte je mit einer spielen. Sie glaubt an eine rege Phantasie und pädagogisch wertvolle Spielzeuge – am liebsten aus Holz. Alice hat keine Ahnung, daß Max' Phantasie so rege ist, daß er manchmal mit zwei Fingern auf den Kopf seiner Mutter zielt und so tut, als würde er schießen.

»Das ist scheißungerecht«, mault Max und trödelt.

Seine blöde Mutter verdirbt alles. Sie holt sie vom Pool weg, obwohl sie gerade erst angekommen sind, erteilt Befehle wie in einem Scheißausbildungslager. Max flucht gern, insgeheim flucht er eigentlich ununterbrochen. Blöde Mama, blöder Sam, blödes Arschloch, seht ihn euch doch an, was für ein Depp.

Alice besteht darauf, daß Sam in der Nähe von Wasser immer seine neonfarbenen Schwimmflügel trägt. Ein Wunder, daß er sie nicht in der Badewanne tragen muß, denkt Sam.

»Warum kann er nicht einfach schwimmen lernen?«

Sam ist in allen Sportarten eine Niete. Er kann nicht Rad

fahren, er kann nicht inlineskaten, er kann nicht auf Bäume klettern – nur Rechnen kann er.

Max hatte am Pool bleiben wollen. Am tiefen Ende konnte man tauchen, und es war was los. Doch Alice mag keine Gruppen-Aktivitäten, nicht mit Leuten, die sie nicht kennt. Und überhaupt ist der Pool künstlich, zwar in die Landschaft eingebettet und alles sehr geschmackvoll mit strohgedeckter Bar und Bougainvillea, aber wer braucht schon einen Pool, wenn man direkt vor der Haustür einen herrlichen Sandstrand hat?

Für die Gäste des Palazzo ist ein rechteckiges Stück Strand reserviert. Schicke Strandliegen mit blauen Polstern unter Kokos-Schirmen. Die meisten Liegen sind besetzt. Mist, denkt Alice. Wir hätten eher kommen sollen. Gewisse Leute haben sich anscheinend schon in aller Herrgottsfrühe Plätze gesichert, eine Frechheit.

Alice, die für den Erlaß der Dritte-Welt-Schulden plädiert und für eine gerechtere Verteilung des Wohlstands, haßt es in Wahrheit zu teilen. Was sie will, ist ein Stückchen Strand ganz für sich allein mit freiem Blick auf das Meer und vorzugsweise außerhalb der Hörweite anderer Leute Kinder. Kinder, denen man erlaubt hat, batteriebetriebenes piependes Spielzeug mit an den Strand zu bringen. Eine Frechheit, man sollte die Eltern an die Wand stellen und erschießen.

»Kommt, wir gehen hier lang«, befiehlt sie. Mit dem Sand in ihren Schuhen und den Handtüchern unterm Arm und um den Hals ist es ziemlich mühsam voranzukommen. Guy könnte ihr ruhig mal was abnehmen. Die mit trockenen Shorts und T-Shirts, Sonnenmilch, ihrem Buch und natürlich den Plastiktüten mit dem Picknick vollgestopfte Korbstrandtasche schneidet in ihre Schulter.

In Wahrheit hat Alice ihr Buch vergessen, aber das weiß sie noch nicht. Es liegt auf dem Nachttisch in ihrem Apartment. Rosa hat es aus purer Bosheit zugeklappt. Ihr Mann hat ihr von der sogenannten Mutter in diesem Apartment erzählt, die ihre Kinder verprügelt.

Alice braucht eine halbe Stunde, um ein akzeptables Stück Strand zu finden, das nicht zu einem anderen Hotel gehört, wo keine Hunde sind (Sam hat Angst vor Hunden) oder knutschende Teenager (eklig) oder mittelalte Frauen oben ohne (albern) oder schwule Männer (kein Problem – aber nicht vor den Kindern).

Der Strand ist etwas schmuddeliger als dort, wo sie herkommen. Außerdem steht hier ein voller, von Wespen umschwirrter Mülleimer. Die Liegestühle haben keine Polster und die Sonnenschirme stecken in häßlichen Ytongblöcken. Sie suchen einen Sonnenschirm, der weder zu rostig ist, um ihn aufzuklappen, noch zerfleddert, wenn er erst mal aufgeklappt ist. Schließlich finden sie einen. Direkt neben dem Mülleimer.

Alice bemüht sich, nicht verstimmt zu sein. Ist es nicht das, was sie wollte, fern der Masse, ein bißchen Ruhe, nur die Familie? Sie legt die Handtücher auf die Liegestühle, während die Jungs ins Wasser laufen. Für sich selbst hat sie keines mitgebracht. Naja, sie weiß sowieso nicht, ob sie ins Wasser gehen will, vielleicht bis zu den Knien. Sie hat ihren Badeanzug unter dem Rock und T-Shirt angezogen, doch erstmal will sie sich ein bißchen hinsetzen. Alice gräbt in der Strandtasche nach ihrem Buch. Es ist nicht da. Ich könnte spucken, denkt sie, nicht, daß sie das je täte. So was machen nur das gemeine Volk und Fußballer (bei dem Gehalt sollten sie es eigentlich besser wissen).

Max wirft Sam Seetang ins Gesicht. Guy taucht, packt

Max am Fußgelenk und wirft ihn um. Max lacht und ringt nach Luft, die Lungen voller Meerwasser. Guy geht wieder zu weit, immer muß er übertreiben, er unterschätzt seine Kraft.

Alice steht auf. »Kommt her, hört auf mit dem Unsinn, es gibt Essen.«

Max hustet noch immer, sein Augen tränen, und als er bei Alice ist, greift er nach einem Handtuch und putzt sich damit geräuschvoll die Nase. Alice muß sich beherrschen, ihm nicht eine zu scheuern. »Wie kannst du es wagen!«

»Was, was hab ich denn jetzt schon wieder gemacht?«

»Du bist ein ungezogenes, böses Kind.«

Max ist aufrichtig erschüttert. »Aber ...«

»Nichts aber. Setz dich hin. Wenn du das noch mal machst ...«

Guy und Sam sind jetzt auch da. »Was hat Max denn gemacht, Mami?«

Sam weidet sich an dem Drama. Alice hält ihm ein schnotterfreies Handtuch auf und wickelt ihren zitternden Jüngsten darin ein wie ein Baby.

Max setzt sich hin, greift nach einem Stock und schreibt die Worte »Leck mich« in den Sand, wischt sie aber sofort wieder fort, bevor seine Mutter es sieht.

Das Picknick ist alles andere als ein Triumph. Alice packt gerade alles aus, als ein übelriechender Penner vorbeikommt und zwanzig Euro für die Benutzung der Liegestühle verlangt.

Guy bezahlt. »Ich will nichts mehr davon hören«, sagt er zu Alice.

Sie essen schweigend, bis eine penetrante Wespe sich weigert, Sam in Ruhe zu lassen. Sie setzt sich auf sein Ohr, dann auf seine Nase und dann auf seine Lippe. »Nicht bewegen, Sam«, sagt Alice. Doch das ist zuviel für Sam. Kreischend rennt er ins Meer. Er kann nicht schwimmen, denkt Alice, und er hat seine Schwimmflügel zum Essen abgenommen. Sie rennt hinter ihm her, stolpert und fällt mit dem Gesicht in fünf Zentimeter tiefes Wasser. Niemand wagt zu lachen.

Alice beschließt, daß es Zeit ist, zum Palazzo zurückzukehren. Sie hat Hitzepickel, und ihr Rock ist schmutzig. Sie kann es kaum erwarten, sich in der Mittagshitze in das kühle Apartment zurückzuziehen. Brav im Gänsemarsch gehen sie zurück. Am Pool ist es ruhig. Max will schwimmen gehen.

»Nein, Max, du kannst jetzt nicht in den Pool. Es ist noch keine Stunde her, daß wir Mittag gegessen haben. Außerdem machen wir jetzt alle eine schöne Siesta.«

»Guck mal, Mama, die Frau und der Mann waren auch im Bus.« Sam zeigt mit dem Finger, was sehr unhöflich ist. Alice, Präsidentin der Sittenpolizei, sagt ihm, er soll das lassen. Doch recht hat er, sie waren im Bus, leider. Gewöhnlich, das war ihr erster Eindruck. Der Mann ist behaart wie ein Bär. Wie hießen die noch mal? Die Gaudis, das war's. Sie kann sich nicht vorstellen, was die mit dem spanischen Architekten zu tun haben sollen. Er sieht aus wie ein Klempner, und sie, tja, sie sieht aus wie eine Nutte. Max zieht sein T-Shirt aus und will ins Wasser springen. »Wehe, Maxwell Thomas Jamieson, wag es ja nicht.«

Jonty Gaudi öffnet ein Auge. Ein Junge zeigt seiner Mutter hinter ihrem dicken Rücken den Stinkefinger. Seine frisch gebackene Frau Gayle dreht sich um. Sie hat auf dem Bauch gelegen – mit offenem Bikini-Oberteil, damit es keine Ränder gibt. Als sie sich auf den Rücken manövriert, befreien sich ihre Brüste aus den winzigen gelben Dreiecken. Der Junge, der schwimmen wollte, läßt Stinkefinger und Kinnlade sinken.

»Mach den Mund zu und komm«, ruft die dicke Frau über ihre Schulter.

Gayle hat ihre Brüste wieder eingepackt, und Jonty erinnert sich, wie er sich mit zwölf vor einem Poster von Wonderwoman zum ersten Mal einen runtergeholt hat. Er lacht, und der Junge läuft hastig davon.

Die Siesta ist noch stressiger als das Picknick. Die Jungs streiten sich anderthalb Stunden in ihrem Zimmer, während Alice ihren verschmutzten Rock einweicht und Guy beschließt, einen Spaziergang zu machen. »Warum um alles in der Welt nimmst du dein Handy mit, Guy?« fragt Alice, als er unauffällig sein Nokia vom Eßtisch nehmen will.

»Ich dachte, ich versuch mal im Büro anzurufen«, erwidert er.

»Ach Guy, du dumme Gans«, kichert Alice. »Es ist Sonntag. Nicht mal Penny ist am Sonntag im Büro.«

Guy schlurft also durch die Gärten des Palazzo – ohne Telefon und kreuzunglücklich. Was für ein Albtraum. Gestern hat er kaum mit ihr gesprochen. Was hat sie gestern Abend gemacht? Wahrscheinlich wieder eine Party. Peanut ist ein beliebtes Mädchen. Peanut wird überall eingeladen. Peanut gehört zu jeder Party dazu.

Was hatte sie an, mit wem war sie da?

Nur eine Woche, erinnert er sich. In einer Woche bin ich zurück. Ich ruf sie heute Abend an.

Sie wird ihn nicht anrufen, sie weiß, daß sie das nicht darf. Bisher war er sehr vorsichtig... Peanuts Nummer ist in seinem Handy unter Keith gespeichert.

Guy trottet zurück ins Apartment. Die blöde Alice hat

heute Morgen keinen Alkohol gekauft. Dafür aber eine Packung Nudeln und ein Glas Sauce Napolitano.

»Ich dachte, wir essen heute Abend im Apartment, Guy.«

»Aber wir haben nichts zu trinken, Alice.«

»Wir haben jede Menge Saft, Guy, nur weil man im Urlaub ist, muß man nicht zwangsläufig trinken.« Es gibt gekochte Nudeln mit roter Sauce und dazu ein schönes Glas Apfelsaft.

Viel später, als die Jungs schlafen und Guy auf einen schnellen Drink in die Bar geflitzt ist (»Wenn es denn sein muß, Guy. Ich bleib bei Tee.«), blättert Alice in den Tagebüchern, die sie ihren Söhnen gekauft hat. Sams ist voller Zahlen: die Flugnummer, die Abflug- und Ankunftszeiten, die Kilometer vom Flughafen zum Palazzo, und unten an der Seite steht, wie oft Max gemein zu ihm war. Bisher, am Ende des ersten Tages, sind es achtundvierzig Mal.

Alices Herz sinkt. Beklommen öffnet sie Max' Buch. Das hätte sie sich sparen sollen. Max hat nichts geschrieben. Er hat eine Kugelschreiberskizze des Palazzo gezeichnet. Ganz unten neben dem Pool ist das Bild einer Frau ohne Oberteil. Ich werde ein Wörtchen mit Lydia reden müssen, denkt Alice.

Inzwischen liest Guy am Pool die *Daily Mail* von gestern. Er hat sie gestern am Flughafen gekauft, aber vor Alice versteckt. Er liest einen kleinen Artikel über Tommy mit dem Titel »Mit fliegender Fahne zum Entzug«: Neben dem Foto, auf dem er den Türsteher vermöbelt, ist das Bild eines zerknirschten Tommy, wie er am nächsten Tag in der Klinik abgeliefert wird. Im Großen und Ganzen ist der Artikel wohlwollend. Der Tod seiner Mutter wird bemüht, und die Erkenntnis, daß auch Ruhm und Reichtum nicht vor den Unbilden des Alltags bewahren. Tommy kommt weniger als besoffener Halbstarker rüber, sondern eher als verletzliche, verlorene Seele. Darauf trink ich einen, denkt Guy und schlängelt sich zur Bar, um noch schnell einen letzten Drink zu kippen, bevor er Peanut anruft.

28

Alte Narben

Nina geht es besser. Er ist es nicht, sie ist jetzt mehr oder weniger sicher. Kurz nach dem Frühstück, als sie Freya ins Apartment zurückgeschoben hat, war Hase auf den Boden gefallen, und der Mann hatte ihn aufgehoben.

»Ich glaube, der gehört dir, junge Dame«, hatte er gesagt und Freya den Hasen mit der Selbstverständlichkeit eines Kaufhausdetektivs zurückgegeben, der einem ein verlorenes Portemonnaie aushändigt.

»Danke«, hatte Nina gemurmelt, doch sie konnte nichts in seinen Augen entdecken, kein Wiedererkennen, kein »Hey, du bist doch die Schlampe, die ich vor drei Jahren aufgerissen habe«.

Viele Menschen ähneln anderen Menschen. Vor allem Männer, weil es ihnen an Verkleidungsmöglichkeiten mangelt. Sie färben sich seltener die Haare und bepinseln sich nicht das Gesicht. Er ist einfach irgendein Mann, der hier mit seiner Familie Urlaub macht. Nur weil *sie* untreu war, muß nicht jeder es sein. Jedenfalls trägt dieser Mann einen Ziegenbart – daran würde sie sich definitiv erinnern.

Sie kann sich also entspannen. Es ist ein guter Morgen. Joe war mit Tabitha und Saul am Strand schnorcheln, während sie am Pool mit Freya und ihrem Gummiring gespielt hat. »Ach, Joe, du hättest sie sehen sollen!«

Joe ist erleichtert. Nina scheint den Urlaub endlich zu genießen. Sie schnattert in einer Tour. Seit sie sich zum Mittagessen getroffen haben, hat sie bereits diverse Pool-Szenen nachgestellt.

Anscheinend haben Dieter und Peter, die homosexuellen Deutschen, in ihren knappen Badehosen eine ganze Stunde Pilates gemacht, und jedes Mal, wenn Dieter sich vorbeugte, rutschte einer seiner Hoden aus der Badehose. Ninas schwuler teutonischer Akzent ist zum Brüllen.

Das mag Papa an ihr, denkt Tabitha, wenn sie andere nachmacht und fies, aber witzig ist. Tabitha hat fast ein schlechtes Gewissen, weil sie lacht. Normalerweise ist Nina nicht so komisch. Es kommt heraus, daß sie zwei Cocktails getrunken hat.

»Weißt du, Joe, ich glaube, ich habe einen Schwips.«

»Gut«, erwidert Joe.

»Diese Gayle ist schuld, sie hat mich gezwungen. Ich wollte eine Cola light, aber sie hat gesagt, ich muß unbedingt diesen Cocktail probieren. Gott, die ist total durchgeknallt.«

»Welche ist das noch mal?« fragt Saul. »Miss Gelber Bikini?«

»Genau die. Offenbar war sie mal das Mädchen von Seite drei. Sie macht hier Flitterwochen, ist mit Knutschflecken übersät. Er sieht aus wie ein Wolf, behaart, meine ich, wie Sean Connery.«

»James Bond würde nie Turnschuhe und Socken zu Shorts tragen«, widerspricht Tabitha, und dieses eine Mal muß Nina ihr recht geben.

»Na jedenfalls hat sie diese Acrylfingernägel und versucht, sich eine Kippe anzustecken, und einer der Nägel fängt Feuer und schmilzt, und da hat Jonty, das ist ihr Mann, sie in den Pool geworfen. ›Ich hasse dich, Jonty Gaudi‹, kreischt sie, und ihr Häkelbikini wird ganz durchsichtig und schwer und man kann alles sehen!« Nina prustet. »Und Freya hat Freunde gefunden. Erinnerst du dich an diese vornehmen Zwillinge im Bus? Rate mal, wie die heißen!«

»Pipi und Aa«, tippt Saul.

»Igitt«, erwidert Nina und gackert hysterisch. Sie hätte sich einen Sonnenhut aufsetzen sollen, denkt Joe.

»Darauf kommt ihr nie – sie heißen Bertie und Jeanette! Sie klingen wie eine Varieténummer und sehen aus wie kleine Ferkel.«

»Sind das die mit der zickigen Schwester?« Saul bringt die dicken Zwillinge mit dem schnippischen Mädchen in Verbindung, die gestern so gemein zu ihm war.

»Sie heißt Sofia. Ich glaube, sie langweilt sich. Vielleicht werdet ihr ja Freunde.«

»Mit der Hexe freunde ich mich bestimmt nicht an«, murmelt Saul düster. »Sie findet mich dick.«

»Ich glaub, die sind steinreich. Die Mutter heißt Helena Hart Jones, sie wohnen in Chelsea, in einer Seitenstraße der King's Road, er ist Wirtschaftsprüfer, Charles heißt er, glaube ich, sitzt die ganze Zeit da mit seinem Panama-Hut und liest die *Financial Times.* Und wißt ihr was? Es sind Retortenbabys.«

»Was ist das denn?«

»Babys aus dem Reagenzglas.«

»Kann nicht sein, die beiden passen doch nie im Leben in ein Reagenzglas.« Saul ist verwirrt.

Joe lacht. So ist es recht. So weit, so gut. Dieser Morgen ist ein voller Erfolg. Er hatte recht – der Urlaub war eine gute Idee. Er gönnt sich einen Moment der Selbstzufriedenheit. Nur einen kurzen Fußweg vom Strand des Palazzo entfernt haben sie eine Bar gefunden, wo man Mittag essen kann, eine kecke gelb-weiß gestrichene Hütte auf klapprigen Pfählen. Die Kellner sind begeistert von Freya, Nina ist glücklich, das Bier ist eiskalt, die Pommes sind knusprig und seine Kinder reizend.

Wenn nur seine Eltern sie so sehen könnten – wie Saul für Freya Cartoon-Schweinchen auf eine Papierserviette malt, während Tabitha sie mit Eiswürfeln füttert –, würden sie »die Situation« sicher gnädiger beurteilen. Selbst Hils kommt besser damit klar als sie, dabei ist sie es, die ihre Kinder mit einer anderen Frau teilen muß. »Vorläufig«, hört er seine Mutter sagen, »aber wenn sie eines Tages einen netten Mann kennenlernt, wirst du dich noch umgucken.«

»Aua!« Joe verbrennt sich die Zunge an einer heißen Pommes. »Verdammt!«

»Hast du auch mit der Familie mit dem komischen Jungen geredet?« fragt Tabitha.

»Die, wo die Mutter gesagt hat: ›Aber ich *weiß*, daß ich das Scrabble eingepackt habe?‹« Ninas Imitation ist geradezu unheimlich. »Nein, aber Gayle hat erzählt, daß der Vater sich gestern Abend, als sie und Jonty, das ist ihr behaarter Mann, noch einen Absacker getrunken haben, an der Bar die Kante gegeben hat. Schließlich stand er auf, torkelte, ließ sein Handy fallen und fing an, seinen Kopf gegen die Wand zu schlagen. Wenn der Junge nicht ganz dicht ist, wissen wir jedenfalls, von wem er das hat. Sie heißen Jamieson. Lydia hat Gayle erzählt, daß die Mutter total überspannt ist.«

»Wer ist Lydia?« Diese Informationsflut ist zuviel für Joe. Nina war schon lange nicht mehr so aufgekratzt.

»Die Reiseleiterin, die in dem roten Aertex-Hemd.«

»Ich hab gesehen, wie sie sich hinter einer Mauer versteckt hat«, sagt Saul. »Als ich mit Papa und Tabitha zum Strand gegangen bin, hat sie sich schnell geduckt.«

»Vielleicht hatte sie einen Ohrring verloren.«

»Vielleicht ist sie ein Spion.«

Saul ist in seinem Element. Fantastisch! Hier gab es Wildschweine und Schwule, Oben-ohne-Models und Spione. Das ließ hoffen.

Später, als Joe, Nina und Freya Siesta machen, dürfen Tabitha und Saul an den Pool – »Solange ihr zusammen bleibt, und das meine ich ernst, Saul, hast du verstanden?«

»Großes Pfadfinder-Ehrenwort«, schwört Saul.

»Ihr geht weder an den Strand noch in die Stadt, ohne uns Bescheid zu sagen. Ich vertraue darauf, daß ihr keine Dummheiten macht.«

Saul wünscht, sein Vater hätte das nicht gesagt. Sobald ein Erwachsener von Dummheiten redet, verspürt er den Drang, die Augen zu verdrehen und wie ein aufgescheuchtes Huhn herumzurennen. Er widersteht der Versuchung, und nachdem er noch schnell seine Wasser-Uzi aufgeladen hat, gehen er und Tabitha zum Pool. Er ist fast leer. Das schwule Pärchen döst auf Sonnenliegen, ihr Hab und Gut sauber zu zwei Häufchen zusammengelegt: Segelschuhe mit Lederbommeln, Armani-T-Shirts, Oakley-Sonnenbrillen und Zeitschriften. Saul fragt sich, ob sie schwule Träume von Pudeln und Elton John haben.

Die Drei-Uhr-Sonne brennt vom Entenei-blauen Himmel, und ein Schild fordert Eltern auf, dafür zu sorgen, daß ihre Kinder die Siesta zwischen zwei und vier einhalten.

Tabitha macht es sich unter einem Sonnenschirm bequem. Sie trägt etwas, das sie »Tankini« nennt. Ein gestreiftes Ding bestehend aus Hemdchen und Höschen. Als sie sich hinlegt, verrutscht ihr Tankinihöschen, und er sieht ihre Blinddarmnarbe. Bei ihrem Anblick wird ihm jedes Mal mulmig. Sie ist nicht mehr so rot wie früher, aber sie erinnert ihn immer noch an jene schreckliche Nacht.

In jener schrecklichen Nacht war er erst sieben und Tabitha war zehn – allerdings war sie gar nicht zu Hause. Sie war im Krankenhaus. Sie sah nicht, was er sah. Und er hat es ihr auch nicht erzählt. Niemand weiß davon. Sie dachten, er schläft.

Saul versucht, die Ereignisse jener Nacht zu ordnen. Es ist schon lange her (damals sammelten noch alle Pokemon-Karten). Wahrscheinlich fing es damit an, daß Tabitha krank wurde, sich die Eingeweide aus dem Leib kotzte, während Mama neben ihr im Badezimmer stand und sagte: »Keine Sorge, mein Spatz, wahrscheinlich hast du was Schlechtes gegessen. Morgen früh geht es dir wieder besser.«

Doch am nächsten Morgen ging es Tabitha gar nicht besser: Ihr Bauch tat immer noch weh, und sie schwitzte furchtbar. Deshalb ging sie nicht zur Schule, und Saul fand, er solle auch nicht gehen, denn wenn *sie* etwas Schlechtes gegessen hatte, würde *er* wahrscheinlich auch bald krank sein. Schließlich hatten sie das gleiche zu Abend gegessen: paniertes Grillhähnchen mit Erbsen und jungen Kartoffeln.

Doch Mama sagte: »Nein, Saul, du gehst, keine Widerrede.« Er stieg also zu seinem Vater ins Auto und maulte die ganze Fahrt. »Das ist unfair.«

Doch nach dem Mittagessen übermittelte ihm das Schulsekretariat eine Nachricht. Man kriegt nicht oft Nachrichten. Einmal hatte Sauls Freund Ricardo eine gekriegt, als seine spanische Großmutter gestorben war, doch das war eine Ewigkeit her.

Sie nahmen gerade Christoph Kolumbus durch, als die Sekretärin mit einem gelben Notizzettel hereinkam, den sie seiner Klassenlehrerin Miss March überreichte. Schweigend las Miss March die Nachricht, während die ganze Klasse den Atem anhielt. Schließlich hob sie den Kopf und sah sich suchend um, und in diesem Moment hatte er gewußt, daß sein Name aufgerufen werden würde. »Saul, kann ich dich kurz sprechen?« und alle hatten ihn angestarrt und getuschelt, als er zu Miss March ging. Sie »sprachen« auf dem Flur.

»Es tut mir leid, aber deine Schwester ist im Krankenhaus, Saul. Ihr muß der Blinddarm herausgenommen werden, aber es wird alles gut, und du gehst mit zu Angelica nach Hause.«

»Kann ich nicht mit zu Barney gehen?« hatte er gefragt. Angelica ging ihm auf den Keks, weil sie nur mit Polly Pocket spielte und doofe Videos guckte, und außerdem würden alle lachen, wenn er mit einem Mädchen nach Hause ging.

Dann war es doch nicht so doof bei Angelica, denn ihre Mama war sehr nett und kaufte extra ein Viennetta, und Angelica ließ ihn *Kevin – Allein zu Haus* gucken, falls Tabitha starb. Doch sie starb nicht, sonst wäre sie ja nicht hier in Italien und läse *Das Bernstein-Teleskop.* Doch er hatte sich ein bißchen Sorgen gemacht, und es war schön, als seine Mama und sein Papa endlich auftauchten und ihn nach Hause brachten und sagten, sie würde wieder gesund, aber daß er ganz brav sein müßte und nicht auf ihr herumhüpfen dürfte. *Der* Abend war also auch ein bißchen schlimm gewesen, aber es war nicht der ganz schlimme Abend. Erst am nächsten Abend wurde es richtig schlimm.

Saul konzentriert sich. Mama war den ganzen Tag im Krankenhaus gewesen, und weil Papa arbeitete, besuchte er Tabitha abends. Saul hatte seinem Vater eine Karte mitgegeben, die er bei Angelica für seine Schwester gemalt hatte, mit ganz vielen Ponys, denn die mochte sie damals am liebsten, und Mama war wegen der ganzen Aufregung ganz erschöpft. Er war also besonders artig gewesen, obwohl es im ganzen Haus nichts zu essen gab als Dosenravioli, und war ohne Widerrede ins Bett gegangen.

»Ich bin mit meinen Kräften am Ende, Saul.« Und sie sah echt müde aus, seine Mama, ganz eingefallen und ohne Lippenstift. Deshalb hatte er sogar unaufgefordert die Zähne geputzt und sich unter der Bettdecke vergraben.

Es war sehr dunkel, als der Krach ihn aufweckte, und obwohl es auf seinem Wecker erst kurz nach neun war, fühlte es sich eher an wie Mitternacht, wo ja alle schlimmen Dinge geschehen. Saul hatte durch die Gardine auf die nächtliche Straße gespäht und gesehen, wie seine Mutter gegen das Auto trat. Sie schrie, und aus ihrem Mund spritzte Spucke, und sein Papa versuchte, aus dem Auto zu kommen, doch seine Mutter hörte nicht auf, darauf einzuschlagen. Es war noch jemand im Wagen, der auf dem Beifahrersitz saß, doch er konnte nicht erkennen, wer, denn es war die andere Seite. Seine Mutter brüllte aus voller Kehle immer wieder dasselbe: »Ich bin nur rausgekommen, um Sauls Brotdose zu holen.«

Er erinnert sich, daß er kurz dachte, alles wäre seine Schuld, weil er seine Brotdose im Auto vergessen hatte, nachdem seine Mama ihn bei Angelica abgeholt hatte. Er wollte rausgehen und sie holen, doch sobald sie zu Hause waren, wollte sein Vater los, um Tabitha im Krankenhaus zu besuchen, und jetzt dieses Gezeter.

Saul verstand nicht, was die ganze Aufregung sollte. Er vergaß seine Brotdose doch ständig irgendwo. Die mit *Die dunkle Bedrohung* drauf. Ihm war schlecht, und er bekam es mit der Angst, weil er glaubte, er habe auch Blinddarmentzündung. Deshalb legte er sich wieder hin, bewegte sich nicht, damit ihm nicht das Essen hochkam, und kniff die Augen zu.

Auch jetzt schließt Saul die Augen, und wieder hört er, wie vor drei Jahren die Haustür zuschlug und der Saab davonfuhr. Er weiß noch, wie er vergeblich darauf wartete, daß das Auto zurückkommt. So sehr er sich auch anstrengt, die Erinnerung an den folgenden Tag ist wie ausgelöscht. Tabitha braucht er gar nicht erst zu fragen, denn sie war ja noch im Krankenhaus. Aber eines ist sicher, die letzte Nacht, die sein Papa zu Hause verbracht hatte, war die, als Tabitha der Blinddarm rausgenommen wurde.

Genug gegrübelt, findet er. Als er sich umdreht, sieht er, daß Tabitha sich seine Wasserpistole geschnappt hat und ihm direkt ins Gesicht schießt. Saul steht auf, schubst sie in den Pool und läßt diesem exzellenten Schachzug eine perfekt ausgeführte Knie-an-die-Brust-Arschbombe auf ihren Kopf folgen.

Als sie wieder auftauchen, bemerkt Saul zwei Jungs am Poolrand. Der größere zieht seine Sandalen aus und starrt sie dabei die ganze Zeit unverwandt an. Der kleinere mit den feuerroten Haaren trägt Schwimmflügel. Schwimmflügel! Also echt! denkt Saul und hält kurz inne, bevor er Tabithas Kopf unter Wasser drückt. Er ist froh, daß sie nicht gestorben ist, als ihr der Blinddarm rausgenommen wurde. Es ist schön, eine Schwester zu haben, die man im Urlaub unterduckern kann. Ob er ihr auch noch die Tankini-Hose runterziehen soll?

29

Trübsal und Durchfall

Alice versteht die Welt nicht mehr. Irgendwie scheint es Guy furchtbar mitzunehmen, daß sein Handy kaputt ist. Völlig verzweifelt kramt er in seiner Kulturtasche nach Nurofen.

»Vielleicht, wenn ich es auflade«, piepst er. »Alice, wo ist das Ladegerät?«

»Hab ich nicht eingepackt«, singt Alice fröhlich zurück. Sie hat gerade ein paar Unterhosen der Jungs ausgewaschen. Sie könnten wirklich eine Wäscheleine auf dem Balkon gebrauchen. Tja, dann muß sie die Unterwäsche eben auf die Mauer legen.

Sie öffnet die Schiebetür und betritt die Terrasse. Die Sandsteinfliesen unter ihren Füßen sind heiß wie frisch gebackene Kekse.

»Morgen!« donnert eine Stimme zu ihrer Linken. Alice zuckt zusammen. Ein sehr großer Mann in einer Art Mull-Schlafanzug raucht auf dem Balkon nebenan eine Zigarette. Alice hustet betont in die Richtung des Zigarettenrauchs. Während sie noch röchelt, tritt ein zweiter Mann hinzu und küßt den sehr großen Mann zwischen die Schulterblätter. Jetzt hustet der große Mann. »Ähem!« Der kleinere Mann dreht sich um und bemerkt Alice. *»Guten Tag«*, grinst er mit strahlend weißen Zähnen unter einem blonden Schnurrbart.

»Hallo, hallo, herrlicher Tag«, stottert Alice. Die Deutschen grinsen, als meinte sie: »Herrlicher Tag für einen Fick im Freien.« Mit Wangen von Farbe und Temperatur gegrillter Tomaten flüchtet Alice nach drinnen und schließt die Tür.

Schwule sind super, wirklich, aber wenn man zwei leicht zu beeindruckende junge Söhne hat – nun, man kann nicht vorsichtig genug sein. Natürlich sind nicht alle Homos pädophil, aber manche eben doch.

Sie muß endlich Lydia zu fassen kriegen.

Doch zunächst steht ein harmonischer Familienausflug auf Alices Tagesordnung: die Erkundung Santa Helenas. Mit etwas Glück gibt es eine architektonisch interessante Kirche, wo die Jungs eine Kerze anzünden können. Nicht, daß sie katholisch wären, doch andere Länder, andere Sitten. Hoffentlich kann sie sie dazu überreden, ein Gebet für jemanden zu sprechen, der es nicht so gut getroffen hat wie sie, jemand, der zum Beispiel keine PlayStation hat.

Alice war heute bereits in der Stadt, um frisches Brot zu holen. *»Buongiorno«,* sang sie heiter, umhüllt von einer köstlichen Duftwolke frischen Teigs.

»Ja, ja«, erwiderte die ziemlich schlampig aussehende schwangere Frau hinter dem Tresen. Alice ist zwar gegen all diese albernen neuen Gesundheits- und Hygieneverordnungen der Europäischen Union – »übergeschnappter Beamtenapparat« – doch dieses Mädchen rauchte! Rauchte in einer Bäckerei, und war darüber hinaus (das ist eine von Alices Lieblingsformulierungen) noch schwanger! Wußte das Mädchen, was sie ihrem ungeborenen Kind antat, ganz zu schweigen von ihrer eigenen Lunge? Alice wurde ganz traurig. »Ich meine«, wie sie später zu Guy sagte, »in den Mietskasernen Südlondons ist man diesen Anblick ja gewohnt – aber hier, im herrlichen Italien – es ist eine Affenschande.«

Da sie ihren Sprachführer vergessen hatte, mußte sie sich mit Händen und Füßen verständlich machen. »Vier« – Alice hielt vier Finger hoch – »Ciabatta-Brötchen, *s'il vous plaît.*« Alice erinnert sich dunkel an ihr Schulfranzösisch. Das war zwar nicht die Muttersprache der schwangeren Schlampe, bewies aber immerhin ihren guten Willen.

Es hatte ein kleines Mißverständnis (noch ein Wort, das Alice gern benutzt) wegen des Geldes gegeben. Alice hatte keine Münzen, und das Mädchen hatte sich geweigert, einen Zwanzig-Euro-Schein zu wechseln. Schließlich war Alice zum Zeitungskiosk gegangen und hatte einen Kuli gekauft. Sie lehnte es ab, eine Zeitung zu kaufen, schon gar nicht die *Daily Mail.* Sie spielte mit dem Gedanken, eine *La Stampa* zu kaufen, fand es dann aber doch albern.

Nach der Bäckerei war sie noch kurz bei Spar vorbeigegangen. Sam wollte Erdnußbutter. Die Frau an der Kasse kam aus Catford. »Die Welt ist klein«, informierte sie Alice.

»Vorwärts, Leute.«

Guy sitzt auf dem Sofa und stützt den Kopf in die Hände. »Ich kann nicht glauben, daß du das Ladegerät nicht eingepackt hast.«

Alice hat plötzlich die Nase voll. Hier wimmelt es von halbnackten Flittchen und Homosexuellen, und Guy denkt an nichts anderes als sein albernes Handy. Soll er doch eine Kerze dafür anzünden.

Sie läßt ihre Truppen antreten. Was für ein armseliges Geschwader sie abgeben. Sam ist in der Nacht gestochen worden und hört nicht auf, die sechs schreiend roten Knubbel auf seinem linken Bein zu kratzen. Max trägt schon wieder das eklige Nirvana-T-Shirt, und Guy, dem man offenbar das Rückgrat filettiert hat, kommt kaum vom Sofa hoch.

»Los, Jungs«, brüllt Alice und stürmt entschlossen voran. Beim Verlassen des Apartments erhascht sie einen Blick auf Lydia. »O Lyyyydia!« Doch schon ist sie hinter den Büschen verschwunden.

Ihrem Anführer folgend marschieren die Jamiesons den Kiesweg entlang. »Eins, zwo, drei, vier«, singt Alice und versucht, dem Prozedere ein wenig Dschungelbuch-Frohsinn einzuhauchen.

Das Zentrum von Santa Helena del Castellabate ist nur wenige Minuten entfernt. Die Stadt besteht aus einem kleinen Hafen und einem erhöhten Marktplatz vor einer überraschend prächtigen Kirche. Die Hauptgeschäftsstraße ist verkehrsberuhigt, obwohl Horden italienischer Jugendlicher auf Fahrrädern sich mit nadelartiger Präzision durch die Pulks empörter alter Frauen fädeln.

»Laßt uns Postkarten kaufen«, trällert Alice.

»Wofür?« fragt Sam.

»Für wen?« korrigiert seine Mutter. »Naja, für die Clementses, und Guy, du mußt natürlich Penny und Tante Judy eine schicken.«

Ihre Mutter steht nicht auf Alices Postkartenliste. Sie haben kaum Kontakt. »Nach allem, was ich für dich getan habe, Alice.«

»Wozu soll ich Penny ein Postkarte schicken, wenn ich genau weiß, daß sie mit ihrer Mutter in Weston ist?« blafft Guy.

»Weil sie uns auch immer eine schickt und es unhöflich wäre, es nicht zu tun.«

Alice bildet sich eine Menge auf ihre vorbildlichen Manieren ein. Weihnachten legt sie eine Inventurliste in ihrem

Filofax an, in die sie sauber Geschenke, Absender und Empfänger einträgt, während sie die Geschenke öffnen. Am liebsten wäre ihr, die Jungs würden gleich am zweiten Weihnachtsfeiertag ihre Dankesbriefe schreiben. Dankbarkeit wurde Alice früh eingetrichtert, für ein Dach über dem Kopf, für Essen und Kleidung. »Laß uns beten, Alice, wir wollen Gott danken.«

Guy ist verkatert und erschöpft. Alice marschiert, als würde sie an einem Sponsorenlauf teilnehmen. Ihr Mannsvolk trottet schweigend hinterher. Als sie den Marktplatz erreichen, schlägt Guy vor, einen Kaffee zu trinken.

»Aber es ist noch nicht mal elf Uhr. Wir haben noch gar nichts gesehen.«

Max entdeckt an der Ecke eine Spielhalle. Italienische Jungs in seinem Alter hängen über Flipperautomaten und pfeifen den vorübergehenden Mädchen hinterher, Mädchen mit dunkeln Haaren und nackten Beinen.

Hier würde ich gern mal allein herkommen, denkt er. Abends, wenn die Lichter an sind, und Mädchen in kurzen Hosen hinterher gucken.

»Laßt uns erst kurz in die Kirche gehen«, bettelt Alice.

Max hat eine Erektion. Es kommt ihm falsch vor, seiner Familie mit einer Latte in eine Kirche zu folgen, doch er kann seiner Mutter schwerlich erklären, warum er nicht hinein möchte. Als sie durch die knarrende Holztür treten, fängt Alice an zu flüstern: »Sieht aus, als wäre gerade Gottesdienst. Fantastisch. Setzt euch auf eine der hinteren Bänke.«

Kaum haben sie sich gesetzt, da schwillt die Orgel an, ein Priester erscheint, und Alice entdeckt zu ihrem Entsetzen einen kleinen weißen Sarg auf einem Podest am Ende des Ganges.

Ein markerschütterndes Klagen erhebt sich über die Musik, Weihrauch erfüllt die Luft, und eine junge Frau in Schwarz schießt wie eine aufgeschreckte Fledermaus von ihrem Sitz in der ersten Reihe und wirft sich schluchzend über den Sarg.

»Verschwinden wir«, zischt Guy.

Max' Erektion ist verschwunden. Leise schleichen die Jamiesons aus der Kirche.

»Was war denn das?« will Sam wissen, kaum daß sie aus der Tür sind.

Guy macht ein grimmiges Gesicht. »Deine Mutter hielt es für eine gute Idee, in eine Kinderbeerdigung reinzuplatzen.«

Endlich einmal schweigt Alice, jedenfalls für ein paar Sekunden. »Aber das habe ich doch nicht gewußt«, protestiert sie.

»Halt einfach die Klappe, Alice.« Guy stapft mit großen Schritten vorweg. Als sie ein paar hundert Meter die Hauptstraße entlang gegangen sind, bleibt er stehen. »Ich brauch einen Drink.«

»Aber ...« setzt Alice an. Guy blickt sie an.

»Na gut«, gibt sie nach, und sie setzen sich an einen Tisch an der Straße und warten, daß jemand ihre Bestellung aufnimmt. Alice fühlt sich gräßlich. Sie schämt sich, sie hat es nicht mit Absicht gemacht. Guy ist gemein.

»Jungs, warum seht ihr euch nicht mal die Luftmatratzen da drüben an«, schlägt sie vor. Sofort verschwinden ihre Söhne in einem Dschungel aufblasbarer Tiere. Guy nimmt seine Persol ab und schließt die Augen.

»Tut mir leid, Guy. Ich weiß genau, wie sie ...«

»Wag es ja nicht, mir damit zu kommen. Wag es ja nicht, Alice. Du hast keine Ahnung, was diese Frau durchmacht.

Halt dich da raus. Es ist ihre Trauer, nicht deine. Du hast kein Recht dazu, kapiert?«

Alice beißt sich auf die Lippe. Guys Hände zittern, als er zwei Cola, einen Kaffee und ein Bier bestellt.

Bier am Vormittag! Sie beißt noch fester auf ihre Lippe und wundert sich, daß sie kein Blut schmeckt. Guy kann manchmal grausam sein.

Die Jungs kommen mit einer Wunschliste aufblasbarer Krokodile und Supermänner, Delphine und Schnorchel zurück. Max will außerdem eine Harpune.

»Das erledigen wir am Schluß«, sagt Alice. »Wir wollen den Kram doch nicht den ganzen Vormittag mit uns rumschleppen.« Ganz schön gerissen: Nachher haben die Läden zu. Guy bezahlt die Getränke. Er läßt ein absurdes Trinkgeld zurück. Warum muß er mich immer ärgern? denkt Alice und steckt verstohlen ein paar der Münzen wieder ein.

Nachdem die Postkarten gekauft sind und Alice ewig im Keramikladen gestöbert hat – »eine hübsche Olivenschale würde Di bestimmt gefallen« –, haben die Jungs keine Lust mehr, und sie gehen am Hafen entlang zurück. »Seht nur, Jungs, Boote«, sagte Alice, als seien sie Kleinkinder.

Am Ende eines Stegs angeln alte Männer. Würmer winden sich in verfärbten Plastikbehältern, während Jungs in Sams Alter von der Hafenmauer ins Wasser springen. Einer scheint Unterhosen zu tragen. Wenn sie mit angeklatschtem schwarzen Haar wieder an Land kommen, sehen sie aus wie Seehunde.

Meine Mutter würde mir das nie erlauben, denkt Max, sie erlaubt mir nie was. Er muß sich beherrschen, nicht einfach loszulaufen und zu springen.

Alice entdeckt die schicke Familie, die auch im Palazzo wohnt, die mit den unglückseligen Zwillingen und dem dauerbeleidigten großen Mädchen. Sie sitzen vor einem Restaurant unter großen cremefarbenen Sonnenschirmen. Auf dem weiß gedeckten Tisch stehen Fingerschalen, und aus einem Eiskübel ragt der dunkelgrüne Hals einer Weinflasche.

Sie scheinen sich für das Mittagessen fein gemacht zu haben. Ihre Sachen sind ebenso strahlend weiß wie die Servietten. Sie sehen aus, als sei dies genau das, was sie immer tun, wenn sie in Italien sind: mittags Meeresfrüchte essen und kalten Weißwein trinken.

Alice fühlt sich verschwitzt und klebrig. »Huhuu«, zirpt sie.

Die Frau lächelt gezwungen. Halbherzig hebt sie eine Hand, als wolle sie winken, doch dann greift sie statt dessen zur Speisekarte.

Guy blickt auf die Uhr. »Mittagessen?«

»Nicht hier«, erwidert Alice schrill. »Im Prospekt steht, daß die meisten Hafenrestaurants völlig überteuerte Touristenfallen sind. Bestimmt finden wir gleich um die Ecke etwas Authentischeres.«

Gleich um die Ecke knabbert ein Hund an einem großen blutigen Knochen, und es wimmelt von Fliegen. Männer tragen Kadaver durch die Hintertür eines Schlachters. »O Gott«, stöhnt Alice, »soviel Tod«, und eilt in die nächste Gasse.

Vierzig Minuten später findet sie endlich etwas angemessen Authentisches, wo es keine Pizza gibt.

»Pizza *ist* authentisch«, argumentiert Guy.

»Du weißt schon, was ich meine«, erwidert Alice.

Max weiß nicht, was an der Bar verkehrt sein soll, an der sie vor einer halben Stunde vorbeigekommen sind. Dort saß Miss Gelber Bikini mit ihrem Gorilla-Mann. Sie aßen

Käsetoast und guckten auf einem großen Plasma-Bildschirm Fußball. »Hi, Jungs!« Sie hatte gewinkt. Sie trug ein lila Spitzentop und darunter einen großen schwarzen BH.

Alice war weiter marschiert. »Diese Frau ist schrecklich ordinär.« Laut Alice sind viele Leute »schrecklich ordinär«. Zack Fultons Mama, weil sie auf der Straße raucht und sich die Haare färbt. Mrs. Gibb, weil sie selbstgemachte Tattoos hat und den Schnuller ihres Babys in den eigenen Mund steckt, um ihn sauber zu machen. Und die Leute in der Siedlung am Ende ihrer Straße sind nicht nur »schrecklich ordinär«, sondern auch »asozial«. Max seufzt.

Das Restaurant, das Alice ausgewählt hat, ist so weit ab vom Schuß, daß es gähnend leer ist. Außer keinen Gästen gibt es auch keine Klimaanlage, kein Huhn, keine Burger, keinen Salat, kein Omelette – nur Fisch.

»Ich mag keinen Fisch«, sagt Sam.

»Tust du doch«, belehrt ihn seine Mutter.

Alice bestellt Muscheln. Guy bestellt ein Thunfischsteak und rät den Jungs, dasselbe zu tun. »Dazu gibt es Pommes«, flüstert er.

Das Essen wird von einem Jungen serviert, der auf einem Auge blind ist. Genau wie der Schäferhund im Schnapsladen zu Hause, denkt Guy und versucht, seinen Blick abzuwenden. Es hat keinen Zweck. Ihm ist der Appetit vergangen. Alles, was er in den Mund steckt, schmeckt nach krankem Augapfel.

Max und Sam stochern in ihren Pommes herum. Alice macht sich gierig über ihre Muscheln her, wobei sie dicke Scheiben altbackenes Brot in die Soße stippt. Manche Schalen lassen sich nur mit Mühe aufstemmen. »Hmmm, lecker«, verkündet sie und leckt sich die Finger, »so schmeckt das Meer. Ihr wißt nicht, was euch entgeht.«

Guy bezahlt. Diesmal gibt er kein Trinkgeld. »Das war eklig, Alice«, murmelt er knapp, »laß uns gehen.«

Auf dem Rückweg zum Palazzo zieht sich Alice der Magen zusammen. Vielleicht mein Eisprung, mutmaßt sie. Ist es nicht – es ist das erste Stadium einer Lebensmittelvergiftung. Als sie die Tore Gardenias erreichen, fällt sie in Trab.

Hätten sie im alten Gebäude gewohnt, hätte sie es vielleicht geschafft, doch bevor sie den Neubau erreichen, übergibt Alice sich dreimal hinter drei verschiedenen Bäumen. »Schnell, schnell«, stöhnt sie, während Guy nach dem Schlüssel für Nummer 2 kramt. Sobald er die Tür geöffnet hat, stürzt Alice zum Klo. Der Lärm, der aus dem Badezimmer dringt, ist schlimm genug, aber es ist der Geruch, der die anderen Jamiesons taumeln läßt.

»Ich glaub, ich hab mir den Magen verdorben«, blökt Alice hinter der geschlossenen Tür.

Den Rest des Nachmittags verbringt Alice auf der Toilette und liest Hils' Buch. Es hat keinen Sinn aufzustehen. Auf dem Klo ist wenigstens das Waschbecken in Reichweite, falls sie sich übergeben muß. Guy beschließt, mit den Jungs an den Pool zu gehen. Es ist wahrlich kein Vergnügen, sich drinnen aufzuhalten. Die Jamieson-Jungs bauen ihr Lager am flachen Ende auf. Guy weiß, daß er seinen jüngsten Sohn im Auge behalten muß. Er hat die Sonnencreme vergessen. Wenn Sams Schultern rot werden, wird Alice sauer, doch wenn er ertrinkt, wird sie toben. Glücklicherweise befinden sich die Schwimmflügel in einem der aufgerollten Handtücher, die Guy sich geschnappt hat, als sie das stinkende Apartment räumten. Schwimmflügel in seinem Alter! Hoffentlich halten die Leute Sam für einen sehr großen Fünfjährigen und nicht für ein fast zehnjähriges Muttersöhnchen.

Er entspannt sich. Ohne Alice fällt ihm das leicht. So werden seine Urlaube in Zukunft immer sein, mit dem einzigen Unterschied, daß Peanut dabei ist. Sie wird sich wie eine kleine Katze auf der Liege ausstrecken, wobei der gepiercte Bauchnabel in der Sonne glitzert.

Max unterhält sich mit dem pummeligen Kind, das auf der Busfahrt eine Pinkelpause brauchte. Er zeigt Max seine Wasserpistole, ein riesengroßes limonengrünes Plastikmonster. Max schließt schnell Freundschaften. Wenn nur Sam nicht so … naja, so verdammt seltsam wäre.

Die große Schwester des pummeligen Jungen fragt Sam nach seinem Namen, doch der macht auf dem Absatz kehrt und hockt sich ins Gebüsch, um Eidechsen zu beobachten. Das Mädchen zuckt mit den Schultern und schwimmt weg. In zwei Jahren, denkt Guy, ist sie ein heißer Feger. Sofort schämt er sich, als trüge er einen schmuddeligen Regenmantel über der Badehose. Ich muß mich abkühlen, beschließt er.

30

Die BBC ruft Hils

Am späten Montagnachmittag ist Hils mit dem Streichen des Gästeklos fertig. Das Rosa ist grenzwertig. Auf der Dose steht »Petunie«, doch für Hils sieht es eher nach »Perineum« aus.

Ach was. Als sie gerade die Pinsel unter kaltem Wasser ausspült, ruft ein PR-Mädchen vom Verlag an und informiert sie atemlos, daß sie am Donnerstag für *Woman's Hour* gebucht sei. »Ist das nicht phantastisch?«

»Sie meinen *Woman's Hour* auf Radio 4, die mit Jenni Murray?« stammelt Hils.

Das PR-Mädchen hat es eilig. »Tut mir leid, Hils. Ich hab A.S. Byatt auf der anderen Leitung.«

Was um alles in der Welt soll ich anziehen? denkt Hils. Zerstreut wischt sie die Pinsel an der Jeans ab und wählt automatisch Sallys Nummer.

Esme nimmt ab und klingt wie eine tüchtige Sekretärin. »Hallo, hier bei Thorpe.« Sie ist eine Siebenjährige, die auf die Siebenundzwanzig zugeht, das Gegengift zu der Schusseligkeit ihrer Mutter und der akademischen Zerstreutheit ihres Vaters.

»Hallo Süße, hier ist Hils. Ist deine Mama da?«

Esme ruft nach ihrer Mutter, und im Hintergrund hört Hils das vertraute Absatzgeklapper. Sally nimmt das Telefon. »Hallo, Schriftsteller-Busenfreundin, hast du Sehnsucht?«

»Ehrlich gesagt hab ich, äh, ich komm grad nicht auf die Namen, ganz vergessen«, lügt Hils. »Ich hab andere Sorgen!«

»Zum Beispiel?«

»Ich hab am Donnerstag eine Verabredung.«

Sally rät drauf los: »Orlando Bloom, Shane Ritchie, der Typ vom Kebab-Laden?«

»Jenni Murray. Ich soll zur *Woman's Hour.*«

Sally pfeift beeindruckt, wie es sich für eine beste Freundin gehört.

»Aber ich weiß nicht, was ich anziehen soll.«

»Hils, das läuft im Radio.«

»Ich weiß, aber ...« Hils verstummt ratlos.

»Ich sag dir was, komm am Mittwoch zum Abendessen. Du kannst dir was von meinen Sachen aussuchen und unsere Venedig-Fotos ansehen. Sagen wir, so gegen sieben? Wenn du rechtzeitig kommst, kannst du noch an Esme schnüffeln, um das Muttertier in dir zu wecken.«

Hils' Muttertier ist längst hellwach. Gestern war sie bei ihrem Bruder und seiner Familie in East Dulwich. Nach ein paar Stunden mit Lulu und Casper war sie fast froh, wieder zu Hause zu sein. Ihre Nichte und ihr Neffe waren nicht leicht zufriedenzustellen: ein Mini-Diktator-Duo mit identischen Topfschnitten. Hils verbrachte einen Großteil des Nachmittags mit Lulu und diversen Stofftieren bei Kaffee und Kuchen unter dem Küchentisch.

Ihre dreijährige Nichte war eine perfekte Gastgeberin und bestand darauf, daß Hils Unmengen von schmuddeligen rohen Nudeln aß, während Casper als Feuerwehrmann verkleidet umher stapfte. Natürlich hatte es mit Tränen geendet, und erst nachdem die Kinder sich in den Schlaf geweint hatten, war es möglich, sich mit James und Midge normal zu unterhalten.

»Ich hab vergessen, wie es ist«, gab sie zu und fiel in einen Gartenstuhl.

»Langweilig, meinst du?« hatte Midge erwidert und Hils ein großes Glas mit etwas deutlich Schmackhafterem als Lulus Marmeladenwasser gereicht.

»Nicht langweilig, aber gnadenlos.«

Midge saß auf James' Schoß, und plötzlich wurde Hils von einem Gefühl überwältigt, für das sie kein anderes Wort als Heimweh fand. Wie lang war es her, daß sie so vertraut mit einem Mann gewesen war.

Sie waren eine Einheit, Midge und James, wie sie so zusammen auf der Treppe saßen. Man konnte wirklich nicht sagen, wo James aufhörte und Midge begann. Sie bildeten eine amorphe Masse aus weißen T-Shirts und Jeans, mit von der Gartenarbeit gebräunten, verschlungenen Unterarmen. Waren sie und Joe überhaupt jemals so gewesen? Sie kam sich überflüssig vor und verabschiedete sich.

Vierundzwanzig Stunden später und mit Farbe bespritzt muß Hils plötzlich an James' Freundin vor Midge denken. Eine entsetzliche Eisjungfrau von einer Blondine mit einer Allergie gegen alles, das nicht aus purem Gold war. Ihr Bruder war über beide Ohren in sie verliebt und kaufte ihr Ohrringe, die er sich gar nicht leisten konnte, nur damit ihre Ohren nicht grün wurden.

Es hatte sogar eine Verlobungsfeier gegeben, auf der die Eisjungfrau ihren Dritter-Finger-linke-Hand-Saphir mit unverhohlenem Triumph zur Schau trug, während der Rest der Familie zähneknirschend gratulierte. Zwei Monate vor dem Großen Tag wurde die Hochzeit abgeblasen. James, der wegen Eisjungfraus Hüftspeckphobie durch den Dulwich Park joggte, hatte gesehen, wie ein Mädchen von ihrem Fahrrad in eine große Schlammpfütze gefallen war.

»So eine blöde Scheiße«, hatte das Mädchen geflucht und gleichzeitig geschluchzt und gelacht.

Wie ein Blitz, sagte James später, habe ihn in diesem Moment die Erkenntnis getroffen, daß seine Verlobte solcher Gefühle unfähig war. Nur ein einziges Mal habe sie so etwas wie eine Gefühlsregung gezeigt, und das war, als sie vor einem Schaufenster gestanden und mit sonderbarer Kleinmädchenstimme gesagt hatte, daß sie irgend etwas »soooo süüüß« fand.

James hatte dem Mädchen auf geholfen, und bis er ihre Fahrradkette repariert hatte, war er längst in Midge, ein kleines, sommersprossiges Pummelchen mit braunen Haaren, verliebt, und die Eisjungfrau war passé.

Vielleicht sollte ich das auch mal probieren, denkt Hils. Mit Tabithas Fahrrad in den Park fahren und umkippen. Ich brauche einen Mann, ich vermisse meine Kinder, und ich habe das schreckliche Gefühl, daß meine Mutter häufiger bumst als ich.

Bei diesem unerwarteten und unwillkommenen Gedanken wird ihr mulmig. Ihre Mutter und Basil? Sicher nicht. Fangen Rentner tatsächlich etwas miteinander an? Wie genau ist die Bettenverteilung in diesem Wohnwagen? Soll sie ihrer Mutter raten, Kondome zu benutzen? Wer weiß, was Basil schon so alles getrieben hat! Hils' Kopf füllt sich mit Bildern eines Terry-Thomas-Doppelgängers, der die Damen im Bridge Club im Krawattenumdrehen verführt und wieder fallen läßt. Wenn er ihr weh tut, bringe ich ihn um, schwört sie.

Als ich Joe kennenlernte, hatte er eine Freundin und ich hatte einen Freund. Mark hatte mit Computern zu tun. Er war nett, doch er roch seltsam, und sein in Lederhosen gequetschter Penis schwitzte ziemlich. Ich fand es äußerst unangenehm, ihm einen zu blasen. Er schmeckte, als bewahre er seine Genitalien in Tupperware auf.
Joe ging mit einer Frau namens Gloria. Ich sagte, das klinge nach einer alten Frau. Joe zeigte mir ein Polaroid von Gloria: ein wunderschönes schwarzes Mädchen, oben ohne, in weißen Strümpfen und Hosenträgern. Sie hatte einen Afro und falsche silberne Wimpern und sah aus wie die Sorte Frau, die ein Kondom mit der Zunge überstreifen kann. Allein bei ihrem Anblick kam ich mir so trist vor wie Vollkornflocken. Zum Glück war Gloria Background-Sängerin und ging mit Joe Jackson nach Amerika und kam nie zurück. Alles, was sie zurückließ, war eine lila Perserkatze. Persephone wohnte mit Joe in seiner Genossenschaftswohnung in Camberwell. Sie aß ausschließlich frisch gekochtes, klein geschnittenes Hühnerfilet, und jedes Mal, wenn ich kam, sah sie Joe an, als wollte sie sagen: »Was will die denn hier?«

Tagebuch einer Geschiedenen

Manche Menschen passen einfach zusammen, denkt Hils, während sie am Fenster sitzt und den frühen Stoke-Newington-Abend vorbeiziehen läßt. Wie Sally und Nick. Ohne Nick wäre Sally zu laut. Nick ist der Deckel zum Dampfkochtopf ihrer Persönlichkeit. Er bewahrt sie davor, überzukochen und zuviel Schweinkram zu machen. Ohne Nick würde Sally verkochen. Doch ohne Sally würde Nick sich in die Welt der Seefahrtsgeschichte verkriechen und dabei langsam schlachtschiffgrau werden.

Ihr Bruder James braucht Midge, um ihn zum Lachen zu

bringen und die Arbeit zu vergessen, und Midge braucht James, damit das Auto genug Öl und Benzin hat.

Ihre Mutter brauchte ihren Vater, um mit ihr durch die Küche zu walzen und ihr dabei ein schiefes »Blue Spanish Eyes« ins Ohr zu singen, um die Regenrinne sauber zu halten und die Heizkörper zu entlüften. Ihr Vater brauchte ihre Mutter, um seine Arme für den Pullover zu messen, den sie ihm strickte, um ihn daran zu erinnern, wann *Inspector Morse* anfing und als letzte Amtshandlung des Tages die Nachttischlampe auszuschalten. Plötzlich spürt sie ihren Vater, nach Lagerfeuer duftend, aus der Kälte hereinkommen, ihre Mutter sammelt ihm die Blätter von seinem marineblauen Pullover und nimmt seine Hände, um sie mit ihren zu wärmen.

Was fehlt mir am meisten daran, Teil eines Paares zu sein? fragt sich Hils, während sie ein kleines dickes Mädchen beobachtet, das tippelnd versucht, mit ihrem sehr großen Freund Schritt zu halten. Mir fehlt jemand, mit dem ich mir eine Flasche Wein teilen kann, bevor ich sie allein austrinke, jemand, mit dem ich über die Kinder reden kann, mit dem ich Glühbirnen wechseln kann, ohne die Leiter holen zu müssen, und der nachsieht, ob der Lärm wirklich ein Einbrecher ist. Doch was mir am meisten fehlt, ist jemand, der neben mir im Bett liegt, wenn ich einsam bin.

Wenn die Kinder da sind, merke ich es gar nicht, aber wenn nicht, höre ich meinen eigenen Herzschlag. Das kleine Mädchen und der große Junge sind stehen geblieben, um sich zu küssen. Sie reckt sich, er bückt sich. Hils kommt sich wieder vor wie mit fünfzehn, als jeder auf der Welt einen Freund zu haben schien außer ihr, die bei Partys auf Sofas saß und anderen beim Knutschen zusah. Ein Vierteljahrhundert später hat sich nichts geändert.

»Hör auf damit, Hils, hol dir was zu essen und hör auf, dir selbst leid zu tun, du Heulsuse.« O Gott, jetzt rede ich schon mit mir selbst – und auf dem Weg in die Küche schimpft sie sich tüchtig aus.

31

Schorf und Salatbesteck

Joe liegt nackt auf dem Bett und schläft. Er sieht aus wie ein Esel, der von einem elektrischen Zaun niedergestreckt wurde. Er ist ein großer Mann mit großen Füßen und einem großen Penis, der im Traum zuckt.

Nina betrachtet ihn giftig. Freya zahnt. Wie kommt es, daß er nie hört, wenn seine Tochter nachts wimmert? Wie kommt es, daß immer *sie* sie wiegen und trösten und Gel auf Freyas geschwollenes violettes Zahnfleisch schmieren muß? Taube Nuß! Wenn sie wieder in London sind, wird sie darauf bestehen, daß er sich die Ohren spülen läßt.

Nina, deren Arme sich unter Freyas Gewicht taub anfühlen, kommt zu dem Schluß, daß Ferien mit Babys ermüdend sind und Männer zu nichts zu gebrauchen. Leider läßt ihr Gewissen ihr dieses Pauschalurteil nicht durchgehen. Du hinterhältiges Flittchen, beschimpft sie sich selbst, Zeit für die vertrauten Drei-Uhr-morgens-Angstzustände. Das Gefühl, eine Mischung aus Angst, schlechtem Gewissen und Übelkeit kriecht ihr in den Nacken und nagt an ihr. Hör auf – du hast doch schon entschieden, daß er es gar nicht ist.

Nein, Nina, vielleicht ist er es nicht, aber irgend jemand war es. Erinnerst du dich an jene Nacht? Weißt du noch, was du getan hast? Wie kannst du es wagen, Joe zu kritisieren! Wer im Glashaus sitzt …

Hör doch auf, fleht sie ihr Gehirn an. Verschone mich.

Doch es verschont sie nicht. Da ist etwas in Ninas Kopf, so etwas wie eine Schorfkruste, an der sie sich nicht verkneifen kann zu pulen. Was hab ich nur getan, was hab ich nur getan?

Im Grunde weiß sie, was sie getan hat, und das Schlimmste daran ist, daß sie es niemandem erzählen kann. Diese Sache bringt mich noch um, denkt sie, während sie die leblose Freya wieder in ihr Bettchen und sich selbst neben Joe legt. Joe wird langsam goldbraun. Nur sein Hintern ist weiß und behaart. »Ich liebe dich wirklich, Joe. Ich verspreche, daß ich mir mehr Mühe geben werde.«

Am nächsten Morgen hat sie ihr Versprechen längst wieder vergessen. Ihre Augen sind trocken und brennen vor Müdigkeit.

»Was ist bloß mit dir los?« will Joe wissen und versucht sie zu kitzeln.

»Laß mich in Ruhe«, blafft sie. »Ich bin so müde, daß ich heulen könnte.«

»Dann geh doch wieder ins Bett«, meint Joe. »Bevor du den ganzen Tag schlechte Laune hast.«

Nina tut, wie ihr geheißen. Sie sollte dankbar sein, sie sollte sich auf den kühlen weißen Laken ausstrecken und schlafen, aber sie kommt sich vor wie ein ungezogenes Kind, das an einem Sommertag früh zu Bett geschickt wurde. Die anderen spielen draußen in der Sonne.

Ich kann mir keinen Fehler leisten, beschließt sie. Ich werde diesen Urlaub nicht versauen. Und sie schleppt sich aus dem Bett und meißelt ein Lächeln in ihr Gesicht. »Welcher Tag ist heute, Joe?«

»Dienstag.«

Dienstag ist laut der blauen Info-Mappe Markttag in

Santa Helena. Joe sieht von dem Hefter auf, sein Kinn ist mit grau melierten Stoppeln übersät. »Geh du doch mit Tabitha auf den Markt. Saul und ich kümmern uns um Fräulein Kacka.«

Saul lacht herzlich. »Fräulein Kacka – der war gut, Papa.«

Nina und Tabitha beäugen einander unsicher. Ohne Joe verbringen sie sonst nie Zeit miteinander. Beide sind verlegen. Joe bemerkt ihr Zögern. »Nun geht schon, bevor ich meine Meinung ändere.«

»Bringt mir was mit«, verlangt Saul.

»Komm doch mit«, meint Tabitha ein wenig zu beflissen.

Saul ist der geborene Stimmungsaufheller. Wenn Saul dabei ist, gibt es kein unbehagliches Schweigen.

Es folgt ein unbehagliches Schweigen. Saul bricht es durch einen herzhaften Furz. »Nee, laß mal.« Nach Sauls Erfahrung gibt es auf Märkten im Ausland hauptsächlich Spitzentischdecken.

Tabitha und Nina machen sich auf den Weg in die Stadt. Sie sind nicht die einzigen: Am Ende der Einfahrt setzt sich eine Art Mini-Pilgerzug in Bewegung.

Wenige Meter vor Nina und Tabitha gehen Miss Gelber Bikini und Gorilla-Mann, alias Gayle und Jonty Gaudi, und hinter ihnen die schicke Familie, die mit der mürrischen Tochter und den Ferkel-Zwillingen. »Die Hart Joneses«, flüstert Nina.

Gayle muß immer wieder anhalten, um Kieselsteinchen aus ihren Riemchensandaletten zu schütteln. Jedes Mal, wenn sie sich bückt, sieht man den feuerroten Stringtanga unter den Shorts. Nina und Tabitha holen sie schnell ein.

»Hallo, Mädels«, zirpt Mrs. Gaudi. »Wo ist denn die Kleine?«

»Bei ihrem Papa.«

Nina ist nicht sicher, ob sie gleich so dicke mit Gayle sein will. Sie ist amüsant, keine Frage, aber im Fahrstuhl möchte man nicht unbedingt mit ihr stecken bleiben. Sie ist eine Ein-Frau-Beate-Uhse-Party.

»Sag mal, Schätzchen, ich frag mich schon die ganze Zeit, ist dein Mann Fotograf?«

»Ja, ist er.«

Tabitha blickt Nina an. Sie und Joe sind nicht verheiratet. Hat Nina das etwa behauptet?

»Hab ich mir gedacht. Was hab ich gesagt, Jonty! Ich hab mal mit ihm gearbeitet, vor ein paar Monaten, Asda-Unterwäsche. Arbeitet er oft mit Models?«

»Äh, eigentlich nicht, eher mit Lebensmitteln.« Nina ist übel. Joe hat diese Frau in Dessous gesehen. Gayle scheint das nicht zu scheren.

»Hab ich mir gedacht. Er ist ... wie soll ich sagen ... ein Gentleman. Die meisten sind Wichser, entschuldigt meine Ausdrucksweise.«

Tabitha wird rot, eine Angewohnheit, die sie einfach nicht ablegen kann.

»Du mußt Tabitha sein. Ein hübscher Name, und wie alt bist du, Süße?«

»Dreizehn«, murmelt Tabitha und kommt sich vor wie neun.

»Ooooh, ein Teenager, paß bloß auf sie auf, Nina, sonst knutscht sie noch mit den Einheimischen rum!« Gayle lacht wie ein Papagei im Schleuderwaschgang.

Tabitha ist inzwischen pflaumenrot.

»Du bringst das Kind in Verlegenheit«, bemerkt Jonty und spielt mit dem goldenen Ring an seinem kleinen Finger. Schwarze Haare kräuseln sich wie eine kleine Halskrause um den Ausschnitt seines T-Shirts.

»Ach, laß mich in Ruhe, du Spielverderber. Ich bring dich doch nicht in Verlegenheit, oder?«

»Ein bißchen schon«, gesteht Tabitha, und ihr fällt auf, daß Jonty fast zehn Zentimeter kleiner ist als Gayle.

Die vier verlassen den Palazzo gemeinsam. Gegen ihren Willen ist Tabitha fasziniert. Diese Leute sind so ordinär. Jonty pult sich mit einer Kreditkarte im Ohr und schnuppert dann an den wächsernen Ablagerungen.

»O Jonty Gaudi, du Schwein.«

Jonty versucht, die Kreditkarte an Gayles Jeanshintern abzuwischen, und sie kreischt, als würde er versuchen, sie auf offener Straße zu erwürgen.

Glücklicherweise müssen die Gaudis erst einen Geldautomaten suchen, bevor sie zum Markt gehen, und Tabitha und Nina nutzen die Gelegenheit zur Flucht. »Bis später.«

»Ganz schön prollig«, meint Tabitha, als ein Laster mit tausend Wassermelonen vorbei rollt, dessen Reifen Zickzackmuster auf dem schmelzenden Asphalt hinterlassen.

Und du bist so Mittelklasse, daß es weh tut, denkt Nina, lächelt jedoch ihr bestes Stiefmutterlächeln. Sie stammt selbst aus der Arbeiterklasse, genau wie die Gaudis. Wo ich aufgewachsen bin, haben die Kinder Klebstoff geschnüffelt und die Schule geschwänzt, um zu vögeln. Tabitha ist so brav, so nett, so unverdorben.

Die Mädchen von Ninas Schule hätten Hackfleisch aus ihr gemacht und ihr regelmäßig den Kopf ins Klo getaucht. Als du in ihrem Alter warst, hast du ausschließlich mit Ladendieben verkehrt. Du hast hart dafür gekämpft, dort zu sein, wo du jetzt bist, und du willst nie wieder zurück, ermahnt sie sich. Sei also vorsichtig.

Die Marktstände sind auf dem Kirchplatz aufgebaut, ein Flickenteppich bunter Markisen, eine Open-Air-Aladinhöhle voll mit Plastikspielzeug, Tischdecken und billigen Uhren.

»Au fein«, sagt Tabitha.

Nina kommt sich vor wie bei Enid Blyton.

In Wahrheit ist Tabithas Fröhlichkeit so aufgesetzt, daß ihr Sprachzentrum in Mitleidenschaft gezogen ist. Au fein? Mein Gott, ich klinge, als hätte ich mein ganzes Leben auf einem Ponyhof verbracht.

Tatsächlich hat Tabitha ein schlechtes Gewissen, weil sie überhaupt mit Nina zusammen ist: Das allein ist Verrat an ihrer Mutter. Hils wäre hier in ihrem Element. Tabitha kann sie sich genau vorstellen, wie sie in ihrem Urlaubsstrohhut mit verbrannter Hakennase die Lederwaren begutachtet.

Plötzlich spürt Tabitha einen stechenden Schmerz in ihrer rechten Pobacke. »Mich hat jemand in den Hintern gekniffen!« informiert sie Nina.

Nina lacht und ist leicht angesäuert, daß ihr Hintern ungekniffen geblieben ist. Ich rieche nach Milch und Mutter, jeder kann es sehen, denkt sie.

Ein paar Meter entfernt steht ein hübscher, etwa fünfzehnjähriger Junge und lacht. »Heilige Scheiße, der sieht ja aus wie Enrique Iglesias«, sagt Nina.

»Dann ist er bestimmt ein Trottel«, erwidert ihre Stieftochter und geht zum nächsten Stand. Der Junge folgt ihr mit den Augen.

Ich kann doch noch nicht unsichtbar sein, denkt Nina düster und legt einen kecken Hüftschwung in ihren Gang. *»Bella, bella«*, sagt ein ekliger alter Mann, der auf dem Kantstein hockt. Er hat Schnotter am Revers und schwarze Zehennägel.

Tabitha gibt ihr ganzes Geld für Hils aus. Sie kauft Räucherstäbchen, einen durchsichtigen Plexiglas-Armreif, ein

Jade-Seepferdchen an einer Silberkette und einen Strang getrockneter roter Chilis. Sie hat nur noch ein paar Euro übrig. Als sie unentschlossen vor einem Korb mit bunten Glasringen stehen bleibt, merkt sie plötzlich, daß die »beleidigte Leberwurst«, wie Saul sie nennt, ihr gegenüber steht.

Tabitha versteckt sich hinter ihrem Haar. Das Mädchen heißt Sofia, hat Nina gesagt. Sofia greift in den Korb mit den Ringen, nimmt drei, legt zwei zurück und verdrückt sich.

»Verflixt«, flüstert Tabitha, »sie hat einen Ring geklaut!« Sie ist wie gelähmt. Was soll sie tun? Bevor sie eine Entscheidung treffen kann, spürt sie heißen Salami-Atem an ihrem Ohr: »Gefällt dir Ring?« Es ist Enrique Iglesias.

»Äh, ja, die sind echt hübsch.«

Der Junge sagt schnell etwas auf italienisch zu dem Mädchen, das für den Stand zuständig ist. »Sie meine Cousine, für dich Ring zwei Euro.«

Eigentlich kosten sie fünf. Tabitha zählt die Münzen ab. Sie wählt einen orangefarbenen mit einem großen lila Klecks in der Mitte.

»Danke«, sagt sie zu dem Jungen. Er lächelt. Einer seiner Vorderzähne ist abgebrochen, und seine Augen haben die Farbe ungewaschener Jeans. Plötzlich fühlt sich die Zahnspange in Tabithas Mund so groß an wie ein Heizkörper. Ich muß abhauen, bevor ich anfange zu sabbern, beschließt sie, und spürt Schweiß unter den Achseln kribbeln. »Nina!«

Nina hat ein Salatbesteck aus Holz gekauft. Ich werde alt, seufzt sie. Auf dem Weg zum Palazzo macht sie sich selbst weis, sie habe es für ihre Mutter gekauft. Maxine wird es nie benutzen. Sie wird es auf dem Flohmarkt gegen etwas Glitzerndes tauschen.

Joe, Saul und Freya wollen in die Strandbar. Freyas neuer Zahn hat sich endlich den Weg durchs Zahnfleisch gebahnt, und sie strahlt übers ganze Gesicht. Sie hängt wie eine Klette an Papa und will auf seinen Arm. Nina hat das Gefühl, Freya zurückerobern zu müssen. Kinder sind so launisch. Nur weil sie ihre Tochter zwei Stunden allein gelassen hat, wird sie nun abgestraft.

Während sie auf ihr Essen warten, weigert sich Freya, auf Ninas Schoß zu kommen. Statt dessen klettert sie auf Joes. Nina gerät in Panik. Und wenn es schief geht? Freya kann sich nicht ewig auf Joe verlassen. Ich hatte nie einen Vater – ich hab's verkraftet, denkt sie. Freya wird es auch verkraften. »Komm zu Mami.«

»Papa«, grinst Freya. »Ich hab Papa lieb.«

Zum ersten Mal in ihrem Leben haut Nina Freya eine runter, und alle starren sie entsetzt an. Außer Freya, die den Kopf abwendet und Nina bis zum Abend keines Blickes mehr würdigt.

»Tu das *nie* nie wieder, hörst du?« zischt Joe starr vor Abscheu.

Ich bin ein schlechter Mensch, denkt Nina. Sie schafft es, nicht zu weinen. Doch den Rest des Tages fühlt sie sich, als hätte jemand ihr eine Packung Essig-Chips ins Auge gerieben. Ich verdiene nicht, was ich habe, ich habe es mir erschlichen und werde bestraft werden. Eines Tages wird Joe es herausfinden. Eines Tages wird Freya eine Niere brauchen, und Joe wird herausfinden, daß sie nicht von ihm ist.

Das Nierenszenario sucht sie mit erschreckender Regelmäßigkeit heim. Es vereint ihre beiden schlimmsten Ängste: daß Freya krank wird und daß sie auffliegt. Ich hab es so satt, mich schuldig zu fühlen. Jeden Tag wappne ich mich für den Moment, wo meine Welt aus den Fugen gerät und in Flammen aufgeht. Das schlechte Gewissen nagt wie eine Ratte an ihrem Herz.

32

Tanz der Amöben

Alice würde ja gern zum Markt gehen. Der Geist ist willig, doch leider ist der Darm noch schwach. »Geht ihr«, befiehlt sie lahm vom Sofa aus.

»Alice«, erwidert Guy resolut, »weder Max noch Sam noch ich haben die geringste Lust, über irgendeinen blöden Markt zu latschen und unser Geld für billigen Trödel zu verschwenden.«

»Aber Märkte sind so schön bunt und pulsierend. Bestimmt seht ihr dort jede Menge einheimische Originale, die Auberginen, Artischocken und Oliven kaufen. Ich hatte gehofft, ihr könntet mir ein schönes Stück Parmesan mitbringen.«

»Alice, mein Büro ist in Soho. Was gibt es in Soho im Überfluß außer Fetischen und Dildos? Feinkostläden! Soho ist die Scheiß-Hauptstadt sonnengetrockneter Tomaten, also laß gut sein.«

Aber das kann sie nicht, es liegt nicht in ihrer Natur.

»Aber es ist doch Dienstag, alle gehen zum Markt.«

»Ein Grund mehr, den Pool zu belagern. Kommt, Jungs.«

Guy ist ein großer Fan des Pools – die Bar öffnet um elf Uhr vormittags. »Lieber saufen als grübeln«, lautet sein neues Motto. Daß er Peanut nicht erreicht, macht ihn wahnsinnig. Ihre Nummer ist sicher in seinem komatösen Nokia gespeichert. Er kann sich nur an die ersten drei Ziffern erinnern: 007.

Alice hat nicht die Kraft zu widersprechen. Sie schafft es gerade mal, sich alle fünf Minuten zum Klo zu schleppen. Letzte Nacht hat sie zwischen Toilette und Waschbecken auf dem Badezimmerfußboden geschlafen. »Ich glaube, heute ist mein Stuhl schon etwas weniger wässerig als gestern«, verkündet sie.

»Danke, so genau wollt ich das gar nicht wissen«, erwidert Guy und kämpft mit Brechreiz, während er Handtücher in die Strandtasche stopft. Wenn es mir gelingt, mich zu einer Telefonzelle zu schleichen, könnte ich die Auskunft anrufen …

Zehn Minuten später ist Alice allein. Keiner ihrer Söhne hat einen Sonnenhut mitgenommen. Vorsichtig geht sie zum Eßtisch. Ehrlich gesagt, fühlt sich ihr Rektum an, als habe jemand wiederholt einen glühend heißen Schürhaken hineingerammt. So muß es den schwulen Männern nebenan gehen!

Analsex hat Alice, die es kaum ertragen kann, wenn man ihr in die Brustwarzen kneift, nie gereizt. Brüste sollen Sexualorgane sein, doch seit die Kinder da sind, kann sie das ganze Tamtam nicht mehr verstehen. Brüste sind zum Stillen da. Von blauen Äderchen durchzogene Beutel aus Fett und Bindegewebe. Brustwarzen sind für zahnlose Babymünder gemacht, nicht für sabbernde erwachsene Männer.

Die Sexbesessenheit der Medien langweilt und ärgert Alice, und sie verachtet Männer, die dem ganzen Quatsch auf den Leim gehen. Am Anfang ihrer Ehe drückte Guy ständig ihren Kopf zwischen seine Beine, doch Sperma konnte Alice, die sonst nicht gerade krüsch ist und auch drei

Tage nach dem Verfallsdatum noch genüßlich in jede Pastete beißt, noch nie schlucken.

Die gestern gekauften Postkarten liegen auf dem Tisch verstreut. Max hat eine an seinen Freund Zack Fulton geschrieben. Seine Handschrift ist krakelig, und er hat vergessen, Platz für die Adresse zu lassen. In großen, verschlungenen Buchstaben hat er gekritzelt: »Italien heiß, Pool geil, kein TV, kannst du mir die Simpsons aufnehmen« – kein Fragezeichen.

Ich muß mich um einen Nachhilfelehrer kümmern, denkt Alice, bevor sie sich verzagt Sams Bemühungen zuwendet. »Liebe Tante Judy. Wir sind in Italien. Der Flug hat 2 einhalb Stunden gedauert, es sind 35 Grad und der Pool ist am tiefen Ende drei Meter tief. P.S.: Mama hat Durchfall.«

Das stimmt, denkt Alice, kneift die Pobacken zusammen und rennt zum siebenundzwanzigsten Mal aufs Klo. Es ist nur noch ein Blatt Toilettenpapier übrig. Im schlimmsten Fall nehme ich eines von Guys Taschentüchern, beschließt sie.

Alice wankt wieder ins Bett. Mit ein bißchen Glück kriegt sie später etwas trockene Brotrinde runter – nicht, daß sie überhaupt Brot hätten.

Guy hatte heute Morgen keine Lust, zu Spar zu gehen, obwohl Alice extra einen Einkaufszettel geschrieben hatte. Statt dessen hatten die Jungs das Frühstücksbuffet geplündert. Der Orangensaft war angeblich frisch gepreßt.

Das ist ungerecht, schmollt sie. Keiner denkt an mich.

Sie versucht zu lesen, doch die Flecken vor ihren Augen lenken sie ab. Na toll, denkt sie verzweifelt. So werde ich mit achtzig sein: blind und inkontinent.

Es ist fast drei, als Guy zurückkommt. Alice war vier

Stunden allein. »Ich hab ein bißchen abgekochtes Wasser runter gekriegt«, flüstert sie.

»Ach ja? Wir haben Hot Dogs gegessen«, erwidert Guy. Als er ins Schlafzimmer wankt, riecht sie seine Fahne. »Und Chips«, fügt er hinzu. Er schält sich aus seiner Badehose und läßt sie zu Boden fallen. Er ist so braun wie knuspriger Speck.

»Wo sind die Jungs?« Alice fühlt sich sehr schwach. Die Krämpfe lassen nach, doch als sie gerade denkt, sie habe die Amöben, die in ihren Eingeweiden Tango tanzen, besiegt, erfaßt sie die nächste Übelkeitswelle, und ihr Dickdarm zieht sich zusammen. Sie krümmt sich vor Schmerzen.

»Die Jungs?« sagt Guy abwesend, ohne zu bemerken, daß Alice sich den Bauch hält und stöhnt. »Ach, die sind mit den anderen Kindern in die Stadt gegangen.«

Alice bäumt sich auf. »Was?«

Guy wiederholt sich, als rede er mit einer Bekloppten.

Alice kocht. »Du willst sagen, daß du unsere Söhne mit wildfremden Leuten in die Stadt gehen läßt? Herrgott, Guy!« Ihr Mann ist nackt.

»Ach, entspann dich, Alice. Sie sind zu viert. Das Mädchen ist dreizehn, Max ist zwölf, er ist nicht blöd, und es wird Zeit, daß du aufhörst, Sam wie einen geistig zurückgebliebenen Vierjährigen zu behandeln.« Guy geht ins Bad, um zu duschen. »Mann, stinkt das hier.« Er weicht zurück und hält sich die Nase zu.

»Das reicht, ich geh sie suchen!« Alice trägt ein großes T-Shirt und einen Schlüpfer von anno 1994. Sie zieht ihre »It Ain't Half Hot Mum«-Shorts an und schafft es fast bis zur Tür. Leider ist sie noch immer die Geisel ihres Verdauungsapparats und muß in letzter Minute beidrehen und ins Badezimmer stürzen. Sobald sie Shorts und Schlüpfer heruntergezogen hat, spritzt braune Flüssigkeit aus ihrem Hinterteil. Ein bißchen geht daneben.

»Das werd ich ihm nie verzeihen, niemals.« Und Alice heult vor Wut, so daß dicke nasse Tränen auf ihre fetten nackten Knie tropfen.

Guy irrt sich, wenn er denkt, daß Max *und* Sam in die Stadt gegangen sind. Kein Elternteil weiß, daß Sam mitten auf der Kiesauffahrt bockte und wie ein kleiner rothaariger Esel auf seinem Adidas-Gummihuf kehrt machte.

»Sollen wir ihn zu eurem Vater zurückbringen?« fragt Tabitha und sieht dem flammenhaarigen Jungen nach.

»Ach, laß ihn, das macht er dauernd«, spuckt Max. Er hat genug von Sam. Immer verdirbt Sam alles. Aber diesmal nicht. Max will unbedingt in die Stadt. Sein Vater hat ihm ein paar Euro gegeben und ihm das Versprechen abgenommen, um vier zurück zu sein. »Laß uns gehen.«

Sam bleibt am Brunnen im Hof stehen und läßt das kalte Wasser aus dem Fischmund über seine Hände laufen. Er wischt sich mit den nassen Fingern über die Stirn. Max ist ein Blödmann, und sobald Sam einen Chemiekasten kriegt, wird er ihn vergiften. Er weiß, daß er zu seinem Vater zurückgehen sollte. Guy trinkt ein kaltes Bier und redet mit Tabithas und Sauls Vater.

»Bleibt zusammen«, hatten beide Väter gesagt. Tja, ist doch nicht seine Schuld, wenn Max ihn zwingt, sein Versprechen zu brechen. Es ist schön, hier zu sitzen. Wenn er zum Pool zurückgeht, wird sein Vater ihn wieder zwingen, mit nur einem Schwimmflügel schwimmen zu üben, und das will er nicht. Mama würde ihn nie mit nur einem Schwimmflügel schwimmen lassen. Er würde ja zurück ins

Apartment gehen und ein paar komplizierte Rechenaufgaben lösen, aber da stinkt es nach Aa, und das obwohl alle Fenster offen sind, also läßt er das auch bleiben. Sam weiß nicht so recht, was er tun soll.

Eine Frau kommt aus der großen Waschküche. Sie trägt einen Eimer und einen Schrubber an einem langen Stiel. Sam weiß, daß die Frau Rosa heißt, weil sie bei ihnen putzt.

»*Giorno*«, sagt sie im Vorbeigehen.

»Hallo«, erwidert Sam.

Sam tut Rosa leid. Er ist kleiner Junge mit einer gewalttätigen Mutter, und seht ihn euch nur an, wie er da ganz allein am Brunnen sitzt. »Ganz allein, kleiner Junge?« Rosa ist nicht dumm. Manchmal tut sie aus Bequemlichkeit so, als spräche sie kein Englisch, dabei hat sie vor langer Zeit drei Jahre in einem italienischen Restaurant in St. John's Wood gearbeitet und spricht so fließend, wie sie will.

»Mein Bruder war gemein zu mir.«

Rosa hat fünf Kinder. Sie verkrachen sich jeden Tag, aber eigentlich lieben sie sich. Das müssen sie auch, schließlich sind sie eine Familie, vom selben Blut.

»Ich langweile mich«, fährt Sam fort. »Alle sind so gemein.«

Rosas Mutterherz zieht sich zusammen. »Komm mit Rosa, du kannst mir helfen, eine ganz besondere Ort zu putzen, den niemand sonst kennt ... nur ich und du.«

Die Idee gefällt Sam – nicht das Putzen selbst, sondern das mit dem geheimen Ort. Er folgt Rosa. Sie gibt ihm den langstieligen Schrubber, und er fühlt sich sehr wichtig. Am liebsten würde er hüpfen, doch ihm fällt rechtzeitig ein, daß Hüpfen was für Mädchen ist.

Hinter dem antiken Karren am Fuß der Treppe befindet sich eine schmale silberne Tür. Rosa drückt einen Knopf, und die Tür öffnet sich zu einem kleinen Fahrstuhl, der kaum groß genug für sie beide ist. »Pssst«, flüstert Rosa und legt den Finger an die Lippen. »Geheim.«

Sams Herz pocht. Phantastisch – ein geheimer Fahrstuhl! Nachdem sich die Tür geschlossen hat, drückt Rosa wieder einen Knopf, und der Metallkasten schnellt aufwärts. Als Sam bis zwölf gezählt hat, hält der Lift an, und Rosa tritt aus der Tür.

Sam folgt ihr, und gemeinsam gehen sie durch einen holzgetäfelten Gang, der nach Kirche riecht und nach dem Zeug, daß seine Mama mal zu Weihnachten gekriegt hat. »Ach, wie reizend«, hatte sie gesagt, »ein selbstgemachtes Potpourri von Di.« Seine Mama hatte mit der Schachtel unter Papas Nase herumgewedelt, und sein Papa hatte so getan, als müsse er sich übergeben.

Am Ende des Ganges ist noch eine Tür, neben der ein Rechteck aus Metall in die Wand eingelassen ist. Genau wie bei Papas Büro, ein Kombinationsschloß. Sams Theorie erweist sich als richtig. Rosa gibt eine Zahlenfolge ein: 2 1 3 3 9. Das ist leicht zu merken, zwei plus eins ist drei, drei mal drei ist neun. Babyleicht. Rosa drückt gegen die Tür, die öffnet sich, und dahinter ist ...

Rosa bemerkt Sams Stielaugen. »Der Prinz«, erklärt sie, »er hier wohnt, wenn er braucht Urlaub, nur er und ich dürfen diese Räume betreten. *Bella, si?*«

Sam versteht nichts von Antiquitäten, aber selbst er ist beeindruckt. Alice ist Mitglied des National Trust, und oft besichtigen die Jamiesons herrschaftliche Anwesen und historische Stätten. Sein Papa haßt diese Ausflüge.

In den Gemächern des Prinzen hängen ausgestopfte Tiere mit langen vornehmen Gesichtern und gewundenen Hörnern an der Wand. Gold und Silber glitzern im Sonnenlicht, und die Vorhänge sind schwer wie Brautkleider. Sam zählt dreizehn kunstvoll verzierte Spiegel und drei funkelnde Kronleuchter. Der Prinz schläft in einem Himmelbett, und wenn er aufsteht, muß er aufpassen, wo er seine Füße hinsetzt, sonst tritt er auf einen Tigerkopf. Der Tiger hat genauso gelbe Zähne wie der Hausmeister in seiner Schule. »Raucherzähne«, sagt Alice.

Rosa arbeitet, während Sam starrt. Das bunte Glas einer Vitrine wirft Regenbögen auf den dunklen glänzenden Boden, und auf dem Kaminsims stehen zwei identische chinesische Vasen in Kleinkindgröße. Rosa gibt Sam eine Dose mit Politur und ein Staubtuch. »Du machst den Schrank«, sagt sie, und Sam reckt sich so hoch und so weit er kann und rubbelt, bis seine Arme schmerzen. Putzen ist genauso anstrengend wie Schwimmen.

Rosa feudelt die Küche und das Bad. Das Bad ist aus goldenen Mosaiksteinchen, winzige zentimetergroße Quadrate. Sam versucht, auszurechnen, wie viele, doch er kommt durcheinander. Die Badewanne ist rund und innen dunkelblau lackiert, in derselben Farbe wie die Handtücher.

Sam sieht auf die Uhr: Es ist zehn vor vier. »Ich muß los, Rosa.«

Rosa trägt rosa Gummihandschuhe. Sie putzt um Längen besser als die dicke Glynis, findet Sam.

Rosa bringt ihn zum Fahrstuhl. »Soll ich mit runterkommen?«

»Nein«, sagt Sam, doch sobald sich die Sargtür schließt, ändert er seine Meinung. Einfach bis zwölf zählen, erinnert er sich. Als Sam aus dem Fahrstuhl steigt – runter ging es schneller, jaja, die Schwerkraft –, hört er Max rufen. Schnell läuft er zum Brunnen und setzt sich auf den steinernen Rand.

Sein Bruder kommt um die Ecke geschlendert. Er trägt eine riesengroße orange Plastikpistole. Sams Herz platzt fast vor Neid. Kaum denkt er, dem Blödmann endlich mal eins voraus zu sein, kriegt Max ein blöde Wasserpistole. Das ist nicht fair.

Max sieht Sam. »Hast du da den ganzen Nachmittag gesessen?« will er wissen. »Du bist echt traurig.«

Sam lacht. Max hat vielleicht eine Wasserpistole, aber er hat ein Geheimnis, und Geheimnisse sind besser als irgend so ein blödes Spielzeug.

Sams überhebliches Grinsen nervt Max. Er hatte erwartet, daß er beim Anblick der Pistole ausflippen würde, sich auf den Boden werfen und schreien und heulen würde, bis er Bauchweh kriegt wie sonst immer. Doch Sam sitzt am Brunnen, die Arme um den Körper geschlungen und lacht still in sich hinein.

»Sag mal, Sam«, sagt Max, »weiß jemand, daß du nicht mit uns gekommen bist?«

Sam schüttelt den roten Kopf.

»Dann brauchen wir es ihnen auch nicht zu erzählen. Sonst kriegen wir nur Ärger.«

Sam zieht eine Augenbraue hoch. Die andere kommt auch mit hoch, doch Max weiß schon, was er meint.

»Okay, wir wechseln uns mit der Pistole ab, wenn du den Mund hältst. Erst krieg ich die Pistole eine halbe Stunde, und dann kannst du die Pistole eine halbe Stunde haben, okay?«

Sam nickt. Brillant. Jetzt hat er zwei Geheimnisse und das Nutzungsrecht an einer Wasserpistole.

Max erklärt Tabitha und Saul, was Sache ist. Tabitha wirkt betreten. »Wir hätten nicht ohne dich gehen sollen. Tut mir leid, Sam.«

Sam wird fast ohnmächtig. Zwei Geheimnisse, Nutzungsrecht an einer Wasserpistole und eine Entschuldigung von einem großen Mädchen. Das ist möglicherweise der beste Tag seines Lebens.

Auf dem Weg zurück zum Pool erklären die drei größeren Kinder ihm in allen Einzelheiten, was sie in der Stadt gemacht haben, falls jemand fragt. Klingt ziemlich öde. Sie haben auf der Hafenmauer gesessen, ein Eis gegessen, die Pistole gekauft und den Italienern beim Flippern zugeschaut.

Und wenn schon, denkt Sam. Ich weiß, wo ein geheimer Aufzug ist, und ich weiß, wo der Prinz wohnt, und vor allem weiß ich die Nummer vom Kombinationsschloß des Prinzen. Sam fängt an zu hüpfen. »Eins und zwei ist drei, drei mal drei ist neun«, singt er leise.

»Ist er okay?« fragt Tabitha.

33

Migräne und Erinnerungen

Tabitha hat immer noch ein schlechtes Gewissen wegen gestern. Sie hätten den kleinen Jungen nicht zurücklassen sollen, offensichtlich ist er nicht ganz richtig im Kopf. Was, wenn er abgehauen wäre oder ihn jemand gekidnappt hätte? Schon in der Grundschule ist sie über Mitschnacker aufgeklärt worden. Sie hätte verantwortungsvoller handeln müssen.

Heute liegt eine Spannung in der Luft, als hinge der Palazzo in einem Luftballon, der bis zum Bersten aufgepustet ist. Schon beim Aufstehen hat Tabitha es gespürt. Es ist zu still, zu heiß. Nina hat Migräne, deshalb ist Joe mit Freya in die Stadt gegangen, um die italienische Version von Migralieve zu kaufen.

Arme Nina. Sie liegt bei zugezogener Gardine und mit kaltem Waschlappen über dem Gesicht im Schlafzimmer. Das Licht schmerzt in ihren Augen, doch jedes Mal, wenn sie sie schließt, sieht sie, wie die Frau mit dem schmutzigen Mund aus der Drogerie Joes Reißverschluß aufmacht und mit einer fein manikürten Hand in seine Hose greift.

Man kann ihm keinen Vorwurf machen, nach allem, was du getan hast. Die Migräne wälzt sich durch ihren Kopf und schleift sie zurück in jene Nacht vor drei Jahren, ihr

Geburtstag, zweiundzwanzig Jahre alt und verliebt in einen verheirateten Mann, einen Mann mit Frau und zwei Kindern, einen Mann, den sie nicht aufgeben wollte.

Sie war mit Joe verabredet. Immerhin hatte sie Geburtstag. Sie rechnete mit Geschenken in Goldpapier und Küssen und Champagner – und was bekam sie? Einen genuschelten Anruf und eine fadenscheinige Entschuldigung wegen irgendeines Notfalls zu Hause. Sie kochte. Wie konnte er es wagen, an ihrem Geburtstag! Was für ein Notfall? Ein verstopfter Ausguß, ein toter Hamster – na und?

»Das ist mein Geburtstag und ich besauf mich, wenn ich will...« Und das tat sie, mit Shelley und Carmen und anderen Leuten, die die beiden kannten, in einem Pub in Südlondon. Bier und Rotwein und Wodka und Whiskey. Die anderen wollten noch in einen Club, doch sie hatte sich schon übergeben.

»Komm doch mit.«

»Ich kann nicht.«

Ihr war zum Heulen.

»Vergiß ihn, Nina. Komm lieber mit uns.«

Doch sie blieb standhaft. Sie hatte ein Minicar bestellt und gewartet und gewartet, und obwohl diese Nacht lange her ist, fühlt Nina sich an diesen feuchten Aprilabend, irgendwo zwischen Brixton und Camberwell, zurückversetzt.

Jetzt wünscht sie, sie wäre doch mitgegangen. Der Pub schließt. Sie ruft noch mal die Zentrale an, und man versichert ihr, das Minicar sei unterwegs. »Ein roter Nissan«, sagen sie. Sie wartet am Straßenrand, setzt sich besoffen aufs Pflaster und scheißt drauf. Vielleicht fährt sie doch noch in den Club, wo die anderen sind. Sie fühlt sich einsam und friert. Die Häuser auf der anderen Straßenseite gehen schlafen, Lichter werden gelöscht, und hinter ihr schließt sich die Tür des Pubs zum letzten Mal. Sie sucht in der Tasche nach ihrem Handy und bemerkt, daß sowohl ihr Portemonnaie als auch ihr Handy verschwunden sind.

Sie hockt auf den Knien und weint, da spürt sie die Hand eines Mannes auf ihrer Schulter. Er reicht ihr einen Packen zerknülltes rosa Toilettenpapier, und dann weiß sie nur noch, daß sie mit dem Mann mitgeht. »Wie heißen Sie?« fragt sie. Er sagt es ihr, doch sie vergißt es gleich wieder. Auch er ist betrunken. Sie torkeln gegeneinander und gegen eine Mauer. Sie stolpert, er nimmt sie an der Hand – wie heißt er noch? Sie muß pinkeln, ihre Blase ist randvoll mit Alkohol.

Er sagt, sein Haus sei gleich um die Ecke, dort könne sie ein Taxi rufen, er leihe ihr Geld, sie ist sicher, er ist verheiratet. Sie lacht und er lacht mit.

Lachend gehen sie in sein Haus und die Treppen hoch, und jetzt weint sie auf dem Bett des fremden Mannes, den Duft einer anderen Frau in der Nase, und ihr ist alles egal. Er bringt ihr Kaffee und Whiskey und wischt ihr die Tränen ab. Sie nimmt sein Gesicht, das ganz nah ist, nur schemenhaft wahr, und dann verlieren sie sich in tiefen Zungenküssen, und es ist das letzte, was sie will, aber das einzige, was ihr einfällt.

Die Flasche wandert hin und her, er legt seine Krawatte ab und sein Hemd, sie ist nackt, und plötzlich blickt sie über seine Schulter, während sie sich lieben. Nein, nicht lieben, sie ficken mit fest geschlossenen Augen, ficken einfach. Der unvergeßlichste Fick, an den sie sich kaum erinnern kann.

Etwa 266 Tage später wird Freya geboren.

Rechne nach, Nina, zähl die Tage. Und das hat sie, hundert Millionen Milliarden Mal. Sie hat in ihrem Kalender nachgesehen, die Daten verglichen und in zahllosen Ratgebern die »durchschnittliche Dauer einer Schwangerschaft« nachgeschlagen. Die Gleichung war immer dieselbe, und trotzdem weiß sie die richtige Antwort nicht.

Weil Joe Tabitha und Saul gebeten hat, Nina »in Frieden« zu lassen, gehen sie an den Pool, doch der wird gerade gereinigt.

Die Reiseleiterin Lydia hockt auf einem Barhocker und beruhigt die verärgerten Gäste. »Es ist nicht meine Schuld«, erklärt sie, bevor sie noch etwas gesagt haben. »Offenbar hat ein Baby ins flache Wasser gekackt und man hat beschlossen, das Ding lieber neu zu befüllen, als die Beulenpest zu riskieren. Dauert nur eine Stunde.«

Alles lieber als das hier, denkt Lydia. Ehrlich, manche Leute sind so schwierig. Diese Hart-Jones-Ziege blökt was von Konsequenzen. Wahrscheinlich war es eines *ihrer* Mini-Monster.

»Wir können doch auch an den Strand gehen«, schlägt Saul vor.

»Aber wir haben Papa gesagt, daß wir am Pool sind«, widerspricht Tabitha und nimmt ihr Philip-Pullman-Taschenbuch. In der Luft schwirren unzählige kleine schwarze Fliegen.

»Wie wär's mit Tischtennis?« bietet Saul an. Tabitha legt ihr Buch beiseite. In einem Schuppen gleich hinter der Poolbar gibt es einen wackeligen alten Tisch sowie Schläger und Bälle. Dort ist wenigstens Schatten.

Der Tisch hat Schlagseite, und das Netz ist zerschlissen und schlaff. Saul schmettert die Bälle mit seinem roten Gummischläger, als befände er sich auf dem Centre Court in Wimbledon, und Tabitha kriecht auf dem staubigen Boden herum, um sie aufzusammeln. In der Ecke liegt eine tote Maus. Tabitha weicht zurück und muß an Ferdie, ihren toten Hamster, denken, der in einem mit Eisstielen markierten Grab im Garten der Engleston Avenue ruht.

»Fünfzehn-null«, kräht Saul.

»Blöder Angeber«, blafft sie. »Du schlägst viel zu fest.«

»Nur weil du kein Koordinationsvermögen hast«, erwidert Saul. »Nur weil du kein Talent hast.«

Von der Tür kommt ein Kichern. »Ach ja, Geschwisterliebe«, sagt eine sarkastische Stimme. Tabitha dreht sich um. Es ist die dauerbeleidigte Oberhexe. Ein Ball kullert zwischen Sofias Füße. Sie macht keine Anstalten, ihn aufzuheben.

»Langweilt ihr euch auch so?« sagt sie affektiert. Manchmal imitiert Sofia das mittelatlantische Näseln, das sie sich bei ihrer besten Freundin Jemmilla Soudopolis abgeguckt hat, deren Mutter hauptsächlich in New York lebt.

»Nein«, antworten die Dobsons einstimmig.

»Dann wart ihr wohl nie im Sandy Lane. Das ist mal ein Hotel. Dagegen ist das hier Fawlty Towers.« Sofia plaziert einen silbernen DKNY-Turnschuh auf dem eierschalendünnen Ball und zerquetscht ihn. »Huch, tut mir leid. Wie kann ich das nur wieder gut machen?« Sie greift in ihre Shorts und kramt eine zerknitterte Packung Benson and Hedges hervor. »Zigarette?«

»Wir rauchen eigentlich nicht.« Tabitha hätte gern weniger streberhaft geklungen – so als habe sie schon mal geraucht, fände es aber langweilig.

»Ach wirklich.« Sofia feixt. Sie mustert Saul. »Du solltest es mal versuchen. Ist ein prima Appetithemmer.«

Sauls Augen treten hervor. Noch ein Stück, und sie fallen heraus, und er kann sie nach dem Monstermädchen werfen. Sofia nimmt eine leicht verbogene Zigarette aus der Packung und steckt sie mit einem lila Einweg-Feuerzeug an.

»Mein Bruder ist nicht dick!« sagt Tabitha empört.

Sofia pafft. »Schwamm drüber«, sagt sie und stößt den Rauch aus. »Peace. Ich heiße Sofia. Hört zu, wollt ihr was trinken?« Wieder feixt sie. »Oder ein leckeres großes Eis?«

Das Mädchen besitzt die Faszination des Grauens. Weder Saul noch Tabitha haben je jemanden getroffen, der so fies ist. Sie sehen sich an. Keiner von ihnen hat Geld in der Tasche, und es ist furchtbar heiß.

»Äh, okay.«

Sofia drückt die Zigarette an der Wand aus und produziert eine Minidusche roter Funken. »Na, dann kommt.«

Die drei sitzen auf Barhockern, und Sofia bestellt. »Einen Latte für mich und . . .«

»Äh, Cola light, danke«, nuschelt Saul.

»Für mich auch«, plappert Tabitha nach.

»Setzen Sie es einfach auf die Rechnung«, befiehlt Sofia und schiebt eine Dolce-und-Gabbana-Sonnenbrille auf die Stirn.

Eigentlich ist sie gar nicht so hübsch, denkt Tabitha. Sie hat eine große fettige Nase und ein fliehendes Kinn.

»Ihr seid also zum ersten Mal hier?«

»Ja«, antwortete Saul und verkneift sich, in seinen Strohhalm zu pusten.

»Normalerweise fahren wir in die Karibik, aber Papa ist plötzlich zum Geizhals mutiert. Mama ist stinksauer, sie sagt, sie kommt sich vor wie im Feriencamp. Manche Leute hier sind ganz schön seltsam, findet ihr nicht?«

»So wie wir?« sagt Tabitha herausfordernd.

»Nein, nicht direkt. Obwohl das Mädchen offensichtlich nicht eure Mutter ist. Ich hab sie mit eurem Vater knutschen sehen, also hoffe ich mal, sie ist nicht euer Au-Pair.« Sofia prustet schadenfroh.

»Nein, sie ist Papas Freundin«, erklärt Saul.

»Aha. Freundin. Dann ist das kleine Baby also ein Bastard.«

Sam verschluckt sich. Freya ist sicher nicht alt genug, um ein Bastard zu sein. »Tja, und deine kleinen Geschwister sind Mißgeburten.«

»Jawohl«, gibt Sofia zu und spricht endlich wieder normal, »das kann man wohl sagen. Der größte Fehler, den Mama je gemacht hat, abgesehen davon, ohne Kindermädchen in den Urlaub zu fahren. Sie ist es nicht gewohnt, sich selbst um sie zu kümmern. Ich glaube, sie wünscht sich, sie könnte sie nach Portland zurückbringen und gegen eine Fettabsaugung tauschen.«

»Magst du sie denn nicht?« fragt Tabitha.

Sofia verzieht das Gesicht. »Sie sind zu nichts zu gebrauchen, genau wie mein Vater. Kein Wunder, daß Mama eine Affäre mit ihrem Tennislehrer hat.«

Tabithas und Sauls Kinnladen klappen runter. »Denkst du, du solltest uns das erzählen?« fragt Tabitha steif.

»Ach, mein Therapeut sagt, es ist gut, wenn ich es rauslasse. Ist eure Mama tot?«

»Nein!« jaulen Tabitha und Saul gleichzeitig auf. »Sie ist in London«, fügt Tabitha hinzu. »Sie ist Schriftstellerin.«

»Oh, seid ihr reich?«

»Nein.«

»Wir ja, aber ich glaube, wir sind nicht mehr ganz so reich wie früher. Mein Vater stellt sich in letzter Zeit mit Geld ziemlich an, und die Internatskosten sind natürlich astronomisch.« Sofia sieht Tabitha in die Augen. »Gehst du mit diesem Jungen?«

Tabitha wird sofort rot.

»Oh, du wirst rot, also ja.«

»Welcher Junge?« fragt Tabitha. Sie hat Splitterzahn gestern von weitem gesehen, als sie in der Stadt waren. Er hat gewinkt, aber sie ist einfach weiter gegangen.

»Der mit dem gestörten Bruder mit den roten Haaren.«

»Du meinst Max? Um Himmels Willen, nein. Er ist jünger als ich – er ist zwölf.«

»Ach, du bist dreizehn? Siehst gar nicht so aus. Ich bin zwölf, aber ich bin gut entwickelt für mein Alter.« Wie zum Beweis streckt Sofia die Brust raus.

Tabitha zwinkert. Als sie jünger war, hat sie dauernd gezwinkert, doch sie hat es geschafft, damit aufzuhören.

»Ist was mit deinen Augen?« bemerkt Sofia scheinheilig. »Ein Mädchen in meiner Schule hat angefangen zu zwinkern, als ihre Eltern sich scheiden ließen. Sind deine Eltern geschieden?«

»Ja«, flüstert Tabitha, verzweifelt bemüht, nicht zu zwinkern.

»Ich glaube, meine würden sich auch gern scheiden lassen, aber Papa ist zu geizig. Er müßte sich eine Wohnung kaufen, versteht ihr, weil Mama nie im Leben das Haus aufgeben würde. Wir wohnen in einer Seitenstraße der King's Road. Wo wohnt ihr?«

»In Stoke Newington«, erwidert Tabitha.

»Oh«, sagt Sofia. »Nie gehört – ist das in London?«

»Natürlich ist das in London«, grunzt Saul. Er hat jetzt die Nase voll von dieser Hexe. Sie ärgert Tabitha die ganze Zeit, was eigentlich lustig sein könnte, ist es aber nicht.

Plötzlich bemerkt Tabitha einen Glasring an Sofias Mittelfinger. Es ist der gleiche wie ihrer, nur ist er statt orange mit lila Klecks, lila mit orangem Klecks.

»Ich hab dich gestern auf dem Markt gesehen«, sagt sie cool.

»Ach ja«, erwidert Sofia, doch sie weicht Tabithas Blick aus.

»Wir sollten jetzt gehen, Saul.« Tabitha springt vom Barhocker, und Saul folgt ihrem Beispiel. Garstig – das trifft es. Dieses Mädchen ist garstig.

Während sie ihnen nachsieht, gibt Sofia Tabitha Noten für Haar, Augen, Haut, Figur und Charakter. Das machen sie in der Schule immer. Manchmal endet es böse. Mylin Chong hat eine Überdosis Paracetamol geschluckt, nachdem sie ihr null von zehn Punkten für ihre Figur gegeben hatten, und ihre Mutter kam in die Schule und nannte sie »verdorbene Luder«.

»Aber für ihr Haar haben wir ihr doch sieben Punkte gegeben«, hatte Jemmilla Soudopolis pikiert bemerkt.

Normalerweise kriegt Sofia acht Punkte für alles außer ihrem Charakter, der es für gewöhnlich auf sechs bringt. Das liegt daran, daß sie angeblich, wie Atlanta Wybourne und Cressida Carter behaupten, »hinterlistig und gehässig« ist.

»Besser als flache Brüste und rote Haare«, hatte Sofia gekontert (eigentlich sagte sie »krote Haare«, worauf Cressida anfing zu heulen).

Zu Tabitha also: acht für die Haare, die blonden Strähnen kommen gut. Acht für die Haut, sie würde ihr neun geben, aber Sofia hat drei Mitesser gezählt. Sieben für die Figur, zwei Punkte Abzug, weil sie keine Titten hat. Und was den Charakter angeht: drei, sie ist eine Schlaftablette.

»Saul, findest du, daß ich ...?«

»Daß du was?«

»Eine Schlaftablette bin?«

»Hmmm«, überlegt Saul. »Ich bin dick und du bist langweilig. Fettsack und Schlaftablette, mit der Nummer kommen wir ganz groß raus.«

Saul versteht es, andere zu trösten, denkt Tabitha, aber das Mädchen hat sie verunsichert.

Auf dem Weg zurück ins Apartment kommt ihnen ein Mann mit Hut entgegen. Er wirkt zerstreut. Tabitha erkennt Sofias Vater. Im Vorbeigehen hört sie ihn unaufhörlich murmeln: »Das muß ein Ende haben, ich kann nicht mehr, O Gott, o Jesus Christus.«

»Geh einfach weiter«, drängt Tabitha. Als echte Londoner sind sie es gewohnt, sich in der Nähe schwafelnder Irrer und Penner unsichtbar zu machen. Nur ist dieser Mann kein Penner. Penner tragen keine Panamahüte – jedenfalls nicht in Stoke Newington.

Ein paar Meter weiter dreht Tabitha sich um. Sofias Vater sitzt auf einer Bank, ein Taschentuch vor dem Gesicht, und wiegt sich vor und zurück. Wäre er kein Erwachsener, hätte sie geschworen, daß er weint.

»Papa!«

Saul hat Joe entdeckt. Er steht beim Brunnen im Hof und hebt Freya mit seinen großen Händen hoch, damit sie den Kopf des Kupferfisches tätscheln kann. Saul läuft zu seinem Vater. Tabitha bleibt stehen. Ihr Vater glänzt golden im Sonnenschein, wie ein griechischer Mythos. Es war einmal, da war *ich* die Prinzessin meines Vaters, und er warf *mich* in die Luft, und ich hatte ein rosa Kleidchen mit Kirschen drauf und kleine rote Stiefelchen. Ihr ist zum Heulen zumute. Ich will meine Mama, ich will nicht erwachsen werden, das Leben ist chaotisch und kompliziert, und manche Leute sind so fies und manche so unglücklich, und wie küßt man eigentlich richtig?

34
Ein schlecht gezeichneter Tag

Alice geht es schon viel besser. Gut genug, um Brot, Milch und Toilettenpapier, sehr viel Toilettenpapier, kaufen zu gehen. Außerdem legt sie noch Buntstifte und einen Zeichenblock in ihren roten Plastikkorb. Lieber würde sie eine Holzschachtel qualitativ hochwertiger Wasserfarben kaufen, winzige Paletten exotischer Farben, Kadmiumrot, gebrannte Siena, Preußischblau, feine Schweineborstenpinsel und dikkes Kartonpapier. Leider ist die Auswahl in der Bastelabteilung von Spar begrenzt. Das dünne Papier glänzt wie billiger Schinken, aber besser als nichts. Als Kind hat Alice sogar auf der Rückseite von Tapetenmustern – klumpig wie Porridge – gemalt. Wenn der Reiter nichts taugt, ist nicht das Pferd schuld, Alice.

Heute, so hat sie beschlossen, werden die Jamiesons gemeinsam zeichnen, als Familie, genau wie die Brontës oder diese Bloomsbury-Gruppe, natürlich ohne Sex und den ganzen Quatsch. Guy wird es gefallen, immerhin hatte er Kunst-Leistungskurs gehabt, und da Max wohl kaum studieren wird, ist es vielleicht an der Zeit, seine Kreativität zu fördern.

Sie versucht, Max' Kugelschreiberzeichnung von der halbnackten Frau zu verdrängen. Schließlich hat auch Rembrandt viele Akte gemalt. Die Londoner Galerien sind voll von nackten Brüsten und Pobacken mit Tapioca-Grübchen.

Sie erinnert sich, wie sie vor ein paar Jahren, als Sam gerade lesen konnte, mit den Jungs in einer Ausstellung in der Royal Academy war. Sam muß etwa vier gewesen sein. Sie standen vor einem Gemälde mit dem Titel »Raub der Sabinerinnen«, als ihr Jüngster laut fragte: »Mama, wieso heißt es eigentlich ›*Raub* der Sabinerinnen‹?« Die Szene gehört zu den »Anekdoten«, die Alice bei Dinner-Partys erzählt. Sie gehört zu ihren liebsten, weil sie soviel über sie selbst aussagt.

A) Die Tatsache, daß sie eine Mutter ist, die ihren Kindern Kultur nahe bringt.

B) Daß zumindest einer ihrer Sprößlinge hoch intelligent ist.

C) Daß sie kein Spießer ist.

»Stellt euch das mal vor«, kräht sie, »und das von einem Vierjährigen! Kindermund tut Wahrheit kund!«

»Sie sind aber nicht gerade braun«, sagt die Kassiererin aus Catford.

»Ich war krank«, erwidert Alice und kramt nach Euros. »Außerdem finde ich es langweilig, den ganzen Tag nur am Strand zu liegen.«

»Wissen Sie«, sagt Fräulein Catford, während sie die Großpackung Toilettenpapier scannt, »wenn Sie sich wirklich mal langweilen wollen, sollten Sie sich einen Tag an die Kasse setzen. Oh, Tagchen Gayle.«

Alice blickt über die Schulter. Es ist Max' Muse, die Dirne vom Palazzo, in einem türkisen Bikini-Oberteil und rosa Nickishorts. »Tagchen, Dawn«, begrüßt sie das Mädchen an der Kasse. »Habt ihr Pflaster? Ich hab Scheißblasen an den Füßen.«

Alice zahlt, schnappt sich ihre Plastiktüten und macht, daß sie weg kommt. Mit dieser Prolette in ein Gespräch verwickelt zu werden, ist das letzte, was sie will. Gayle ist sehr braun, fällt Alice auf. Bestimmt geht sie ins Sonnenstudio.

Alice marschiert stramm zurück zum Palazzo. Auf den Stufen zum Marktplatz kämpfen streunende Katzen mit unglaublich knochigen Schultern um eine kaputte Mülltüte mit Fischresten. Sie trägt Guys Birkenstocks – die Stiletto-Schlampe wird sie nie im Leben einholen.

Schon fängt die Sonne an zu brennen – mit verheerender Wirkung auf ihre Schweißdrüsen. Das Mittelmeer ist ja schön und gut, aber die eine oder andere Wolke wäre eine willkommene Abwechslung. Eigentlich mag sie warmes Wetter gar nicht. Im Winter kann man seine Arme bedecken. Alice hat Bingoflügel, obwohl sie gar nicht Bingo spielt.

Welcher Tag ist heute, Mittwoch? Der Urlaub vergeht so schnell. Sie hätte Lust gehabt, ein Auto zu mieten und irgendwelche Ruinen zu besichtigen, aber Guy hat sich natürlich um nichts gekümmert. Immer trägt Alice für alles die Verantwortung, sie verwahrt die Pässe, liest den Reiseführer, spült das Chlor aus den Schwimmsachen der Kinder. Alices Gedärme grummeln unzufrieden. Vielleicht sollte sie sich zumindest heute doch noch nicht zu weit vom Klo entfernen.

Aber sie hat solchen Hunger. Das einzige, was (abgesehen von Wasser) in den letzten achtundvierzig Stunden über ihre Lippen gekommen ist, sind die Imodium-Tabletten, die sie aus Guys Kulturtasche geklaut hat (eigentlich lehnt Alice rezeptfreie Arzneimittel ab). Dabei ist ihr aufgefallen, daß er gar keine Kondome dabei hat.

Sie freut sich schon darauf, heute wieder etwas zu essen.

Gestern Abend sind die Jungs (laut Sam »lenkradgroße«) Pizzas essen gegangen. Keiner war auf die Idee gekommen, ihr ein Stück mitzubringen. Sie waren erst nach elf zurück gekommen, und obwohl Guy offensichtlich stockbesoffen war, wollte er unbedingt noch auf einen Absacker an die Poolbar.

Er sollte wirklich kürzer treten. Die Äderchen um seine Nase platzen, und morgens sind seine Augen rot wie Blutorangen. Zum Glück geht es ihr besser. Ihre Familie braucht sie. Ohne Alice gerät alles außer Kontrolle. Diese blöde Wasserpistole zum Beispiel. Alice hat versucht, sie zu konfiszieren, aber Sam fing an zu heulen, und Max wurde ausfallend. Schließlich schritt Guy ein: »Herrgott, Alice, wir sind im Urlaub, es ist nur eine Wasserpistole, stell dich nicht so an.« Und so hatte sie nachgegeben, aber sie war nicht glücklich darüber. Eine Waffe ist eine Waffe ist eine Waffe. »Denk an Dunblane, Guy!«

Guy ist so nachlässig. Sams Schultern sind rosa, weil er vergessen hat, das Kind einzucremen. »Schon ein einziger Sonnenbrand in der Kindheit kann Hautkrebs auslösen«, hatte sie ihn getadelt und auch gleich geprüft, ob einer von Sams Leberflecken sich in den letzten vierundzwanzig Stunden verändert hatte.

Zu Hause hat Alice einen Gesundheitsordner angelegt, wo sie Broschüren aufbewahrt, die sie aus Arztpraxen mitnimmt. »Eierstockkrebs – ihr Risiko«, »Sieben Zeichen für Lösungsmittelmißbrauch«, »Hirnhautentzündung: Wann ist ein Ausschlag nur ein Ausschlag?«

»Melanome haben meist eine ungleichmäßige Form. Oft sind sie verkrustet und bluten.« Das Leben ist so überfrachtet. Ständig muß man auf der Hut sein, vor allem als Mutter. Hinter jeder Ecke lauert Gefahr.

Gestern, als sie darauf wartete, daß die Kinder von ihrem unbeaufsichtigten Stadtbummel zurückkehrten, schmorte Alice im Fegefeuer und malte sich in Technicolor die schrecklichsten Horrorszenarien aus. Während dieser einen Stunde des Wartens gelang es ihr, sich davon zu überzeugen, daß es in den Straßen Santa Helenas von tollwütigen Hunden wimmelte. Sie hörte sie kläffen, sah ihre schnappenden Mäuler. Ihre Kinder würden gebissen werden – es war unausweichlich. Entweder würden sie vergewaltigt und erstochen oder im Fieberwahn und mit Schaum vor dem Mund zurückkehren – wenn sie überhaupt zurückkehrten.

Aber heute kann sie sich entspannen, sie ist wieder im Dienst. Den heutigen Tag werden sie als Familie gemeinsam verbringen. Nach dem Zeichnen könnten sie Uno, Rummix oder Gin Rommé um Streichhölzer spielen. Alices Oberschenkel reiben aneinander, als sie den Pfad zum Anbau hoch stapft. Zwischen ihren Beinen hat sich eine wunde Stelle gebildet, die täglich mit antiseptischer Creme behandelt werden muß.

»Hallo«, brüllt sie, als sie das Apartment betritt. Rosa, die grantige Putzfrau, kommt aus dem Bad.

»Wo sind meine Kinder?« fragt Alice einen Tick zu schrill, weil sie sofort an eine Entführung denkt. In Rosas Blick liegt unverhüllte Verachtung.

Was hat diese Frau nur, denkt Alice. Vielleicht die Wechseljahre. Sie lächelt mitfühlend. »Rosa, wissen Sie, wo meine Familie ist?«

Rosa hält ein zerrissenes Handtuch in der Hand. Alice läuft rot an. Sie mußte gestern einen Streifen davon abschneiden, weil das Toilettenpapier alle war und sie auch die Wattebällchen aufgebraucht hatte. »Frühstücken«, blafft die Frau.

Alice kocht. »Nicht schon wieder – wie können sie es wagen?« Sie knallt ihre Einkäufe auf den Tisch, und während sie zurück zum Hauptgebäude und in den Speisesaal trabt, wird sie immer wütender. Das Restaurant ist zu einem Drittel gefüllt. Sie blickt sich suchend um: Wo sind sie, die Verräter? Als sie ihre abtrünnige Familie in der Ecke entdeckt, eilt sie zu ihnen und fegt im Vorübergehen mit ihrem Hinterteil ein Buttercroissant von einem Tisch.

»Was macht ihr da?«

Guy ißt ein goldenes Omelett mit glänzenden schwarzen Pilzen, Max hat zwei Schokoladencroissants auf dem Teller und ein drittes hängt ihm aus dem Mund, während sich vor Sam grob geschätzt fünfzehn Scheiben Salami stapeln.

»Wir frühstücken«, erwidert Guy. »Leckerschmecker«, fügt er im Plauderton hinzu und winkt mit einem metaphorischen roten Tuch vor dem wütenden Stier.

»Aber ich war im Supermarkt!«

»Keiner hat dich darum gebeten, Alice. Wir frühstücken gern hier.«

»Ist dir klar, was uns das kostet?« zischt Alice.

Guy blickt auf. »Das weiß ich, und es ist mir egal. Jetzt setz dich entweder zu uns oder verzieh dich.«

Alice verzieht sich ins Apartment. Wenigstens ist die Putzfrau weg. Sie kippt sich Frühstücksflocken in eine Schüssel und beißt in ein altbackenes Ciabatta. Eigentlich hätte sie viel lieber Guys Omelett.

Als die Jungs zurückkommen, hat Alice ein Stilleben auf dem Tisch arrangiert. Es besteht aus einem schrumpeligen Pfirsich, einer orangen Blume (möglicherweise Hibiskus) in einem Weinglas, einem interessanten Kiesel, einer Streichholzschachtel und einer Kerze.

»Heute zeichnen wir«, erklärt sie ihnen, kaum daß sie

durch die Tür sind, und etwas in ihrer Stimme läßt sie sich widerspruchslos auf die ihnen zugewiesenen Stühle setzen. Alice summt. Sie gibt jedem ein Blatt Papier und eine Unterlage. Die Packung mit Buntstiften liegt offen auf dem Tisch. »Ihr könnt anfangen.«

Zwanzig Minuten später hat Alice sechs Zeichenblätter zerknüllt. (Natürlich von beiden Seiten bemalt. Spare in der Zeit, so hast du in der Not.) Sie bekommt den Pfirsich einfach nicht hin, und auch den Kiesel und die Blume nicht. Von der Streichholzschachtel und der Kerze ganz zu schweigen.

Die Buntstifte sind billig. Einer nach dem anderen bricht durch: erst gelb, dann orange, dann rot. »Das ist doch bescheuert«, nuschelt Max, und in einem Zornausbruch fegt Alice das ganze Stilleben vom Tisch. Das Glas zerbricht, glitzernde Scherben sind über den Boden verstreut.

»Bewegt euch nicht«, warnt Guy, und alle bleiben reglos sitzen, während er den Handfeger holt.

Alice schämt sich. Was hab ich getan, was ist nur mit mir los? Es ist zu heiß. Wenn wenigstens ein bißchen Wind wäre. »Tut mir leid«, platzt sie heraus, »aber ...«

»Sag einfach, daß es dir leid tut, Alice.«

»Das tut es ja, es tut mir leid, wie kann ich es wieder gut machen?«

Du könntest sterben, denkt Guy unwillkürlich. Es ist schon zehn. Er könnte wirklich einen Drink gebrauchen.

Alices schlechtes Gewissen verwandelt sich in Wut. Eigentlich sind die anderen Schuld, sie haben sich gegen sie verschworen. Als die Kinder klein waren, war sie der Mittelpunkt ihres Universums. Jetzt begegnen sie ihr mit Verachtung und Ungeduld. Nicht mal Sam hatte Mitleid, als sie krank war, sondern ist mit seinem Vater und seinem Bruder losgezogen. Wenn ich doch nur noch ein Kind bekäme. Ein Baby, das mich liebt und braucht.

Sam malt noch immer. Sein roter Schopf ist über ein zusammengefaltetes Blatt Papier gebeugt – es sieht aus, als schreibe er eine Karte. Alices Herz schmilzt. Er macht eine Karte für seine Mama. Sie schiebt sich um den Tisch herum und pflanzt einen Kuß auf die wilden Locken ihres Sohnes. Dann sieht sie, was er schreibt: »Für Rosa, danke, viele Grüße, Sam.«

Rosa!

»Wer ist Rosa, Lämmchen?« Vielleicht ist es ein nettes Mädchen in Sams Klasse oder eine freundliche Lehrerassistentin?

»Die Putzfrau«, antwortet Sam, »und außerdem ist das meine Sache.«

Alice wird schon wieder übel. In meiner Familie läuft ganz entschieden etwas falsch. Mein Mann starrt in die Ferne, so weit weg von mir wie möglich. Mein Ältester wendet sich von mir ab: Von Tag zu Tag vertraut er weniger auf mich. Selbst mein geliebter Jüngster betrügt mich mit einer anderen Frau.

Alices Herz fühlt sich ebenso zerknittert an wie die zerknüllten Papierbällchen. Sie zieht sich ins Badezimmer zurück und versorgt ihre wunden Schenkel.

35
Sex mit dem Ex

Hils liegt im Bett und liest die *Marie Claire.* Ungefähr in der Mitte der Zeitschrift zwischen einer Werbung für Fußdeo und einer für Haarentfernungscreme befindet sich ein Artikel mit dem Titel: »Welches Paar hat am häufigsten Sex?«

Sechs Männer und sechs Frauen blicken ihr von der Hochglanzdoppelseite entgegen. Steve (27) aus Bournemouth ist ein Tierarzt mit Rastalocken und gerade mit Vinnie (25), einer tätowierten Kindergärtnerin, zusammen. Hils überfliegt die anderen Kandidaten: Grafikdesigner mit Glatze, rothaarige Laborassistentinnen und großbusige Krankenschwestern. Es interessiert sie nicht die Bohne, wer es die meisten Male pro Woche besorgt kriegt. Die Krankenschwester und der Motorradkurier wahrscheinlich, wen interessiert das schon? Jeder einzelne von ihnen hat mehr Sex als sie selbst.

Ich habe das Liebesleben eines Riesenpandas, denkt Hils. Eigentlich müßte ich Bambus kauen. Sie zieht in Erwägung, es sich selbst zu besorgen, aber masturbieren war nie ihr Ding, und außerdem kommt jeden Moment der Fensterputzer.

Seit Joe fort ist, hat Hils vier Küsse und einen bizarren One-Night-Stand mit einem Ex-Freund verbucht. Wenn sie an Letzteren denkt, wird sie immer noch rot. Was um alles in der Welt war in sie gefahren? Eine Flasche Wein und ein paar Brandys wahrscheinlich. Sie war mit Sally im Theater gewesen (Kultur als letzte Zuflucht der frisch getrennten Frau). Danach gingen sie in eine kleine Bar in einer Seitenstraße der St. Martin's Lane. Sie saßen am Fenster, zwischen sich noch einen Rest des roten Hausweins, als er herein kam: Mister »Schnee von gestern« Mark Pettifer! Ihr letzter Freund vor Joe – ein Zufall, der (Sally bestand darauf) nach einer weiteren Flasche Wein verlangte, und ehe Hils sie aufhalten konnte, tänzelte sie zur Bar. Als sie mit einer Flasche Rioja in der einen Hand und dem Handy in der anderen zurückkam, faselte sie etwas von Esme und frei erfundenen Ohrenschmerzen, bevor sie auf die ihr eigene dezente Weise in die Nacht verschwand – will sagen, augenzwinkernd und rippenstoßend und obszön gestikulierend.

Eine Stunde später befand Hils sich im Bus der Linie 176 auf dem Weg zu Marks Wohnung in Kennington. Auf halbem Wege über die Waterloo Bridge fiel ihr dunkel wieder ein, was sie an ihm gestört hatte. Zu allererst sein Geiz: »Du hast doch eine Travelcard?«

Tja, jetzt war es zu spät. Etwa eine weitere Stunde später, als das Kopfende seines Ikea-Bettes gegen die Wand hämmerte, dachte Hils nur noch: Welche Schmach, welche Schmach, welche Schmach.

Sein langer, dünner, klammer Penis roch noch immer nach Tupperware, und am nächsten Morgen gestand er gleich als erstes, mit einem Mädchen verlobt zu sein, das am Cliniquestand bei Selfridges arbeitete. »Sie ist erst vierundzwanzig«, hatte er stolz hinzugefügt. Er hatte sich nicht die Zähne geputzt, und sein Atem stank nach angebrannten Eiern.

Als Hils sich bückte, um ihren Schlüpfer aufzuheben,

entdeckte sie vor dem Bett das Durex, das er letzte Nacht benutzt hatte. Es war verschrumpelt, aber leer – sie hatten es also beide vorgetäuscht! Die ganzen »Ooohs« und »Ahs« und »O Babys« waren ein gemeinsamer Code für »Hör auf, ich hab genug von diesem schrecklichen Knochenreiben«.

»Ich hoffe, ihr werdet glücklich«, hatte sie beim Abschied gesagt. Er hatte versucht, sie zu küssen, doch sie wandte den Kopf ab. »Das finde ich reichlich unpassend.«

»Ich wollte nur höflich sein«, hatte er erwidert.

Hils rollt sich vom Bett. Seit die Kinder im Urlaub sind, zieht sie sich immer öfter ins Schlafzimmer zurück. Wenn sie erwachsen und aus dem Haus sind, kann ich mir ebensogut eine Einzimmerwohnung besorgen, gesteht sie sich ein, und der Gedanke an diese Möglichkeit deprimiert sie noch mehr. Sauls Zimmer, das nicht mehr nach Socken riecht. Tabithas Frisierkommode leer ... Was soll ich tun, wenn nur noch ich übrig bin?

An ihrem nackten Hintern kleben Toastkrümel, und auf dem Nachttisch stehen drei Kaffeebecher, die sie als Aschenbecher benutzt hat. Auf dem Weg ins Badezimmer weicht sie den Resten eines Hühnchenrisottos von Marks and Spencer aus, das sie direkt aus der für die Mikrowelle geeigneten Schale gegessen hat. Ich bin eine Mischung aus Schwein und Panda, denkt sie.

Es ist elf Uhr an einem Mittwoch morgen. Heute Abend geht sie zu Nick und Sally, was bedeutet, daß sie sich in acht Stunden anziehen muß.

Ich bade später, beschließt sie. Achtlos läßt sie die Kaffeebecher stehen und geht nach unten in die Küche. Während sie wartet, daß das Wasser kocht, erinnert sie sich widerwillig an die vier Küsse nach Joe. Peinlicherweise hatte sie mit einem alten Schulfreund ihres Bruders geknutscht.

Bei James' und Midges Weihnachtsfeier letztes Jahr hatte sie sich von einem Typen gegen Caspers Kinderzimmertür pressen lassen, der noch kleiner war als sie. Erst als sich die Tür öffnete und Caspers Raumschiff-Nachtlicht das Gesicht des Hosentaschen-Don-Juan erleuchtete, wurde ihr klar, um wen es sich handelte. Andy Robson!

Sie schloß die Kinderzimmertür, bevor Casper aufwachte. »Ich fand dich schon immer toll«, lallte Andy und grapschte nach den Knöpfen ihrer Bluse. Sie hatte ihm auf die Finger geschlagen. »Aber du bist erst zwölf!« Das war er natürlich nicht. Er war nur seit 1973 nicht mehr gewachsen. »Wie du willst«, schnaubte Andy und richtete sich zu seiner vollen Größe von einssechzig auf. »Ich hab sie sowieso schon gesehen. Ich hab mich früher immer bei euch im Garten versteckt und gewartet, daß du dich ausziehst. Du hast nie die Vorhänge zugezogen. Ich wette, du hast immer noch eine fünfundsiebzig AA.«

Wenn das nicht romantisch war. Wer noch?

Hils erinnert sich dunkel an die verheerende Begegnung mit einem Mann, der ihr geholfen hatte, einen Reifen des Fiat Panda zu wechseln – Colin sowieso. Sie hatte ihn auf einen Drink eingeladen, und irgendwie hatte er das in den falschen Hals gekriegt und gedacht, sie sei an einem Rendezvous interessiert. Ehe sie sich's versah, waren sie für den nächsten Abend in einem Pub in Holloway verabredet. Aus falschem Mitleid mit diesem einsamen Mann, der sie in einem billigen grauen Anzug und mit einer mickrigen Rose in Zellophan erwartete, war sie hingegangen. Sie hatte ihr Lager and Lime gerade zur Hälfte geleert, als er seinen Bart in ihr Gesicht gedrückt und sie derart überrumpelt hatte, daß es ihm gelang, seine Zunge in ihren offenen Mund zu schieben.

»Ich dachte, du willst es auch«, hatte er ständig wiederholt, während er ihr aus dem Pub folgte. »Ich dachte, du stehst drauf.« Glücklicherweise war ein Taxi vorbeigefahren, und es war ihr gelungen, es anzuhalten.

»Du frigides Flittchen«, hatte er gekreischt, als sie hinein gesprungen war.

»Das schließt sich aus«, hatte sie zurückgeschleudert.

Wenn das nicht eklig war.

Der dritte Kuß traf sie vollkommen unerwartet. Sie war bei Topshop gewesen, wo sie Tabithas bevorstehenden Geburtstag als Vorwand benutzte, unpassende Outfits anzuprobieren und silbernen Glitzerkajal zu kaufen. Als sie in ihrem roten Mantel und mit Zöpfen aus dem Laden gekommen war, hatte ein Mann sie von hinten gepackt, sie herumgewirbelt und leidenschaftlich geküßt. Sie fing gerade an, es zu genießen, als er sich losriß und japste: »Aber du bist ja gar nicht Abi, du bist eine alte Frau!« Von hinten hatte sie wohl ausgesehen wie seine zweiundzwanzigjährige Freundin. Von vorn erinnerte sie ihn an seine Mutter. Entsetzt wischte er sich den Mund ab und verschwand.

Wenn das nicht ernüchternd war – für alle beide.

Hils versucht, die Erinnerung an den vierten Kuß zu verdrängen. Schließlich war es eigentlich gar kein richtiger Kuß gewesen, nur ein ganz flüchtiger, doch ihre Lippen brannten danach. Ich habe einen Kellner geküßt, denkt sie und leugnet es im nächsten Moment schon wieder. Es war schließlich kein Zungenkuß. Ich bin kein Flittchen. Ja, ich war betrunken, aber nicht so betrunken. Du hast einen Kellner geküßt. Ja, hab ich.

Hils schämt sich. Ich bin einundvierzig, ich habe zwei Kinder, ich bin Schriftstellerin, ich darf keine Kellner küssen. Schon, aber du hast es getan, und er hat gut geschmeckt.

Zu spät fällt Hils ein, daß sie die *Woman's Hour* hören wollte. Morgen um diese Zeit wird sie ihr Radio-4-Debüt hinter sich haben. Sie schaudert und übt mit einem Bananen-Mikrophon, auf imaginäre Fragen zu antworten. »Nun, Jenni, ich habe das Buch geschrieben, weil...« Jemand klopft ans Küchenfenster. Na toll, denkt Hils. Gut gemacht. Ich bin untenrum nackt und spreche in eine Banane.

Auf der anderen Seite grinst der Fensterputzer.

Hils kriecht wieder ins Bett. Als sie sich wieder der *Marie Claire* zuwendet, erfährt sie, daß nicht die großbusige Krankenschwester Nancy und ihr jamaikanischer Motorradkurier am häufigsten Sex haben. Die Gewinner sind in Wahrheit Mark ein Systemanalytiker aus Südlondon, und seine Verlobte Karen (25), eine Kosmetikfachverkäuferin, die es angeblich treiben wie die Karnickel.

»Keine kann mich so befriedigen wie Karen«, schwärmt Mark. »Sie ist die erste Frau, die mich wirklich antörnt.« Während Mark laut Karen ein »Sexgott« ist, »und daß wir verlobt sind und ich weiß, daß er mich nie betrügen würde, macht unseren Sex noch spektakulärer«.

Hils kichert, aber das kleine Foto des Systemanalytikers kommt ihr beängstigend vertraut vor. Als sie sich das große Titelfoto noch mal genauer ansieht, wird ihr klar, daß »Sexgott Mark« ihr Ex ist, Pfennigfuchser Mark mit dem Tupperware-Penis. Das muß sie Sally erzählen.

Punkt acht Uhr klingelt Hils frisch gebadet und angezogen, eine Flasche Champagner Rosé in der einen und die *Marie Claire* in der anderen Hand, bei den Thorpes. Es tut gut, mal rauszukommen.

Sally öffnet die Tür. Sie ist so sexy, denkt Hils, daß selbst ihre Schlachterschürze aussieht, als sei sie von Agent Provocateur. Neben ihr fühlt Hils sich blaß und schmuddelig wie Wasserfarben im Regen.

Esme hängt übers Treppengeländer. »Hi, Hils«, ruft sie.

Hils sieht nach oben. Esme ist im Nachthemd. »Ich kann deinen Po sehen«, ruft sie.

Esme quiekt. »Kannst du nicht! Ich hab eine Barbie-Unterhose an. Außerdem geh ich ins Bett, ich hatte einen anstrengenden Tag. Trink nicht soviel, Mama.«

»Gute Nacht, Süße«, trällert Sally und flüstert: »Manchmal habe ich das Gefühl, daß Mary Whitehouse bei uns wohnt.«

Auf dem Tisch unten in der Küche steht ein riesiger Strauß Pfingstrosen, und auf dem Kaminsims flimmern kleine Lichter. Sally hat alle Register gezogen. Auf der Anrichte glitzert ein Haufen Silberbesteck, daneben ruht eine feiste Käseplatte.

»Wo ist Nick?« fragt Hils und klaut eine glänzend grüne Olive aus einem marmorierten Porzellanschälchen.

»Er ist mit dem Architekten auf dem Dachboden.« Sally wirkt schuldbewußt.

»Du willst mich doch nicht etwa verkuppeln?« fragt Hils. »Du weißt, ich hasse Blind Dates.«

»Es ist ein Versehen. Du weißt doch, daß Nick mir nie zuhört. Er ist mein Mann – das muß so sein. Ich hab ihm gesagt, daß ich dich zum Abendessen eingeladen habe, und heute morgen informiert er mich ganz nebenbei, daß dieser Typ vorbeikommt. Wir lassen den Dachboden ausbauen. Offenbar versteht er was davon – er hat das Haus der Robathams in Cornwall entworfen. Tut mir leid.« Sally reicht Hils ein Glas rosa Sprudel. »Runter damit.«

Hils entspannt sich, als der Sekt ihren Blutkreislauf trifft. »Ach egal, solange du mir die Nicole-Farhi-Wildlederjacke borgst.«

»Na klar«, grinst Sally. »Mir ist sie sowieso zu klein, und die Atkins mach ich nie wieder.« Sie fängt an, mit Töpfen zu klappern, ihre rubinroten Nägel greifen nach Holzlöffeln. »Du kannst den Tisch decken.«

In diesem Haus ist alles so schön, denkt Hils, während sie georgianische Messer und Gabeln verteilt und würzigen Fleischduft einatmet.

»Fasanen-Kasserole«, erklärt Sally und grinst stolz.

Hils Magen grummelt wie der Vesuv. »Hey, Sal, sieh dir das mal an, erkennst du jemanden wieder?« Sie schlägt die *Marie Claire* auf, nimmt sich noch eine Olive und wartet auf die Reaktion ihrer Freundin. Sally überfliegt den Artikel. »Omeingott, das ist dein Stecher, der, den du in der Bar aufgerissen hast. Das ist …«

»Mister Tupperware-Penis!« kreischt Hils, und lacht so heftig, daß sie den Olivenkern einatmet und er sich in ihrer Luftröhre verkeilt. Sie beginnt gerade zu husten, als Nick mit einer männlichen Gestalt erscheint.

»Wer hat einen Tupperware-Penis?« fragt Nick, aufrichtig interessiert.

»Dieser Typ, den Hils an dem Abend aufgerissen hat, als wir im Theater waren.«

Hils verschlägt es die Sprache. Ihre Augen tränen und ihre Nase läuft – aus irgendeinem Grund haben Sally und Nick den Kellner zum Abendessen eingeladen.

»Hi, Nick«, stottert sie, »hahahahahhaha. Sally macht nur Spaß, ich pflege keine Fremden in Bars aufzureißen.«

»Schade«, murmelt der Kellner.

»Oh, das ist Stan, Hils«, stellt Nick vor, »er ist Architekt.«

Hils droht jetzt wirklich zu ersticken. Sie hustet so stark, daß sie sich fast in die Hose macht. Das einzige Trinkbare in Reichweite ist die Flasche Champagner Rosé. Sie greift danach und kippt sich den Inhalt in den Rachen. Das Ergebnis dieser Aktion ist, daß sich der Olivenkern löst und sie wieder atmen kann. Dafür fühlt sie sich plötzlich total betrunken.

»Aber Sie sind doch Kellner«, lallt sie.

Stan grinst spöttisch. »Nein, du dachtest nur, ich sei der Kellner.«

»Aber Sie hatten eine schwarze Hose und ein weißes Hemd an.«

»Armani, außerdem hätte ich demnach auch Dirigent sein können.«

»Aber Sie haben Sushi serviert.«

»Nur, weil du mich darum gebeten hast.«

»Gott, das tut mir leid.«

»Du mußt dich nicht entschuldigen, du hast mir ein sehr großzügiges Trinkgeld gegeben.« Stan grinst. »Schön, dich wiederzusehen.«

Etwas in seiner Stimme verwandelt das Blut in ihren Adern in heißen Whiskey mit Honig. Eine Woge durchflutet ihren Körper, und ihr Hirn sackt in ihren Zwickel. So hat sie sich vor langer langer Zeit schon mal gefühlt. Entweder ist es Liebe, eine allergische Reaktion oder es sind die Wechseljahre.

Sie errötet bis zur Taille. »Hahahahaha.«

Das Ableben einer Ehe hat – wie der Tod – viele Formen. Manche verenden qualvoll, andere völlig überraschend, als sei die Ehe mit hoher Geschwindigkeit in eine Steinmauer gerast, mit so fatalen Folgen, daß Freunde und Verwandte kaum hinschauen mögen. Manche zerbrechen sauber wie ein Genick – keine Kinder, kein Theater –, während andere so fies vor sich hin faulen, daß man fast riechen kann, wie die

Beziehung verwest. Eine schlechte Ehe stinkt schlimmer als vergammelte Pilze.

Natürlich können Ehen gerettet werden. Vor dem Abgrund bewahrt, aus den Trümmern gezogen, wird ihnen ein neues Fahrgestell und ein bißchen Farbe verpaßt. Risse können mit Versprechen und romantischen Abendessen und Urlaub in der Sonne zugekleistert werden.

Manchmal denkst du, deine Ehe schafft es, daß sie nur eine kleine Erkältung hat, nichts Ernstes, dann wird dir langsam klar, daß es eine Lungenentzündung mit Komplikationen ist, und selbst die Eheberaterin schüttelt den Kopf.

So erging es mir und Joe. Jahrelang habe ich mich geweigert zuzugeben, daß unsere Ehe schwer krank ist, doch am Ende war sie wie ein todkranker Hund mit grauem Star und wuchernden Tumoren. Wir mußten sie von ihrem Leiden erlösen. Genug ist genug.

Tagebuch einer Geschiedenen

36

Tiefdruck

Noch ehe Nina dazu kommt, die Augen zu öffnen, ist ein neuer Tag angebrochen. Sie spürt eine ungewohntes Frösteln und greift nach der verknäuelten Bettdecke zu ihren Füßen. Irgendwas stimmt nicht. Am liebsten würde sie einfach weiterschlafen. Was es auch ist, sie will es gar nicht wissen.

Freya weint, ein herzzerreißendes, einsames, kleines Wimmern, und Nina, die sich vorkommt wie ein Marionette mit verhedderten Fäden, taumelt zu ihrer Tochter hinüber, reißt sie aus ihrem Bettchen und kippt sie auf das große Doppelbett. Freya rollt sich wie ein Ferkel an ihren Vater und schläft sofort wieder ein. Nina späht durch einen der Fensterläden. Das Wetter ist umgeschlagen, die Sonne wird von einer dicken grauen Schicht verdeckt.

Wir könnten überall sein – in Norwich zum Beispiel.

Eine Stunde später sind alle wach. Der düstere Himmel dämpft die Stimmung im Apartment. Alle sind ratlos. Es ist, als würden sie nur darauf warten, endlich packen zu dürfen, aber es ist erst Donnerstag – sie haben noch zwei Tage.

»Ich will nach Hause«, flüstert Nina im Bad leise vor sich hin. »Was sollen wir hier, wenn die Sonne nicht scheint?«

Der Palazzo wirkt wie eine billige Imitation dessen, was der Prospekt verspricht. Plötzlich gibt es zu viele Ameisen, zu viele Fliegen, und das Apartment ist so finster, daß sie das Licht anschalten müssen.

Die Dobsons latschen nach unten in den Frühstücksraum. »Hätte ich bloß Socken eingepackt«, beschwert sich Nina, und Joe knurrt: »Mach nicht so ein Drama daraus, Nina«, während in der Ferne Donner grollt.

Die Atmosphäre im Speisesaal ist ähnlich angespannt. Das Personal ist verlegen. Man schüttelt die Köpfe und zuckt die Schultern. Lippenstift kann von Kaffeetassen entfernt, Steaks wieder auf den Grill gelegt werden, doch die Sonne kann nicht hinter der grauen Wolkendecke hervorgezaubert werden. So was kommt vor. Es ist Gottes Werk, und auf das Wetter gibt es keine Garantie.

Tabitha versucht, sich nicht betrogen zu fühlen. Sie wollte heute an ihrer Bräune arbeiten. Alles was sie bisher vorzuweisen hat, sind ein paar tausend extra Sommersprossen und rosa Schultern – unfair.

Draußen am Pool klappen zwei der Barkeeper die Sonnenschirme zu. Der böige Wind jagt eine Luftmatratze übers Wasser, hebt sie hoch und schleudert sie gegen eine Mauer.

»Ich glaube nicht, daß wir heute baden können«, bemerkt Nina überflüssigerweise.

Joes verliert die Geduld. »Um Himmels Willen, es ist doch niemand gestorben. Was ist bloß mit euch los? Reißt euch zusammen, verdammt noch mal.«

Das »Verdammt noch mal« scheint von dem leeren Teller vor ihm zurückzuschallen und hallt durch den Raum. Augen drehen sich in ihre Richtung, und Tabithas Gesicht brennt, als würde es sich pellen.

Zwei Sekunden später läßt glücklicherweise ein Kellner einen Teller Rührei fallen, und im Zuge des anschließenden

Chaos entspannt sich der Saal. Es ist wie eine chemische Reaktion: Die Leute schieben ihre Stühle zurück und bestellen mehr Kaffee. Einer der Hart-Jones-Zwillinge krabbelt über den Teppich auf Ninas Schoß. Der in der blauen Latzhose, der Junge, nimmt Nina an.

Saul schlendert zum Frühstücksbüffet, um sich noch einen Aprikosen-Kopenhagener zu holen. Auf dem Rückweg macht er einen Umweg zu Max, der mit seinem Bruder und seinem Vater am Tisch sitzt. Seine Mutter kommt nie zum Frühstück. Sie klatschen sich ungeschickt ab, und Saul hebt seine Hand, um auch Sam zu begrüßen, doch Sam tut so, als sei er in seinen Gameboy vertieft.

»Mieses Wetter«, bemerkt Saul, als die Fenstertüren krachend zuschlagen, worauf Kellnerinnen im Saal umher rennen, Riegel vorschieben und Fenster schließen. Max' Vater schluckt runde weiße Pillen und trinkt eine Tasse dickflüssigen schwarzen Kaffee nach der anderen. Er trägt eine Sonnenbrille, was reichlich bescheuert aussieht, findet Saul, und er hat sein kaum angerührtes englisches Frühstück beiseite geschoben. Saul beäugt ein Würstchen – was für eine Verschwendung.

»Und was macht ihr heute?«

Max verdreht dramatisch die Augen. »Meine Mutter hat ein Auto gemietet. Wir sehen uns irgendwelche Ruinen an.« Max' Stimme klingt so verzweifelt, als habe er gesagt: »Wir haben eine Gruppen-Darmspülung mit anschließender Wurzelbehandlung gebucht.«

Weil Saul nichts Besseres einfällt, fragt er: »Warum?«

Max' Vater kichert und fährt sich mit den Händen übers Gesicht, als wolle er die Falten glätten. »Gute Frage«, murmelte er. Und Max zuckt mutlos mit den Schultern.

»Naja«, schlägt Saul vor, »wenn du keine Lust hast, kannst

du den Tag doch auch mit uns verbringen. Wir haben nichts vor, und im Spielzimmer gibt es einen Pooltisch.«

Max blickt seinen Vater flehend an.

»Keine Chance, Max. Einer für alle, alle für einen. Deine Mutter hat sich das in den Kopf gesetzt, und wir werden sicher einen Heidenspaß haben.« Max' Vater redet, als hätte sich seine Galle in den Stimmbändern verfangen. Er klingt so bitter, daß Saul schaudert. Selbst die Kaffeetasse in Guy Jamiesons Hand scheint zu zittern.

»Huhuuu!« Alice steht winkend in der Tür. Mister Jamieson hebt einen steifen Arm in die Luft und legt den Zeigefinger der anderen Hand unter die Nase. »Und hier ist sie: Mrs. Hitler. Heil, Alice.«

Max' Mutter kommt angeschnaubt. »Jetzt werd bloß nicht ausfallend, Guy. Unsere deutschen Freunde könnten dich hören.« Sie spuckt auf eine Serviette und wischt Schokolade von Sams Mund. »Okidoki, los geht's. Ich hab ein Picknick eingepackt und ich hab die Straßenkarte und den Reiseführer, also lauft fix nach oben und putzt euch die Zähne! Ich warte im Auto.« Dann setzt sie ein, wie sie meint, strahlendes Lächeln auf (das durch eine Rosine zwischen den Schneidezähnen ruiniert wird), macht auf ihren Birkenstocks kehrt und marschiert nach draußen.

»Bis später, Mäxchen«, spottet Saul. »Viel Spaß.«

Heilige Scheiße. Die Mutter ist der reinste Diktator. Seine Mutter ist wenigstens nur peinlich, zum Beispiel wenn sie singt oder einen Hut trägt.

Mit hängenden Köpfen trotten die Jamiesons hinaus, und Saul stibitzt das kalte Würstchen von Guys Teller, weil er einfach nicht anders kann. Als er wieder bei seiner Familie ist, wringt der schmuddelige Spüllappen-Himmel fette Regentropfen aus.

Nina wippt noch immer das schielende Riesenbaby auf ihrem Schoß. Offenbar war Lydia da, um sie zu informieren, daß im Spielzimmer von elf bis eins Disney-Videos gezeigt werden, und Freya ist mit den Hart-Jones-Zwillingen verabredet. Nina ist von der Wendung der Ereignisse ziemlich genervt. Helena ist nicht ihr Typ, und sie ist definitiv auch nicht Helenas. Die Kopfschmerzen von gestern kommen pochend zurück.

»Ohne mich«, sagt Joe, bevor sie überhaupt gefragt hat. »Ich unternehme was mit Tabitha und Saul. Wir treffen uns zum Mittagessen im Apartment.« Er küßt Ninas gerunzelte Stirn und flüstert: »Das ist das häßlichste Bay, das ich je gesehen habe!« auf ihren Scheitel.

Nina kichert, hat aber sofort ein schlechtes Gewissen, als würde sie ihr eigenes Kind mit einem Fluch belegen, indem sie Bertie auslacht. »Du blöde Kuh«, flüstert ihr Gewissen. »Dafür wird Freya ins Feuer fallen, sie wird durch eine Windschutzscheibe geschleudert, ein Hund wird ihr die Nase abbeißen.« Nina verkrampft sich, und Bertie sieht sie so entschuldigend an, daß Nina die Tränen kommen. »Deine Mami hat dich bestimmt ganz doll lieb«, murmelt sie in seinen Milchschorf.

Eine Stunde später ist sie da nicht mehr so sicher. *Dumbo* läuft noch keine zehn Minuten, da hat Helena Nina schon gestanden, daß die Zwillinge, abgesehen von einer katastrophalen Dauerwelle in den Achtzigern, wahrscheinlich der größte Fehler ihres Lebens waren. »Das ganze Geld«, seufzt sie. »Könnte ich die Uhr zurückdrehen, würde ich lieber einen Wintergarten haben.«

Nina ist aufrichtig schockiert. Nie, nicht einen Moment hat sie es je bedauert, Freya bekommen zu haben. Von Zweifeln zerfressen, von Ängsten geplagt, dem Nervenzusammenbruch nahe, ja. Doch nie hat sie sich gewünscht, daß sie nicht geboren wäre. Angewidert wechselt Helena Jeanettes Windel und schaudert beim Anblick des klebrigen braunen Inhalts. »Normalerweise habe ich ein Kindermädchen«, erklärt sie, »aber ihr Großvater ist gestorben, und zwei Tage bevor wir losgefahren sind, hat sie sich nach Tschechien verpißt.«

»Heilige Scheiße.« Gayle ist hereingekommen. Sofort holt sie eine Flasche Rive Gauche aus ihrer nachgemachten Louis-Vuitton-Handtasche und versprüht es großzügig. »Das ist ja schlimmer, als wenn Jonty kackt.«

Nina versucht, sich unsichtbar zumachen. Helena und Gayle? Was für eine Kombination.

»Rückt mal ein Stück«, befiehlt Gayle. »Ich liebe *Dumbo*.«

Es stellt sich heraus, daß Jonty, »das Arschloch«, sich in eine Bar in der Stadt abgesetzt hat, wo es einen Breitbildfernseher mit Sky Sports und billiges Bier gibt.

Helena kämpft mit Bertie und einer widerspenstigen Pampers.

»Laß mich mal«, bietet Gayle an, und arretiert in feinster Kinderschwester-Manier mit der einen Hand Berties Knöchel, während sie mit der anderen die stinkende Windel entfernt und eine neue unter seinen Grübchenpopo schiebt. In wenigen Sekunden ist die Sache erledigt.

»Meine Mutter hat noch ein Kind gekriegt, als ich acht war«, erklärt sie und wischt sich mit einem Feuchttuch einen Scheißestreifen vom Handgelenk. »Michael, mein Halbbruder, wurde überfahren, als er elf war. Seitdem ist meine Mutter ein anderer Mensch.«

»Du meinst, er ist tot?« haucht Nina.

»Ja.« Gayle nickt. »Er wurde beim Fahrradfahren von einem Laster zermanscht.«

»Wie entsetzlich«, murmelt Helena, und zu dritt nebeneinander gequetscht sitzen sie auf dem Sofa und schniefen unterdrückt, während Dumbos Mutter weinend in ihrem Käfig liegt.

Draußen reißt der Himmel auf wie eine Wagenplane und kippt ohne Unterlaß Regen aus. Jonty schlürft sein zweites Pint. Die schwulen Deutschen, Dieter und Peter, die für Schwuchteln ziemlich gut über Fußball Bescheid wissen, vor allem über Freddie Ljungberg, leisten ihm Gesellschaft.

Jonty hat mal mit einem deutschen Mädchen geschlafen. Zumindest hofft er, daß es ein Mädchen war – sie hatte riesige Füße. »Ich hab's wild getrieben«, bekennt Jonty und beschließt, Gayle ein großzügiges Geschenk zu kaufen.

»Ich liebe meine Frau«, platzt er heraus. »Verdammt noch mal, ich liebe sie.« Hoppla, er sollte sich zusammenreißen. Wenn er morgens trinkt, wird er immer sentimental. »Und ich liebe Dieter«, gesteht Peter. »Und ich liebe Peter«, echot Dieter.

Es gießt in Strömen. Jonty stört das nicht, die Bar ist gemütlich. Plötzlich fliegt die Tür auf und Joe, dieser Fotograf, stürmt mit zwei seiner Kinder herein. »Hallo Saul«, singen die Schwuchteln im Chor, und der Junge wird sogar noch röter als seine Schwester. Jonty schiebt seinen Stuhl zurück, um Platz am Tisch zu schaffen. Das ist ganz nach seinem Geschmack, eine echte Männerrunde. »Na komm schon, Kumpel, pflanz deinen Arsch her.«

Joe guckt ein wenig pikiert, läßt sich aber auf den freien Aluminiumstuhl fallen und schüttelt den Regen aus seinen Haaren wie eine Dänische Dogge. Er ist attraktiv, denkt Jonty, wenn man auf den Typ steht. Was er natürlich nicht tut, da er ja nicht schwul ist.

Joe klappt seine Brieftasche auf und gibt Tabitha zehn Euro. »Viel Spaß beim Flippern. Ich trink schnell ein Bier, bis der Regen aufhört, und dann gehen wir zurück.« Er zündet sich eine Zigarette an, seine erste heute. Ihm wird davon ganz schwindelig. Irgend etwas ist heute komisch – er kann es nicht in Worte fassen, aber es fühlt sich an wie Halloween. Irgend etwas wird passieren. Eine schwarze Katze fädelt ihren abgemagerten Körper zwischen seinen Beinen hindurch. Ein gutes oder ein schlechtes Omen? Er kann sich nicht erinnern.

37

Gähnender Abgrund

Alice wartet im Mietwagen. Es ist ein metallic-grüner Opel Corsa, viel neuer und weniger muffig als ihr Passat zu Hause. Guy redet ständig davon, daß sie einen neuen »fahrbaren Untersatz« brauchen, faselt von Mercedes-Cabrios und Vierradantrieb. Das macht er nur, um sie zu ärgern. Guy weiß, daß Alice schon ein schlechtes Gewissen hat, weil sie überhaupt ein Auto besitzt.

Rein theoretisch unterstützt Alice die Ziele der Grünen. Wenn es nach ihr ginge, bräuchte sie kein Auto. Leider wäre es dann unmöglich, Guys Leergut zu recyclen. Es ist ein Dilemma! Jeden Montag leistet Alice ihren Beitrag für die Umwelt. Sie stapelt alle alten Zeitungen (hauptsächlich den *Guardian* und die Wochenendbeilagen der *Times*) und die leeren Bier- und Weinflaschen und fährt eine halbe Meile zum nächstgelegenen Recycling-Container. Letztes Mal, als sie das Leergut auslud, rief ein Mann, der sie beobachtete anerkennend: »Muß ja ein rauschendes Fest gewesen sein!«

Guys Sauferei hat sich hier in Italien noch verschlimmert. Wenn sie wieder zu Hause sind, wird sie eine Broschüre auf seinen Nachttisch legen: »Du und dein Alkoholmißbrauch.«

In London schiebt er die Arbeit als Entschuldigung fürs Trinken vor. »Du hast ja keine Ahnung, wie stressig mein

Job ist, Alice.« Unfug, denkt Alice. Männer wissen gar nicht, was Stress ist. Echter Stress ist, wenn deinem Jüngsten um neun Uhr abends einfällt, daß er bis morgen früh ein Wikingerkostüm mit Helm braucht, und dein Ältester versucht hat, sich mit WC-Reiniger Strähnchen zu färben. Wenn jemand einen Grund hat, zur Flasche zu greifen, dann ja wohl sie.

Alice inspiziert das Armaturenbrett. Soll sie Guy fahren lassen? Der Schaltknüppel ist anders als der, den sie gewohnt ist, das Einlegen des Rückwärtsganges könnte lebensgefährlich sein. Nicht, daß sie Guy für einen guten Fahrer hält. Er neigt dazu, Kurven zu schneiden, und wer wurde denn schon dreimal auf der Busspur erwischt? Alice jedenfalls nicht. Aber er ist immer noch ein besserer Autofahrer als Kartenleser. Bei Guy kann man immer nur das kleinere Übel wählen.

Alice überfliegt den Reiseführer. Am liebsten würde sie bis nach Pompeji fahren – von den in Lava versteinerten Körpern könnten die Kinder was lernen –, aber das ist zu weit. Sie werden sich mit den historisch uninteressanten Ruinen begnügen müssen, die etwa neunzig Minuten vom Palazzo entfernt liegen.

Bei der Ausgrabungsstätte, die vor etwa dreißig Jahren entdeckt wurde, handelt es sich um eine kleine Stadt, die 820 v. Chr. von einer Seuche dahingerafft wurde. Unter den Ruinen sind Behausungen, eine Badeanstalt und ein kleines, aber bedeutsames Amphitheater. Außerdem kann man im Museum, das bequem vom Parkplatz aus zu erreichen ist, antike Werkzeuge bewundern. Wenn das nicht spannend ist.

Alice liebt Museen. In Museen trifft man selten Gesindel, und mit etwas Glück kann sie ein Souvenir kaufen, ein

Küchenhandtuch zum Beispiel oder Untersetzer. Alice führt in Gedanken ein Gespräch. »Ach ja, die Untersetzer, gefallen sie dir? Die sind aus Italien, ein herrlicher Urlaub.«

War es wirklich ein herrlicher Urlaub? Natürlich war es das. Zwar gab es Rückschläge, wie etwa die homosexuellen Nachbarn und die Lebensmittelvergiftung und daß Guy so... so abwesend war und das tägliche Gerangel ums Frühstück, diese blöde Ziege von einer Putzfrau und daß die Jungs sich ununterbrochen zankten, aber abgesehen davon...

Alice hievt sich auf den Beifahrersitz. Ihre Pilzinfektion juckt, aber wenigstens ist es heute nicht so heiß. Wenn sie sich nicht täuscht, sieht es sogar nach Regen aus. Sie hätte die Regenjacken der Kinder doch mitnehmen sollen. Ungeduld kocht in ihr hoch. Sie hatte sie einpacken wollen, doch Guy hatte sie ausgelacht. Guy denkt immer, er weiß alles besser, tut er aber gar nicht, er weiß überhaupt nichts, jedenfalls nicht halb soviel wie sie. Guy weiß nicht, wieviel ein Pfund Hackfleisch kostet, welche Schuhgröße seine Söhne haben, die Namen ihrer Lehrer, die Nummer vom Kinderarzt. Was würde er nur ohne sie anfangen?

Um alles muß ich mich kümmern, denkt Alice. Ich sorge dafür, daß die unerfreulichen Dinge erledigt werden. Wenn Max mit einem Kopf voller Läuse nach Hause kommt, wer geht dann mit Spezialshampoo, Nissenkamm und Zeitung zu Werke? Ich. Wer bemerkt, daß Sam Würmer hat? Ich. Wer näht die Namensschilder ein? Ich. Kein Wunder, daß ich mich so verdammt ausgelaugt fühle.

Alice schließt eine Sekunde die Augen und erlaubt ihren Gedanken abzuschweifen. Sie denkt an Penny und ihre Mutter in Weston-super-Mare. Arme Penny, alt und häßlich, allein und kinderlos, hat niemanden außer einer halbblinden Diabetikerin. Unwillkürlich muß sie an ihre eigene Mutter denken, beziehungsweise an ihre Mütter. Beide haben sie im Stich gelassen. Die erste gab sie fort, und die zweite wollte sie eigentlich auch nicht haben. Zurückgewiesen von zwei Müttern! Oscar Wilde hätte dazu bestimmt etwas Scharfzüngiges zu sagen gewußt. Was war mit diesen Frauen bloß los, was stimmte mit ihnen nicht? Was stimmt mit mir nicht?

Alice erinnert sich, wie sie als Kind war, wie sie still las, versuchte, brav zu sein, und ihrer Mutter trotzdem auf die Nerven ging. Alice weiß nicht, warum ihre Adoptivmutter keine eigenen Kinder hatte. Darüber wurde nie geredet – *was* sie sagte, war, daß sie sich eigentlich einen Jungen gewünscht hatte. In letzter Zeit war Alice zu dem Schluß gekommen, daß Avril Norris' vollkommener Mangel an Muttergefühlen vielleicht ihre Fruchtbarkeit beeinträchtigt hatte – sie war rein hormonell einfach nicht dafür geschaffen. Man hätte ihr nie eine Adoption gewähren dürfen, mit einem Wellensittich wäre sie besser dran gewesen.

Nicht, daß sie brutal gewesen wäre, nicht direkt. Nur wenn sie Alices Haar bürstete und zu Gummibandzöpfen band, zog sie sie immer so straff, daß Alice meinte, ihre Kopfhaut würde aufplatzen. Und was ihren Adoptivvater anging, so war der einzig bleibende Eindruck, den er hinterlassen hatte, ein kleiner Fettfleck auf einem Sofaschoner. Nachdem ihre gottesfürchtige Mutter ihn durch ständige Schikane zum Schweigen gebracht hatte, war ihr Vater wie auf Zehenspitzen durchs Leben geschlichen.

Alices Augen brennen. Über manche Dinge sollte man lieber nicht nachdenken. Dafür habe ich mich wacker geschlagen, sagt sie sich. Und heute wird ein perfekter Tag.

Die Hintertür öffnet sich und wird gleich wieder zugeschlagen. »Ich hasse ihn«, piepst ihr Jüngster. »Blöder Max, ich wünschte, er wäre tot.« Ein Apfel ist vor ihre Füße gerollt. Alice hebt ihn auf. Auf der einen Seite ist er perfekt, glänzend und rot, doch auf der anderen gammelig, matschig und braun.

Guy und Max steigen ins Auto. »Sag ihm, er soll aufhören zu heulen«, befiehlt Guy, dreht den Schlüssel im Zündschloß und legt das ein, was er für den Rückwärtsgang hält.

Er ist es nicht. Sie sind nur noch wenige Millimeter von einer Steinmauer entfernt, als Guy auf die Bremse tritt. Alice hat keine Zeit gehabt, sich anzuschnallen, und schlägt unweigerlich mit dem Kopf gegen die Windschutzscheibe. Überrascht und ein wenig enttäuscht, kein tomatenmarkrotes Blut an der Scheibe zu sehen, prallt sie zurück in ihren Sitz. Guy sagt ganz genau gar nichts.

Warum kann er sich nicht entschuldigen? Sie könnte schreien. Ehrlich. Selbst wenn er *sagt*, daß es ihm leid tut, meint er es nicht.

»Herrgott, Guy, ich hätte tot sein können.«

Mit grimmiger Miene legt Guy den richtigen Rückwärtsgang ein, und mit einer Hand am Steuer fährt er im Starsky-and-Hutch-Stil aus dem Palazzo.

»Rechts, rechts«, kreischt Alice, als die ersten Regenklumpen schwer wie Kartoffelmus auf die Windschutzscheibe platschen.

Eine Stunde später gießt es so sintflutartig, daß Guy fährt wie in einer Waschanlage. Bei dem Tempo erreichen sie ihr Ziel nächste Woche Sonntag.

Alice mault. Unfair. Es sollte *ihr* Tag werden. Die Ruinen haben eine unfaßbare Bedeutung angenommen. Ohne sie ist der Urlaub ein kompletter Reinfall.

»Wozu fahren wir in dieses herrliche Land«, mault sie,

»wenn wir nichts vom reichen kulturellen Erbe Italiens aufsaugen können. Ich will kaputte Steine, ein Stück Mosaik und Kochtopfscherben – ist das zuviel verlangt?«

»Ich hab Angst«, jammert Sam. »Was ist, wenn wir von der Klippe stürzen?« Die Straße hat sich in eine Serie von Haarnadelkurven verwandelt, die einem den Magen umdrehen: Nur wenige Zentimeter neben ihnen gähnt der Abgrund.

Guy umklammert das Steuer, seine Nase berührt fast die Windschutzscheibe. »Scheiße, man sieht ja kaum die Hand vor Augen.«

»Kein Grund, zu fluchen, Guy.«

»Halt die Klappe, Alice.«

Plötzlich wird Guy von den Scheinwerfern eines entgegenkommenden Lasters geblendet. Einen Moment lang scheint er nicht zu wissen, in welche Richtung er das Steuer drehen soll. Er hört eine Hupe und erstarrt. Hat mein Vater in den Sekunden, bevor er starb, dasselbe gefühlt? Ist es das, was er sah? Vom Regen verzerrte weiße Scheinwerfer?

Allein die Augen seiner Söhne im Rückspiegel zwingen ihn zu handeln. Er reißt das Lenkrad herum. Der Corsa kommt wenige Zentimeter vor dem Abgrund zum Stehen. Guy öffnet die Tür und kotzt ins durchnäßte Gras.

»Schon gut, Guy, das ist nur der Schreck«, beruhigt ihn Alice. Doch insgeheim weiß Guy, daß er verkatert ist, daß er nicht hätte fahren sollen und daß er eine Gefahr für sich selbst, seine Kinder und sein zukünftiges Glück mit Peanut darstellt.

Er spuckt gelbe Gallenflüssigkeit und wischt sich den bitteren Geschmack von den Lippen.

»Wir kehren um, Alice. Es ist zu gefährlich.«

Alice nickt stumm, und eine Stunde später fahren sie

durch spritzende Pfützen die Auffahrt zum Palazzo hinauf. Auf der Rückfahrt herrschte praktisch Schweigen. Einmal fing Alice an zu singen »Zehn kleine Negerlein, die fuhren übern Rhein«, doch niemand stimmte ein.

Wenigstens hat es aufgehört zu regnen, und die Sonne unternimmt einen halbherzigen Versuch, durch die grauen Wolken zu brechen. Ein schwacher gelber Fleck sickert wie Eiter durch einen schmuddeligen Verband, doch der Pool ist menschenleer, und Lydia sitzt allein an der Bar, trinkt etwas Türkises und liest die *Daily Mail*.

»Huhuuu, Lydia«, bellt Alice, und Lydia winkt so schwach, als habe sie sich das Handgelenk gebrochen.

Wieder im Apartment spielt Alice ihren Trumpf aus. Heute morgen hat sie eine Spielesammlung in der Bibliothek gefunden. Die Regeln sind zwar auf italienisch, aber das Leiterspiel und Mensch-Ärgere-Dich-Nicht sind überall auf der Welt gleich.

»Laßt uns doch bis zum Mittagessen ein Spiel spielen«, schlägt sie vor.

Guy stöhnt innerlich. Es ist zwölf Uhr – noch zehn Stunden bis zur Schlafenszeit.

Alice stellt das Leiterspiel auf. Sam ist zuerst dran, weil er der Jüngste ist, dann Max, dann Alice. Guy ist als letzter dran, er würfelt eine sechs, weshalb er gleich noch mal darf. Diesmal würfelt er eine vier.

»Die Schlange runter, Papa, die Schlange runter.« Vor lauter Triumph wiederholt sich Sam.

Die Schlange ist grün und hat rote Augen und eine rote gespaltene Zunge. Guy schiebt seinen blauen Spielstein ihren S-förmigen Rücken hinab. Er sagt nichts, es ist schließlich nur ein Spiel, doch die graue Zellen in seinem Kopf flüstern: »Du gewinnst nie. Du wirst nie gewinnen.«

»Armer Guy, jetzt bist du wieder da, wo du angefangen hast«, sagt Alice.

Los, hau ihr eine rein, du willst es doch auch. Hau der häßlichen fetten Kuh mal so richtig eins in die Fresse.

38

Unverhofft kommt oft

War das aber ein bizarrer Morgen, Freya.«

»Baby«, erwidert Freya. »Bertie und Jeanette.«

Freya spricht Jeanette wie Janet aus, genau wie Gayle, bis Helena sie darauf hinwies, daß die Betonung auf der zweiten Silbe liegt, worauf Gayle nur meinte: »Ach, und wie ist ihr zweiter Name? Baguette?«

Nina fürchtete, Helena sei fruchtbar beleidigt, doch die hatte den Kopf zurückgeworfen und wie ein herausgeputztes Pony vornehm gewiehert.

Während sie auf jenem Sofa saßen und es draußen schüttete, webten die drei Frauen ihre individuell verschiedenfarbigen Wollknäuel zu einem Gesprächsteppich. Obwohl sie keinerlei Gemeinsamkeiten hatten, gab es keine Pausen, kein unbehagliches Schweigen – zufällige Worte reihten sich aneinander, nahmen überraschende Wendungen und führten zu unverhofften Enthüllungen.

So sind Frauen, denkt Nina. Wir kehren unser Innerstes nach Außen, nichts können wir für uns behalten.

Sie schämt sich ein wenig dafür, wieviel sie von sich preisgegeben hat. Daß sie diesen Fremden erzählt hat, daß sie wußte, daß Joe verheiratet war, daß sie manchmal spürt, wie er sie mit seiner ersten Frau vergleicht und wie schwer es ist, eine gute Mutter zu sein, und erst recht eine gute Stiefmutter. »Ich bin ja nur zwölf Jahre älter als Tabitha.«

Im Gegenzug hatte Helena gestanden, daß sie ihren Mann nur vögelte, wenn es sich nicht vermeiden ließ, daß sie unbedingt das Schielen der Zwillinge richten lassen wollte und daß ihr Sofia langsam aber sicher entglitt.

»Wir sind uns nicht so nah, wie ich es mir vorgestellt habe. Komisch, ich hab immer gedacht, daß sie blond wird. Ich bin gar nicht auf die Idee gekommen, daß sie nicht wie ich aussehen könnte.«

Fast hätte Nina etwas gesagt, doch glücklicherweise setzte Gayle, die sich nicht die Butter vom Brot nehmen lassen wollte, in diesem Moment zu einem ausführlichen Bericht darüber an, wie sie schon bei der ersten Begegnung mit Jonty gebumst hatte.

»Wir haben es nicht mal vom Parkplatz geschafft, Mädels – ich habe ihn an die Wand gestellt!«

Im Anschluß an diese Enthüllung beklagte Gayle die ungesunde Obsession ihres frischgebackenen Ehemanns, sie in den Arsch zu ficken, und daß sie sich mehr als alles andere ein Kind wünschte.

»Ach«, hatte Helena lässig erwidert, »Analsex ist gar nicht so verkehrt. Man muß sich nur entspannen und reichlich Gleitgel nehmen.«

Jetzt mußte Gayle lachen. Nina war zu schockiert. Wenn Helena sich in den Arsch ficken ließ, dann vielleicht auch die Frauen mit bonbonrosa Lippenstift und marineblauen Collegeschuhen in der Elektroabteilung von Peter Jones?

»Ich habe einen jungen australischen Liebhaber«, hatte Helena grinsend erklärt. »Mein Tennislehrer. Das ist natürlich nicht für die Ewigkeit – er ist achtundzwanzig, und ich bin dreiundvierzig und habe Zellulitis.«

»Aber du liebst ihn?« fragte Gayle, als seien damit alle Fragen geklärt.

»Sei nicht albern. Er hat zwar einen außerordentlich großen Schwanz, aber er kann kaum mit Messer und Gabel umgehen. Außerdem liebe ich Charles. Ich mag ihn nur im Moment nicht besonders. Seit ein paar Monaten benimmt er sich wie ein Arschloch.«

Gayle versucht »Arschloch« mit demselben geschliffenen Akzent auszusprechen wie Helena, klingt aber immer noch wie jemand aus *East Enders*.

In diesem Moment ist das Video zu Ende, und Nina, die gerade zu fürchten begann, daß sie diese Unterhaltung später bereuen würde, nutzt Freyas Mittagessen als Vorwand, ihr Gefühlsleben nicht weiter auszubreiten. Auf dem Weg zurück zum Apartment wird ihr bewußt, daß sie Dumbos wackliger grauer Rüssel von nun an immer an den Penis von Helenas Liebhaber erinnern wird.

Seit sie hier sind, hatten sie und Joe noch keinen Sex. Bei dem Gedanken wird Nina rot. Es liegt nicht daran, daß sie nicht will. Tabithas und Sauls Anwesenheit schüchtert sie ein.

Um ihre arme alte abgestumpfte Libido daran zu erinnern, wie es sich anfühlt, sexy zu sein, zieht Nina die hochhackigen Schuhe an, die Joe ihr gekauft hat, und stöckelt in die Küche, wo sie Freya eine Avocado zerdrückt.

Sofort kommt wieder Leben in ihre Lenden. Ich muß aufpassen, ermahnt sie sich. Wir sind nicht mal verheiratet, und schon trage ich lieber Baumwollschlüpfer als Stringtangas. Ich darf mich nicht so gehen lassen. »Er hat es einmal getan, er wird es wieder tun.« Carmens und Shelleys mißbilligender Stereo-Chor klingt ihr in den Ohren.

Nina hört Lärm auf der Steintreppe. Aus dem Küchenfenster sieht sie Joe mit Tabitha und Saul. Bei seinem Anblick kribbeln ihre Brustwarzen. Ich will ihn, ich will ihn vögeln. Und nachträglich fällt ihr ein: Herrje, diese Schuhe funktionieren wirklich.

»Die Sonne kommt raus«, bellt Saul und ist schon dabei, sich auszuziehen. Tabitha folgt ihm in ihr gemeinsames Zimmer.

»Wir ziehen vorsichtshalber unsere Schwimmsachen drunter«, ruft sie.

Joe schlüpft in die Küche, und obwohl Nina zu jung ist, um sich an *Neuneinhalb Wochen* zu erinnern, verspürt sie plötzlich den Drang, den Kühlschrank zu öffnen. Die Tür schwingt auf, und Nina bückt sich, um etwas herauszuholen, von dem sie gar nicht wußte, daß sie es wollte – sie greift nach der Milch.

Nina trägt einen Jeansrock. Er ist sehr kurz, und sie weiß, daß man ihren Schlüpfer sieht, wenn sie nicht in die Hocke geht. Es ist nicht ihr bester, aber immerhin ist er knapp, schwarz und aus Spitze. Komm schon, Joe! Wäre eine Stange in der Küche, hätte Nina ihre Bluse aufgeknöpft und sich daran geräkelt.

Doch Joe ist von Freya abgelenkt. Er wischt ihr Avocado aus dem Gesicht und drückt ihr einen Kuß auf den Kopf.

Was ist mit mir, Joe? Ich brauche auch Aufmerksamkeit. Kennst du mich noch? Ich bin die, für die du deine Frau verlassen hast.

Nina wackelt mit dem Hintern und seufzt, und endlich sieht Joe zu ihr rüber.

»Das sieht hübsch aus«, sagt er bedächtig, als sei sie ein besonders leckeres Steak mit allem Drum und Dran.

Doch sie spürt, wie er näher kommt. Seine Hand gleitet zwischen ihre Beine und bedeckt den feuchten Nylonstreifen. Er läßt seinen Finger ein paar mal über das heiße Naß kreisen, bevor er ihr unvermittelt den Schlüpfer herunter reißt. Zitternd zieht Nina ihn aus. Das Marks-and-Spencer-Etikett hängt mahnend heraus, als wollte es sagen: Also bitte, in der Küche, vor den Augen eurer Tochter?

Joe dreht Freyas Hochstuhl zum Fenster und preßt Nina gegen die Tür, die unter ihrem gemeinsamen Gewicht ins Schloß fällt.

Beider Atem geht jetzt schnell. Joe kniet sich hin und fährt mit der Zunge das nackte Fleisch ihrer Beine hinauf, während seine Finger über ihre Klitoris tanzen. Nina spreizt die Beine und versucht, nicht laut zu stöhnen. Joe stellt sich hinter sie, seine Lippen suchen ihre, seine ganze Hand bearbeitet ihre schmelzende Möse. »Ich werde dich so was von durchvögeln«, haucht er ihr ins Ohr, als sei das Ganze seine Idee gewesen. Seine andere Hand liegt auf ihrer Burst und knetet ihre Brustwarze. Sie will, daß er sie beißt, sie will kommen, es tut weh wie eine köstliche Migräne. Sie kann es kaum aushalten, aber sie will auch nicht, daß es aufhört.

»Oh, Joe.«

So war es früher immer, als ihr Sex etwas Verzweifeltes hatte, als er immerzu fort mußte, als sie versuchte, ihm das Hirn wegzuvögeln, damit er eines Tages vergaß fortzugehen, vergaß, nach Hause zu Hils zurückzukehren, alles vergaß außer ihr.

»Papa.«

Freya langweilt sich. Sie hat jetzt lang genug im Hochstuhl gesessen. Sie hat Avocadomus in der Nase und im Haar, und obendrein hat sie sich ihr Tellerchen auf den Kopf gesetzt. Sie ist verwirrt. Normalerweise funktioniert das immer.

»Mamapapa, was machst du?«

Nina verkrampft sich. Joe spürt, wie sich die Muskeln ihrer Vagina versteifen. Plötzlich fühlt es sich an, als würde er ein Loch in eine Gipswand bohren.

»Scheiße«, murmeln beide, und Ninas Vagina drückt Joes Hand heraus wie einen Flaschenkorken.

»Nachher«, lechzt er und fährt lasziv mit der Zunge über ihre brennende Wange.

Ninas Schlüpfer liegt zerknüllt auf dem Boden. Zerstreut wischt sie damit Avocado vom Linoleum. So ist das Leben als Mutter eben, aber es geht ihr besser – jedenfalls von den Knöcheln aufwärts. Die Schuhe sind Folter.

Joe grinst, seine Erektion schwillt langsam, aber sichtbar ab. »Ich lad dich zum Mittagessen ein, du verdorbenes kleines Luder.«

»Ich zieh mir nur kurz einen Schlüpfer an«, erwidert sie, während sie Freya befreit und ihrem Vater reicht.

»Wag es ja nicht.«

Nina lacht, und als sie aus der Küche geht, hebt sie ihren Rock und wackelt mit dem Hintern.

Freya lacht sich halb tot. »Mama, Popo, Pubs.«

Die gelb-weiß gestreifte Bar ist fast leer. Die Kreide auf der Tafel mit den Tagesgerichten ist verlaufen, doch die Kellner wischen die regennassen Stühle ab und spendieren den Kindern eine heiße Schokolade.

Der Strand ist menschenleer. Eine einsame rote Fahne flattert verloren auf einer Holzstange, während die Sonne sich bemüht, den zementfarbenen Sand zu trocknen.

Joe bestellt eine Flasche Rotwein und vier Lasagne – Futter für die Seele, das mediterrane Äquivalent zum Shepherd's Pie. Nina füllt Freya etwas auf einen Teller. Es ist bisher ihr schönster Tag.

Als sie gerade mit Essen fertig sind, sagt eine Stimme: »Hi.«

Tabitha dreht sich um. Es ist Sofia. »Hört mal, ihr müßt nicht, aber wenn ihr wollt, können wir im Spielzimmer Cluedo spielen. Meine Mutter meinte – ach, schon gut.«

Plötzlich tut sie Tabitha leid. In ihrem hellblauen Gapshirt sieht Sofia gar nicht mehr so bedrohlich aus. »Was meinst du, Saul?«

Saul kneift die Augen zusammen. Einerseits ist dieses Mädchen ein Monster, andererseits ist er ein Weltklasse-Cluedo-Spieler, er hat quasi den schwarzen Gürtel in Cluedo. »Ja«, beschließt er, »laßt das Cluedo beginnen.«

»Ach, Entschuldigung, das hätte ich fast vergessen«, fügt Sofia hinzu. »Meine Mutter fragt, ob Freya Lust hat, in unser Apartment zu kommen und mit den Zwillingen zu spielen? Es ist das Apartment Rosmarin, das große ganz vorn.« Sofia will gar nicht angeben, aber es klingt trotzdem so.

Nina weiß nicht so recht. »Was denkst du, Joe?«

Joe findet die Idee prima. Vielleicht kann er dann zum Abschluß bringen, was er und Nina vor etwa einer Stunde angefangen haben! Er hat ein Bild seiner Freundin vor Augen, wie sie, bis auf die Schuhe nackt, mit ausgebreiteten Armen und Beinen auf dem Bett liegt. Weil Joe ein Künstler ist, ist das Bild natürlich schwarz-weiß.

»Naja«, meint er, »so lange Tabitha und Saul mitgehen und ein Auge auf sie haben, wüßte ich nicht, was dagegen spricht.« Rotwein wabert durch seine Venen, und seine Eier sind schwer wie Marmor. »Nur für eine Stunde oder so.«

»Ich paß auf sie auf«, verspricht Tabitha. »Das Spielzimmer ist doch ganz in der Nähe von eurem Apartment, oder?«

»Ja«, Sofia nickt, »nur den Gang runter.«

Freya klettert vom Tisch, legt eine klebrige Pfote in Tabithas Hand und die andere in Sofias. »Meine Freundinnen«, kräht sie. »Freya zu dicken Babies.«

Die vier ziehen los. Nina wirkt besorgt. »Mach dir keine Sorgen«, sagt Joe, »sie ist auch meine Tochter. Ich würde sie doch nicht gehen lassen, wenn ich denken würde, daß was passieren kann.« Und als wollte er das beweisen, bestellt er Kaffee, zwei Brandys und ein Tiramisu. »Mit zwei Löffeln«, fügt er hinzu und zwinkert dem Kellner zu.

Eine plötzliche Windböe fegt ein leeres Glas vom Tisch, und die schwächliche Sonne verschwindet wieder unter der grauen Wolkendecke. Nina hebt das hüpfende Glas auf. Als sie zu den Stufen blickt, die zum Palazzo führen, sind die Kinder schon verschwunden.

39

Sieg nach Punkten

Alice führt Buch. Sam hat bisher dreimal beim Leiterspiel und zweimal beim Ludo gewonnen. Sie und Max haben je einmal beim Ludo gewonnen, nur der arme Guy hat noch kein einziges Mal gewonnen.

»Sieht aus, als wärst du vom Pech verfolgt, Guy.«

Mach schon, polier ihr die Fresse.

Guy hat Alice noch nie geschlagen, und eigentlich auch keine andere Frau. Peanut hat es ab und zu gern, wenn er ihr den Hintern versohlt, aber das geschieht in beiderseitigem Einvernehmen, sie verkleidet sich extra dafür. Peanut und ihre Mitbewohnerinnen teilen sich eine ziemlich schmuddelige Schuluniform. Sie besteht aus einem blauen Faltenrock, weißer Bluse, blau-grau-gestreifter Krawatte und einem Blazer mit Fallgitter-Stickerei auf der Brusttasche. Wenn Peanut die Uniform trägt, peppt sie sie mit weißen Söckchen, weißem Schlüpfer und unschuldigem BH auf.

Manchmal fühlt sich Guy mit Peanut leicht überfordert. Als sie eines Tages mit einer großen Plastiktüte in seinem Büro aufgetaucht war, hätte er nie erraten, was darin war. Wäre es Alice gewesen, hätte er auf belegte Brote mit Käse und Gewürzgurken getippt.

»Mach die Augen zu und zähl bis hundert«, hatte sie befohlen, »langsam«, und er hatte gehorcht. »Ein Elefant, zwei Elefanten ...« Als er seine Augen schließlich wieder öffnete, stand sie in voller Fünftkläßlermontur vor ihm. Zuerst kriegte er beim Anblick der Zöpfe und der dicken Backe einen Riesenschreck – eine Sekunde lang glaubte er, sie habe eine Abszeß am Zahn, doch sie lutschte nur einen Chupa-Chup-Lolli.

Alice ist gegen Chupa-Chups. Der Lolli könnte sich vom Stiel lösen und die Kinder daran ersticken.

»Ich war ein sehr ungezogenes Mädchen, Sir«, hatte sie gesagt oder etwas in der Art. Es war schwer, den genauen Wortlaut zu verstehen (wegen dem Lolli), und dann hatte sie sich über sein Knie gelegt, um versohlt zu werden. Ehrlich gesagt, hatte es eine Weile gedauert, bis er in Fahrt kam. Nichtsdestotrotz hatte er an jenem Abend dann doch noch Überstunden gemacht. Was Peanut wohl sagen würde, wenn er plötzlich als Fünfziger-Jahre-Schulmeister vor ihr stehen würde, inklusive Doktorhut und Stock. Wahrscheinlich würde sie nicht mit der Wimper zucken. Oder erst, wenn er ihr den Schlüpfer herunterziehen und ihr kräftig den Hintern versohlen würde.

»Papa, du bist dran.«

Guys Penis ist steif wie ein Lineal. Oh, Peanut.

»Mist.« Normalerweise flucht Alice nicht, doch ihr ist gerade eingefallen, daß sie zwei Handtücher zum Trocknen auf dem Balkon gelassen hat. Beim Blick auf die Terrasse stellt sie fest, daß eines fehlt – es muß hinunter geweht sein.

»Max, kannst du schnell runter laufen und es holen?«

Max ist froh zu entkommen. Brettspiele, ha! Eher Brechspiele. Während er die Treppe hinunter läuft, verwandelt er sich in jemanden, der vor einem kubanischen Drogenkartell flieht, in einen Spion, der feindlichem Feuer ausweicht. Am liebsten würde Max Maschinengewehr-Geräusche machen, doch leider ist er mit zwölf zu alt dafür. Er entdeckt das Handtuch auf einer kleinen steinigen Böschung unter dem Apartment. Ob er dran kommt? Eine Kugel zischt an seinem Ohr vorbei, er duckt sich, doch der nächste imaginäre Schuß streift seine Schulter. Wankend faßt er sich an die Wunde.

»Hey Max.« Es ist Saul. »Alles in Ordnung?«

»Yo!« erwidert Max etwas verlegen. Seine Mutter hätte jetzt sicher gesagt, er sei doch nicht in den Hinterhöfen Harlems aufgewachsen, oder etwas in der Richtung.

»Wir spielen Cluedo«, ruft Saul von der anderen Seite des Pools. »Im Spielzimmer.«

»Cool«, antwortet Max. »Ich komm gleich.« Er schnappt sich das klatschnasse Handtuch und rennt zurück ins Apartment. »Mamakannichmitdenanderncluedospielengehen?«

»Nicht so hastig, Max, welche anderen?« fragt Alice.

»Nur Saul und seine Schwester und das eingebildete Mädchen.«

Alice steckt in einer Zwickmühle (wie so oft). Einerseits kennt sie diese Kinder eigentlich gar nicht. Andererseits ist Cluedo ein lustiges Spiel, und sie hätte selbst Lust mitzuspielen.

»Warum gehen wir nicht alle zusammen?« schlägt sie vor.

»Sei nicht albern, Alice«, stöhnt Guy. »Es sind Kinder, die wollen unter sich sein. Geh nur, Max, viel Spaß.« Er gräbt in seiner Tasche. »Hier, lad die anderen zum Eis ein.«

»Danke, Papa.« Max ist schon fast aus der Tür, als Alice schreit: »Hast du nicht etwas vergessen, junger Mann?«

Max ist ehrlich verdattert. Uhr, Haargel, Hosenschlitz, was?

»Deinen Bruder. Du hast doch nicht geglaubt, ich würde dich ohne Sam gehen lassen?«

Doch, eine Sekunde lang hatte er das.

In Max' Grundschule gab es einen Jungen, der Einzelkind war. »Der Arme«, hatte Alice gesagt. »Lad ihn doch mal zum Essen ein.« Das hatte Max, und Alice hatte eine Riesenportion Spaghetti Bolognese für ihn gekocht, die das Kind kaum angerührt hatte (wahrscheinlich hatte er noch nie etwas Selbstgemachtes gegessen).

Der Nachmittag war nicht allzu erfolgreich verlaufen. Laut Alice war der Junge »ein sozialer Autist«. Dennoch war in der darauf folgenden Woche artig eine Gegeneinladung zu Niles nach Hause ausgesprochen worden, und Alice fand, es gehörte sich, daß Max annahm.

Max wird nie den Moment vergessen, als er Niles' Zimmer zum ersten Mal sah. Ein ebenso beeindruckender Anblick wie Gayles Brüste neulich. Er hatte alles: einen eigenen Fernseher, PlayStation und DVD-Spieler. Seine Pokemon-Sammlung füllte drei große Schuhkartons, und er hatte einen Kaugummiautomaten auf dem Nachttisch stehen. Als Niles Hunger kriegte, rief er seine Mutter auf dem Handy an, und die servierte ein Tablett mit Cola und einer Rolle Pringles mit Barbecue-Geschmack. Zum Essen gab es Hühnchen-Fajitas von Marks and Spencer und zum Nachtisch diverse Sorten Häagen-Dasz-Eis.

Seine Mutter irrte sich – Niles brauchte einem nicht leid zu tun. Niles war der glücklichste Junge auf der ganzen Welt, und Max hätte Sam jederzeit gegen den Kaugummiautomaten getauscht.

»Sie sind doch nicht an der Hüfte zusammengewachsen«, sagt sein Vater ganz leise, und Max erinnert sich vage an ein Bild im *Guinnessbuch der Rekorde*. Das Foto zweier chinesischer Brüder, die tatsächlich an der Hüfte zusammen gewachsen waren. Dafür, daß er und Sam das nicht sind, kann man immerhin dankbar sein.

»Quatsch«, blafft Alice, die das Spiel insgeheim langweilt und die viel lieber auf dem Bett liegen und lesen würde.

Sam verdreht die Augen. »Ich will nirgendwo hin. Ich hasse diese Leute. Und ich hasse Cluedo.«

Doch Alice bleibt hart, und nachdem sie auf der Toilette waren, Zähne geputzt und sich die Haare gekämmt haben, dürfen ihre Söhne gehen.

»Aber ihr seid spätestens um vier zurück.«

Alice und Guy sind allein. Beide sind etwas verlegen. Was tut man, wenn man nur zu zweit ist?

»Ich bin müde.« Guy gähnt demonstrativ. »Ich glaub, ich leg mich hin.«

Alice lächelt, wie sie meint, kokett. »Hmm, vielleicht mach ich mit. Ich räum nur noch schnell die Küche auf.«

Guy legt sich angezogen auf das Doppelbett. Wenn er nachts hier neben Alice liegt, ist er wenigstens zu betrunken, um sich darüber Sorgen zu machen, was in Alices Kopf vorgeht. Und da Max so einen leichten Schlaf hat, steht Sex sowieso nicht zur Debatte.

Tja, aber die Jungs sind fort und du bist mit deiner Frau allein.

Guys Penis schrumpft auf die Größe einer kleinen Feldmaus und verkriecht sich im Schamhaar, als würde er sich vor einem Traktor verstecken.

Doch Guy hat Glück, denn Alice hat ein Ameisennest entdeckt und bringt eine halbe Stunde damit zu, sie mit kochendem Wasser zu überbrühen und von der Terrasse zu spülen. Als sie schließlich ins Schlafzimmer kommt, ist er wirklich eingeschlafen.

Alice betrachtet ihren Mann leidenschaftslos. Er ist gar nicht so attraktiv, sein Mund hängt offen, und er sieht einfältig aus. Er war nie so intelligent wie ich, denkt sie. Alice bückt sich, um ihre Birkenstocks auszuziehen. Ertrunkene Ameisen kleben daran. Ganz vorsichtig sammelt sie eine vom Riemen ihres linken Schuhs und läßt sie in Guys Mund fallen. Dann legt sie sich auf ihre Seite des Bettes und liest. Sie hat das *Tagebuch einer Geschiedenen* fast durch – nur noch ein Kapitel.

Eine Stunde später wird Guy von einem fürchterlichen Stöhnen geweckt. Einen Moment lang glaubt er, Alice habe einen Herzinfarkt, aber es ist nur der Wind. Plötzlich fühlt er sich beklommen. »Ich brauch frische Luft, Alice. Ich mach einen Strandspaziergang.«

»Ich komm mit.« Alice will nicht allein zu Hause sitzen und darauf warten, daß ihre Söhne zurück kommen. Es ist drei Uhr: Sie muß noch eine Stunde totschlagen, bevor sie hysterisch werden darf. Ein schöner strammer Marsch ist jetzt genau das Richtige.

Mr. und Mrs. Jamieson gehen die Stufen zum grobkörnigen feuchten Strand hinunter. Es wäre schön, Hand in Hand zu gehen, denkt Alice, doch Guys Hände sind tief in seinen Taschen verankert. Alice schwingt die Arme. Sie ist nicht so oft schwimmen gegangen, wie sie vorhatte. Sie nimmt es sich immer wieder vor, aber vor lauter Einkaufen und Wäsche waschen kommt sie irgendwie nicht dazu.

Eine rote Fahne flattert an der Holzstange, wo sonst eine grüne hängt. Sie erinnert Alice an die Labour Party und wie aufgeregt sie war, als Tony Blair an die Macht kam. Sie hatte große Hoffnungen, ja, die hatte sie, doch nichts scheint sich geändert zu haben. Max' Gymnasium ist eine Schande, an der Straßenecke wird nach wie vor gedealt, und überall ist Hundekacke, auch in ihrem Hausflur.

Plötzlich bemerkt Alice, daß Guy verschwunden ist. Vor einer Sekunde war er doch noch da. Wo zum Teufel ist er?

Guy ist im Meer. Die Wellen sind groß genug zum Surfen – vielleicht nicht gerade im australischen Stil, aber mit Cornwall können sie locker mithalten. Er ist so weit im Wasser, daß er sie nicht mehr hören kann. Sie versucht, ihn zurückzurufen, aber der Wind trägt ihre Stimme fort und wirft sie nach hinten über ihre Schulter. Blöder Idiot – begreift er nicht, daß die rote Fahne Gefahr signalisiert, Baden verboten?

Alice haßt es, wenn Menschen absichtlich gegen Verbote verstoßen. Regeln sind laut Alice nicht dazu gemacht, verletzt zu werden, sie bilden ein Sicherheitsnetz, wie zum Beispiel die Volljährigkeit (Alice würde sie auf 22 heraufsetzten), Sicherheitsgurte und Fahrradhelme.

Der Strand von Santa Helena ist flach. Darum ist er so beliebt bei Familien. Man muß mindestens fünfzig Meter laufen, bevor man nicht mehr stehen kann. Guy steht bis zur Brust im Wasser. Seine Schuhe, Shorts und T-Shirt liegen Reggie-Perrin-mäßig ein paar Meter von Alice entfernt. Wenn sie sich nicht sehr irrt, hat er nur noch seine Unterhose an.

Alice krempelt ihre weite Leinenhose hoch und geht ins Wasser. Es ist unerwartet warm. »Guy«, schreit sie, »komm zurück.«

Plötzlich sieht sie, daß er nicht allein ist. Dieter und Peter sind auch da draußen, bis zum Hals im weißen Schaum, noch weiter draußen als Guy. Typisch, schlaubergert Alice und vergißt kurz mal ihre *Guardian*-Leser-Ansichten. Homosexuelle sind so egoistisch. Immer wollen sie nach ihren eigenen Moralvorstellungen leben – kein Wunder, daß sich AIDS so ausbreitet.

Vor Wut ist Alice, ohne es zu merken, bis zu den Knien ins Wasser gegangen. Plötzlich spürt sie einen Sog an ihren

Füßen, verliert das Gleichgewicht, landet auf dem Hintern, und eine weitere Welle bricht über ihrem Kopf. Mühsam rappelt sie sich auf, um über die nächste zu springen. Es kommt ihr vor wie die Wellenmaschine am Latchmere Pool, wo sie manchmal mit den Jungs hingeht. »Hihihaha«, hört Alice sich lachen. Das bringt ja richtig Spaß.

Dieter und Peter winken. Hinter Dieter lugt noch ein Kopf aus dem Wasser: es ist dieser gewöhnliche Mann, der mit der schrecklichen Frau, Gayle. Ogott, die ist ja auch da, sie klammert sich im Huckepack an Jontys Rücken – naja, jedenfalls bis eine massive Wasserwand von hinten über sie hereinbricht und beide umwirft.

Das ist furchtbar gefährlich, denkt Alice. Seegrasranken schlingen sich um ihre Knöchel, und ihre Kleider sind pitschnaß. Sie knöpft ihr Jeanshemd auf und schleudert es auf den Sand. Eine Schande, daß ihr BH so alt und vergilbt ist.

»Wir müssen verrückt sein!« schreit eine Stimme hinter ihr. Es ist diese Nina, die bis auf BH und Schlüpfer nackt ist. Alice erkennt die Wäsche wieder – die hat sie auch auf der Damentoilette in Gatwick angehabt.

Nina hält Händchen mit dem großen blonden Kerl. Zusammen laufen sie an Alice vorbei und springen mit dem Kopf zuerst in den weißen Schaum. Selbst Sofias Vater, der Mann, der sonst nichts anderes tut, als die *Financial Times* zu lesen, ist irgendwo im Wasser – muß er, sein Panamahut treibt in der Brandung.

40

Im Spielzimmer mit …

Im Spielzimmer sind Tabitha, Saul, Sofia und Max bei ihrer dritten Runde Cluedo. Sam spielt nicht mit. »Ich will nicht, laßt mich in Ruhe.«

Mrs. Peacock und Professor Plum sind schon überführt worden, im Eßzimmer mit dem Bleirohr und im Wintergarten mit dem Zylinder. Ein paar Monopolyteile scheinen sich ins Cluedospiel verirrt zu haben.

Dieses Spiel dauert schon eine halbe Stunde, und langsam wird es langweilig. Es ist offensichtlich, daß Miss Scarlett es war, mit dem Seil, alles wissen es, aber wo? Saul wackelt mit dem Fuß. Unter der Sohle seines Turnschuhs klebt die Billardzimmerkarte. »Saul«, schnaubt Tabitha, »du Idiot.« Sie haben genug vom Detektiv spielen.

»Und was machen wir jetzt?«

Später wird sich niemand mehr erinnern, wessen Idee es war, ist ja auch egal, aber irgend jemand schlägt Versteck spielen vor, und alle stöhnen, weil das eine blöde Idee ist, aber dann spielen sie es trotzdem.

»Wir brauchen Regeln«, fordert Tabitha. »Sam ist noch klein, er darf nicht verloren gehen.«

Sam schmollt auf dem Sofa. Blöde Ziege – er kennt den Palazzo besser als jeder andere.

»Nur in diesem Flügel, nur bis zum Hof.«

Tabitha schließt als erste die Augen. »Ich zähl bis hundert.« Während sie zählt, denkt sie an den Jungen mit dem abgebrochenen Zahn. Sie hatte ihn am Vormittag gesehen, sein Haar war naß vom Regen. Er stand mit seinen Freunden bei den Flipperautomaten. Sie und Saul hatten in der Tür herumgelungert, und er sah immer wieder zu ihr herüber. Tabitha hatte nicht gewußt, was sie tun sollte. Es waren Mädchen dort, italienische Mädchen mit schwarzem Eyeliner, eine warf ihr böse Blicke zu und flüsterte mit ihrer Freundin. Splitterzahn flipperte, gab an, fluchte auf italienisch und lachte zu laut.

»Eins, zwei, drei, ich komme!«

Sam hat sich gar nicht erst versteckt. Er sitzt immer noch auf dem Sofa.

Was hat der bloß? denkt Tabitha.

Saul ist hinter der Gardine und Max in einer Besenkammer im Flur. Zusammen finden sie Sofia hinter einem Stuhl in der Bibliothek. Max springt auf sie drauf und kitzelt sie. »Hör auf«, sagt sie und wird rot. Max hat aus Versehen ihre Brüste berührt.

Saul schließt die Augen. Er ist dran mit Suchen, und sie stieben in verschiedene Richtungen davon. Selbst Sam spielt jetzt mit. Sofia rennt in ihr Apartment – das ist nicht geschummelt.

Ihre Mutter liest Freya aus einem Buch der Zwillinge vor. Freya wirkt gelangweilt. Es ist ein Bilderbuch für Babys. »Ich glaube, es ist Zeit, sie zu ihrer Mutter zurückzubringen«, sagt Helena. Sie ist fix und fertig. Das einzige, was für die Zwillinge spricht, ist, daß sie keine Drillinge sind. Bertie und Jeanette liegen ausgestreckt auf dem Boden. »Sie sind eingenickt«, erklärt Helena und wirkt selbst ziemlich kaputt.

»Ich bring sie zurück zu Tabitha«, verspricht Sofia, und Freya legt ihre kleine Hand in Sofias. »Komm wir suchen deine Schwester«, sagt Sofia. Sie meint eigentlich »Halbschwester«, aber sie hat ganz vergessen, gemein zu sein.

Nur Sam ist im Spielzimmer. »Saul hat mich unter dem Klavier gefunden«, erklärt er, »also bin ich mit Suchen dran, wenn er die anderen gefunden hat.«

»Wo ist Tabitha?« fragt Sofia, Sam deutet zur Tür. »Hinter der Tür«, formt er lautlos mit den Lippen.

»Tabitha«, sagt Sofia zur Tür, »Freya ist hier. Meine Mutter sagt, du sollst sie zu deiner Mutter zurückbringen, ich meine, zu ihrer Mutter.« Tabitha antwortet nicht. »Ich weiß, daß du hinter der Tür bist, Tab.« Freya hockt auf dem Cluedospiel und untersucht die winzigen Mordinstrumente.

Das Spiel ist noch nicht vorbei, beschließt Sofia, flitzt aus dem Zimmer und hechtet in einen Wäschekorb am Fuße der Treppe. Kurz darauf hört sie Saul mit Max reden: »Jetzt müssen wir nur noch die Mädchen finden, und dann sollten wir unbedingt das Eis essen gehen, das du erwähnt hast.« Sofia kichert in den Korb, als sie vorbeigehen.

Fünf Minuten später sind sie wieder da. Saul hebt den Deckel des Korbs. »Hab dich«, schreit er.

»Hab ich gewonnen?« will Sofia wissen.

»Nein«, sagt Saul, »ich hab Tabitha noch nicht gefunden.«

»Sie ist im Spielzimmer hinter der Tür.«

»Im Spielzimmer ist niemand, da waren wir gerade.«

»Doch, Sam und Freya sind da.«

»Sind sie nicht.«

»Wo sind sie dann?«

»Das fängt an, langweilig zu werden.« Saul hat Hunger. »Ich wette, sie sind Eis essen gegangen. Kommt schon, ich bin am Verhungern.«

»Ich hab ein paar Euro«, sagt Max und klimpert mit dem Kleingeld in seiner Tasche, wie sein Vater es immer macht. »Ich lad euch ein.« Und die drei schlendern die Treppe herunter, über den Hof und durch den Garten zur Bar.

»Danke, Max.« Sofia schleckt genüßlich an einem Erdbeer-Cornetto, und Max denkt: So doof ist sie eigentlich gar nicht. Ich würde sie gern noch mal kitzeln.

Saul hat sich ein Magnum mit weißer Schokolade ausgesucht. Als sie über den Hof zurück gehen, hört er jemanden »Hilfe!« rufen. Es ist Tabitha.

Tabitha hat sich in einer der Personaltoiletten versteckt und kommt nicht mehr raus. Immer wieder hat sie den Türknauf gedreht, doch die Tür will sich nicht öffnen. Sie versucht, nicht zu heulen, doch allmählich beschleicht sie das Gefühl, daß sie hier nie wieder raus kommt. »Hilfe!« Sie schlägt gegen die Tür, und Saul kommt angetrottet.

»Halt mal«, sagt er zu Max und reicht ihm das Magnum. »Geh einen Schritt zurück, Tab«, und Saul rennt mit der Schulter gegen die Tür, wie er es aus Filmen kennt. Er rechnet eigentlich nicht damit, daß es funktioniert, doch als es klappt, ist er froh, denn sogar Max, der zwei Jahre älter ist, sagt: »Gut gemacht, Alter.«

Tabitha ist ehrlich erleichtert und versucht ihn zu umarmen, was ein bißchen übertrieben ist. Er hat nur getan, was jeder getan hätte.

»Ich finde, wir spielen jetzt was anderes«, sagt Tabitha, der es etwas peinlich ist, daß ausgerechnet sie, die Älteste, sich in einer Toilette eingesperrt hat.

»Ja.« Das finden die anderen auch, und einem fällt noch ein, daß sie Sam Bescheid sagen sollten.

Sam sitzt mit fest geschlossenen Augen im Spielzimmer. »Ich hab versucht, bis eine Million zu zählen«, erklärt er.

»Wo ist Freya?« fragt Sofia beiläufig und packt das Cluedo zusammen.

»Wieso, wo soll sie sein?« fragt Tabitha.

Saul hat sein Magnum fast aufgegessen. Als er aufblickt, fällt der letzte Happen Eis vom Stiel. Er hat ein komisches Gefühl im Bauch. Könnte der Blinddarm sein, vielleicht aber auch was Schlimmeres.

Freya versteckt sich irgendwo, und alle müssen sie suchen.

41

Auf der Suche nach Freya

Saul wird losgeschickt, um es Joe zu sagen. »Papa!« schreit er. »Papa!« und rennt in seinen Turnschuhen ins Meer.

Joe weiß sofort Bescheid. Sobald er das Gesicht seines Sohnes sieht, weiß er, daß es ernst ist. Dieses Gesicht hat er erst einmal gesehen, vor langer langer Zeit, im Fenster, siechend wie der Mond.

»Wir können sie nicht finden.«

Nina hört nichts. In triefend nasser Unterwäsche wirft sie lachend den Kopf zurück und greift nach seiner Hand.

»Ich meine Freya, wir können Freya nicht finden.« Sauls Augen sind weit aufgerissen und verstört. Joe versucht, ruhig zu bleiben, versucht, die aufsteigende Panik zu unterdrücken, doch ihn durchfährt dasselbe Gefühl wie damals, als Hils ihm sagte, Tabitha sei im Krankenhaus.

Er blickt auf seine Uhr. Genau vier Uhr.

»Was soll das heißen, ihr könnt Freya nicht finden?« Nina galoppiert aus dem Wasser über den bröckligen Sand, und ihre Stimme ist schrill wie eine Sirene.

Inzwischen ist es fünf Uhr, und alle suchen mit. Sie sind es immer wieder durchgegangen. »Wo wart ihr genau, als sie zum letzten Mal gesehen wurde?«

»Sie kann nicht weit sein, sie ist erst zwei.«

Joe macht sich Sorgen. Nina ist hysterisch. Sie rennt in BH und Schlüpfer umher und schreit nach ihrem Kind. Ihre Stimme überschlägt sich, ihr Gesicht ist vom Weinen verquollen. Sie läßt ihn nicht in ihre Nähe kommen – sie sucht allein, ihre nackten Füße bluten. Sie macht sich Vorwürfe. Joe hat versucht, sie zu trösten, versucht, sie in den Arm zu nehmen, doch sie hat sich mit verzerrtem Gesicht losgerissen.

Wann wird es endlich vorbei sein?

Am Anfang rechnete er jeden Moment damit, sie zu sehen, seine kleine Aufziehpuppe mit ihrem Robotergang. Er hatte sogar noch die Kleider vom Strand aufgehoben und einen Arm um die Schulter seines Sohnes gelegt.

»Beruhige dich, Saul, sie kann ja nicht weit sein. Tabitha hat sie wahrscheinlich längst gefunden.«

Aber das hatte sie nicht. Allein und leichenblaß stand Tabitha im Spielzimmer. »Es tut mir leid«, hatte sie geschluchzt. Auf dem Boden verstreut lagen Miniaturdolche und winzige Revolver.

»Beruhige dich«, hatte Joe wieder gesagt, doch jetzt, die sechzig längsten Minuten seines Lebens später, ist niemand mehr ruhig, und durch das Fenster sieht er am Strand die rote Fahne flattern. Sie kann nicht dort unten sein, sie hätten sie doch gesehen. Was hatte sie an? Rosa Shorts und ein geblümtes T-Shirt? Sie kann nicht allein nach draußen gegangen sein, aber was, wenn jemand hereingekommen ist? Das ist der Stoff, aus dem Albträume sind. Solche Geschichten liest man in der Zeitung, vermißte Kinder, die einen mit verschmitzten »Mich-findet-ihr-nie«-Augen anblicken, so etwas passiert anderen, nicht mir, nicht mir.

Joe versucht, logisch zu denken. Der Palazzo hat drei

Stockwerke, nur zum obersten gibt es keinen Zugang. Der ist privat, die Stufen der Steintreppe enden abrupt an einer wuchtigen, schwer verriegelten Holztür.

Das Spielzimmer und die Apartments (außer denen im Anbau) liegen im ersten Stock, doch am Ende des Flures führen Stufen hinunter zum Erdgeschoß, und nichts würde sie davon abhalten, in den Garten zu gehen.

Alle Bewohner sind alarmiert. Alle suchen mit, in Schränken und unter Betten. Das Personal rennt mit Hauptschlüsseln durch die Gänge. Das ist schlimmer als schlechtes Wetter. Ein kleines Mädchen wird vermißt. Ist sie auf einen Balkon geklettert und hinuntergefallen?

Das Gelände muß abgesucht werden! Der Pool!

O Gott, der Pool, doch die Barkeeper sind schon in den Pool gesprungen, sie sind mit offenen Augen unter Wasser hin und her geschwommen. Im Pool ist jedenfalls kein Kind. Vorübergehende Erleichterung, die sofort von Angst dahingerafft wird. Wo ist sie?

»Ja, wir tun ja alles.« Der Manager des Palazzo sitzt in seinem Büro und erteilt Befehle. »Wir sollten die Polizei verständigen.«

»Wann?«

»Ich denke, jetzt.«

Joe wird ins Büro zitiert. Er kann nicht Platz nehmen, er kann nicht still sitzen. Er erzählt einem Mann in blauer Uniform, was seine Tochter anhat. Er nimmt ein Foto aus seiner Brieftasche, ein kleines Mädchen mit rotbraunem Haar in einem gelben Kleid – heute trägt sie rosa.

Joes Brust tut weh. Als er das Foto seiner jüngsten Tochter aushändigt, wird ihm klar, daß er noch nie einen so tiefen Schmerz verspürt hat. So fühlt es sich das also an, denkt er, wenn einem das Herz gebrochen wird.

Der Polizist hat auch Kinder. »Wir werden tun, was wir können«, sagt er zu Joe.

Nina rennt. Sie rennt die Steinstufen hinunter zur Waschküche, sie prüft die Münder der Waschmaschinen und Trockner. Sie hört ein furchtbares Geräusch, einen Schrei, jemand schreit Freyas Namen, die Stimme klingt blutrünstig – dann erst bemerkt sie, daß es ihre eigene ist.

Irgendwie scheint sie sich zweigeteilt zu haben. Da ist die schreiende Nina, die an Türen rüttelt, und die andere Nina, die ruhig predigt: Du hast es nicht besser verdient. Es ist deine Schuld. Du wolltest alles, du hast dir alles genommen, und nun wirst du dafür bestraft. Du warst zu gierig, Mädchen. Du hast gelogen, du hast betrogen und du hast gestohlen, und so fühlt es sich an, wenn dir das, was du am meisten liebst, weggenommen wird. Jetzt mußt du dafür bezahlen, Lady. Unschön, nicht wahr?

Sie hat den Mund voll geklauter Bonbons. Gleich wird ihr schlecht.

Das ist der Anfang vom Ende. Der Albtraum hat begonnen. Er begann im Spielzimmer, als sie die Kinder verhörten und versuchten zu verstehen: »Wer hat sie zuletzt gesehen?« und jemand sagte: »Sam.«

»Sam.« Nina hatte den rothaarigen Jungen gepackt. »Du hast sie als letzter gesehen.« Auf Knien blickte sie in seine ungerührten Augen, und plötzlich erinnerte sie sich an etwas, an ein Spiel, das sie als Kind gespielt hatte. Das Spiel hieß Memory – Nina hatte es immer mit Tante Lou gespielt, der Dame, die unter ihnen wohnte. Kleine quadratische Kärtchen mit Bildern alltäglicher Objekte wie Regenschirme und grinsende Katzen wurden umgekehrt hingelegt, und man mußte die Karten umdrehen und nach und nach die Paare finden. Warum fiel ihr das Spiel gerade jetzt wieder ein?

Weil sie vor drei Jahren an dem Morgen danach, als sie im Bett eines Fremden zu sich kam, in die Gesichter zweier kleiner Jungs geblickt hatte. Brüder, offenbar, in identischen V-Pullovern. Der Jüngere der beiden hatte hellrotes Haar, und ihm fehlten die beiden oberen Vorderzähne, hinter ihm ein älterer Junge mit braunem Haar – wie alt, vielleicht neun oder zehn? Der Satinrahmen um sie herum war mit glitzernden blauen Pailletten besetzt.

Als sie dem Jungen ins sommersprossige Gesicht schrie – »Du warst der letzte, der sie gesehen hat. Wo ist sie?« – wußte sie plötzlich, daß sie es gefunden hatte, das Kartenpaar. Die Jungen auf dem Foto auf dem Nachttisch waren hier in diesem Zimmer. Sams zahnloses Erstkläßlergrinsen ist inzwischen mit schiefen gelben Zähnen geflickt, doch es sind dieselben unverkennbaren Dumbo-Ohren, deren Spitzen rot anlaufen, als sie ihn anschreit: »Denk nach!«

»Das reicht«, hatte seine Mutter gesagt und ihr Kind fortgezogen. Sein Bruder stand nervös daneben, seine dunkelgrauen Augen huschten hin und her. Max und Sam, die Jungen auf dem Foto, das gesuchte Kartenpaar.

Dann rannte sie und rennt immer noch. Sie sucht ihre Tochter, doch alles was sie sieht, sind Bilder dieses nicht enden wollenden Tages, jede kleine Einzelheit liegt nach oben gekehrt, allerdings sind es keine Bilder von Regenschirmen oder grinsenden Katzen, sondern von ihr und dem, was sie getan hat.

Das Foto der Schuljungen stand zwischen einem Haufen Nachttischkrimskrams: eine Dose Wick-Vapo-Rub, eine kaputte Silberkette, ein leeres Brillenetui. Sie sieht sich selbst aus dem Bett schlüpfen, leise wie eine Katze. Der

Mann schlief noch, ein Goldring glänzte am dritten Finger der linken Hand, die Fingernägel waren abgekaut. Sie klaubte ihre Kleider auf: Jeans, Schlüpfer, T-Shirt, Stiefel. Wo ist ihre Jacke? Wie ein Einbrecher schlich sie umher und fand sie schließlich auf der Treppe.

Das Haus war unordentlich. Bücherstapel, Turnschuhhaufen. Auf Zehenspitzen war sie zur Tür geschlichen, doch die war abgeschlossen, das Schlüsselloch leer. In stiller Panik flitzte sie durchs Haus, zog dabei ihre Sachen an, ihr Mund schal von Whiskey und Sex. Das Kaminsims in der schmuddeligen zitronengelben Küche verschwand unter Bildern von Monstern und Regenbögen. Unter einem der Monster stand mit krakeliger Kinderhand »Mami«. Die Mutter hatte grünes Haar und einen lila Mund.

Alice, natürlich. Sie hatte mit Alices Mann gevögelt.

Seine Lederjacke – laut Etikett von Kenzo und kuschelig wie Kätzchen – hing über einer Stuhllehne. Sie grub in den mit Seide gefütterten Taschen und fand einen schweren silbernen Schlüsselring. Als sie gerade gehen wollte, bemerkte sie einen Plastikkorb mit schmutziger Wäsche auf dem Abtropfbrett. Kleine rote Jungsunterhosen auf einem schmuddeligen vergilbten BH. Neben dem Korb lag ein Haufen Kleingeld. Sie nahm sich drei Pfund-Münzen und lief zur Haustür.

Diebin, Schlampe, Diebin.

Sie untersuchte die Schlüssel, fand einen, der zu passen schien und stieß ihn ins Schlüsselloch. Er klemmte etwas, ließ sich aber drehen, und sie spürte, wie die Tür nachgab. Schnell lief sie zurück in die Küche und legte die Schlüssel zurück in seine Tasche. Die Kühlschranktür war mit Magnetbuchstaben übersät: Hastig buchstabierte sie »Sorry« und verdrückte sich.

Das warst du, Nina. *Du* hast das getan. Du hast versucht, es zu vergessen, aber so ist es gewesen. Ein fremder Mann hat seinen Penis in deine Vagina gesteckt, Nina. Daran kannst du nichts ändern. Es ist passiert.

Was tat sie als nächstes? Vor ihrem geistigen Auge wird das nächste Bild umgedreht: Sie erinnert sich, wie sie auf eine unbekannte Straße trat, ein Müllwagen blockierte die Straße, der madige Gestank stieg ihr in die Nase. Sie mußte sich beherrschen, sich nicht selbst auf den Müll zu werfen.

Sie ging um die Ecke zu einer Bushaltestelle, wo Leute, die nicht die Nacht zuvor mit fremden Männern gevögelt hatten, auf Busse warteten. Zeitunglesende Männer in Anzügen, Chips-essende Schulkinder, eine alte Frau mit Hund. Sie stellte sich dazu. Was hätte sie sonst tun sollen? Als die 45 um die Ecke trudelte, hätte sie fast gelacht. Er fuhr nach Elephant and Castle – natürlich, sie würde ihre Mutter besuchen.

Maxine war überrascht, sie zu sehen. Sie hatte Spätschicht gehabt. Ihr Beehive neigte sich bedenklich nach links, und sie trug noch ihren Morgenmantel. Es war 8 Uhr 30. Zu früh für Fragen. Sie ließ ihrer Tochter ein Bad ein, und während Nina in Orangenblütenseifenblasen lag und ihren Schlüpfer wusch, legte sich Maxine wieder ins Bett. Wenig später schlüpfte Nina neben sie und weinte in die Satinbedeckten Knochen ihrer Mutter. »Aber, aber. Ist ja gut.«

Aber nichts ist gut. Drei Jahre später heult Nina wieder, markerschütternde animalische Laute, die aus ihrem Bauch kommen, ähnlich denen, die sie bei der Geburt von sich gab. Blind rennt sie in eine der Putzfrauen. Die Frau hält sie. Sie spürt ihren weichen Bauch und die Brüste, die Umarmung einer Mutter, so anders als die knochige Härte ihrer eigenen Mutter. Maxine konnte noch nie schmusen. Nichtsdestotrotz schluchzt Nina: »Ich will meine Mama«, und die Putzfrau flüstert ihr auf italienisch tröstende Worte ins zerzauste Haar.

Nina ist am Boden zerstört. Überall liegen Stücke von ihr verstreut, doch eines hängt noch immer in jener Nacht fest. Jener Nacht und den Ereignissen des nächsten Tages, Ereignisse, die sie, so scheint es, bis an ihr Lebensende verfolgen werden. Sie hatte fast den ganzen Tag verschlafen. Am späten Nachmittag hatte ihre Mutter ihr Hühnersuppe aus der Dose und einen verkohlten Toast ans Bett gebracht.

»Ich muß zur Arbeit, Schätzchen.« Und dann hatte sich Maxine an ihren nierenförmigen Schminktisch gesetzt und sich zurecht gemacht.

Der Anblick dieses Rituals tröstete Nina irgendwie. Falsche Wimpern, elektrische Lockenwickler, schwarzer Eyeliner, der Geruch des Make-up-Täschchens ihrer Mutter, mächtig wie das Grab eines Pharaos – mit der rechten Hand schminkte sich ihre Mutter, mit der linken rauchte sie.

»Komm doch mit in den Club, Nina. Das wird dir gut tun. Tanzende Transvestiten und Karaoke. Schwule Männer sind eine Inspiration. Wenn man hinfällt, muß man wieder aufstehen. Man darf sich nicht klein kriegen lassen. Ganz einfach.«

Nina zog die Sachen an, die sie plötzlich ekelten und die sie nie wieder tragen würde. »Ich glaub nicht, Mama. Ich hab keine Lust. Ich bin nicht in der Stimmung.«

Wie ein Zombie war sie mit ihrer Mutter zu Elephant and Castle gegangen. Ihre Haut roch sauber, aber sie schämte sich ihrer. Im Sprühregen überquerten sie mit der 171 den Fluß, und das Wasser unter der Brücke wogte dick und grau.

Maxine stieg an der Strand aus. Sie tätschelte Ninas Knie und steckte ihr fünf Pfund zu. »Komm gut nach Haus, Mäuschen.« Und das war sie irgendwie, obwohl sie genauso gut mit geschlossenen Augen über die Straße hätte gehen können. »Du blöde Kuh«, hatte ein Fahrer geschrien, und sie hatte nur widerspruchslos mit den Schultern gezuckt.

Shelley und Carmen waren nicht zu Hause – natürlich nicht, es war Donnerstag Abend, sie gingen jeden Abend aus, außer Sonntag. Nina war durch die Wohnung gestreift. Ihre Geburtstagskarten standen noch auf dem Kaminsims stramm, zerrissenes Geschenkpapier lag achtlos auf dem Boden. Carmen hatte ihr ein Paul-Frank-T-Shirt gekauft, und Shelley, »weil du nicht jünger wirst, Nina«, eine Acht-Stunden-Repair-Creme von Elizabeth Arden.

Sie fühlte sich wirklich alt, alt und geschlagen. Sie sollte einfach zu Bett gehen, morgen war ein neuer Tag. Doch sie hatte den ganzen Tag geschlafen, sie mußte Joe sehen, mußte wissen, ob es aus war. Was, wenn er die ganze Nacht versucht hatte, sie auf dem Handy zu erreichen? Es war ja nicht seine Schuld, daß es geklaut worden war. »Joe«, heulte sie die Wand an. »Oh, Joe.«

Sie wußte, wo er wohnte. Sie hatte seine Straße unzählige Male im Stadtplan nachgeschlagen. Sie lag eine zwanzigminütige Busfahrt entfernt, am Park, dem mit dem komischen Namen, Clissold Park, den Joe Klitoris Park nannte. Sie konnte einfach anklopfen und so tun, als führte sie eine Umfrage durch oder suchte eine vermißte Katze, eine schwarz-weiße, haben Sie sie gesehen?

Die Idee mit der Katze gefiel ihr besser als die Umfrage. Die Umfrage erforderte ein Klemmbrett und ein laminiertes Namensschildchen, für eine vermißte Katze mußte man nur ein bißchen aus der Fassung sein, und das sollte kein Problem sein. Sie sah beschissen aus. Ihr Haaransatz mußte dringend nachgefärbt werden, und ihr Gesicht war so weiß, daß ihre Zähne gelb aussahen.

Nina zog sich um. Ihr neues Geburtstags-T-Shirt fühlte sich frisch und unverdorben auf der Haut an, und sie lieh sich Carmens beste Levi's. Zum Schutz gegen die Kälte zog sie noch eine abgetragene braune Wildlederjacke über und machte sich auf den Weg nach Stoke Newington.

Du hättest zu Hause bleiben sollen, du bist Schuld an allem.

Joes Haus lag im Dunkeln. Nur durch einen Spalt in den Fensterläden fiel etwas Licht. Als sie sein Auto nicht sah, verließ sie der Mut. Eine geschlagene halbe Stunde stand sie bibbernd im Schatten einer gegenüberliegenden Garage, bevor sie sich auf den Rückweg machte. Ihre Stiefel klackten auf dem Pflaster, doch bevor sie an der Bushaltestelle ankam, hielt ein Auto neben ihr und eine fremde Stimme fragte, ob sie ins Geschäft kämen. Nina war aufrichtig erschüttert. »Nein danke«, antwortete sie höflich, als lehnte sie ein drittes Stück Kuchen ab, und das Auto, mit einem Kindersitz auf der Rückbank, schnellte davon.

Sie zitterte vor Wut auf sich selbst. Du machst dich lächerlich, Nina, doch als sie die Straße überqueren wollte, kam ein weißer Saab um die Ecke, und sie wich zurück.

»Joe!« schrie sie, und er hielt an. Die Beifahrertür flog auf, und sie sprang hinein. Noch bevor er geparkt hatte, knöpfte sie seine Hose auf.

Er schob seinen Sitz zurück, und sie kletterte auf seinen Schoß. »Ich kann nicht, Nina« – doch er konnte, das war offensichtlich. Sie hatte ein Bein aus Carmens Jeans, noch ehe jemand sagen konnte: »Wer hat dir erlaubt, die anzuziehen?«, und vögelte ihn unter dem kläglichen Schutz der Schaflederjacke. »Nein, Nina, nein.«

»Doch, Joe, doch.« Sie wußte, sie würde gewinnen, seine Hüften walzten in ihre, und sie brachte ihn mit ihrer Zunge zum Schweigen. Sein Körper gehorchte ihr, doch mit den Gedanken war er woanders.

Komm zurück zu mir, Joe, komm zurück.

Doch er sagte nur: »Oh, Nina«, und dann: »Ogott, oh Nina, ogott, o Nina, ogott, o Nina«, während sie ihn zu einem widerwilligen Höhepunkt ritt.

Er beugte den Kopf zurück und schloß eine Sekunde lang die Augen. Nina, die einen Krampf in der linken Hüfte spürte, rutschte von seinem glänzenden Penis, und da öffnete er die Augen. »Das hätten wir nicht tun dürfen.«

Plötzlich hörte sie ein scharfes Klopfen an der Heckscheibe. Erst wollte Nina kichern, doch Joe lachte nicht, er blickte in den Rückspiegel und schob sie weg. »Steig aus«, befahl er, »das ist Hils.« Doch sie konnte nicht, sie hatte nur ein Bein in der Levi's.

Dann fing das Geschrei an.

Du hast doch nicht geglaubt, daß du damit davonkommst, Nina? Das ist Schicksal.

»Freya, Freya!« Überall im Palazzo rufen Leute den Namen ihrer Tochter, lauter, immer lauter. Nina stimmt ein: »Freya, Freya!« Doch es hat keinen Zweck, sie hört Hils immer noch.

Unter den eigenen Schreien hört sie eine andere Frau weinen.

42

Wer den Schaden hat

Gayle und Jonty suchen. Sie haben sich aufgeteilt. »Ist schlauer, Schatz. Du übernimmst das Hauptgebäude, ich such draußen. Wie heißt sie noch mal?«

»Herrgott, Jonty, sie heißt Freya.«

»Ich werde sie finden, Schatz.«

Das glaubt Jonty tatsächlich. Er ist gut in solchen Spielen. Manchmal geht er mit seinen Kumpels Paintball spielen – er gewinnt immer. Keiner kann sich lange vor Jonty Gaudi verstecken. Nicht mal der blöde Kev Bosley. Der dachte, er könnte sich einfach verpissen – von wegen. Jonty hat ihn aufgespürt und ihm eine tüchtige Abreibung verpaßt.

Wär doch nett, das kleine Kind zu finden. Das würde Gayle gefallen. 'türlich will sie am liebsten selbst eins.

Jonty weiß nicht so recht. Eine hüpfballrunde Gayle mit Krampfadern kann er sich nicht vorstellen. Andererseits, ein kleiner Bub, ein neuer Millwall-Anhänger, ein Jonty Junior? Süß. Heutzutage gibt es sogar Nike-Turnschuhe für die Kleinen. Ich wäre ein guter Vater, denkt Jonty. *Ich* würde mein Kind nie aus den Augen lassen.

Gayle weiß nicht, wo sie noch suchen soll. Sie will nicht wieder mit Nina zusammenstoßen. Die ist total ausgeflippt, rennt in Unterwäsche hin und her und stößt gruselige Laute aus.

Es scheint jetzt schon Ewigkeiten her, seit sie von Freyas Verschwinden erfahren haben. Die Nachricht hat sich wie ein Infekt in den Wellen ausgebreitet, und alle kamen aus dem Wasser. Plötzlich machte es keinen Spaß mehr. Es kam ihnen albern vor, ein Haufen Erwachsener, die sich wie Zehnjährige aufführten.

Erst ist alles perfekt, denkt Gayle, und bumm, ist alles verdorben. Genau wie wenn man seine Nägel lackiert, und sie glänzen perfekt, und dann vergißt man, daß sie noch nicht trocken sind, und kramt sein Handy aus der Tasche, und schon ist alles dahin.

Lydia, diese unfähige Kuh, ist rumgerannt und hat alle gebeten, in ihren Apartments nachzusehen. Tja, in der Gaudi-Suite ist sie jedenfalls nicht. Gayle hat sogar in der Besteckschublade nachgesehen.

Das arme Kind, so ein süßes kleines Mädchen, nicht mal drei. Vor ein paar Jahren ist auf einer griechischen Insel dieser blonde Junge verschwunden, ist nie wieder aufgetaucht. 'türlich findet man die meisten Kinder. Es ist wohl das Warten, das Nina in den Wahnsinn treibt.

Sie denkt an ihre eigene Mutter in jener Nacht, als ihr Bruder nicht nach Hause kam. Erst war sie sauer auf ihn und schepperte in der Küche mit den Töpfen, bis der Blumenkohl zu Matsch zerkocht war. »Ich bring ihn um.« Es gab tiefgekühlte Fertig-Pfannkuchen. Wie spät ist es, Mr. Wolf? Fünf Uhr, sechs Uhr, dann war es dunkel, und die Zigaretten waren alle. Damals besaßen Kinder noch keine Handys – hätte auch nichts genützt. »Ein Unfall«, hieß es. Zwei Bullen an der Haustür, einer davon eine Frau. Wenn es schlimm ist, schicken sie immer eine Frau. Sobald

Gayle Wachtmeister Karen Till sah, wußte sie Bescheid. In dem Moment, als sie die Tür geöffnet hatte, raffte sie es – sie hatten ihre Mützen abgenommen, es war offensichtlich.

»Ist Mrs. Moran da?«

»Ja, sie ist drinnen.« Als sie in den Flur traten, schlüpfte Gayle hinter ihnen hinaus, lief zum Kiosk an der Ecke und kaufte vierzig Bensons. Sie wußte, daß ihre Mutter die brauchen würde. Als sie zurückkam, hatten sie es ihr längst gesagt. Schon auf halbem Wege hatte sie das Klagen gehört. Das Leben ist hart.

Gayle schlendert den Flur entlang zu den Apartments mit Meerblick. Die feinen Pinkel wohnen hier. Die Tür ihres Apartments (Rosmarin) steht offen. Es ist größer als das der Gaudis und in hellgrün gehalten. Ich könnte unser Wohnzimmer grün streichen lassen, denkt Gayle.

Helena sitzt auf einem Sofa und putzt sich mit einer Mullwindel der Zwillinge die Nase. Offensichtlich hat sie geweint. »Habt ihr sie gefunden?«

Gayle schüttelt den Kopf.

»Ich fühl mich so verdammt schuldig, es ist alles meine Schuld.«

Gayle sagt nichts. Wo fängt Schuld an, wo hört sie auf? Wessen Schuld war es, daß ihr Bruder starb? Die ihres Stiefvaters, weil er ihm ein zu großes Fahrrad gekauft hatte, das Kind, das ihm die Lichter geklaut hatte, der Lastwagenfahrer, weil er diese Straße gefahren war, Michael, weil er nicht aufgepaßt hatte?

»Ich setz mal Wasser auf.«

Helena weiß nicht, was sie tun soll. Sie fühlt sich verantwortlich. Warum hat sie das Kind nicht selbst zu seinen Eltern zurück gebracht? Weil die Zwillinge auf dem Boden eingeschlafen waren und sie sie nicht allein lassen konnte ... deshalb kann sie jetzt auch nicht beim Suchen helfen. Jemand muß ein Auge auf Bertie und Jeanette haben – nicht, daß die auch noch verloren gehen. Sich verlaufen oder entführt werden oder was auch immer der kleinen Freya zugestoßen ist.

Helenas Augen füllen sich mit Tränen. Die Zwillinge sind vielleicht nicht die schönsten Babys auf der Erde – zermanschtes Essen hängt in den Falten ihrer fetten Hälse –, doch seit sie die beiden in diesem Urlaub ein bißchen besser kennen gelernt hat, hat sie sie schrecklich gern. Sie sind so treu ergeben, besonders einander. Sie haben nicht gerade das Pulver erfunden, sind weder eine besondere Zier noch allzu schlau, doch sie sind lieb, geradezu fürsorglich. Als sie ihre Mutter auf dem Sofa weinen sahen, kamen sie an und schlangen ihre dicken Ärmchen um ihren Hals, bedeckten ihr Gesicht mit feuchten Küssen, brachten ihr Spielsachen, um sie zu trösten, Teddys, Fläschchen und Schnuller. Sie haben sich solche Mühe gegeben, sie zu trösten, daß sie sich nur noch elender fühlte. Sie sind viel netter als sie selbst, so viel ist sicher.

Helena beschließt spontan, daß sie das Kindermädchen gar nicht wiederhaben will. Sie will sich selbst um die Kinder kümmern. Es wird ihnen vielleicht nicht passen und sicher furchtbar anstrengend, aber da sie keine Kinder mehr haben will, möchte sie die Zeit genießen.

Ryan wird sie natürlich den Laufpaß geben müssen. Sie kann nicht gleichzeitig auf die Zwillinge aufpassen und ihrem Liebhaber einen blasen. Man kann nicht alles haben, und sie ist fast ein bißchen erleichtert, daß sie sich in Zukunft keine Sorgen mehr über die Grübchen an der Rückseite ihrer Oberschenkel machen muß. Das hat sie zermürbt. Vielleicht kann sie, wenn die Zwillinge in den Kindergarten gehen, statt dessen anfangen zu töpfern.

Gayle bringt ihr eine Tasse Tee mit Milch darin. Helena trinkt ihren Tee immer schwarz, aber sie sagt nichts. Es ist ihr erster Schritt auf dem Weg, ein netterer Mensch zu werden. Es schmeckt scheußlich. Gayle hat zwei gehäufte Löffel Zucker hinein getan »wegen dem Schock«, wie sie sagt, und nun sitzen sie auf dem Sofa, jeder ein Baby auf dem Schoß.

Unterdessen sucht Charles Hart Jones das Gelände ab. Als Fan von Sir Arthur Conan Doyle geht er methodisch vor. Er beginnt am Tor des Palazzo und arbeitet sich auf der Suche nach Indizien nach hinten vor. Gewissenhaft untersucht er die Beete auf kleine Fußabdrücke. Kinder sind erstaunlich fix. Einmal, vor langer Zeit, war er mit Sofia im Zoo. Es war Winter, und sie sahen sich die Seehunde an. Eben war sie noch an seiner Hand, und im nächsten Moment hielt er einen leeren Handschuh. Zum Glück war sie nicht weit gekommen, aber er erinnert sich noch genau an den Stich in seinem Magen, als ihm plötzlich klar wurde, daß sie nicht das einzige Kind mit dunklem Haar und rotem Anorak war.

Was ist schlimmer, grübelt er, dein Kind zu verlieren oder zu erkennen, daß deine Ehe kaputt ist. Er weiß schon seit Wochen von der Affäre. Helena ist unvorsichtig – geradezu als *wollte* sie auffliegen. Beim Gedanken an Scheidung fühlt er sich ganz schwach. Wozu das Ganze? Zwanzig Jahre hat er sich den Arsch abgearbeitet, und wofür? Damit irgendso ein daher gelaufener Australier ihm alles wegnimmt? Heute Nachmittag, im Meer, hat er mit dem Gedanken gespielt, versehentlich absichtlich zu ertrinken, nur daß Ertrinken nicht so leicht ist, wenn man schwimmen kann. Obwohl er kein besonders guter Schwimmer ist. Er hat wirklich gedacht, daß die Strömung das Ihrige tun und ihn weit hinaus aufs Meer treiben würde, seinen Kopf an einem Felsen zerschmettern. Hätte er erst mal das Bewußtsein verloren, wäre das Ertrinken halb so wild. Doch es hatte keinen Sinn. Das einzige, was er verloren hatte, war sein Hut.

Und nun verliere ich meine Frau, meine Kinder und mein Haus. Sie ist die einzige Frau, die ich je geliebt habe, gesteht Charles sich ein, während er nichts als Kippen (zweifellos Sofias) im Kies findet. »Dann kämpfe um sie, du Heulsuse«, erwidert er wütend und lauter als beabsichtigt.

Die Sache mit dem vermißten Kind geht ihm an die Nieren. Er sieht die eigenen Probleme in einem anderen Licht. Na und, dann treibt es Helena eben mit ihrem Tennislehrer. Damit ist jetzt Schluß, sonst zerrt er sie vor Gericht. Vielleicht beantragt er gar das Sorgerecht – ich will meine Kinder nicht verlieren. Eine Tragödie ist unausweichlich, denkt Charles, aber Helena und ich können es schaffen, wenn wir wollen. Es liegt nur an uns. Und noch etwas beschließt er, als er eine weitere Kippe mit kaugummirosa Lippenstift entdeckt: Sofia wird nicht zurück in das verdammte Internat gehen. Zwanzigtausend im Jahr, und alles was sie gelernt zu haben scheint ist, auf Lunge zu rauchen. Jetzt werden andere Saiten aufgezogen.

Zum ersten Mal seit Monaten geht es Charles besser. Wenn er jetzt nur noch das unglückselige Kind finden würde, könnten sie sich bei einem gepflegten Gin Tonic zum Essen fertig machen. Wo ist es? Er erhebt sich aus seiner gebückten Haltung und sieht aus dem Augenwinkel das Schwanzende einer Eidechse, die wie ein grüner Blitz in einem winzigen Mauerspalt verschwindet.

Auch Guy hat gesucht. Er hat seiner Pflicht Genüge getan und sich den Poolbereich, die Sonnenterrassen, die kleine reetgedeckte Bar vorgenommen. Zu seiner Enttäuschung ist niemand da, um seine Bestellung entgegenzunehmen. Detektiv spielen macht durstig, doch das Personal sucht woanders und flappt in schwarzen Hosen und weißen Hemden im Palazzo herum wie verstörte Pinguine.

Guy hat fast ein schlechtes Gewissen, als er die Holzklappe lüpft und hinter den Tresen schlüpft. Nachher denkt noch jemand, er will was klauen. Auf dem Boden steht ein Kasten Bier. Er bückt sich, als suche er zwischen Chipstüten und sauberen Aschenbechern nach Freya, doch in Wahrheit greift er nach einer Flasche Bud. Sie ist nicht kalt, aber er öffnet sie trotzdem, hockt sich hin und trinkt gierig.

Der Wind ist noch immer böig und weht Geröll in den Pool. Plötzlich wehen die Reste der *Daily Mail* von einem Barhocker über den Tresen und ihm quasi mitten ins Gesicht. Guy packt die Zeitung und will sie gerade zerknüllen und in den Papierkorb werfen, als ihm etwas ins Auge springt. Es ist ein Bild von Tommy O'Reilly, der die Klinik verläßt und von seiner neuen Freundin abgeholt wird – ein Mädchen, das bemerkenswerte Ähnlichkeit mit Peanut hat.

Die Schrift verschwimmt vor Guys Augen.

»Die 23jährige Dolores Pinner erwartet den Komiker nach seinem fünftägigen Klinikaufenthalt. Auf die Frage, wie lange sie schon zusammen seien, errötete Miss Pinner, auch Peanut genannt. Tommy O'Reilly jedoch gestand, sie seien schon seit Wochen heimlich ein Paar, und nun, da alles ans Licht gekommen sei, wolle er ihr öffentlich seine Liebe erklären. Mit diesen Worten ging Mr. O'Reilly auf die Knie, machte der appetitlichen Miss Pinner einen Heiratsantrag und steckte ihr einen Cola-Light-Dosenring an den dritten

Finger ihrer linken Hand. Daraufhin stieg das glückliche Paar in einen schwarzen Mercedes und fuhr mit unbekanntem Ziel davon. In einer späteren Presseerklärung hieß es, der Komiker sei »nüchtern, aber trunken vor Liebe.«

Guy heult auf, schiebt sich aber schnell die Faust in den Mund, um den Lärm zu dämpfen. Das Letzte, was er will, ist, daß alle angelaufen kommen, weil sie denken, er habe das grausam zugerichtete Kind gefunden. Da er nicht aufhören kann zu schluchzen, rennt er zum Strand hinunter. Alle schreien »Freya«. Alle außer Guy. Guy steht am Ufer und schreit »Peanut«. Tränen strömen über sein Gesicht.

Nachdem er die Treppen wieder hinauf gewankt ist, nimmt er sich gleich noch zwei Bud und sucht im Schuppen Zuflucht, dessen Pingpongtisch von einer dünnen Schicht Meersalz bedeckt ist.

Einmal kommt die Mutter des Mädchens herein. Sie erschrickt, als sie ihn sieht. »Haben Sie sie gesehen?« und dann zu seiner Verwirrung: »Ist es Ihnen denn vollkommen egal?«

Er kann nur den Kopf schütteln und die Schultern zucken. »Ich kenne sie ja gar nicht – natürlich ist es mir nicht egal, aber sie ist nicht mein Kind.« Er ist nur ehrlich. Das wollen die Frauen doch immer!

Sie macht auf dem Absatz kehrt und geht. Guy leert sein drittes Bier, kaut heulend an den Nägeln und verpaßt sich immer wieder Ohrfeigen.

43
Mutterinstinkt

Alice hat sich vom Suchtrupp abgesetzt. Sie würde ja gern helfen – ihre Pfadfinderausbildung käme ihr bestimmt zustatten – doch ihr eigenes Kind ist von den Ereignissen ziemlich traumatisiert.

Das ganze Gezeter und Chaos im Spielzimmer – war das wirklich nötig gewesen? Natürlich war Nina aufgebracht, doch das war Sam auch. Armer kleiner Wurm, es war nicht seine Schuld. Er war der Jüngste, abgesehen von dem kleinen Mädchen natürlich, und ausgerechnet er wurde ins Kreuzverhör genommen. Nun, so nicht.

Wenn irgend jemand Schuld war, dann die Eltern, weil sie das Mädchen überhaupt aus den Augen gelassen hatten. Man kann nicht vorsichtig genug sein, nicht mal im schönen Italien. Letzten Endes tragen die Eltern die Verantwortung.

Wie bei Schulausflügen. Alice verweigert ihren Söhnen die Teilnahme, wenn es ihr nicht gelingt, sich selbst als Aufsichtsperson einzutragen. Es ist eine Schande, daß Max' Gymnasium keine Ausflüge zu unternehmen scheint, aber im letzten Schuljahr hatte sie immerhin einen herrlichen Tag mit der St.-John's-Grundschule im Botanischen Garten. Alle anderen »Begleitmamas« saßen vorn bei den Lehrern, doch sie hatte sich neben Sam gesetzt. Er hatte auch neben niemand anderem sitzen wollen.

Jetzt schläft Sam. Sie mußte ihn wie ein Baby wiegen. Das Kind zitterte, aber seine Fäuste waren geballt. Sie würde sich nicht wundern, wenn er heute Nacht ins Bett machte.

Alice steht auf dem Balkon. Wenn morgen nicht die Sonne rauskommt, werden ein paar Sachen nicht rechtzeitig vor der Abreise trocken. Soviel Aufregung in einem einzigen Urlaub. Sie muß unbedingt noch die Postkarten einstecken. Dieter und Peter durchstreifen das bewaldete Gelände hinter dem Neubau. Sie hört sie Freyas Namen rufen. Das alles ist natürlich ganz schrecklich, doch andererseits auch großartig, wie alle an einem Strang ziehen. Es ist der Geist von Dünkirchen!

Alice seufzt. Dieser Tag scheint nicht enden zu wollen. Sie freut sich schon aufs Bett. Sie hat Max erlaubt, bis sieben zu suchen, solange er das Grundstück nicht verläßt.

»Ein Kind wird schon vermißt, Max. Ich will nicht, daß du auch noch verloren gehst.« Oh, Sie hätten sehen sollen, wie diese Gayle sie angesehen hat, als sie das sagte!

Alice hat es im Gefühl, daß man das Kind nicht innerhalb der Mauern des Palazzo finden wird. *Wäre* es auf dem Grundstück, hätte man es längst gefunden. Ein entsetzlicher Gedanke, aber Alice fürchtet, das Kind wurde entführt. Lieferanten kommen und gehen – wer kann schon sagen, ob nicht jemand das Kind in einen Wäschesack gepackt und auf einen Lieferwagen geworfen hat? Spinner und Perverse gibt es überall, man kann nicht vorsichtig genug sein. Lieber Gott, bitte mach, daß man sie lebend findet. Alice schaudert. Aber ein kleiner Teil von ihr kann es kaum erwarten, das alles Di zu erzählen. »Ach, Di, es war entsetzlich, einfach entsetzlich.«

Allmählich bekommt Alice Hunger. Natürlich wäre es herzlos und unhöflich, heute Abend essen zu gehen, und sie kann sich nicht vorstellen, daß bei der ganzen Aufregung überhaupt Abendessen im Palazzo serviert wird. Und selbst wenn, will sicher niemand bei einem ausschweifenden Mahl im Restaurant erwischt werden, solange gottweißwo und wahrscheinlich erwürgt ein Kind herumliegt.

Nein, sie werden hier im Apartment ein leichtes Abendessen zu sich nehmen, und vielleicht können sie sich vorm Zubettgehen alle an die Hände fassen und als Familie gemeinsam ein Gebet für Freya sprechen. Das wäre nett.

Sie geht in die Küche, um nachzusehen, was vorrätig ist. Eier, etwas Schinken und Tomaten – leider verabscheut Sam Omeletts. Sie hört ihn im Schlafzimmer stöhnen. Auf Zehenspitzen schleicht Alice zu ihm. Wo zum Teufel ist Guy? Wenn er die Güte hätte aufzutauchen, könnte sie schnell zum Supermarkt laufen und etwas Brot und ein paar Dosen Thunfisch kaufen. Wenn die Polizei das Gelände nicht abgesperrt hat. Das würde sie jedenfalls tun, wenn sie das Sagen hätte. Das Gelände absperren. Niemand dürfte rein oder raus, nicht mal die Bewohner!

Ich würde jederzeit auf einen schönen Nizzasalat verzichten, wenn es hilft, denkt Alice.

Sam hat die Decke weggestrampelt. Alice schleicht an sein Bett, um ihn wieder zuzudecken. Er braucht Wärme, ihr Kleiner, Wärme und Sicherheit.

»Dich würde ich nicht aus den Augen lassen, mein Liebling«, flüstert sie und beugt sich hinab, um ihm einen Kuß auf die Wange zu geben. Dabei bemerkt sie, daß er etwas in der rechten Hand hält. Sie deckt ihn zu, und er lockert den Griff. Eine kleine rosa Haarspange fällt aus seinen Fingern.

Alices Herz rast. Instinktiv weiß sie, daß sie Freya gehört, aber sie weiß auch, daß sie mit äußerster Vorsicht vorgehen muß. Was tut ihr Sohn mit der Haarspange des vermißten Kindes?

Alice bückt sich. Sanft rüttelt sie Sam wach. »Hallo Mäuschen, sieh mal, was ich gefunden hab. Die gehört doch dem kleinen Mädchen, oder?« Ihr ist schlecht.

Sam schüttelt den Kopf, doch er lügt. Alice weiß immer, wenn jemand lügt, immer.

»Ist schon gut, ich kann dicht halten.«

Das kann sie allerdings. Alice hat viele Geheimnisse. Sie verwahrt sie in ihrem Herzen neben den Halbwahrheiten, dummen Ausreden und schamlosen Lügen.

»Ich will nur wissen, wo sie ist. Dann kann ich sie zurück zu ihrer Mama bringen, und wir könnten endlich zu Abend essen.« Alices Magen grummelt. Merkwürdig – obwohl ihr speiübel ist, hat sie immer noch Heißhunger.

Sam hat die Knie an die Brust gezogen und kneift die Augen zusammen. »Max ist Schuld, und der Dicke und diese gemeinen Mädchen. Die wollen nie mit mir spielen, immer sagen sie, daß ich zu klein bin und daß ich keine guten Spiele kenne.«

»Ich weiß«, flüstert Alice. »Max ist gemein, alle sind gemein, aber das kleine Mädchen doch nicht, oder?«

Um Himmels Willen, was hat er mit ihr gemacht?

Wieder schüttelt Sam den Kopf. Dann greift er unter das Kissen und holt einen zerknüllten Zettel hervor. Auf dem Papier stehen Zahlen: 2 1 3 3 9.

»Wir können nachher rechnen, mein Spatz.«

»Nein!« schreit er. »Du brauchst diese Zahlen, um das Mädchen zu finden.«

Er weiß tatsächlich, wo sie ist! Alice hat große Angst, spricht aber betont leise und ruhig. »Was auch passiert, Sam, es bleibt unter uns, verstehst du?«

Er blickt sie an. Seine schwarz gesprenkelten grünen Augen blinzeln nur einmal.

»Hinter dem Pferdekarren bei der Treppe ist ein Fahrstuhl. Du mußt den Knopf drücken, und wenn du bis zwölf gezählt hast, steigst du aus, und dann ist da dieser Gang mit einer Tür wie in Papas Büro, und du mußt diese Zahlen drücken.«

Sie glaubt ihm nicht. Er hat zuviel Harry Potter gelesen. So ein Quatsch – geheime Fahrstühle und Gänge – sie würde ihm am liebsten eine scheuern.

»Jetzt hör mal gut zu, Sam, wenn du mir die Wahrheit sagst, schaffe ich das aus der Welt, du mußt dir keine Sorgen machen, wir werden nie wieder ein Wort darüber verlieren, aber du mußt mir die Wahrheit sagen.«

Diesmal verdreht er die Augen. »Hab ich doch gerade, verdammt nochmal.«

Sie gibt ihm eine saftige Ohrfeige, greift nach der Haarspange, schnappt sich den Zettel mit den Zahlen und geht.

Sam rollt sich wie ein Gürteltier unter der Decke zusammen. Seht ihr, ich kenne doch gute Spiele. Es *muß* ein gutes Spiel sein, denn alle spielen mit.

Alice läßt sich nicht anmerken, daß sie sich beeilt. Es ist derselbe Trab wie am Weihnachtsabend, wenn sie im Supermarkt ankommt und Angst hat, die Bio-Truthähne könnten ausgehen. Sie will nicht verzweifelt wirken. Schließlich will sie keinen Verdacht erregen. In der Ferne hört sie Dieter und Peter nach Freya suchen: Sie rufen und pfeifen, als sei das Kind ein kleiner Hund – Idioten.

Falls jemand sie fragt, wo sie hingeht, wird sie sagen, daß sie die Schlüssel vom Mietwagen ins Büro zurückbringt.

Bitte mach, daß ich Guy nicht begegne.

Zum Glück ist der Hof leer. Nur drei Putzleute stehen

vor einer der Waschküchen und stecken die Köpfe zusammen. Die Dicke bekreuzigt sich, und die anderen beiden zucken mit den Schultern. Hinter dem sabbernden Kupferfisch steuert Alice nach links.

Warum fühle ich mich so schuldig?

Weil er dein Sohn ist und du adoptiert wurdest. In deinen Adern fließt böses Blut. Du hast keine Ahnung, wo du herkommst. Wer ist dein Vater, Alice? Ein Säufer, Vergewaltiger, Bettler, Dieb?

Jetzt werd ich albern.

Alice steckt die Hand in die Tasche und sticht sich mit dem spitzen Ende von Freyas Haarspange in den Oberschenkel, um sich zur Vernunft zu bringen. Der Karren ist noch da, natürlich, er hat sich seit hundert Jahren nicht bewegt. Alice hat Mühe, sich daran vorbeizuquetschen. Sie kommt sich dumm vor, wie alle dicken Menschen, wenn ihr eigener sperriger Körper mit der Physik enger Räume konfrontiert wird.

Und jetzt?

Alice kann nicht glauben, daß sie die Tür nie bemerkt hat. Im Schatten zwischen Wand und Treppe versteckt sich eine kleine Aluminiumtür, nicht viel breiter als ein Aktenschrank. Rechts davon ist eine vorspringende Silberplatte. Sie drückt die Platte, und nach ein paar Sekunden kann sie die Tür zu einem unbelüfteten Metallkasten aufstoßen.

Alice ist furchtbar klaustrophobisch. Und wenn sie stekken bleibt? Sie tritt ein, und der Metallcontainer gibt ein wenig unter ihren Füßen nach. Sie zwingt sich, die Tür zu schließen, und in den paar Sekunden, die es dauert, bis flackernd das Licht angeht, steigt Panik in ihr auf.

Im Fahrstuhl gibt es nur zwei Knöpfe. Sie drückt den oberen, und der Kasten wuchtet sich nach oben. Zähl bis zwölf, hat er gesagt. Das tut sie, doch gleichzeitig sagt sie unwillkürlich das Vaterunser auf. Sie ist gerade bei dem Teil mit den Sünden, als der Lift ruckelnd zum Stehen kommt. Alice stößt die Tür auf.

Einen Moment lang glaubt sie, wieder in der Kirche zu sein, wo das Kind beigesetzt wurde. Gott, noch so ein grauenhafter Tag!

Der Gang ist holzgetäfelt und breit genug für riesengroße prächtige Möbelstücke. Zwei prunkvolle Stühle mit Teppichpolstern flankieren eine Anrichte, die im Altarstil mit Kerzen und Tafelsilber dekoriert ist. Über der Täfelung prangt ein Deckengemälde mit himmlischen Wolken und trompetenden Engeln. Alles ist von Religion durchdrungen. Über der Anrichte hängt das Gemälde eines gekreuzigten Jesus. Blutrote Farbe rinnt über seine mageren weißen Beine, und seine Dornenkrone scheint auch Alices Schädel zu durchbohren. Sie könnte ein paar Paracetamol gebrauchen.

In der Ferne grummelt Donner, und sie wäre nicht überrascht, wenn sie ein Blitz im Nacken träfe. Die Luft knistert vor Elektrizität. Alice geht zur schweren Eichentür am anderen Ende des Ganges. Die ganze Situation hat was von *Scooby Doo.* Wirklich komisch, Alice kam sich schon immer ein bißchen vor wie Velma.

Links von der Tür ist eine Stahlplatte mit Zahlen in die Wand eingelassen. Nach einem Blick auf den Papierball in ihrer Tasche drückt sie die Ziffern, fest und vorsichtig. Das verdammte Ding könnte ja an eine Alarmanlage angeschlossen sein, und das hätte ihr gerade noch gefehlt: 2 1 3 3 9 und drücken.

Ächzend öffnet sich die Tür, und sie ist drin. Alice hält die Luft an, zieht ihre Birkenstocks aus und klemmt sie vorsichtig zwischen Tür und Türrahmen. Würde man auch nach *ihr* suchen, wenn sie sich einschließt? Sie blinzelt in das dämmrige Licht und erblickt einen der schönsten Räume, den sie je gesehen hat, und dazu gehört immerhin auch der Drehort von *Wiedersehen in Brideshead.*

Natürlich! Das ist das Apartment des Prinzen. Es wird im Prospekt erwähnt. Kein Wunder, daß es privat ist. Es ist prachtvoll. Alice nimmt unwillkürlich die Pose ein, die sie immer an Orten von historischem Interesse einnimmt – ein wenig skeptisch, aber angemessen beeindruckt. Das bunte Glas der Vitrine ist ziemlich geschmacklos. Und was die Schmetterlinge mit straff aufgespießten Flügeln angeht, natürlich ist das grausam, aber andererseits sind sie wahrscheinlich viktorianisch, und damals war das der letzte Schrei.

Als sie den Raum betritt, spürt sie den polierten Marmor kühl und glatt unter ihren Zehen. Sie betrachtet die traurigen Gesichter der aufgehängten Rothirsche, die von unzähligen Spiegeln zu einer Herde von Multi-Endern reflektiert werden, bevor ihr plötzlich einfällt, was sie sucht: das Kind.

Nachdem sich ihre Augen an die Dunkelheit gewöhnt haben, entdeckt sie es: Es liegt auf einer Chaiselongue aus moosgrünem Samt neben einem Fuchs mit bernsteinfarbenen Augen, natürlich ausgestopft, aber erstaunlich lebensecht.

Alice schnaubt. Daß sie Freya nach all dieser Aufregung nicht mit Klebeband über dem Mund und gefesselten Händen vorfindet, ist geradezu eine Enttäuschung. Das einzige Mal auf dem Kind ist ein kleiner Schokoladenfleck auf ihrem Blümchenshirt.

Alice setzt sich auf einen Ledersessel. Auf einem kleinen runden Tisch neben ihr steht ein Servierbrett aus Holz mit

Perlmutteinsatz. Auf dem Tablett steht eine glitzernde Dekantierkaraffe aus geschliffenem Glas und sechs kleine smaragdgrüne Kristallgläser. Sie schenkt sich einen Schluck von der klebrigen roten Flüssigkeit ein, die dickflüssig ist wie Medizin. Port, nimmt sie an, füllt ein Glas bis zum Rand und betrachtet das schlafende Kind.

Sie ist etwa im selben Alter, wie ihre Tochter gewesen wäre. Knapp drei. Sie hätte im September Geburtstag gehabt, eine kleine hüpfende, juchzende, kerzenauspustende Jungfrau. Alice trinkt einen Schluck aus dem Glas und kleckert einen Tropfen Port auf ihre Hose, dunkel wie Menstruationsblut. Guy wollte nie ein drittes Kind, es war ein Unfall, ein dummer Streich von Mutter Natur. Das jedenfalls hatte sie Di erzählt: daß sie mit sechsunddreißig ungewollt schwanger geworden war und eine Fehlgeburt erlitten hatte. Das war eine Lüge.

»Ich habe abgetrieben«, sagt Alice, zu ihrer eigenen Überraschung laut. »Ich habe abgetrieben, weil Guy mich dazu gezwungen hat, weil er kein Kind wollte, mit dem was nicht stimmt, weil er kein Kind lieben kann, das komisch aussieht und das die Leute anstarren würden. Also habe ich abgetrieben. Und als ich aus dem Krankenhaus kam, fand ich eine Kondomhülle unter meinem Bett und ein langes blond gefärbtes Haar, ganz schwarz an der Wurzel. Nicht meines, Freya.

Und die ganze Zeit habe ich den Mund gehalten, weil ich an die Institution der Familie glaube und daran, daß Kinder einen Vater brauchen. Vor allem, wenn man Söhne hat. Ich habe Bücher gelesen, Dokumentationen gesehen. Ich weiß, wie wichtig es für Jungs ist, ein männliches Vorbild zu haben, selbst wenn es nichts taugt. An diese Dinge habe ich geglaubt, Freya, weil mir diese Dinge wichtig waren. Ich halte mein Versprechen, in guten wie in schlechten Zeiten, in reichen wie in armen, in kranken wie in gesunden, und weißt du was? Ich bin mir nicht sicher, ob ich das Richtige getan habe. Irgendwann kommt die Zeit, wo man nicht mehr allein aus Liebe verzeihen kann. Das reicht einfach nicht, und wenn man erst mal aufhört, dem anderen zu verzeihen, beginnt das Gift zu wirken, und man nimmt es ihm übel, und irgendwann wird aus stiller Verachtung offener Haß, und eines Tages sieht man seinen Mann an und begreift, daß er ein Idiot ist. Ein blöder, verlogener Idiot mit albernen Klamotten und affigem Ziegenbärtchen und einer Geliebten.

Und das Komischste ist, daß er keine Ahnung hat. Er sieht mich an, als sei ich ein kranker Fisch mit schlecht sitzendem Gebiß, und denkt, er sei zu gut für mich und daß ich von nichts eine Ahnung habe. Na, wer ist hier wohl der Trottel, Freya, er oder ich?

Ach, aber ich wollte das kleine Mädchen so sehr, ein Mädchen, dem ich ein Puppenhaus kaufen kann, und es wäre ein Mädchen gewesen, das hat man mir gesagt.«

Freya rührt sich. »Alles ist gut, Süße. Mama ist ja da.«

Alice will das Kind hoch heben. Erst guckt es böse, doch dann steckt es den Daumen in den Mund und läßt sich von Alice auf den Arm nehmen. Sein kleiner Körper riecht nach Seife und Milch. Es wiegt praktisch nichts, denkt Alice, während sie seinen Duft einatmet und ihre feuchten Augen an rosa Baumwollblumen trocknet.

»Du zerdrückst mich.«

»Entschuldigung.«

Alice kommt zur Besinnung. Richtig, Birkenstocks, Tür, Lift, was dann, was soll sie sagen, wie soll sie vorgehen?

Nach Instinkt, beschließt sie. Mutterinstinkt.

44

Das letzte Puzzleteil

Nina hinterläßt überall im Palazzo blutige Fußspuren. *Sie* aufzuspüren, wäre ein leichtes. Die roten Kleckse ähneln einem Kartoffeldruck, führen hin und her, rein und raus, rundherum.

Er hat keine Ahnung – das ist doch schon mal was. Sein Blick war total leer gewesen. Er erinnerte sich nicht an sie. 'türlich war sie damals noch blond. Sie hat sich verändert, und er auch, er war damals glattrasiert als, als …

Der besoffene Fick ist ihr häßliches kleines Geheimnis, die Made, die sich in ihrem Herzen schlängelt, der verwesende Albatros, der für immer um ihren Hals hängt, dessen Kadaver nach Schweiß und Whiskey stinkt. Seit jener Nacht hat sie keinen Whiskey mehr angerührt, nicht seit sie mit Guy gevögelt hat …

Er heißt Guy, fällt ihr jetzt ein, er hat es ihr erzählt. Irgend so ein Guy, und der könnte Freyas Vater sein. Jetzt ist es heraus. Von wem hat Freya sonst die roten Haare?

Sie korrigiert sich. Nicht rot, sondern kastanienbraun. Das Haar von diesem Sam ist fuchsrot – das hat nichts zu bedeuten. Der andere Junge, der ältere, hat normales Haar, schlammbraun.

Der Zweifel ist in den letzten Jahren in ihr gewachsen wie ein Tumor. Als sie bemerkte, daß sie schwanger war, kam sie zuerst gar nicht auf die Idee, daß das Kind nicht von Joe sein könnte. Erst nachdem er es Hils erzählt hatte, erfaßte sie das volle Ausmaß dessen, was sie getan hatte, wuchs der Verdacht in ihr wie ein Schatten in ihrem Gehirn. Sie ist überzeugt, daß man ihn bei einer Tomographie sehen würde, eine dunkle Masse aus Scham und schlechtem Gewissen.

Was wenn?

Was wenn du einen Mann dazu gebracht hast, seine Familie zu verlassen, für ein Kind, das vielleicht gar nicht von ihm ist? Denk darüber nach. Das hat sie, Gott weiß wie oft.

Vor der Geburt gelang es ihr, den Zweifel zu ignorieren. Während sie sich mit gebärmutter-entkrampfenden Kräutertees und Kokosbutterbauchcremes gegen Schwangerschaftsstreifen vorbereitete, hatten ihre Selbstschutz-Hormone ihn beiseite geschoben. Die Indizien würden für sich sprechen, eine kleine Nina oder ein kleiner Joe.

Doch als das Kind endlich, verbeult und blau wie eine demolierte Fledermaus, aus der Hölle zwischen ihren Beinen gezogen wurde, erkannte Nina es nicht. »Ein Mädchen«, hieß es, »sie haben ein wunderschönes kleines Mädchen.«

Ha! Eher ein Monster aus der Tiefe, ein Kuckuckskind. Wo sind meine Augen, wo ist Joes Nase? Was machen diese dunkelroten Haarbüschel auf dem Kopf des Babys?

Die Blutungen nach der Geburt waren einerseits furchtbar, andererseits aber auch eine Erleichterung. So blieben ihr noch ein paar Tage, bevor sie dem sechseinhalb Pfund schweren Alien gegenübertreten mußte. Als es ihr besser ging, hatte das Baby sich verändert. Es war gebadet, rosig, menschlich, und doch fremd, ein Fremder, in den Nina sich verliebte.

Und jetzt drückt die Liebe so stark wie eine Lawine auf ihr Herz. Sie kriegt kaum Luft. Erschöpft bleibt sie einen Moment stehen. Wo bin ich, was ist geschehen?

Du hast dein Kind verloren, wie einen Schuh oder ein Armband, du stehst auf einem Pfad zwischen Hof und Pool. Es wird dunkel. Bald wird man mit Fackeln suchen. Der Gedanke ist unerträglich: Ihr Kind wird frieren.

»Nina.«

Ihr Name hallt von Baumrinde und Steinen wider. »Nina.«

Es ist Joe. Joe ruft dich, lauf zu ihm. Sie kann sich nicht bewegen, sie hat etwas im Mund, etwas Bitteres, das nach ranzigen Krabben schmeckt.

Sie dreht sich nach der Stimme um und sieht einen knienden Schatten beim Brunnen, Joes Gestalt, die etwas in den Armen hält.

»Ich hab sie.«

Sie ist blind, und dann rennt sie. Die Tränen in ihren Augen fühlen sich an wie Blut. Sie spürt ihre Füße nicht. Sie steht über dem Schatten, und er wird farbig. Sie sieht rosa, sieht kupferfarbene Locken, sieht zwei Beine, sieht Freya: ihr Gesicht, ihre Ohren, Hände, alles ist da, warm und lebendig.

Der Umriß von Joe und Freya öffnet sich, um Nina in sich aufzunehmen. Sie hält die beiden fest. »Alice hat sie gefunden, Nina.« Ein Paar Birkenstocks schwebt neben dem Brunnen, ein Polizist trällert eine Pfeife, die Suche ist vorbei, und die Mauern des Palazzos scheinen erleichtert aufzuseufzen.

»Ich hatte so eine Ahnung«, sagt Alice. Die Haarspange steckt noch in ihrer Tasche, im Hof herrscht helle Aufregung. Tabitha kommt angeschossen und schlingt ihre dünnen Arme um sie, während ihr pummeliger Bruder erleichtert schluchzt. Happy-Ends sind so selten heutzutage. Alle umringen sie – sie kommt sich vor wie das Geburtstagskind.

Ich bin die Beliebteste hier. Ich bin die Heldin, ich hab die Nadel im Heuhaufen gefunden. Ich bin ein guter Mensch – warum fühl ich mich dann so beschissen?

Alice löst sich von der wogenden Masse aus Dankbarkeit und schleicht zurück zum Neubau. Wie auf Knopfdruck ist die Normalität wiederhergestellt. Die Glühbirnen am Pool leuchten, und Musik tönt aus der billigen Anlage hinter der Bar. »Oops upside your head.« Sie hätte die Spange zurückgeben sollen, doch dazu ist es jetzt zu spät. Sie wird sie behalten. Manchmal ist es gut, an Dinge erinnert zu werden, die man lieber verdrängen möchte.

Sam ist noch im Schlafzimmer. Er ist in seinen Gameboy vertieft, als sie hereinkommt, und überall auf dem Bett liegen Kekskrümel.

»Ich hab sie gefunden«, sagt sie. »Sie ist wieder bei ihren Eltern. Sam, sieh mich an.« Alice setzt sich schwerfällig aufs Bett. Ihr Sohn starrt auf ihre Schultern, als zählte er die Nadelstiche am Kragen ihres Jeanshemdes.

»So etwas darfst du nie wieder tun. Das hätte schlimm enden können. Die Polizei war da. Sam, warum hast du das getan?«

Er zuckt die Schultern, was soll er schon sagen? Daß es lustig ist, etwas zu verstecken, weil die anderen dann wie verrückt danach suchen und nur man selbst weiß, wo es ist, und daß es sich gut anfühlt, so als wisse man das Ergebnis einer besonders schweren Rechenaufgabe.

»Tu das nie wieder, Sam.«

Er vergräbt seinen Kopf in ihrem Schoß und schüttelt ihn. »Erzählst du's Papa?«

»Nein.«

»Versprichst du's?«

»Ja, ich verspreche es« – und wieder fällt ein Geheimnis in den Morast von Dingen, über die man nicht spricht, der auf dem Grund ihres Herzens vor sich hin rottet.

Sam will jetzt eigentlich weiter mit seinem Gameboy spielen. Er ist im fünften Level der *Legend of Zelda.* Doch er rührt sich nicht. Er ist nicht dumm – er kennt das Spiel schon. Wenn er den Kopf wie eine Steckrübe in den Schoß seiner Mutter legt, glaubt sie, daß es ihm leid tut. Seine Mutter streichelt sein Haar. Das macht sie immer. Sam unterdrückt ein Gähnen.

Es klopft an der Tür. Alice schiebt Sam sanft beiseite und macht auf. Vor der Tür steht Lydia mit einer Flasche Champagner. »Mit besten Grüßen des Hauses.« Sie lächelt frisch. »Als kleiner Dank, weil Sie das Kind gefunden haben. In einer Stunde veranstalten wir am Pool eine kleine Grillparty. Auf Kosten des Hauses«, fügt sie hinzu.

Guy und Max tauchen hinter ihr auf. Guy nimmt Lydia den Champagner aus der Hand. Er sieht schlimm aus, als habe er die Grippe.

»Ich hoffe, Sie können es einrichten«, sagt Lydia und verzieht sich. Diese Familie ist echt gestört.

Alice schließt die Tür. Max ist immer noch ganz aufgekratzt und fühlt sich durch die Ereignisse zum Gebrauch von Kraftausdrücken berechtigt. »Scheiße, Mama, das war echt saucool von dir.«

Guy hat den Champagner aufgemacht und nuckelt an der Flasche wie ein Alkoholiker im Kleinkindalter. Alice ist plötzlich zu müde, um etwas zu sagen, und weil ihr nichts Besseres einfällt, tut sie, als falle sie in Ohnmacht.

Während Alice ihren plumpen Sturz inszeniert, wachen Nina und Joe über Freya, als sei sie aus Porzellan. Freya, die sich dessen überhaupt nicht bewußt ist, hockt auf dem Boden, redet auf Hase ein und stopft sich dabei Salzstangen in den Mund.

Der Dorfarzt hat das Kind für unversehrt erklärt. Er sorgte sich mehr um Ninas aufgerissene und schmutzige Füße, die inzwischen gebadet und verbunden sind und sich anfühlen wie durch den Wolf gedreht.

Tabitha und Saul duschen. Saul singt falsch *»I believe I can fly.«*

»Sie erinnert mich so an Susannah«, sagt Joe.

Nina muß dringend aufs Klo. Während Freya vermißt war, hatten all ihre Körperfunktionen ausgesetzt, doch jetzt muß sie pinkeln. Beide Badezimmer sind besetzt, deshalb kneift sie die Beine zusammen und setzt sich aufs Bett. Ihre Füße brennen.

»Welche Susannah?«

»Meine Schwester Susannah.«

Joe zieht Freya ihren Puh-der-Bär-Schlafanzug an. Freya hebt die Ärmchen und kapituliert vor der Tatsache, daß Schlafenszeit ist. Normalerweise würde sie sich wehren und weglaufen und sich verstecken, doch es war ein langer Tag für ein zweieinhalbjähriges Mädchen.

»Moment mal, Joe, du hast doch gar keine Schwester.«

Joe dreht sich um. »Ich weiß, ich kannte sie nicht. Sie starb, bevor ich geboren wurde, damals in den Fünfzigern. Ich kenne nur ein Schwarzweiß-Foto von ihr. Sie starb mit zwei.«

»Woran?«

»Ich glaube Hirnhautentzündung, meine Mutter hat nie darüber geredet, so war das damals. Es ist lange her, Nina.

Damals ist man mit so etwas anders umgegangen. Ich weiß nur, daß sie Susannah Louise hieß und rote Haare hatte.«

Ninas Füße hören auf zu brennen. »Rote Haare«, flüstert sie, »wie sonderbar.«

»Eigentlich nicht. Angeblich hatte meine eine Großmutter als junges Mädchen einen langen roten Zopf bis zum Po. Nachdem sie ihn abgeschnitten hatte, bewahrte sie ihn in einer Filmdose auf. Er liegt irgendwo auf dem Dachboden in der Englestone Avenue.«

»Kann ich ihn haben?« fragt Nina.

Joe lacht, und Nina begreift, daß es für ihn nie einen Zweifel daran gegeben hat, wer Freyas Vater ist.

In ein Handtuch eingewickelt, geht Tabitha ins Schlafzimmer. Nina hoppelt ins Bad und verriegelt die Tür. Kein Wunder, daß Joes Eltern sich Freya gegenüber so komisch verhalten. Es muß furchtbar sein, einem Kind gegenüber zu stehen, das der verlorenen Tochter wie aus dem Gesicht geschnitten ist.

Nina setzt sich auf die Toilette. Sie pinkelt lang und heftig, während ihr der Kopf surrt und die Füße bluten. Gottseidank ist sie in jener Nacht bei Joe gewesen, gottseidank hat sie ihn gevögelt. Sonst gäbe es Freya nicht, davon ist sie nun überzeugt. Vorher hatten sie immer Kondome benutzt, was sonst, und warum diesmal nicht? Weil sie keines dabei hatte! Und warum nicht? Weil sie es in der Nacht zuvor benutzt hatte, was sonst. In gewisser Hinsicht hat Guy ihr einen Gefallen getan – er benutzte das letzte Kondom in der Packung.

Ich hab mich selbst genug bestraft, beschließt sie. Es gibt Dinge, die ich nie hätte tun sollen, aber immerhin habe ich die Chance, sie wiedergutzumachen. Das schlechte Gewissen hat mich krank gemacht. Sie betrachtet ihre geschwollenen Füße – ein Jammer, daß sie so nicht in die »Fick-mich-Schuhe« passen. Es ist an der Zeit, daß Freya einen kleinen Bruder oder eine Schwester kriegt.

45

Ein neues Kapitel (Fortsetzung folgt ...)

Hils sitzt mit einer Tasse Kaffee auf der Hintertreppe. Normalerweise würde sie eine rauchen, aber es ist einer von diesen Tagen, an denen sogar die hartgesottensten Raucher ans Aufhören denken. Ein perfekter englischer Sommerabend mit Bienensummen und Rosenduft.

»Ich komm um acht vorbei«, hatte er gesagt. Jetzt ist es fast Viertel vor.

Seit dem Essen bei den Thorpes gestern Abend hat sie keinen klaren Gedanken mehr fassen können. Hils grinst, und bei der Erinnerung läuft ihr das Wasser im Mund zusammen. Dabei entsinnt sie sich nicht einmal, was sie eigentlich gegessen hat. Dieses eine Mal waren Sallys kulinarische Künste vergeudet. Bestimmt war der Fasan (oder war es Schwein) köstlich, doch für Hils hätte es ebensogut ein Putzlappen sein können. Sie erinnert sich nur an den Druck von Stans Knie unter dem Tisch, die zufällige Berührung ihrer Hände, als er ihr die Pfeffermühle reichte, das heimliche Grinsen und den verlängerten Augenkontakt.

»Sie sind also Architekt?«

»Und Sie Schriftstellerin.«

»Weißt du was, Hils?« hatte Sally sich eingemischt. »Stan ist auch geschieden, ihr habt also viel gemeinsam. Wer möchte Kartoffeln?«

Zwischen Nachtisch (Sachertorte vielleicht?) und Käse (was auch immer), als Stan wunderschöne Baupläne für den Dachausbau der Thorpes zeichnete, hatte er nach ihrer Nummer gefragt. Sie widerstand dem Impuls, ihr T-Shirt über den Kopf zu reißen und »Jaaa!« zu schreien, wie Saul es immer tut, wenn er ein Tor schießt. Hils schrieb sie ihm auf die Handfläche.

Nick, der im Hintergrund Kaffeebohnen mahlte und seine Regalwünsche anmeldete, war gegen die erotische Spannung am Tisch scheinbar immun, und Sally grinste wie eine Mischung aus triumphierender guter Fee und Cilla Black bei *Blind Date*.

Am Ende des Abends teilten sie sich ein Taxi, und obwohl seine Wohnung in Clerkenwell näher bei den Thorpes lag, bestand er darauf, sie nach Hause zu bringen. Wir haben Händchen gehalten, jubelt Hils innerlich, und wieder flattern Schmetterlinge um ihren Solar Plexus.

»Ich ruf dich morgen an«, hatte er gesagt. Als sie aus dem Taxi stieg, verfing sich ihr Bein im Riemen ihrer Handtasche, und sie hoppelte wenig elegant zum Tor. Er hatte gewartet, bis sie sicher an der Haustür angekommen war. Fast hätte sie gefragt, ob er auf einen Kaffee mit herein kommen wolle, doch die Worte blieben ihr im Hals stecken, und so winkte sie nur.

Heute morgen hatte er angerufen, gerade als ihr Taxi kam.

»Ich hab mir gedacht, daß du bestimmt bald zur BBC mußt«, erklärte er, und Hils konnte nicht fassen, daß er wußte, wann *Women's Hour* lief. Es sei denn ... »Du bist doch nicht etwa schwul, oder?«

»Nein, obwohl ich gern einkaufen gehe.«

Ein Hupen hatte sie daran erinnern, daß sie los mußte.

»Ich muß los«, sagte sie, »das öffentliche Radio wartet«, doch er hatte sie lange genug aufgehalten, um sich für später mit ihr zu verabreden. »Ich komme so gegen acht. Viel Glück. Ich hör's mir an.«

»Ogott, bitte nicht«, hatte sie gesagt. »Das macht mich nur nervös, und dann verhasple ich mich noch.«

Doch das hatte sie nicht, jedenfalls nicht oft. Nur am Ende, als Jenni Murray fragte, ob sie sich vorstellen könne, je wieder eine ernste Beziehung anzufangen, hatte sie sich an ihrem BBC-Kaffee verschluckt wie jemand in einer Siebziger-Jahre-Sitcom.

Sobald sie zu Hause war, hörte sie ihren Anrufbeantworter ab und spielte zehn Minuten lang immer wieder Stans Nachricht ab: »Gut gemacht, du warst klasse. Bis nachher. Übrigens bin ich wirklich nicht schwul.«

Nachmittags hatte sie auf der Suche nach einem akzeptablen Schlüpfer sämtliche Schränke durchwühlt. Dann nahm sie ein langes Bad und ließ mit dem Zeh immer wieder heißes Wasser nachlaufen, genauso wie Tabitha.

»Ogott«, fiel ihr ein, »meine Kinder« – und tief in ihrer Brust zogen die Sehnen an ihrer Verankerung. Einen Moment lang fühlte sich ihr Herz an wie ein kleines Boot in rauher See. Geht es ihnen gut, sind sie in Sicherheit?

Sie hatte auf die Uhr gesehen. Es war vier Uhr.

Nachdem sie den Stöpsel rausgezogen hatte, scheuerte sie die Badewanne, entsetzt von den Schmutzrändern, und verbrachte eine ganze Stunde damit, sich zu präparieren, indem sie Barthärchen zupfte und die Ohren mit Wattestäbchen reinigte. Dann war sie durchs Haus gerannt und hatte alles versteckt, was verzweifelt und einsam wirken könnte. Stapel von seichten Frauenromanen verschwanden unter Bookerpreis-nominierten Büchern. Sie wechselte sogar die Bettwäsche, nur für den Fall, nicht weil sie vielleicht, sondern weil, naja … die Bettwäsche eklig war. Am Fuße ihres Bettes fand sie eine Makrone, und die Kissenbezüge waren mit Marmelade bekleckert.

Um sechs hatte ihre Mutter angerufen und aufgekratzt erzählt, daß sie alle auf der Rückfahrt vom Lake District *Woman's Hour* gehört hatten und wie wundervoll Jenni Murray war.

»Und ich?« wollte Hils wissen.

»Ach, du warst super, Liebes. Ich hab dein Buch übrigens gelesen. Ich fand es sehr gut. Morag auch, obwohl sie sich ein Happy-End gewünscht hätte. Ich muß jetzt Schluß machen, wir sind gerade erst zurück gekommen, und Basil wartet auf sein Abendbrot. Das hat er sich nach der langen Fahrt verdient.«

Ich hab auch einen neuen Freund, hätte Hils am liebsten gesagt, es sich dann aber verkniffen, aus Angst es zu verschreien. Blöder Basil – wehe, er setzt sich auf Papas Stuhl.

Eine Weile hatte sie zaudernd vor ihrer CD-Sammlung gehockt. Vielleicht sollte sie so tun, als liebe sie Klassik, wie ein richtiger Erwachsener, doch schließlich hatte sie sich für EmmyLou-Harris-Berieselung entschieden und den Kühlschrank geputzt, damit er sie nicht für unhygienisch hielt.

Noch zehn Minuten. Hils' Mund schmeckt pelzig vom Kaffee und der Zigarette, die sie nicht hatte rauchen wollen. Hastig läuft sie wieder nach oben, putzt sich die Zähne, kleckert Zahnpasta auf ihr kleines Schwarzes, und weil ihr die Zeit davonläuft, schlüpft sie in eine alte Levi's und eine geblümte Bluse von Paul Smith, für die Sally zu große Brüste hat.

Erst als sie die Tür öffnete, fiel ihr auf, daß sie die Bluse schief geknöpft hatte.

»Hallo.«

Er trägt ein graues T-Shirt und eine schwarze Leinenhose mit nicht zuviel und nicht zuwenig Knitter. Hinter ihm parkt ein Jaguar aus den Sechzigern mit roten Lederpolstern, für den Joe getötet hätte.

»Ich mag dein Auto.«

»Ich mag dein Haus.«

Ich mag dich, hätte sie fast gesagt, doch sie kann die Worte gerade noch rechtzeitig herunterschlucken.

»Komm rein.« Und er folgt ihr durch den honigfarbenen Flur zur Küche. »Bier?« bietet sie an und öffnet stolz die Tür des frisch geputzten Kühlschranks.

»Danke.«

Dann stehen sie da und grinsen sich an. Wäre ich eine Comicfigur, würde meine Zunge aus dem Hals hängen, und um meinen Kopf würden pochende Herzen kreisen.

»Ich hab eine *Time Out* mitgebracht, weil ich nicht wußte, worauf du Lust hast.«

Gemeinsam durchforsten sie die Veranstaltungstips. Hils atmet seinen frischen Limonenduft ein und bemerkt, daß seine Ohren flach anliegen. Sie sehen makellos aus. Ob er auch mit dem Wattestäbchen gearbeitet hat?

»Wir könnten ins Kino gehen.«

Aber es läuft nichts, was sie interessiert, außerdem ist es sowieso zu heiß fürs Kino. Er trägt keine Socken. Seine Knöchel sind glatt und zum Anbeißen.

»Wollen wir was essen?«

Oja, essen, das ist es, was normale Menschen bei einem Rendezvous machen, sie essen Essen. Hör auf, seinen Knöchel anzustarren, Hils.

Sie sitzen jetzt mit kalten Budweisers im Garten. Es ist herrlich, einfach nichts zu tun.

»Wir müssen ja nicht essen gehen, ich kann kochen«, lügt Hils.

Gemeinsam fahren sie im Jaguar zum Supermarkt und kaufen Lachssteaks, Salat und Wein.

Auf dem Rückweg siegt die Neugier, und Hils drückt auf die Play-Taste von Stans CD-Spieler. Ogott, und wenn er Daniel Bedingfield hört?

David Bowies »Jean Genie« erklingt – einer ihrer Lieblingssongs. Zum Glück fällt ihr gerade noch rechtzeitig ein, daß sie ihren Kindern feierlich geschworen hat, nie laut in der Öffentlichkeit zu singen.

Wieder in der Küche übernimmt Stan die Essenszubereitung, während Hils draußen den Tisch deckt. Sie stellt Gartenwicke und Geißblatt in einen grünen Krug und klatscht in die Hände wie eine Sechsjährige, als Stan selbstgemachte Mayonnaise zaubert.

»Ist ganz leicht«, sagt er grinsend und taucht einen Finger in die cremige Mischung, den er Hils zum Ablecken hinhält.

Während sie sich vorbeugt, fragt sie sich, ob er bemerkt, daß ihre Brustwarzen verrückt spielen.

Hils ist, wie ihre Mutter sagen würde, »völlig aus dem Häuschen«. Um Himmels Willen, beruhige dich, lach nicht zuviel, red kein dummes Zeug, bleib cool, ermahnt sie sich. Doch sie kann nicht. Sie erzählt ihm ihren Schildkrötenwitz, lacht, bis sie pupst (nur ein ganz kleiner, eigentlich nur ein Pfeifen), und sie reden, bis es dunkel genug ist, um Kerzen anzuzünden.

Hils macht noch eine Flasche Wein auf.

»Ich nehm nachher ein Taxi«, meint er, doch sie wissen beide, daß er das nicht tun wird.

Zwei Stunden später wankt Hils nach unten, um die Küchentür abzuschließen.

Er liegt in meinem Bett, mein karamellfarbener Junge, sein T Shirt und scine I Iose liegen als Haufen auf dem Boden. Sie ist froh, daß er sie nicht zusammen gelegt hat. Sie ist froh über alles. Es gibt nichts zu bereuen, sagt sie sich.

Ich bin eine erwachsene Frau und er ist ein Mann. Wir haben beide eine Vergangenheit. Zu seiner gehören eine Exfrau und eine achtjährige Tochter, die in New York leben. Zu meiner gehören ein Exmann und zwei Kinder, die eine Stiefmutter und eine Halbschwester haben. Das Leben geht weiter.

Dieser Satz erinnert sie wieder an ihre Mutter. Wir haben beide lang genug ohne Männer gelebt, denkt Hils, und wenn Basil Brenda glücklich macht, muß mir das reichen. Sie ist achtundsechzig. Jeder verdient eine zweite Chance.

Stan erscheint im Türrahmen zur Küche. Er trägt Hils' altes Nachthemd, einen ausgefransten schwarzen Seidenkimono mit orange-farbenen Chrysanthemen.

»Sorry, mir fällt gerade auf, daß ich ziemlich tuntig aussehe.«

Hils lacht. Sie hat keine Ahnung, wie es weitergeht, doch für den Anfang läuft es nicht schlecht, wie das erste Kapitel eines guten Buches.

Sie blickt sich in der Küche um. Ihre Kinder grinsen zurück: ein vierjähriger Sam mit großem Pflaster auf der Stirn, eine achtjährige Tabitha mit wackeligen Beinen auf Schlittschuhen. In ein paar Tagen kommen sie nach Hause. Ihre großen Babys kommen nach Hause.

Stan folgt ihrem Blick. »Ich versteh schon. Laß uns einfach sehen, wie es läuft. Gib uns eine Chance.«

Sie geht zu ihm, und er wickelt sie in den Morgenmantel.

»Komm wieder ins Bett, meine Schöne.«

Als sie sich wenig später auf der Matratze wälzen, sieht Hils unfreiwillig und glücklicherweise nur flüchtig ein Bild von ihrer Mutter und Basil vor sich, die unter der geblümten Decke ihrer Mutter in etwa das gleiche tun.

46

Die Sau raus lassen

Um zweiundzwanzig Uhr ist Guy sehr, sehr betrunken. Er torkelt und lallt und wiederholt sich. Etwas früher am Abend schien er mit mißglücktem irischen Akzent einen Sketch wiederzukauen, irgendwas mit einem Kessel und einem Hubschrauber.

Alice kann ihn nicht ständig im Auge behalten. Sie ist aus reiner Höflichkeit hier. Denn zu wessen Ehre wird die Party schließlich veranstaltet? Ihrer eigenen natürlich, Alice Jamieson, Retterin verlorener Babys. Sie wollte sich nur ein paar Minuten zeigen, doch immer wieder wird sie von Leuten angesprochen, die die Geschichte aus erster Hand hören wollen.

»Naja«, meint sie bescheiden, diesmal zu Gayle und Sofia, »das klingt vielleicht komisch, aber ich hatte schon immer einen siebten Sinn, und heute morgen wußte ich gleich, daß etwas Außergewöhnliches passieren würde. Ich konnte es förmlich riechen.«

»Sie meinen, Gefahr?« unterbricht Gayle, die alles Übersinnliche liebt und sich regelmäßig von Wahrsagerinnen in den Sozialbauten hinter Croyden aus der Hand lesen läßt.

»Nicht Gefahr im eigentlichen Sinne«, meint Alice mit versonnenem Blick. »Eher daß etwas passiert, aber in gewisser Weise ja, Gefahr, obwohl ich es eher Beklommenheit nennen würde.«

»So wie vor einer Französischarbeit?« meint Sofia. Sie amüsiert sich großartig – sie trinkt Bacardi Cola und schnorrt sich bei Gayle Marlboro Lights.

»Ja«, antwortet Alice, die sich trotz wadenlangen Khakirocks und XL-Rugby-Shirts irgendwie ätherisch vorkommt. »Jedenfalls spürte ich heute Nachmittag einen entsetzlichen Druck im Kopf, gleich nachdem das Kind vermißt wurde. Ich versuchte, den Schmerz zu ignorieren, doch nachdem ich Sam, meinen Jüngsten, schlafen gelegt hatte, bekam ich eine lähmende Migräne. Ich schloß die Augen, und da sah ich ihn – den Lift.

»Verfluchte Scheiße«, flüstert Gayle, »erzählen Sie weiter.«

»Naja, das war ganz sonderbar, irgend etwas zwang mich hinzugehen – stellen Sie sich vor! Mit jedem Schritt wurde mein Kopf leichter, und ich wußte, daß mich jemand führt.« An dieser Stelle muß sie angesichts der Absurdität ihrer Jenseitigkeit selber kichern. »Vielleicht hat Freya einen Schutzengel. Jedenfalls fand ich den Aufzug, und obwohl ich enge Räume hasse, stieg ich ein, und – Hokuspokus Fidibus! Wenige Sekunden nachdem ich den Knopf gedrückt hatte, befand ich mich in diesem prächtigen Gang, an dessen Ende eine schwere Holztür war.«

»Und dann?« Sofia und Gayle machen große Augen.

»Naja«, sagt Alice und zögert. Hier wird die Geschichte höchst dubios. »Sie war offen, und ich bin einfach hineingegangen, und da war Freya. Sie lag an einen großen ausgestopften Fuchs gekuschelt auf der Chaiselongue, ihr seht also, es war gar nichts dabei.« Sie lacht geheimnisvoll.

»Etwas zu trinken, Madam?« Rosa steht mit einem Tablett Champagnerflöten neben Alice. Alice genehmigt sich noch ein letztes Glas, sie will einen klaren Kopf bewahren. Wer weiß schließlich, wann ihre Spezialkräfte wieder gefordert sind? Was sie noch tun muß, um den Tag zu retten? Im Notfall könnte sie einen Luftröhrenschnitt durchführen – sie hat diverse Kugelschreiber in der Tasche, falls Bedarf besteht.

»Die Tür war also offen, ja?« sagt Rosa.

»Ja«, trällert Alice und trinkt einen Schluck. Ihr gefällt nicht, wie diese Frau sie ansieht.

»Was für ein Glück«, murmelt Rosa und wendet sich ab, um zu Dieter und Peter zu gehen, die im Sarong-Partnerlook erschienen sind.

Die Deutschen haben Alice schon gratuliert und sie im Brustton der Überzeugung informiert, daß sie genau wüßten, wie Joe und Nina sich gefühlt haben müssen, denn wenn ihrem Herrn Depp, ihrem flauschigen Dackelwelpen, je etwas zustoßen sollte, würden sie gemeinsam Selbstmord begehen.

»Ein Hund ist kein Kind«, hatte Alice mit einem herablassenden Lächeln bemerkt und dabei gedacht, wie lächerlich sie in ihren albernen Röcken aussahen.

Rosa weiß, daß Alices Version der Ereignisse zum Himmel stinkt. Sie weiß, daß die Gemächer des Prinzen verschlossen waren. Darauf würde sie ihren Jahreslohn verwetten. Sie weiß auch, daß die zweieinhalbjährige Freya nicht groß genug ist, um an die Fahrstuhlknöpfe oder die Tastatur zu kommen. Alice erzählt Ammenmärchen. Rosa würde der Frau glatt zutrauen, daß sie selbst das Kind versteckt hat. Schließlich schlägt sie auch die eigenen Kinder. Wer weiß, wozu sie fähig ist? Kein Wunder, daß ihr Mann trinkt wie eine Forelle.

Doch alle anderen sind glücklich mit Alices Version, vor

allem Alice selbst, die sich nach dem vierten Glas Champagner in ihrem neuen Status sonnt und inzwischen selbst überzeugt ist, daß sie schon immer wußte, daß sie anders ist als die anderen.

»Nicht nur, weil ich adoptiert war«, erzählt sie Lydia, »da war noch etwas anderes, ich wußte nur nicht, was.«

An dieser Stelle erlaubt Alice ihren Augen, sich mit Tränen zu füllen. Das ist nicht schwer. Beim Gedanken an ihre Kindheit hat sie sowieso immer das Gefühl, als würde ihr jemand Ammoniak ins Gesicht spritzen.

Lydia sucht nach einem Fluchtweg. Als sie über Alices Schulter blickt, sieht sie, wie Guy den Arm um Tabitha legt. Das Mädchen schüttelt ihn sofort ab, und Guy, plötzlich ohne physische Stütze, schwankt bedenklich, bevor er, wie durch ein Wunder ohne seinen Champagner auszukippen, auf die Knie sinkt.

Auf Guys Hose sind Matschflecken. Scheiße, er braucht mehr. Er hätte das Mädchen nicht anrühren sollen. Er hat sie verschreckt. Er hat doch nur geflirtet, ganz harmlos, dummes Mädchen – sie kommt schon noch dahinter. Die Hübschen werden alle zu Schlampen und die Häßlichen werden alle fetter und häßlicher und reden noch mehr Müll.

Es gibt immer willigere Komplizen. Das hat er jetzt kapiert. Er hat Alice nur mit zwei Frauen betrogen. Eine davon war Peanut – er hat den Fehler gemacht, sich in das kleine Flittchen zu verlieben, das passiert ihm nicht noch mal. Scheiße, er wird sich an One-Night-Stands halten wie diese besoffene blonde Raverin, die er in der Nacht aufgerissen hat, als Alice ins Krankenhaus mußte und die Jungs bei den Clementses übernachteten.

Von nun an wird er Versäumtes nachholen. Guy fühlt

sich allmächtig. Jetzt, da er einen Plan formuliert hat, kann er den Rest seines Lebens in Angriff nehmen. Ich fühl mich wie neugeboren, sagt er sich. Ich bin der Mösenmeister. Wenn sich nur seine Knie nicht anfühlen würden wie verkehrt herum angeschraubt – er hat Probleme mit dem Gleichgewicht.

Helena und Charles sitzen auf einer Mauer. Die Zwillinge schlafen neben ihnen in der Doppelkarre. Charles hat Helena noch nie so zerknirscht gesehen. Er mußte mit ihr schimpfen. »Du mußt aufhören, dir Vorwürfe zu machen«, befahl er, »und du mußt runter auf die Party kommen, also zieh dir ein hübsches Kleid an, wasch dein Gesicht und ich dulde keinen Widerspruch.«

Zu seiner Überraschung tat sie wie ihr geheißen. »Tut mir leid, Charles«, hatte sie geflüstert, als er den Reißverschluß ihres himbeerroten Kleides schloß.

Etwas in Helena hat sich verändert. Das sieht man daran, wie sie mit den Kindern umgeht. Wir haben eine Chance, denkt Charles, und faßt vorsichtig nach der Hand seiner Frau. Helena erwidert den Druck seiner Hand, als sei sie ein Rettungsring. Wir können später reden, denkt Charles und räuspert sich erleichtert. Als er aufblickt, entdeckt er wenige Meter entfernt seine älteste Tochter, die ihre Eltern aufmerksam beobachtet. Als ihre Blicke sich treffen, grinst Sofia und zwinkert ihm zu.

Wir können wieder Freunde sein, denkt Charles.

»Na komm«, sagt er ziemlich barsch, »wir bringen die Kinder ins Bett. Sofia, du darfst noch eine halbe Stunde bleiben.« Und zu aller Erstaunen, am meisten ihrem eigenen, sagt Sofia: »Okay.«

***

Während Mr. und Mrs. Hart Jones die Doppelkarre zurück zum Palazzo schieben, haben Gayle und Jonty Sex auf dem Pingpongtisch im baufälligen Schuppen.

»Ich hab die Pille nicht genommen«, gesteht Gayle, während ihr werter Ehemann stößt und grunzt und das Meersalz auf dem Tisch ihre verschwitzten Pobacken überkrustet wie Schweinekrustenchips.

»Ich weiß«, schnauft Jonty. »Du willst ein Kind, wollen mal sehen, ob ich das hinkriege, oooooh, na, wolln mal sehen, Süße.«

Gayle ist so aufgeregt, daß sie vergißt, ihren Schlüpfer wieder anzuziehen. Ein karminroter La-Senza-Stringtanga in Größe achtunddreißig bleibt wie eine alte Flagge auf dem staubigen Boden zurück.

»Hör mal, Jonty«, sagt sie, als sie beide nach draußen torkeln, »wenn du es wirklich willst, darfst du mich in den Hintern ficken.« Das ist das romantischste Geschenk, das ihr einfällt.

Hmmm, denkt Jonty. Er weiß nicht so recht. Analverkehr stand auf seinem Wunschzettel immer ganz oben, doch jetzt fühlt es sich nicht mehr richtig an. »Ich sag dir was, blas mir doch lieber einen, gleich morgen früh.«

Die Party neigt sich dem Ende zu. Nina ist schon vor Ewigkeiten mit Freya nach oben gegangen. »Stört es dich, wenn sie in unserem Bett schläft, Joe, nur heute Nacht? Ich will daraus keine Gewohnheit machen, aber . . .«

Joe versteht. Es stört ihn nicht. Er will, daß sie bei ihnen ist, sie werden so schnell groß. Er sitzt auf einem Liegestuhl und beobachtet Tabitha und Saul, wie sie mit Dieter, Peter und Sofia tanzen. Es sind nette Kinder. Freya kann sich glücklich schätzen, sie zu haben. Hils hat ihre Sache gut gemacht, und er ist ihr dankbar. Seine Kinder zu lieben, ist leicht, sie zu mögen ist ein Bonus. Joe gähnt und ist plötzlich erschöpft. Mit etwas Glück können sie alle morgen ausschlafen.

Es ist fast dreiundzwanzig Uhr, als Alice ihre Truppen zusammentrommelt. Sam hat sie geschultert. »Max, Guy, wir gehen«, trompetet sie, und als sie sich umdreht, um zu gehen, winkt Joe, doch sie tut so, als bemerke sie ihn nicht. Sie guckt irgendwie komisch. Es könnte Verlegenheit sein – oder Wut.

Es ist eine Mischung aus beidem. Alice hat die Nase voll. Guy hat sie den ganzen Abend blamiert, Sam hat maulend in der Ecke gesessen, und Max hat sie kaum zu Gesicht bekommen. Und um das Ganze noch schlimmer zu machen, hat sie kaum einen Bissen gegessen. Guy hätte ihr wenigstens Abendessen organisieren können, während sie Hof hielt. Sie hat gesehen, wie Joe dafür sorgte, daß Nina etwas aß. Selbst Charles, dieser Jammerlappen, hatte Helena einen Papierteller mit Huhn und Salat organisiert, schön mit in Serviette eingewickeltem Besteck. Und was hatte sie bekommen? Ein halbgares, versalzenes Würstchen, das Sam nicht mochte.

Sie will nicht mehr warten. Es hat zu viele unangenehme Momente gegeben. Je mehr die Leute tranken, um so mehr hatten sie sich offen gefragt, wie Freya allein den Fahrstuhl bedient hatte und wie sonderbar es war, daß die Tür offenstand. Der Abend schmeckte plötzlich sauer, als sei der Champagner gegen billigen Fusel ausgetauscht worden.

Als sie sich nach Max umdreht, sieht sie, wie sich Dieter und Peter beim Engtanz gegenseitig die Zungen in den Hals stecken. Igitt. Gottseidank dauert dieser schreckliche Urlaub nur noch einen Tag.

Zurück im Apartment sorgt Alice dafür, daß sich die Jungs die Zähne putzen. Beide sind wie Zombies, und als sie endlich im Bett sind, hebt Alice ihre Kleidungsstücke auf. Aus reiner Gewohnheit prüft sie die Taschen, bevor sie sie auf den Haufen mit schmutziger Wäsche legt, die zu Hause gewaschen werden muß. In Sams Shorts entdeckt sie einen winzigen verzierten Silberlöffel. Offensichtlich aus den Gemächern des Prinzen, und Alice nimmt sich vor, ihn bei der nächstbesten Gelegenheit zu vergraben. In Max' Jeans findet sie in der einen Tasche einen Haufen Kaugummipapier (schlimme Angewohnheit) und in der anderen einen karminroten Stringtanga von La Senza in Größe achtunddreißig.

Sie weiß, daß es ein Stringtanga ist. Sie hat davon gehört, und außerdem hat sie auch schon mal einen gesehen: in der zweiten Schublade von Guys Schreibtisch, letztes Schuljahr, als sie mit den Jungs in der Stadt war und sie sich in Papas Büro verstecken wollten, während er zu Mittag war, um ihn zu überraschen.

Sam hatte eine Erkältung. »Wo sind Guys Taschentücher, Penny?« hatte Alice gerufen.

»Zweite Schublade«, hatte die alte Fledermaus erwidert, und dann, nach einer verdächtigen Pause, während der Alice alles gesehen hatte, was es zu sehen gab: »Verzeihung, ich meinte die oberste.«

Kurz darauf waren sie gegangen. »Wollen Sie nicht warten?« hatte Penny gefragt und den Kopf zur Seite geneigt wie eine Schleiereule, eine Angewohnheit, die Alice jedes Mal zur Weißglut trieb. »Er hat gesagt, er ist um zwei wieder da – aber Sie kennen ja Guy!«

»Ja«, hatte Alice knapp erwidert, »ich kenne Guy.«

Alice hat noch nie einen Stringtanga getragen, aber den hier würde sie gern mal anprobieren. Sie hat Größe zweiundvierzig, aber was soll's, das Ding ist elastisch.

Im Bad zieht sie sich aus. Das Licht ist grausam: Hals und Brustkorb sind dunkelrot, der Rest ist grießfarben. Ihr großer Damenschlüpfer segelt zu Boden. Sie steigt in den Stringtanga und reißt ihn über die Oberschenkel. Sie versucht krampfhaft, soviel Schamhaar wie möglich mit dem spärlichen Material zu bedecken. Sie dreht sich um und blickt über die Schulter. Im Spiegel sieht sie zwei genoppte Fleischkissen. Und das soll sexy sein?

Neben dem Waschbecken steht Alices Schmink-Täschchen. Ganz unten liegt ein rubinroter Lippenstift, den sie gekauft hat, als Sam vor zwei Jahren in einem religionslosen Krippenspiel den Rudolf spielte. Sie nimmt die Kappe ab, dreht den Lippenstift aus seiner Hülse und färbt ihre Brustwarzen scharlachrot. Und das soll sexy sein?

Ihre Hand zittert, als sie ihren Mund mit dem wächsernen Stift umrandet. Normalerweise trägt sie farblosen Gloss. Wenn überhaupt.

Und jetzt? Verstecken!

Alice trabt vom Bad ins Elternschlafzimmer. Macht nichts, wenn Lippenstift auf die Bettwäsche kommt. Die nebenan schmieren bestimmt Schlimmeres drauf. Guy muß jeden Moment kommen. Vor fünf Minuten hat sie gehört, wie der Metall-Rolladen der Bar heruntergezogen wurde, und jetzt hört sie nur noch, wie das Personal aufräumt, Scherben zusammenkehrt, und gelegentlich etwas auf italienisch murmelt. Gleich kommt er nach Hause, ihr dämlicher Ehemann.

Sie muß eingeschlafen sein, denn als sie aufwacht, den

Geschmack abgestandenen Champagners im Mund, spürt sie ihn neben sich, schwer wie ein Sack Dünger und schnarchend wie jemand auf einem Hogarth-Stich.

Alice schlüpft unter die Decke. Zum Glück hat Guy vergessen, das Badezimmerlicht auszumachen, so daß sie selbst ohne Brille sehen kann, was sie tut. Guy liegt flach auf dem Rücken, was es ein wenig erleichtert, seinen Pimmel zu finden. Er liegt dort zwischen seinen Beinen, weich wie Margarine und zur Seite geknickt.

Lächerlich dieses fleischige Rohr. Frauenkörper sind ästhetisch so viel ansprechender. Alles hübsch im Innern verstaut – es sei denn, man trägt einen String, natürlich.

Alice positioniert sich in der Mitte des Bettes neben Guy und vergräbt ihr Gesicht in Guys Lenden. Sie sind trocken und haarig wie geschroteter Weizen, doch als sie anfängt zu schlabbern, versteift sich sein Penis unfreiwillig, und er stöhnt. Alice widersteht der Versuchung zu kichern. Es wäre netter, wenn er vorher geduscht hätte. Sein Schwanz schmeckt nach feuchten Chips mit Meeres-Beigeschmack. Jetzt rührt sich Guy und gibt kleine »Ong«-Laute von sich. Alice fährt mit ihren geschminkten Brustwarzen über seinen Bauch, er greift nach einer euter-artigen Titte, die Ong-Laute kommen jetzt schneller, und sein Penis steht aufrecht wie eine Dillgurke. Eilig zieht Alice den Stringtanga zur Seite, schwingt sich auf ihren halbkomatösen Mann und führt seinen Penis in ihre Vagina ein. Sie klammert sich mit den Knien fest. Jetzt nur nicht runterfallen, jetzt wo sie ihn hat.

Sie fällt in sanft hüpfende Bewegung und gönnt sich einen kurzen Moment des Genusses. Ong, das gefällt ihr. Ihre Brüste schwingen, die rubinroten Brustwarzen fliegen hin und her. »O Peanut«, stöhnt Guy und hebt die Hüften, um sich dem Rhythmus anzupassen. »O Guy«, antwortet Alice, und obwohl sie eine Marielle-Frostrup-mäßige Heiserkeit angestrebt hatte, klingt es wie der Tadel einer Oberlehrerin.

Guys reißt die Augen auf. Vor ihm tanzen zwei große rote Stieraugen. Es dauert eine Weile, bis er erkennt, daß es sich um seine Frau handelt, die auf ihm sitzt, die Brüste nur wenige Zentimeter von ihm entfernt. Er öffnet den Mund, um etwas zu sagen, doch Alice bringt ihn schnell mit einer 85 DD zum Schweigen. Er kriegt kaum noch Luft. Er befindet sich im Klammergriff der Fleischmasse, gefangen in Alices gigantischer menschlicher Fliegenfalle, und die ganze Zeit rutscht sie mit dem vollen Gewicht ihres Größe-Zweiundvierzig-Körpers auf seinem Penis auf und ab.

Guy ist machtlos. »Fick dich, Alice«, murmelt er durch den Brust-Knebel.

»Fick dich selber, Guy«, erwidert sie, und mit einem letzten Hüpfer auf der Spitze seines Penis schießt heiße Wichse wie aus einem defekten Hauptwasserrohr in die Fortpflanzungsorgane seiner Frau. Millionen von Spermien schlängeln sich durch Alices Unterregion, und sie scheucht sie in Gedanken vorwärts und aufwärts. Sie hat nachgerechnet. Heute ist *die* Nacht zum Kindermachen. »Betrachte es als Abschiedsgeschenk, Guy.«

Was? Guy ist wie vor den Kopf geschlagen. Er ist von Alices Sabber bedeckt. Er fühlt sich, als sei er von einem goldenen Riesen-Labrador vergewaltigt worden.

Meine Arbeit ist getan, denkt Alice, und nachdem sie sich in postkoitaler Befriedigung ausgestreckt hat, pellt sie sich aus dem String. Es war ein anstrengender Tag, das schlechte Wetter, die mißlungene Fahrt zu den Ruinen, und das Rumhüpfen im Meer. Ein verlorenes Kind und ein wiedergefundenes Kind und mindestens fünf Gläser Champagner, gefolgt von Geschlechtsverkehr – kein Wunder, daß sie müde ist.

Sie schließt die Augen. Sie muß sich jetzt ausruhen. Sie legt ein Kissen unter die Füße, um Sammy Sperma bei seiner Reise in die Eileiter behilflich zu sein. Doch eigentlich weiß sie, daß das gar nicht nötig ist. Sie ist schwanger, da ist sie sicher – bis zum Morgen werden sich die Zellen geteilt haben. Alles was sie tun muß, ist warten und dicker werden und größere BHs kaufen und Hosen mit dehnbarem Bündchen, und schon werden ihr die Leute im Bus ihren Platz anbieten und Türen aufhalten.

Das wird herrlich, denkt Alice und sieht sich selbst mit einem rosa Insel-Bauch in der Badewanne liegen. Sie spürt schon, wie es sich in ihr windet und bewegt. In etwa 266 Tagen wird ein Kind geboren werden. Florence, Chloe, Abigail? Es wird ein Mädchen, natürlich wird es das.

Alice schläft. Sie hat keine Ahnung, daß Guy nicht mehr neben ihr liegt. Sie ist wieder allein in ihrem Puppenhaustraum, und das Baby weint. Nur haben ihre Porzellanbeine diesmal Miniatur-Gelenke, und sie kann gehen! Seht nur, wie die kleine Puppen-Alice die Holztreppe zum Kinderzimmer hochgeht. Seht, wie sie die Decke anhebt – was sieht sie?

Unter der Decke, wo sich einst nur eine getrocknete Erbse oder ein verlorener Ohrring fand, liegt ein Baby aus Fleisch und Blut mit einer glitzernden rosa Haarspange im leuchtend roten Haar.

47

Am Ende, am Anfang

Guy kauert neben dem schwach beleuchteten Pool. Ein geisterhaft gelber Scheinwerfer verwandelt das Wasser in Apfelsaft – er ist sehr durstig. Eine übrig gebliebene Bierflasche steht auf einem Tisch neben ihm. Er greift danach und setzt sie an die Lippen. Zu spät bemerkt er, daß darin Zigarettenkippen schwimmen, deren Filter angeschwollen sind wie winzige Tampons. Er spuckt die bittere schwarze Asche aus und wischt sich mit dem nackten Arm den Mund ab. Er riecht Alices Speichel auf seiner Haut, schmeckt die knoblauchigen Rückstände. Sie hat ihn mit ihrer DNA vollgeschmiert.

Guy kommt auf die Füße und ist versucht, in den Pool zu springen, doch der ist offiziell geschlossen, und außerdem könnte Alice ihn hören, und bei der Vorstellung, daß sie auf den Balkon stapft, um ihn auszuschimpfen, zieht sich ihm alles zusammen. Er badet besser im Meer.

Er bahnt sich den Weg durch die Plastikknochen leerer Sonnenliegen, umsteuert mit leerem Blick den Pool, bevor er sich barfuß die unebene Holztreppe zum kalten grobkörnigen Sand hinunter tastet. Mann, bin ich besoffen, denkt er, als der schwankende Horizont ihn aus dem Gleichgewicht bringt und sein Kopf sich dreht.

Taumelnd bleibt er stehen und blickt auf das große Tintenfaß-Meer. Über dem schwarzen Wasser hängt ein schwerer, aufgedunsener Mond am Himmel, ein dicke Diva, die versucht, sich aufrecht zu halten, während tausend Revuemädchen-Sterne um sie herumtanzen. Morgen wird ein schöner Tag, denkt er, bevor ihm einfällt, daß morgen wahrscheinlich längst zu heute geworden ist und Alice auf ihn wartet.

Alice, das Mopsgesicht mit schlaffen Titten, Schwabbelbauch und wabbeligen Schenkeln. Guy torkelt zum Wasser. Am liebsten würde er sich mit einem Eimer Bleiche und einer Stahlbürste sauber schrubben.

Er stolpert über Seegras. Der Sturm hat schleimige grüne Farnkrautwedel aufgewühlt. Er muß weiter hinaus, hinter das Seegras und die Gezeitentümpel, die Müllreste und Plastiktüten, bis dahin, wo das Wasser so tief ist, daß er ganz untertauchen kann.

Er ist ganz allein. Nachher werden sich hier wieder heiße Bräute tummeln mit Wackelpudding-Brüsten in regenbogenfarbenen Bikinis, tyrannische dralle Kleinkinder und laute italienische Großfamilien. Ha, Familie, und er denkt an seine tote Mutter mit ihrem klimpernden Armband, das Haar stets zu einem honigblonden Achtziger-Jahre-Haarlack-Helm frisiert. Er sieht seinen Vater vor sich, der im gepflegten Garten unablässig seinen Golf-Abschlag übt. Zum ersten Mal seit Jahrzehnten erinnert er sich an einen Steingarten und einen Zierteich, orange Fische, die wie große Dosenpfirsichscheiben unter der Oberfläche dahingleiten.

Diesen Steingarten hat mein Vater angelegt, den Teich hat er gegraben.

Das Wasser geht ihm nun bis zur Taille und spült Alices Schmiere fort. Guy entspannt die Knie und läßt sich auf dem Rücken treiben, während sein Gehirn fast vergessene Gesprächsfetzen hervorkramt.

Seine Schwester Judy erzählt ihm, daß ihre Söhne die Universität abgeschlossen haben und jetzt erwachsen sind und ihren eigenen Weg gehen. Der eine produziert Fernsehdokumentationen, der andere ist Journalist. »Es ist so schnell gegangen, Guy. Sie sind so schnell groß geworden. Ein Wimpernschlag, und du hast es verpaßt...«

Doch er kann sie nicht mehr hören. Judys Stimme ist in den breiten Slang des Mädchens übergegangen, an das er seine Unschuld verloren hat. »War's das, biste fertig?« Theresa Canning, ein derbes Mädchen, daß nach Salz und Essig roch – ihrem Vater gehörte die Frittenbude an der Ecke. Er hat das Gefühl, als würde er einem schlecht eingestellten Radiosender lauschen: Liederfetzen kommen und gehen, Bowie und die Stones, seine eigenen Versuche an der akustischen Gitarre. Es war einmal vor langer langer Zeit, da wollte ich Rockstar oder ein berühmter Schriftsteller werden. Die Träume sind mir einfach durch die Finger geglitten. Was ist aus dem Mann geworden, der ich sein wollte?

Er ist müde. Er ist verwirrt.

Stinky Patterson, sein Mathelehrer, sagt zu ihm, daß er seine Klausur-Aufgaben jetzt umdrehen darf. Eben noch sitzt er in der Matheklausur und schlägt sich mit Pythagoras herum, im nächsten Moment spielt er schon mit Jimmy Atkins. Sie stromern über das Trümmergrundstück, wo Männer mit Schutzhelmen Fundamente für neue Häuser ausheben, und seine Mutter ist wieder am Leben und macht Nudelringe auf Toast – »Komm rein, bevor du dir noch den Tod holst« – und er ist neun Jahre alt und sitzt vor dem elektrischen Kamin und sieht *Crackerjack*, und bisher ist noch nichts in seinem Leben schief gelaufen.

Guy zwingt sich, die Augen zu öffnen, über ihm ist der Weltraum, und um ihn herum ist nichts als Wasser. Ein winziger Stern über seinem Kopf funkelt besonders hell, als habe jemand frische Batterien eingelegt, und er fragt sich, wo Peanut ist und ob sie glücklich ist. Danach erinnert er sich an nichts mehr, er muß wohl eingeschlafen sein.

Peanut ist in Manchester. Tommy soll dort die Pilotfolge einer neuen Gameshow aufzeichnen. Sie logieren im Malmaison und alles, inklusive Roomservice, geht auf Kosten der Produktionsfirma. Plötzlich wacht Peanut auf. Es ist 1.30 Uhr, und sie liegt auf einem feuchten Fleck. Tommy hat wieder zur Flasche gegriffen und ins Bett gepißt.

Während Peanut auf dem nassen Laken schmollt, schlüpft ein paar Meilen der M6 entlang entfernt eine Frau mit grauen Haaren neben ihrem Mann aus dem warmen trockenen Bett und schleicht ins Gästezimmer. Atemlos öffnet sie eine Schublade, in der ein gelbes Häkeljäckchen in Seidenpapier liegt und eine kleine Holzschachtel mit einer orangen Locke. Einmal im Jahr erlaubt sie sich, die seidige Locke zu streicheln und sich an eine Nacht vor fünfzig Jahren zu erinnern, als sie ein Baby zur Welt gebracht hat, ein wunderschönes rothaariges Mädchen. Ach Susannah. Die grauhaarige Frau macht die Schublade wieder zu und setzt sich kurz, bevor sie beschließt, ihre Stricknadeln zu holen und neue Wolle in Flieder oder Apfelgrün zu kaufen. Es ist Zeit, daß sie ihrer jüngsten Enkelin etwas strickt.

Während sie zurück ins Bett tappt, rührt sich eine andere Frau. Hils hört jemanden auf dem Kissen neben sich atmen. Einen Moment lang meint sie, es sei Mike, die Katze, doch fehlt der Geruch gehackter Thunfischstückchen. Sie öffnet ein Auge. Stans schwarzes Haar fällt ihm ins Gesicht, weich wie Ruß, und sie wundert sich, daß es keine Spuren auf ihren Händen hinterläßt. Seine Ohren sind perfekt, flach am Kopf anliegend, doch das Beste an ihm ist sein Penis, ein perfektes Sushiröllchen zwischen karamellfarbenen Schenkeln, ohne den geringsten Hauch von Tupperware. Hils grinst, kuschelt sich an Stan und hofft, daß sie am nächsten Morgen nicht aus dem Mund riecht.

In Los Angeles rumpelt ein winziges Beben unter der San-Andreas-Spalte, und in Sydney bombardieren golfballgroße Hagelkörner die Oper. In Manchester knirscht eine pipinasse Peanut mit den Zähnen. In Derbyshire geht Marjorie im Kopf Strickmuster durch, und in Stoke Newington schleicht Hils heimlich ins Bad und putzt sich die Zähne.

Guy denkt an gar nichts mehr. Nicht an seine zufrieden schnarchende Frau, nicht an seine Söhne, weder an Samuel William, der an Kuhs Ohr nuckelt, noch an Maxwell Thomas, dem ohne sein Wissen die ersten Schamhaare wachsen. Pssst, pssst, flüstert die Flut, und die Erde dreht sich still um ihre alte Achse und macht die Nacht langsam zum Tag.

Epilog

Früh am Morgen hat ein Jogger eine Leiche gefunden, die in Santa Helena schlaff und nackt an den Strand gespült worden ist. Wie selbstverständlich liegt sie neben dem anderen Strandgut: hier eine Slipeinlage, ein Paddel, Korken und blaue Nylonschnur, dort ein ertrunkener Mann.

Alice hätte Guy sagen können, daß man nicht mit vollem Magen baden geht. Die Autopsie wird ergeben, daß Guys letzte Mahlzeit aus Würstchen und Huhn, Brot und Salat bestand. Was den Alkoholgehalt in seinem Blut angeht, so wäre er wahrscheinlich an Alkoholvergiftung gestorben, wenn er nicht sowieso ertrunken wäre.

Ein Polizist, der zum Tatort gerufen wurde, erkennt den Engländer als Gast des Palazzos. Er hatte ihn gestern gesehen, als das kleine Mädchen verschwunden war, und nun ist der Mann tot, und sie müssen die einheimischen Hunde davon abhalten, seine Leiche zu beschnüffeln.

Der Palazzo wird verständigt und Lydia angewiesen, Alice die Neuigkeit zu überbringen. »Muß ich wirklich?« Doch der Manager besteht darauf.

Lydia begibt sich zum Neubau. Das Wetter ist wieder herrlich. Der Palazzo fühlt sich an wie nach einem Frühjahrsputz, gebohnert und poliert, in jeder Ecke Lufterfrischer, Jasmin und Pinie.

Lydia klopft an die Tür von Nummer zwei, doch niemand reagiert. Mit ihrem Hauptschlüssel verschafft sie sich Zutritt. Ein verlassenes Leiterspiel steht auf dem Tisch neben einem halbleeren Glas Apfelsaft. Auf dem Badezimmerboden liegen Handtücher, im Waschbecken eine blaue Zahnbürste. Keines der Betten ist gemacht, und die Laken im Elternschlafzimmer sind rot beschmiert. Zu hell für Blut, denkt Lydia, erleichtert, daß es keine weiteren Leichen gibt.

Diese Familie war ihr von Anfang an nicht geheuer.

Im Zimmer der Jungs herrscht Chaos: Kleider, ein Digimon-Schlafanzug und ein Schwimmflügel auf dem Boden, angeknabberte Kekse auf dem Nachttisch. Es ist niemand da.

Auf dem Weg zurück zum Hauptgebäude hält Lydia Ausschau nach einem rothaarigen Jungen, einem schlaksigen Halbwüchsigen und einer dicken Witwe. Im Hof, wo der Fisch nicht aufhören will zu tröpfeln, beschließt sie, im Restaurant nachzusehen. Schließlich ist Frühstückszeit.

Von der Tür aus inspiziert sie die Tische. Die Schweinchen-Dick-Zwillinge futtern in ihren Kinderstühlen, während die Eltern bei einer Tasse Kaffee ins Gespräch vertieft sind. Dieter und Peter sitzen an einem Seitentisch und tupfen ihre Schnurrbärte mit makellosen Leinenservietten ab, und hinter ihnen, ganz hinten in der Ecke, sitzen die verbleibenden Jamiesons. Die frisch verwitwete Alice kaut zufrieden.

Alice frühstückt mit ihren beiden Söhnen. Vor ihr steht ein Becher Tee, ein Glas frisch gepreßter Orangensaft und ein großes Pilzomelett. Daneben ein Stapel Buttertoast, ein Brioche und eine Banane. Schließlich ißt sie jetzt für zwei.

»Wo Dad wohl ist«, überlegt Max.

Alice sagt nichts, obwohl Max mit vollem Mund spricht. Sie ist jetzt mit sich im Reinen, ihre Zukunft ist gesichert, ihr neuer bester Freund und Verbündeter nistet sich in ihrer Gebärmutter ein. Mit der Geburt dieses Kindes wird sich alles wieder einrenken. Ein neuer Anfang, und darum geht es im Leben schließlich, um Anfang und Ende, überall auf der Welt. Alice summt: »Hakuna matata.«

»Verzeihung, Mrs. Jamieson?«

Alice blickt auf und lächelt.